Zu mir oder zu dir?

W0177390

Iren sind geborene Geschichtenerzähler – und die Irinnen erst recht:
Was geschieht, wenn zwei aufgeweckte Irinnen Urlaub in Amerika
machen und sich den Mietwagen mit zwei attraktiven, aber maul-
faulen Typen teilen müssen?
Welche Turbulenzen bringt es mit sich, wenn nach Jahren in Sizilien
eine alte Freundin nach Irland heimkehrt?
Auf wie viele ungewöhnliche Arten kann man einen unerwünschten
Ehering loswerden?
Und warum ist es schlichtweg unerträglich, wenn ein befreundetes
Paar sich einfach *zu* gut versteht?

Das und vieles mehr erzählen mit jeder Menge Charme, Gefühl und
Humor sechzehn der erfolgreichsten, beliebtesten und talentiertesten
irischen Autorinnen in noch nie zuvor auf Deutsch veröffentlichten
Geschichten.

Zu mir oder zu dir?

Frauengeschichten aus Irland von
Maeve Binchy, Cathy Kelly, Marian Keyes,
Colette Caddle, Gemma O'Connor,
Julie Parsons und anderen

Aus dem Englischen von
Ilse Bezzenberger,
Gabriele Werbeck und Andrea Stumpf

BLANVALET

Die Originalausgabe erschien 2002 unter dem Titel
»Irish Girls About Town« bei Pocket/Town House,
An imprint of Simon & Schuster UK Ltd, and TownHouse
and CountryHouse Ltd, Dublin.

Die Copyrightangaben zu den einzelnen Geschichten
und Übersetzerinnen finden sich am Schluss dieser Ausgabe.

Umwelthinweis:
Alle bedruckten Materialien dieses Taschenbuches
sind chlorfrei und umweltschonend.

Blanvalet Taschenbücher erscheinen im
Goldmann Verlag, einem Unternehmen der
Verlagsgruppe Random House.

Deutsche Erstveröffentlichung November 2002
Copyright © Compilation (Originalausgabe) 2002
by Pocket/Town House Ltd.
Published by arrangement with Simon & Schuster UK Ltd.
Copyright © der deutschsprachigen Ausgabe 2002
by Wilhelm Goldmann Verlag, München,
in der Verlagsgruppe Random House GmbH
Dieses Werk wurde vermittelt durch die
Literarische Agentur Thomas Schlück GmbH, Garbsen.
Umschlaggestaltung: Design Team München
Umschlagfoto: Zefa/Pinto
Satz: Uhl + Massopust, Aalen
Druck: Elsnerdruck, Berlin
Verlagsnummer: 35808
Redaktion: Ilse Wagner
MD · Herstellung: Heidrun Nawrot
Made in Germany
ISBN 3-442-35808-6
www.blanvalet-verlag.de

1 3 5 7 9 10 8 6 4 2

Inhalt

Einleitung

Die Geldmittel, die in Großbritannien mit Hilfe dieses Erzählbandes zusammenkommen, werden zur Unterstützung von »Bernardo's« und der »St.-Vincent-de-Paul-Gesellschaft« verwandt.

Barnardo's

BARNARDO'S ist das größte Kinderhilfswerk Großbritanniens und Nordirlands. Es unterstützt landesweit mehr als 50.000 Kinder, Jugendliche und Familien durch mehr als 300 Projekte. Unsere Arbeit mit Frauen umspannt ein breites Spektrum von Altersgruppen und Hilfsangeboten, einschließlich obdachloser Jugendlicher, Mütter, deren Kinder behindert sind oder von der Schule verwiesen wurden, und Frauen, die sich entschlossen haben, durch öffentliche Entwicklungsinitiativen ihr Umfeld zu verbessern.

Tina ist nur eine der vielen jungen Frauen, mit denen wir arbeiten. Nach einer turbulenten Kindheit, größtenteils in Heimen oder Pflegeinstitutionen verbracht, begann sie im frühen Teenageralter zu trinken und Lösungsmittel zu ›schnüffeln‹. Als Kind durch Lieblosigkeit traumatisiert, ging sie nun Beziehungen zu unpassenden, gewalttätigen Männern ein.

Im Alter von sechzehn Jahren brachte sie eine Tochter zur Welt. Zu dieser Zeit lebte sie bei einer Pflegefamilie, zu der das Verhältnis jedoch schwierig war, und sie zog aus, weil die Familie mit ihrem Verhalten nicht zurechtkam. Ihr Baby wurde in das Kinderschutzregister eingetragen, weil die Sozialarbeiterinnen an ihrer Fähigkeit zweifelten, für sich selbst und ihre Tochter zu sorgen.

Tina wurde an ein BARNARDO'S-Projekt in Nordirland verwiesen, das labilen jungen Müttern und ihren Kindern Unterkunft und Unterstützung bietet. Mit BARNARDO'S Hilfe erfuhr sie etwas über kindgerechte Entwicklung und lernte, für ihre Tochter zu sorgen. Zugleich konzentrierten sich die Projekt-Mitarbeiter darauf, Tinas Selbstwertgefühl und Selbstvertrauen aufzubauen. Dank ihrer Unterstützung schaffte sie es, mit ihrer Tochter, die inzwischen aus dem Kinderschutzregister gestrichen wurde, in eine eigene Wohnung zu ziehen.

BARNARDO'S arbeitet mit hochgradig benachteiligten Kindern, jungen Menschen und Familien, hilft ihnen, ihr Leben zu verändern und ihre Möglichkeiten auszuschöpfen. Wir glauben, das Leben aller Kinder und junger Menschen sollte frei sein von Armut, Missbrauch und Diskriminierung.

Wenn Sie weitere Informationen über unsere Arbeit wünschen, über Spendenmöglichkeiten oder freiwillige Mithilfe, dann suchen Sie bitte unsere Website auf unter: www.barnardos.org.uk.

St.-Vincent-de-Paul-Gesellschaft

Die St.-Vincent-de-Paul-Gesellschaft hat über eine Million Mitglieder in 132 Ländern, in denen sie mit einem breiten Spektrum an Aktivitäten unermüdlich bemüht ist, die Folgen der Armut und des Ausgeschlossenseins zu mildern.

Vincent de Paul war ein französischer Priester (1581–1661), berühmt geworden durch seinen Kampf gegen vielerlei Formen der Armut im bäuerlichen Frankreich. Er sagte: »Wir ehren Gott, indem wir Seine Einstellung übernehmen, indem wir lernen, sie zu achten, zu tun, was Er tat, und auszuführen, worum Er bat.«

Mehr ein Mann der Taten als der Worte, war er ganz ein Mensch seiner Zeit, obwohl manches von dem, was er über die sozialen Verhältnisse seiner Tage berichtet, mit der Welt des frühen einundzwanzigsten Jahrhunderts übereinstimmt.

»Die Frage, welche die Welt umtreibt, ist eine soziale. Es ist der Kampf zwischen jenen, die nichts haben und jenen, die zu viel haben. Es ist der gewaltsame Zusammenprall zwischen Überfluss und Armut, der den Boden unter unseren Füßen erbeben lässt.«

Er sagte: »Es ist unsere Pflicht als Christen, uns zwischen zwei unversöhnliche Feinde zu stellen. Und es bleibt abzuwarten, wer gewinnen wird: der Geist der Eigensucht oder der Geist der Opferbereitschaft.«

Die Arbeit der Gesellschaft

Die Gesellschaft verfolgt eine dreigeteilte Fürsorge-Strategie: Unterstützung und Freundschaft, Stärkung der Unabhängigkeit von fremder Hilfe und Arbeit für soziale Gerechtigkeit.

Schwerpunkt der Arbeit der Gesellschaft bleibt der persönliche Kontakt zu Menschen mit einer Vielzahl von Nöten. Infolgedessen ist die Gesellschaft involviert in einem breiten Spektrum von Aktivitäten. Es umfasst Besuche (zu Hause, in Krankenhäusern, in Gefängnissen), Gewährung finanzieller Unterstützung, die Unterhaltung von Frühstücksklubs, von Schularbeitszirkeln für bedürftige Kinder ebenso wie Vorschuleinrichtungen oder Krippen, Beratertätigkeit für Problemlösungen und Haushaltsplanung, Unterhalt von Jugendklubs und Familien-Erholungszentren, Bereitstellung von Erziehungsbeihilfen, Gewährung von Kurz-Urlauben für alte Menschen oder bedürftige Familien, das Betreiben von 120 *So-gut-wie-neu-Läden* für Kleidung und Haushaltswaren. Darüber hinaus unterhält die Gesellschaft die umfassendsten Notfalldienste und Sozialunterkünfte in Irland.

Die Gesellschaft leistet in Irland einen maßgeblichen Beitrag zur Entwicklung öffentlicher Richtlinien, um die Armut zu eliminieren. Regelmäßig untersucht sie ursächliche Aspekte der Armut und lässt die Ergebnisse gemeinsam mit der einzigartigen Erfahrung ihrer Mitglieder in privat initiierte oder öffentliche Informationskampagnen einfließen.

Ihr Hauptanliegen besteht darin, Armut und soziale Ausgrenzung auszumerzen, wo immer sie in Erscheinung treten. Angesichts der Vielfältigkeit ihres Engagements betrachtet sich die Gesellschaft eher als »Allgemeinmediziner« denn als »Spezialist« auf ihren Tätigkeitsfeldern. Trotzdem hat die Gesellschaft sich auf etlichen spezifischen Gebieten in verschiedenen Ländern Fachkenntnisse erworben. In Einsatzgebieten, wo es ihr an einschlägigem Fachwissen fehlt, arbeitet die Gesellschaft mit Personen oder Organisationen zusammen, die über Spezialkenntnisse verfügen, um jenen zu helfen, die sich in ihrer Not an die Gesellschaft wenden.

Die Gesellschaft bleibt ihren Ursprüngen treu

Die Ausdrucksweise ihrer Sorge um soziale Gerechtigkeit und Integration mag sich mit den Zeiten geändert haben, dennoch steht die Gesellschaft auch weiterhin stark und fest gegen alle Formen sozialer Ungerechtigkeit, Benachteiligung und Ausgrenzung.

Sie bestreitet die Ansicht, dass Armut in der modernen Welt unabänderlich sei. Sie dient allen Menschen in Not, ohne Ansehen von Glaubensbekenntnis, Denkweise, Hautfarbe, Alter, sozialem oder ökonomischem Status, Geschlecht oder ethnischer Herkunft.

Öffentliche Unterstützung ist lebensnotwendig für unsere Arbeit

Bei der Bewältigung ihrer schweren Aufgaben ist die St.-Vincent-de-Paul-Gesellschaft entscheidend auf die unwandelbare Treue und Ergebenheit ihrer freiwilligen Helfer angewiesen. Ebenso sehr hängt die Gesellschaft vom beständigen guten Willen und von der finanziellen Unterstützung derer ab, die ihre Absage an die Armut in aller Welt teilen.

Die Geldmittel, die mit Hilfe dieses Buches zusammenkommen, werden gezielt dazu verwandt, an Orten, an denen die St.-Vincent-de-Paul-Gesellschaft auch weiterhin dient, den Bedürftigsten zu helfen.

MARIAN KEYES

Seelengefährten

Seit ihrer ersten Veröffentlichung im Jahre 1995 ist MARIAN KEYES zu einem schriftstellerischen Phänomen geworden. Ihre fünf Romane *Wassermelone, Lucy Sullivan wird heiraten, Rachel im Wunderland, Pusteblume* und *Sushi für Anfänger,* wurden zu internationalen Bestsellern, von denen weltweit über zwei Millionen Exemplare verkauft wurden.

Marian Keyes lebt mit ihrem Mann in Dublin.

»Na, war es ein Desaster?«, fragte Peter Tim gespannt. »Haben sie versucht, sich gegenseitig umzubringen?«

Beobachtet von sieben lauernden Augenpaaren, schüttelte Tim bekümmert den Kopf. »Sie sind ganz toll miteinander klargekommen. Im Juli wollen sie es noch mal machen.«

Ein gemurmeltes: *Ist das nicht wundervoll?* ertönte ringsum.

Aber Vicky hielt es nicht mehr aus. Verzweifelt vergrub sie das Gesicht in den Händen. »Wie *schaffen* die das bloß?«, flüsterte sie und tat damit kund, was alle dachten. »Wie, verdammt noch mal, schaffen die das!«

Georgia und Joel waren am selben Tag im selben Jahr in derselben Stadt geboren – aber sie begegneten sich erst mit sechsundzwanzigeinhalb, als sie sich auf der Einführungsparty für ein japanisches Bier Hände schüttelnd durch die Menge schoben. Als Joel ihre schicksalhafte Übereinstimmung erkannte, erklärte er ihr über das Stimmengewirr hinweg: »Wir sind Zwillinge! Seelengefährten!«

Georgia wurde das *Golden Girl* genannt – ein unzulänglicher Versuch, anzudeuten, wie fabelhaft energisch, wie großartig, wie *nett* sie war. In jeder Gruppe menschlicher Wesen gibt es einen natürlichen Anführer, und so jemand war sie. Nur ein sehr besonderer Mann konnte es mit ihr aufnehmen. Und da war Joel genau der richtige Kandidat: Er, der *Netteste,* der Bestaussehende seiner gut aussehenden, coolen Freundestruppe –, wie sollte er nicht von Georgia angezogen sein, diesem Luxusexemplar innerhalb ihrer Clique von glanzvollen, hinreißenden Freundinnen?

Und jetzt hatte sie also einen Seelengefährten. Natürlich *sie*, dachte ihre beste Freundin Vicky mit verschämtem Neid. Georgia war ja immer die Erste: mit den ersten Fußkettchen, mit den ersten Keilabsatz-Sandalen … Sie hatte eben einen Instinkt für alles, was gut und neu und richtig war. Vor ein paar Jahren hatte Vicky mal versucht, sie mit ein Paar Stiefeln zu übertrumpfen, die sie sich stolz aus New York mitgebracht hatte. ›Diesmal bin *ich* die Erste‹, hatte Vicky gedacht, und atemlos war sie mit ihren neuen Stiefeln losstolziert. Aber … Georgia hatte sie ausgestochen. Wieder mal. Indem sie ein Paar ganz ähnlicher Stiefel trug – ähnlich, *aber besser*. Die Absätze hübscher, das Leder weicher, der ganze *Pfiff* einfach viel überzeugender. Und dabei hatte sie ihre bloß in Ravel gekauft!

Seelengefährten. Es war der Beginn der Neunzigerjahre und der New Age-Kult wurde zum Trend. Katie hatte kürzlich vier Kristallobjekte gekauft und sie über ihre Wohnung verteilt. Aber vier Kristallobjekte konnten es natürlich nicht mit einem echten, lebendigen Seelengefährten aufnehmen! Das war so ziemlich das Beste, was man haben konnte – besser als ein Tattoo oder hennaverzierte Nägel oder eine Cappuccino-Maschine. Rasch folgten andere ihrem Beispiel, indem sie erklärten, auch sie hätten ihren SG gefunden. Aber das war dann immer nur eine unechte Intimität, auf chemischen Verbindungen basierend, und sie löste sich auf, sobald die Wirkung von Kokain, *Ecstasy* oder *Absolut* abgeklungen war.

»Wir sind eben Zwillinge«, verkündeten Georgia und Joel der Welt, und sie protzten mit ihren Gemeinsamkeiten: z. B. ein abgebrochener Vorderzahn, der bei ihr mit einer Krone versehen, bei ihm, der ihn sich bei einem Motorradunfall ausgeschlagen hatte, durch einen Stiftzahn ersetzt worden war. Beide hatten sie blondes Haar, ihres allerdings aufgehellt. Seins übrigens vielleicht auch, so kursierten die Gerüchte.

Innerhalb von Wochen zogen sie zusammen und füllten ihre Wohnung mit einer Unmenge absonderlicher Dinge, die jedoch sämtlich in dem Moment, da sie ihnen gehörten, gleichsam den Glanz des Exklusiven annahmen. Einerlei, wie viele andere versuchten, ihre Prachtentfaltung zu imitieren, es wurde nie ganz das Gleiche daraus. Das Leber-Rot etwa, das Georgia und Joel einem Zimmer ihrer nach Süden gelegenen Wohnung so supereffektvoll verpassten, versagte bei der Übertragung auf die Wand eines beliebigen anderen. Besonders in Tims und Alices nach Nordosten gelegenem Wohnzimmer. »Ich ertrage das einfach nicht«, gestand Tim denn auch eines Tages ein. »Ich komme mir vor, als ob ich in irgendeinem inneren Organ vor dem Fernseher säße.«

Georgia und Joel gaben ihr Geld flott aus. »Hey, wir sind pleite«, lachten sie oft – und flugs gingen sie ins River-Café. Wenn sie eine besonders erdrückende Kreditkarten-Abrechnung bekamen, schnallten sie ihren Gürtel enger, indem sie Champagner kauften. Bei ihnen wirkten Schulden geradezu erstrebenswert, flott, vital.

»Geld ist doch da, um ausgegeben zu werden«, verkündeten sie. Und ihre Freunde folgten zögernd ihrem Beispiel, hatten dann aber Mühe, nicht nachts hochzuschrecken wegen der Kontoüberziehungen.

Nach vier zusammen verbrachten Jahren überraschten Georgia und Joel alle Welt damit, dass sie heirateten. Nicht etwa eine althergebrachte Eheschließung – aber das hätte man sich ja denken können –, nein, sie flogen nach Las Vegas, schwangen sich am Freitag nach der Arbeit in ein Flugzeug, wurden am Samstag von einer Elvis-ähnlichen Type getraut und waren am Montag zur Arbeit wieder zurück. Am darauf folgenden Wochenende mieteten sie einen barocken Saal im Charterhouse Square, verhüllten ihn mit weißer Gaze und feierten die Party aller Partys. Dass sie der Zeit voraus waren, bewiesen sie etwa dadurch, dass sie altmodische Martinis servierten, was ein paar Jahre später zu deren Comeback unter den Aperitifs führte.

Ihre engen Freunde Melissa und Tom, die einen Monat später eine Hochzeitszeremonie am Strand von Bali geplant hatten, verfielen daraufhin in Depressionen und hätten die ganze Sache am liebsten abgeblasen.

Zwei Jahre später bewies Georgia erneut ihr richtiges Gespür für Lifestyle-Timing, indem sie ihre Schwangerschaft bekannt gab. Schlaflose Nächte und Schwangerschaftsstreifen erforderten ein promptes Äquivalent: Sie nannten ihr kleines Mädchen Queenie. Eigentlich ein leicht modriger, angestaubter Name für alte Damen, aber an *ihrem* Kind wirkte er pfiffig und charmant. In den folgenden Monaten nannten viele Bekannte ihre neu geborenen kleinen Mädchen Flossie, Vera und Beryl. Georgia hatte innerhalb von Wochen wieder ihre frühere Figur. Nicht nur das, sie beteuerte auch noch, keinerlei Körpertraining gemacht zu haben.

Dann, eines Tages, erschienen auf ihrem runden Kaffeetisch aus Walnussholz Broschüren über Altersversorgung.

»Altersversorgung?«, fragte Neil und konnte schier sein Glück nicht glauben: Endlich hatte Joel sich mal blamiert, etwas getan, das Empörung verdiente!

»Man muss schließlich an die Zukunft denken«, meinte Joel, »das ist doch vernünftig, weißt du.«

»Altersversorgung?«, wiederholte Neil und warf den Kopf zurück in einer Geste gekünstelten Amüsements. »Du armseliger Spießer!«

»Willst du lieber alt und bankrott sein?«, fragte Joel mit einem Lächeln, das alles andere als zynisch war. »Wie du willst, mein Freund.«

Neil hätte sich am liebsten aufgehängt. Warum mussten sie ständig die verdammten Spielregeln ändern!

Mehr als alles andere aber war es Georgias und Joels Beziehung zueinander, die niemand übertreffen konnte. Sie waren am selben Tag geboren, im selben Jahr und das nur fünf Kilometer voneinander entfernt. Sie waren so offenkundig füreinander bestimmt, dass die Beziehungen aller anderen dagegen wirken mussten wie gefälscht, wie ein schäbiger Kompromiss. Georgia und Joel passten zusammen wie zwei Hälften eines Herzens. Symbiose war der Name des Spiels, und ihre gegenseitige Zuneigung war überschwänglich und für jedermann sichtbar. Jedes Jahr veranstaltete der eine oder der andere von ihnen eine »Überraschungs-Geburtstagsparty«: »Für meinen Zwilling.«

Ihre Freunde waren ihnen fest verbunden durch ein Geflecht aus Bewunderung, verborgenem Neid und der Hoffnung, ihr Glück möge ein wenig auf sie abfärben.

Aber als sie sich auf die späten Neunzigerjahre zubewegten, da waren Georgias und Joels Gefühle füreinander vielleicht nicht mehr ganz so heftig, wie sie einmal gewesen waren. Vielleicht war ihr Geduldsfaden ein klein wenig kürzer geworden als früher. Vielleicht ging Joel Georgia hin und wieder auf die Nerven. Vielleicht überlegte Joel, ob Georgia womöglich nicht mehr ganz so *golden* war, wie sie es einmal gewesen war … Nicht, dass sie je erwogen hätten, sich zu trennen. O nein! Trennung, das war etwas für andere Leute, für die unglücklichen Typen, die nicht ihren Seelengefährten gefunden hatten!

Und andere Leute trennten sich auch wirklich. Tom verließ Melissa wegen Melissas Bruder. Ein Skandal, der wochenlang jeden mit jedem telefonieren ließ, in wonnevollem Entsetzen miteinander wetteifernd, der größte Überbringer schlimmer Neuigkeiten zu sein, einander überbietend mit unerhörten Details. »Ich hab gehört, die haben's schon während Toms und Melissas Flitterwochen miteinander getrieben. Während der *Flitterwochen!* Ist das denn zu glauben!« Vicky wurde von ihrem Mann verlassen. Sie hatte ein Baby gekriegt, konnte ihr Gewicht nicht wieder reduzieren, wurde schlampig und war völlig verändert. Gar nicht wiederzuerkennen. Dabei war sie früher mal eine Konkurrenz gewesen. Natürlich nicht ganz so sprühend und glanzvoll wie Georgia ... Aber jetzt war sie mehr und mehr zurückgefallen, war völlig aus dem Rennen, hinkend und verlassen.

Georgia war in Zeiten der Not eine loyale und stets verfügbare Freundin. Unermüdlich kam sie vorbei, empfahl dringend Besuche beim Friseur, hütete Kinder, tröstete, redete gut zu. Sie ließ sich von Vicky und Melissa sogar Sachen sagen wie: »Du glaubst wohl, deine Ehe ist die einzige, die nicht in die Brüche geht? Du, das kann jedem passieren!« Georgia ließ es ihnen durchgehen, bedachte sie mit einem milden Lächeln und verkniff es sich, zu erwidern: »Joel und ich sind eben *anders*.«

Schließlich gaben die Leute es auf, Georgia und Joel zu beobachten und zu warten, ob sie wohl auseinander drifteten. Immer und immer seltener kam es vor, dass die Leute sagten: »Findest du nicht, Georgia und Joel sind einfach *zu* hingebungsvoll? Mir scheint, sie demonstrieren das *zu* sehr!« Die Leute verloren einfach die Ausdauer und die Geduld, darauf zu warten, dass den Seelengefährten das Dach auf den Kopf und auf ihre »ganz besondere Beziehung« fiel.

Aber mit einem Seelengefährten ist es so, dass er ebenso sehr eine Last wie auch ein Segen sein kann. Bei diesem Gedanken ertappte sich Joel eines Tages: Man hat ihn eben ein für alle Mal am Halse. Andere Leute können ihre Partner in der Versenkung verschwinden lassen und sich ungestraft aufs Neue in der Welt umsehen, nach einem neuen Partner Ausschau halten, dort draußen, wo *jeder* und *jede* eine neue Möglichkeit darstellt. Aber einen Zwilling im Geiste zu haben, das engt die Wahlmöglichkeit beträchtlich ein.

Auch in Georgia rumorte sie, diese nagende Frage: Was wäre geschehen, wenn sie Joel nicht begegnet wäre? Mit wem würde sie jetzt leben? Und plötzlich empfand sie eine verrückte Sehnsucht: Sie *vermisste* die Männer, die sie nicht geliebt hatte, die Freunde, denen sie nie begegnet war.

So bedrückend war diese unvorhergesehene Traurigkeit, dass sie versuchte, mit Katie darüber zu reden.

»Klingt ja fast, als hättest du Joel ein bisschen satt«, meinte Katie vorsichtig. »Liebst du ihn denn noch?«

»Ob ich ihn liebe?«, fuhr Georgia wie von der Tarantel gestochen auf. »Er ist mein *Seelengefährte!*«

Eines Abends betrank sich Joel ganz fürchterlich und beichtete Chris: »Ich hab Lust auf andere Frauen. Ich möchte mit jedem Mädchen schlafen, das ich sehe. Ich will's einfach wissen.«

»Das ist doch ganz normal«, erwiderte Chris erstaunt. »Dann hab doch mal eine Affäre.«

»Das ist überhaupt nicht normal. Es geht schließlich um mich und Georgia.«

»Klingt, als hättet ihr ein Problem, Kumpel.«

»Doch nicht ich und Georgia!«

Sie glaubten an ihr eigenes öffentliches Image, und in altehrwürdiger Tradition überkleisterten sie die Risse, indem sie sich noch ein Baby anschafften. Einen Jungen diesmal. Sie nannten ihn Clement.

»Das ist doch ein Alt-Männer-Name!«

»Wir meinen es ja auch ironisch!« Aber ihrem Gelächter fehlte die rechte Überzeugung, und als sie Clements Zimmer silbern anstrichen, da ahmte niemand es nach.

Und weiterhin kämpften sie, Schulter an Schulter, während rings um sie her die Menschen den Tanz der Liebe tanzten – sich zusammentaten, sich trennten, wiederum verschmolzen mit neuen Partnern, sich wieder entzweiten, weiterwirbelten und sich selig auf den Nächsten stürzten. Wechselseitig angekettet an den Seelengefährten, sahen Georgia und Joel dabei zu – mit nacktem Neid.

Erst als Georgia ihre Mutter nach genauen Einzelheiten ihrer Geburt ausfragte, wurde ihr klar, wie lächerlich die Situation geworden war.

»Zu welcher Zeit des Tages bin ich eigentlich geboren, Mum?«, fragte sie, während Clement auf ihrem Schoß brüllte.

»Elf Uhr.«

»Ist es nicht womöglich ein klein bisschen später gewesen?«, hörte Georgia sich fragen. »Vielleicht über Mitternacht hinaus?« *Sodass es genau genommen der nächste Tag gewesen wäre,* dachte sie, aber laut sagte sie es nicht.

»Es war elf Uhr *vormittags,* nicht mal entfernt Mitternacht.«

Als Joel und Georgia sich drei Wochen später trennten, lösten sie einen Sturm der Entrüstung aus. Alle waren entsetzt und erklärten, wenn nicht einmal das *goldene* Paar es schaffte, welche Hoffnung bestand dann noch für den Rest von ihnen? Und dennoch war kein Einziger unter ihnen, der sich einen winzigen Anflug lang aufgestauter Schadenfreude verkneifen konnte: Jetzt konnten Mr. und Mrs. Perfekt mal selber sehen, wie es ihnen allen ergangen war!

Die »Presse-Verlautbarung« beteuerte, sie seien auch weiterhin Freunde, alles verliefe zivilisiert und wie unter erwachsenen Menschen, man befinde sich in völliger Übereinstimmung bezüglich der Finanzen und der Obhut der Kinder... *Aber gewiss doch*!, spotteten alle. *Na klar doch*!

Aber höchst sonderbar: Georgia ließ sich auf keine *Alle-Männer-sind-Schweine*-Unterhaltung mit Vicky, Katie und Melissa ein. Nicht einmal, als Joel anfing, mit einer kleinen, rundlichen Zahnarzthelferin namens Helen auszugehen.

»Tim hat die kennen gelernt«, beschwichtigte Alice. »Er sagt, sie ist ein Nichts gegen dich.«

»O nein«, widersprach Georgia, »ich finde, sie ist echt süß.«

»Du hast sie *kennen gelernt*?!«

Als Georgia wiederum anfing, sich mit einem Gebrauchsgrafiker namens Conor zu treffen, da versicherte Tim Joel, Alice habe gesagt, der sei ein Trottel.

»Nein«, protestierte Joel, »er ist ein netter Kerl. Wir fahren Ostern alle zusammen mit den Kindern in Urlaub.«

»Wer, bitte?« Tim drohte schier ohnmächtig zu werden.

»Ich und Helen, Georgia und Conor.«

Und alle beteuerten lauthals, es sei doch wundervoll, dass sie so reif und so überlegen mit der Trennung umgingen! Nur die felsenfeste Gewissheit, dass aus dem Urlaub ein Blutbad werden würde, tröstete sie. Tim brannte darauf, zu erfahren, *wie* schlimm es denn nun gewesen wäre, und er rief Joel noch am Tage seiner Rückkehr an. Gleich darauf trafen sich Tim, Alice, Katie, Vicky, Melissa, Chris, Neil und Peter wie zufällig im Pub auf einen zwanglosen Drink. Eilig hakte man die üblichen Themen ab – Häuserpreise, Tinkturen gegen Kraushaar, Pamela Andersons Brüste –, bis keiner von ihnen es länger aushielt. Peter war der Erste, der nicht dichthalten konnte, und die Worte platzten aus ihm heraus, ehe er sie bremsen konnte.

»Na, war es ein Desaster?«, fragte er Tim gespannt. »Haben sie versucht, sich gegenseitig umzubringen?«

Beobachtet von sieben lauernden Augenpaaren, schüttelte Tim bekümmert den Kopf. »Sie sind ganz toll miteinander klargekommen. Im Juli wollen sie es noch mal machen.«

Ein gemurmeltes: *Ist das nicht wundervoll?* ertönte ringsum.

Aber Vicky hielt es nicht mehr aus. Verzweifelt vergrub sie das Gesicht in den Händen. »Wie *schaffen* die das bloß?«, flüsterte sie und tat damit kund, was alle dachten. »Wie, verdammt noch mal, schaffen die das!«

JOAN O'NEILL

Stress-Abbau

JOAN O'NEILL begann ihre schriftstellerische Tätigkeit 1987 mit Kurzgeschichten und Zeitschriftenartikeln. Ihr erster Roman, *Daisy Chain War*, 1990 erschienen, gewann den Sonderpreis der Leservereinigung Irlands und wurde für den Bisto Award nominiert. Er gilt als einer der besten irischen Jugendromane. Seitdem ist sie auch in der Erwachsenen-Literatur zur Bestsellerautorin geworden durch ihre viel beachteten Romane *Leaving Home, Turn of the Tide, Something Borrowed, Something Blue,* sowie den kürzlich erschienenen *A House Full of Women*.

Alex schloss mit nervösen Händen ihren Wagen ab und strebte eilig auf *Julio Cesar's* zu, das neue italienische Restaurant am Kai. Voller Aufregung, voller Vorfreude. Nigel hatte am Morgen aus Brüssel angerufen, hatte sie gebeten, irgendwo an einem ruhigen Ort einen Tisch zu reservieren, hatte gesagt, er wolle mit ihr über ihre Zukunft reden. Das hatte sie total überrumpelt. Sie hatten in letzter Zeit nicht viel voneinander gesehen, weil er doch unentwegt hin und her flog zu EU-Kongressen. Und jetzt auf einmal wollte er ihr bestimmt einen Heiratsantrag machen! Jetzt, wo sie gerade den Verdacht geschöpft hatte, dass er sich ihrer zu sicher glaubte. Typisch Nigel, sie so ohne die leiseste Vorwarnung damit zu überrumpeln! Und war sein Timing nicht geradezu untadelig, nachdem sich ihr dreißigster Geburtstag dräuend näherte?

Voller Selbstbewusstsein betrat sie das Restaurant. Das straff zurückgenommene Haar brachte ihre makellosen Züge zur Geltung, und das neue Korsagekleid von *Stella McCartney*, das ein Monatsgehalt verschlungen hatte, verlieh ihr eine Stundenglas-Figur. Sie ignorierte die Männerrunde an der Bar, die sich mühte, ihren Blick auf sich zu ziehen, und steuerte geradewegs auf Nigel zu, der bereits in einer Nische saß und an einem Drink nippte.

»Hi!«, grüßte sie und lächelte auf ihn hinunter.

Wie ertappt blickte er hoch. »Alex! Du siehst fantastisch aus«, sagte er, stand auf und küsste sie auf die Wange.

»Danke.« Sie setzte sich ihm gegenüber und sah ihn zärtlich an. »Und wie war deine Woche?«

»Gut. Man hat mir eine Beförderung angeboten. Vorsitzender des Komitees für Soziale und Öffentliche Angelegenheiten«, antwortete er, nahm aus dem Kühler neben sich Champagner und goss zwei Gläser ein.

»Großartig! Herzlichen Glückwunsch!« Sie hob ihr Glas.

»Danke. Einen Nachteil gibt es allerdings dabei. Ich werde die nächsten sechs Monate in Brüssel festsitzen.«

»Oh!«

Er blickte sie an. »Es ist einfach eine zu verlockende Chance, um sie mir entgehen zu lassen. Ich muss da zugreifen.«

»Natürlich.« Alex fragte sich, weshalb sie eigentlich so betroffen war. Nigel war ehrgeizig. Es war schließlich auch sein Ehrgeiz gewesen, der sie als Erstes beeindruckt hatte an jenem Abend, an dem sie nicht nur in die von ihm ausgerichtete Cocktailparty, sondern auch in sein Leben hineingeraten war. Ein Typ wie Clark Kent, Mitglied des Europäischen Parlaments, fünfunddreißig Jahre alt, hatte er sie damals mir nichts, dir nichts in ein Nobelrestaurant in Dalkey entführt, wo er offensichtlich bekannt war und äußerst zuvorkommend behandelt wurde, um sie dort mit seiner Weltläufigkeit, seiner Überschwänglichkeit und Intelligenz zu betören und zum Champagnertrinken zu verführen.

Er hatte ihr von seinem Job erzählt. Unter dem Einfluss seines Vaters hatte er sich schon in frühem Alter von der Politik vereinnahmen lassen. Sein Charme, seine Höflichkeit und seine berufliche Zielstrebigkeit hatten sie beeindruckt. Er war der Inbegriff eines hochstrebenden Politikers, selbstbewusst und überzeugt, sich den Wunsch erfüllen zu können, eines Tages Premierminister zu werden. Alex hatte ihm erzählt, dass sie Public Relations Managerin in einer Betriebsberatungsgesellschaft sei, ein Job, den sie liebte. Aber das hatte ihn nicht weiter beeindruckt.

Sie fühlte sich so unwiderstehlich von ihm angezogen, dass sie sich Hals über Kopf in eine lustvolle Beziehung mit ihm stürzte und ohne zu zögern zu ihm in seine Wohnung in Temple Bar zog, als er es nur einen Monat nach ihrem Kennenlernen vorschlug. Sie richteten sich, soweit es ihre verschiedenen Zeitpläne zuließen, in einer beglückenden Häuslichkeit ein. In letzter Zeit jedoch hatten sie sich eher flüchtig gesehen, weil gesellschaftliche Verpflichtungen in Nigels Leben eine überragende Rolle spielten und auch Alex beruflich viel zu tun hatte. Ins Haus von Nigels Eltern wurde sie nicht mehr eingeladen; nach deren Meinung war sie *nicht das Richtige* für Nigel. Sie sei nicht *seine Klasse*, fanden sie, prätentiöse Snobs, die sie waren, bloß, weil sie einmal in ihrem Hause ein Geldbeschaffungs-Dinner für Bertie und Celia gegeben hatten.

In ihrer Ehe würde es haufenweise gesellschaftliche Verpflichtungen geben, da hatte Alex keine Zweifel, besonders, wenn sie im Wahlkampf unterwegs wären. Todschicke Partys würden stattfinden und Dinnereinladungen mit wohlhabenden, einflussreichen Leuten. Alex würde die ganze Zeit superschön und glücklich aussehen müssen, würde ihn begleiten von einem beruflichen Auftritt zum nächsten. Wenn die Babys kamen, würde es ein bisschen schwieriger werden. Dann musste sie halt mit ihrer Zeit zwischen Familie und seiner Karriere jonglieren, würde beim Kinderhüten von seinen grässlichen Eltern abhängig sein oder, falls es nötig wurde, eine Kinderfrau anheuern. Egal, sie würde mit dem bestaussehenden, erfolgreichsten Politiker Irlands verheiratet sein! Und irgendwann würden sie ein herrliches Haus haben, in Dalkey oder Killiney, und das würde alle negativen Seiten der Angelegenheit aufwiegen.

»Wie ich schon sagte, ich werde nicht mehr oft hier sein, und…«

Deshalb also die plötzliche Dringlichkeit, sich zu verloben. Damit sie ihre Beziehung öffentlich machen konnten. Mit ihrem Alter hatte es nichts zu tun.

»Alex!«

Alex riss sich augenblicklich zusammen. »Verzeihung... Ja, gut... Aber wenigstens haben wir ja das Wochenende, um uns an die Idee zu gewöhnen und um Pläne zu machen«, sagte sie fröhlich.

»Ich habe Berge von Papierkram für Montag vorzubereiten, fürchte ich«, erwiderte er.

Sie berührte seine Hand. »Da werde ich mir schon was ausdenken, was dich ablenkt«, kicherte sie.

»Du musst doch hungrig sein«, sagte er, befremdet von ihrer deplatzierten Fröhlichkeit, und reichte ihr die Speisekarte.

Sie unterdrückte ihre Enttäuschung und meinte: »Himmel, wir klingen schon beinahe wie ein altes verheiratetes Paar.«

Er seufzte. »Allerdings.«

»Ist allerdings eine natürliche Entwicklung, nehme ich an.«

»Was?«

»Die Heirat.«

Seine Augen schossen von der Speisekarte in die Höhe.

»Keine Sorge, ich finde die Aussicht auch ein bisschen beängstigend. Doch wir müssen es ja nicht übereilen. Wir können eine lange Zeit einfach verlobt bleiben.«

»Wieso von Sachen faseln, die nie passieren werden?«, sagte er ohne die geringste Wärme in der Stimme.

»Wenn *was* nie passieren wird?«

»Alex! Nun mach mal Pause! Ich bin noch nicht so weit für irgendetwas Permanentes in meinem Leben, ganz bestimmt nicht dafür, mit einer Familie lebendig begraben zu sein! Und wenn ich wirklich mal anfange, mich nach einer Ehefrau umzusehen, dann nach einem Hillary-Clinton-Typ, einer, die dazu geschaffen ist, die Frau eines Politikers zu sein.«

Der Kellner kam. Sie gaben ihm ihre Bestellungen auf, als sei nichts geschehen, aber sobald er fort war, sagte Alex: »Ich dachte, du wolltest mit mir über die Zukunft reden.«

»Wollte ich auch. Will ich auch noch«, verbesserte er sich nervös, nahm seine Brille ab und putzte sie heftig.

Sie wartete.

»Was ich sagen wollte – was ich zu sagen versuche, ist…
Also, es ist schön mit uns beiden – großartiger Sex und alles.
Aber vielleicht ist dies die Gelegenheit, uns beiden eine Pause
zu verschaffen. Merkst du denn nicht, wie die Dinge stehen?«

»Ich dachte, die Dinge stehen sehr gut.«

»Tun sie ja auch. Aber machen wir uns doch nichts vor,
Alex. Unsere Beziehung wird allmählich ein bisschen belastend, und, ganz ehrlich, ich bin noch nicht reif für eine le-
benslängliche Bindung und all den grässlichen Kram.«

Ihr Herzschlag setzte aus.

Er blickte konzentriert auf sein leeres Gedeck hinunter, als
er fortfuhr: »Sieh mal, ich würde einen verdammt schlechten
Ehemann abgeben. Zu so was tauge ich einfach nicht.«

Sie starrte ihn mit offenem Mund an. »Willst du damit
sagen, du liebst mich nicht mehr?« Alex' Stimme zitterte gefährlich.

»Alex, fang nicht schon wieder damit an!«, befahl er mit
einem drohenden Unterton, der ihm die Zornesröte ins Gesicht trieb. »Ich hasse dein ewiges Gejammer. Ich brauche
schlichtweg eine Pause, das ist alles.«

Ihre Stimme war kurz vorm Überkippen, als sie zischte:
»Du bist so ein gemeines Schwein, Nigel!«

»Tut mir Leid.«

Sie sprang auf, warf ihre Serviette hin und schrie jetzt wie
von Sinnen: »Du Schwein!« Damit stürmte sie aus dem Restaurant, Nigel wütend hinter ihr her, vorbei an aufgeschreck-
ten Gästen, die ihnen nachglotzten.

Sie rannte zu ihrem Wagen, stieg ein, brauste davon und ließ
ihn, hinter ihr herschimpfend, auf der Straße stehen. In der
Wohnung schloss sie die Tür hinter sich ab, ging an seinen Bar-
schrank und ließ ihren Zorn an seinen Louise-Kennedy-Kelch-
gläsern aus, indem sie sie eins nach dem anderen gegen den
Kamin schleuderte. Als Nächstes kamen seine Flaschen dran:

Whisky, Wodka und Gin, und dann seine kostbare venezianische Lampe, ein Geschenk von einer reichen Tante. Gerade machte sie sich in der Küche über sein Delfter Porzellan her, da hämmerte er an die Tür und befahl ihr, aufzumachen. Sie ignorierte ihn, bis sie sich beruhigt hatte, in dem Bewusstsein, genug Verwüstung angerichtet zu haben. Dann packte sie erst noch ein paar ihrer Sachen zusammen und ließ ihn schließlich ein.

»Was hast du getan!« Er stand mitten im Zimmer und blickte voller Entsetzen auf das Trümmerfeld aus Glasscherben.

»Hat kein bisschen wehgetan«, sagte sie, holte tief Luft und knurrte, ihr aus dem Weg zu gehen. Nigel wagte nicht, sie aufzuhalten.

Seinen Namen in den Zeitungen mit irgendwelchen Skandalen verknüpft zu lesen, das konnte seine Hoffnungen auf die Zukunft zunichte machen. Schon jetzt reckte diese Nachbarin von oben den Kopf aus dem Fenster, begierig, die Ursache des Krawalls herauszufinden.

Alex fuhr schnurstracks zur Wohnung ihrer Freundin Serena in Fairview.

»Ich hab ihn verlassen«, erklärte sie, kaum dass Serena die Tür geöffnet hatte, und brach in Tränen aus.

Serena legte die Arme um sie und zog sie nach drinnen.

»Heul nur, so lange du magst«, sagte sie, reichte Alex eine Schachtel Papiertücher und hielt sie im Arm, bis das Weinen abebbte.

Endlich schnäuzte Alex sich die Nase. »Es ist bloß der Schock.«

»Kann ich mir vorstellen.«

Alex rieb sich die Augen mit Daumen und Zeigefinger, eine Gewohnheit, die sie schon als Kind gehabt hatte. »Ich weiß nicht, wie ich das überstehen soll«, schniefte sie und wischte sich die Tränen mit dem Handrücken ab. »Es kam alles so unerwartet. Er wollte mich doch immer heiraten. Wenigstens hab' ich das gedacht. O Gott, ich hab mich total lächerlich gemacht!«

»Na, na!« Serena hielt sie umschlungen und streichelte ihr den Rücken.

»Noch nie hab ich mich so allein gefühlt, so unerwünscht, so ungeliebt!« Alex schloss die Augen, wie um den Schmerz auszublenden.

»Ich finde es grässlich, dich in solchem Zustand zu sehen«, sagte Serena.

»Ich bin selbst nicht gerade entzückt darüber.«

»Magst du drüber reden?«

Sie schüttelte den Kopf. »Ich kann das nicht mit Worten beschreiben.«

»Versuch's mal.«

»Na, schön.« Alex holte tief Luft. »Also, ich hatte die letzten Wochen nicht viel von ihm gesehen. Er war in Brüssel, und meine eigene Arbeit lief auch gut. Um ehrlich zu sein, als er sagte, er wollte mit mir über die Zukunft reden, da hab ich gedacht, er würde mir einen Heiratsantrag machen.«

»Wow! Du hattest also keine Ahnung, was kommen würde? Nichts Auffälliges in seinem Verhalten, kein Anzeichen, dass der Mann, den du liebst, mit dem du zusammenlebst, dieses Arrangement plötzlich satt hat?«

»Nein.«

»Auch keinerlei Anspielung auf irgendeine Andere? Die Erwähnung eines Namens, den du noch nie gehört hattest?«

»Absolut nichts.«

»Wie stand es denn mit eurem Sexleben?« Alex hob ruckartig den Kopf. »Was soll das denn werden?«

»Ich will nicht spionieren«, verteidigte sich Serena. »Ich frage bloß, weil ich denke, es könnte hilfreich sein. Manchmal lassen Dinge aus diesem Bereich Rückschlüsse zu, wenn zwei Leute nicht mehr miteinander zurechtkommen.«

»Okay, möglicherweise hab ich mich ein bisschen vernachlässigt gefühlt, während er sich in den letzten Wochen mit jeder Menge Arbeit abgeplagt hat. Aber er war doch schließlich mein Freund, um Himmels willen! Er ist jeden Abend zu mir nach Hause gekommen. Außer natürlich, wenn er verreist war... Das war er allerdings ziemlich häufig in letzter Zeit.« Alex starrte auf den Teppich, zu geschockt, um weiterzureden.

»Dann war also offensichtlich das, was er über eure Zukunft sagen wollte, nicht das, was du erwartet hattest?«, fragte Serena mitfühlend.

Alex schüttelte den Kopf. »Nein. Ich erinnere mich nur noch an den Schluss der Unterredung. Irgendwas, dass er eine Pause braucht.«

»Dieser widerliche Kerl!«, erklärte Serena. »Solche Unverfrorenheit! Nach allem, was du für ihn getan hast.«

Wieder brach Alex in eine Tränenflut aus. Als sie sich am Ende die Nase putzte, stöhnte sie: »Ich komme mir so absolut dämlich vor.«

»Ich glaube, du solltest erst mal versuchen, ein bisschen Schlaf zu kriegen. Du bist einfach erschöpft.«

»Ich kann nicht schlafen, dazu bin ich zu aufgedreht.«

»Nun komm schon, du kannst mein Bett haben. Ich werde hier die Couch nehmen.« Sie begleitete Alex in ihr Schlafzimmer. »Versuch wenigstens, ein bisschen zu dösen. Es ist schon sehr spät.«

Im Bett fixierte Alex die Decke und dachte unablässig an ihn.

Am nächsten Morgen brachte Serena ihr Tee und Toast. Ihre Freundin lag schlapp auf dem Bett, die Augen starr an die Zimmerdecke gerichtet.

»Ich wollte, ich könnte dich mit irgendwas aufheitern«, seufzte Serena und setzte sich neben sie.

Alex rappelte sich ein wenig in die Höhe und nahm dankbar einen Schluck Tee. »Ich wollte, ich könnte ihn vergessen.« Fest kniff sie die Augen zu.

Ein paar Tage später, nachdem Alex sich nicht aus ihrem Schlafzimmer fortgerührt hatte, fragte Serena: »Was sind deine Pläne?«

Alex zuckte die Achseln. »Ich hab noch keine.«

»Du kannst hier bleiben, solange du willst.«

»Danke. Du bist ein Engel. Irgendwann muss ich aber wohl mal was arrangieren, dass ich mein Zeug aus Nigels Wohnung kriege.«

»Ich hoffe, dass es dein Leben nicht noch schwieriger macht.«

»Hat es schon getan. Ich hab nämlich versucht, ihn über sein Handy zu erreichen, kriegte aber lediglich die automatische Ansage. Dann hab ich in der Wohnung angerufen. Genau dasselbe. Dabei wusste ich, dass er da war. Er nimmt nur nicht ab.« Alex umklammerte ihre Stirn mit den Händen. »Er will mich nicht sehen. Er ist natürlich wütend auf mich, weil ich seine Wohnung verwüstet habe. Aber was hat er erwartet? Dass ich mich wie ein Mäuschen davonstehle? Nach allem, was ich in ihn investiert habe!«

Nachdem Serena zwei Wochen lang geduldig Alex' hysterischen Ausbrüchen zugehört, die überall in ihrer Wohnung verstreuten Papiertaschentücher ertragen und praktisch jeden Morgen Alex' Boss einen täglichen Krankheitsbericht erstattet hatte, sagte sie am dritten Samstagmorgen ihres Aufenthaltes zu ihr: »Du, ich hab eine Idee. Warum kommst du heute Abend nicht mit uns ins *Annabelle's*? Das wäre doch mal ein Kick.«

»Ich glaube, das schaffe ich nicht. Der Gedanke, da ohne ihn …«

»Es wäre doch eine Chance, wenigstens für einen Abend mal alles zu vergessen. Los, motz dich auf, geh nach draußen und zeig der Welt, dass dir der Kotzbrocken scheißegal ist!«

Alex schüttelte den Kopf und verkroch sich tief in Serenas Bett.

»Komm schon, Alex, du musst hier mal raus. Du hast diese Wohnung seit zwei Wochen nicht verlassen. Und du wirst noch gefeuert, wenn du dich nicht wieder auf Vordermann bringst.«

»Ich kann die Welt da draußen nicht ertragen.«

»O doch, du kannst! Unter diesem pflaumenweichen Äußeren bist du nämlich eine starke Frau!«

Alex schniefte, kroch aus dem Bett und starrte in den Spiegel. »O Gott. Nun guck dir das an! Grässlich!«, stöhnte sie. »Schlimmer hab ich noch nie ausgesehen!«

»Doch, das hast du«, widersprach Serena.

»Hab ich? Wann denn?«

»Als dein Hund Cäsar gestorben ist.«

»Das war vor neun Jahren. Und ich hatte ihn schon als Welpen.«

»Ich erinnere mich, du warst total verzweifelt.«

Alex seufzte. »Du hast Recht. Ich seh grauenvoll aus. Hat gar keinen Sinn, ins *Annabelle's* zu gehen. Da blamier ich mich nur.«

Sprach's und hopste zurück ins Bett.

Aber nun wurde Serena rabiat: »Los! Du gehst jetzt unter die Dusche und ziehst dich an!«

Serena steckte sie wenig später in ein weißes Trägertop, um die falsche St. Tropez-Sonnenbräune zur Geltung zu bringen, mit der sie sie vorher sorgfältig eingeschmiert hatte. Dazu lieh sie ihr ein Paar enge schwarze Hosen und Schuhe mit hohen Bleistiftabsätzen.

»Meinst du wirklich, ich sehe okay aus?«, fragte Alex und drehte und wand sich dabei unschlüssig vor dem Spiegel.

»Umwerfend. Nun komm schon, du vergeudest wertvolle Männerjagdzeit. Wenn du da reinstöckelst – na, denen kullern die Augen aus dem Kopf!«

Wie sie diesen Abend überstehen sollte, das wusste Alex nicht. Nun war sie seit genau vierzehn Tagen ein Single, und sosehr sie sich auch bemühte, die Verzweiflung, ohne Nigel zu sein, zu kaschieren, sie schaffte es nicht. Sie fühlte sich total mies.

Im *Annabelle's* marschierten Serena und ihre Freundinnen zielsicher an die Mitglieder-Bar, und Alex folgte ihnen mit flatternden Nerven, sich zusätzlich unbehaglich fühlend in Serenas knallengen Hosen.

»Hier, zieh dir das rein!« Serena drückte ihr eine Flasche Heineken-Bier in die Hand.

Alex trank sie rasch aus und blieb zurück, während die anderen um die Tanzfläche scharwenzelten, geradezu knisternd vor Aufregung und Erwartung. Durch die stampfende Musik und die flirrenden Lichter wurde ihr ganz schwindelig. Sie kaufte sich noch eine Flasche Heineken, sah den Mädels zu und durchschaute sehr wohl, wie sie alles daransetzten, sich jeden herauszupicken, der nur einigermaßen attraktiv war. Dabei drückte ihr Serenas Hose höchst störend auf die Blase. Sie brauchte aber noch eine weitere Flasche Heineken, um sich genug Mut anzutrinken, endlich aufs Klo zu gehen, bevor sie womöglich platzte.

Als sie an die Bar zurückkam, wartete Serena auf sie.

»Los, komm tanzen!«, kommandierte sie.

Und ehe sie sich's versah, hampelte Alex schon mitten in der ausgelassenen Menschenmenge.

»Guck jetzt nicht hin, aber du hast schon einen heimlichen Bewunderer – da drüben«, raunte Serena ihr laut ins Ohr.

»Wo?« Alex sah sich misstrauisch in der Masse um.

Sie hatte größte Mühe, nicht offenen Mundes den hoch gewachsenen jungen Mann mit dem schwarzen Haar und den meerblauen Augen anzustarren, der da voll aufgedreht zu Daft Punks *One More Time* tanzte, wobei seine Bizepse, groß wie Babyköpfe, sich nach ihrem eigenen Rhythmus zu bewegen schienen.

Er zog ihren Blick auf sich und tanzte auf sie zu, krümmte

und wand sich, brachte sie zum Lachen durch seine wilden, ekstatischen Bewegungen. Sie hatte keine Alternative, außer es ihm gleichzutun. Sie schleuderte die Arme in die Luft, schwenkte die Hüften, rang nach Luft, wirbelte in sämtliche Richtungen und dachte, dass sie wohl betrunken sein müsse und dass das, was sie hier veranstaltete, verdammt gefährlich mit diesen hohen Absätzen sei.

Und prompt schwankte sie und kippte vornüber, direkt auf ihn zu. Er fing sie auf mit festem Griff, richtete sie auf, gegen sein Becken gelehnt, und umhüllte sie mit lodernder Hitze.

Die Musik verstummte. Er lachte sie an.

»Ich bin Jake.«

»Ich bin Alex.«

Er zupfte am Träger ihres Tops. »N' Drink?«

Atemlos, mit angespanntem Bauch, räusperte sie sich. »Ja, den brauch ich!«

Sie stöckelte hinter ihm her zur Bar.

Er erzählte ihr ein paar persönliche Dinge, wie er seine Zeit aufteilte zwischen seinem Job als Fitness-Trainer im Sport- und Freizeitcenter *Pulsate* und seinem eigenen Rugbytrainig.

»Faszinierend«, sagte sie und nahm einen Schluck aus der Flasche. Sie hasste Fitness-Freaks, und verrückt nach Rugby-spielern war sie auch nicht.

Sie erklärte ihm flüchtig, dass sie PR mache für eine Wirtschaftsberaterfirma.

»Ich hatte ganz vergessen, wie geräuschvoll diese Discos sein können«, brüllte sie, und ihre Stimme überschlug sich in dem stärker werdenden Krach.

»Weshalb bist du dann heute Abend hier?«

»Meine Freundin hat mich mitgeschleppt.«

Er blickte sie fragend an.

»Sie wollte mir helfen, eine böse Erfahrung zu vergessen. O Verzeihung, das hätte ich nicht sagen sollen. Mein Gehirn ist total vernebelt.«

Er lachte. »Wie wär's, wenn du unter der Woche noch mal mitkämst auf einen Drink, als weitere ›Böse-Erfahrungs-Therapie‹?«

»Okay.«

Er nahm ihre Telefonnummer dankend entgegen.

Dann suchte sie nach Serena, die in der Menge verschwunden war. Erschöpfung übermannte sie, die Drinks taten ihre Wirkung. Wow, sie war besoffen, und ihre Füße brachten sie garantiert um!

Am nächsten Morgen öffnete sie ganz vorsichtig die Augen. In ihrem Kopf pochte es schmerzhaft. Behutsam setzte sie die Füße auf den Boden und schlurfte in die Küche.

Serena hing halb über dem Tisch und trank Kaffee.

»Mann, was für 'ne Nacht!«, stöhnte sie. »Du musst ja überall blaue Flecken haben, so wie du getanzt hast –, na ja, dich auf den Boden geschmissen hast.«

Alex legte einen Finger an die Lippen. »Schscht… Ich bemühe mich gerade, nicht daran zu denken.«

»Aber seinen Namen hast du rausgekriegt, was?«

»Jake.« Alex lächelte, seltsam entzückt von der Erinnerung an Jake, wie er vergnügt über den Tanzboden gesprungen war.

»Triffst du ihn wieder?«

»Er sagt, er will anrufen. Will sich mit mir auf einen Drink treffen.«

»Bin richtig neidisch.«

Alex lächelte noch immer. »Der kennt ja kaum meinen Namen, und man sieht doch auf den ersten Blick, dass er viel zu jung ist für mich.«

»Aber er ist ein Mann, oder? Und auch noch ein fantastischer. Das Schlimme bei dir ist, Alex, dass du zu weit vorausdenkst. Pack gefälligst die Gegenwart beim Schopf. Und wenn der Typ die nächste Verabredung nicht überdauert – na und? Es ist eine Chance, von deinem Nigel-Schlamassel loszukommen. Und mehr willst du doch nicht, oder?«

Am folgenden Donnerstagabend traf sich Alex mit Jake in Synnots.

Einfühlsam unterzog er sie bei diversen Drinks einem Kreuzverhör über ihre böse Erfahrung: War es Ärger mit einem Freund? War es wirklich *so* schlimm gewesen? Und hatte ihr der Discobesuch geholfen?

Sie beantwortete alle Fragen sehr offen und sagte am Ende: »Komisch, was? Da führst du ein ganz normales Leben, alles läuft gut, und dann – zack! – geht auf einmal alles schief, und zwar genau dann, wenn du es am allerwenigsten erwartest.«

»Was ist denn schief gegangen?«, fragte er gespannt. »Oder ist das eine zu persönliche Frage?«

Alex seufzte. »Es wurde alles irgendwie zu belastend – jedenfalls hat er es so ausgedrückt. Kollabiert unter dem Stress, nehme ich an.« Sie nahm einen neuen Schluck aus der Flasche. »Bloß, ich habe es eben nicht kommen sehen.«

»Weißt du, was du brauchst?«, fragte Jake.

Sie legte das Kinn auf ihre verschränkten Hände und betrachtete ihn neugierig.

»Ich nehme an, du wirst es mir gleich sagen.«

»Körpertraining.«

»Körpertraining! Ich bin doch nicht fett!«

Er lachte. »Um dein Inneres aufzubügeln. Guck mal, hier …« Er fuhr mit dem Zeigefinger über ihr Rückgrat. »Dein Körper ist ganz verspannt, besonders im Schulter- und Nackenbereich. Das kommt, weil du zulässt, dass die negativen Wirkungen des Stress' dich lähmen, statt sie zur Maximierung der Leistung zu nutzen.«

»Wie bitte?«

»Das ist nicht deine Schuld. Es ist das Ergebnis deiner schlechten Erfahrung. Also, ich könnte dir ein simples Trainingsprogramm zum Stress-Abbau zusammenstellen und dich wieder fit kriegen.«

»Und was müsste ich dazu tun?«

»Komm ins Sportcenter. Wir fangen mit Schwimmen an.«

»Ich bin seit Jahren nicht mehr in einem Schwimmbecken gewesen«, entrüstete sich Alex.

»Keine Zeit ist besser geeignet als die Gegenwart. Also, komm morgen früh um sieben, dann sind noch keine Schulklassen da.«

Alex stöhnte: »Okay, versuchen kann ich's ja mal.«

Nur wenige Wagen parkten vor dem Sport- und Freizeitcenter. Alex ging an den Squash- und Tennisplätzen vorüber und steuerte auf die Schwimmhalle zu. Im Umkleideraum zog sie Serenas Badeanzug an – eine Nummer zu klein – und ging hinein. Der Chlorgeruch und die warme Luft klebten sich in ihrer Nase fest und machten ihr bewusst, wie sehr sie das Schwimmen verabscheute. Ihr Herzschlag setzte aus, als Jake vor ihr erschien, ein Gott der Gesundheit, in winziger Badehose, die nichts der Fantasie überließ, und ihre Augen wurden groß. Auf seiner Schwimmkappe stand *Pulsate*.

»Du hast es geschafft!« Er lächelte sie begeistert an.

Sie stand da, kam sich dämlich vor, hielt das Handtuch vor sich, um ihre Nacktheit zu verbergen, ihre Zellulite, die Beine, die dringend enthaart werden mussten.

»Komm, rein mit dir!« Er beugte sich nach vorne, tauchte mit einem Hechtsprung lachend ins Becken und löste dadurch die Spannung. Er hatte nichts Gefährliches und Aufregendes an sich, wie er da durchs Wasser glitt mit weichen, unangestrengten Kraulschwüngen. Er kehrte um und schwamm zu ihr zurück an den Rand, wo sie bibbernd knietief im Wasser stand.

»Ich kann nicht mal ordentlich schwimmen«, jammerte Alex.

»Halt still«, befahl er, hielt ihr Kinn in seinen Händen, um sie gerade zu richten, sein muskulöser Körper und ihr fragiler in enger Berührung. »Folge einfach der Linie dort.« Er deutete auf den schwarzen Strich auf dem Boden des Beckens. »Und versuche, ganz gleichmäßig Arme und Beine zu bewegen und die Nase über Wasser zu halten.«

Sie plagte sich ab, plantschte ab und zu wie ein Nilpferd und japste nach Luft. Als sie wieder einmal mit dem Kopf auftauchte, saß er am Rand des Beckens und lächelte sie erheitert an.

»Sehr gut. Einmal noch.«

Dieses Mal schwamm er neben ihr her, in ihrem Tempo, bis sie strampelnd innehielt, sich an der Aluminiumleiter schlapp festkrallte, nach Atem rang und dann nach oben kletterte – eine ertrunkene Ratte war vermutlich noch eine charmante Umschreibung für sie.

Er stützte sie am Ellbogen, wickelte sie in ihr Handtuch und dirigierte sie auf einen Stuhl.

»Ich bin ja in einer Superkondition«, stöhnte sie und wackelte mit einem Finger im Ohr, um es wieder frei zu bekommen.

»Wir kriegen dich bald wieder in Schuss«, lachte er und tupfte ihr sanft den Rücken mit dem Handtuch ab.

Sehnsüchtig spähte sie auf das Fenster seitlich von der Schwimmhalle, auf dem *Cafeteria* geschrieben stand.

»Oh, jetzt einen Kaffee! Hast du noch Zeit für einen?«

»Für einen schnellen schon. In einer Viertelstunde muss ich Unterricht geben.«

In aller Eile duschte sie, zog sich an und traf sich wieder mit ihm. Sie sah wirklich wie eine ertrunkene Ratte aus.

»Ich schaffe das nicht«, sagte sie, als sie über ihrer dampfenden Tasse Kaffee an der Zigarette sog. »Ich mag nun mal keine Schwimmbäder.«

»Dann versuchen wir es mit den Fitnessgeräten.«

Jake führte ihr in atemberaubendem Tempo die verschiedenen Geräte vor, betätigte mühelos den Bauchtrainer, rannte auf dem Laufband und strampelte auf dem Standrad ins Nirgendwo. Alex verabscheute die Dinger ohne Ausnahme.

»Joggen! Das ist gut gegen Stress«, meinte Jake.

»Bloß nicht!«, graulte sie sich. Allein bei dem Gedanken daran verknoteten sich ihre Lungenflügel.

»Ehrlich, das wird dir gefallen! Es würde mir Freude machen, dich dabei auf Trab zu bringen. Sagen wir – morgen früh im Park, Punkt sieben?«

»Gleich morgen?«

»Keine Zeit ist besser als die Gegenwart.«

Serena meinte später: »Das würde dir gut tun«, als Alex es ihr erzählte.

Am nächsten Morgen klingelte Alex' Wecker um halb sieben. Sie schleppte sich vor den Spiegel und stierte trübe in ihr fleckiges Gesicht, weiß wie eine Flasche Milch. Die Aussicht, mit Jake zu joggen, reizte sie wie ein Köpfer vom Zehn-Meter-Brett mit anschließendem Staffellauf.

Widerwillig fuhr sie zum Park, angetan mit ihrem höchst unkleidsamen Trainingsanzug. Die frühe Morgenluft war feucht, der Dunst versprach einen heißen Tag. Durch die Bäume sah sie Jake in seinem schneeweißen T-Shirt, in Shorts und Nike-Laufschuhen bei seinen Streck- und Dehnübungen. Die Sexualität sprühte ihm förmlich aus jeder Pore.

»Da bist du ja, wunderbar«, freute er sich und strahlte sie an.

»Na, ob das wunderbar ist, wird sich noch herausstellen«, grummelte sie.

Er legte ihr die Hände auf die Schultern. »Zuerst ein bisschen aufwärmen. Für den Anfang nichts zu Anstrengendes. Mach deinen Körper gesund, damit er richtig funktionieren kann.«

Alex mochte die geschmeidigen Bewegungen, mit denen er seine Arme zum Himmel reckte und sie dann langsam wieder senkte. Sie machte es ihm nach.

»Das war leicht«, lächelte sie erleichtert.

»Gut. Jetzt eine einfache Übung, um die Muskeln im unteren Beinbereich zu stärken.«

Er zog Schuhe und Socken aus, stellte sich mit einem nackten Fuß auf die Kante einer Stufe, hob sich langsam auf die Zehen, hielt den Rücken dabei sehr gerade, und senkte den Fuß wieder. Dann wiederholte er die Prozedur mit dem anderen Bein.

»Jetzt bist du dran. Mach's nach, aber ganz langsam.«

»Das hab ich noch nie gemacht.«

»Kein Problem, es wird dir gelingen.«

Er wechselte von Seite zu Seite, streckte die Arme aus und vollführte damit Kreise wie ein Propeller.

»Spann den Hintern an!«, rief er ihr zu. »Fühlt sich doch gut an, oder?«

Auf einem Fuß balancierend, reckte er sich auf die Zehen und packte seinen anderen Fuß mit der Hand.

Alex versuchte es ebenfalls, schwankte aber und fiel hin.

»Das ist zu schwer«, jammerte sie.

Er hockte sich neben sie. »Das ist es nur am Anfang«, tröstete er sie. »Wenn du das Grundkonzept erst mal im Kopf hast, geht alles wie von selbst. Koordination ist das Zauberwort. Und es ist überhaupt nichts Kompliziertes dabei. So, jetzt legen wir mal los«, meinte er resolut und half ihr auf die Beine. »Wir nehmen hier den Rundweg. Fang langsam an.«

Sie liefen los. Jake joggte in geruhsamem Tempo, den ganzen Weg über in geschmeidigem Rhythmus, wobei ihm das Haar in die Augen tanzte. Neben ihm rannte Alex, dem die Aussicht, den gesamten Rundweg um den Park joggen zu sollen, wenig verlockend erschien.

»Verschafft einem ein herrliches Wärmegefühl, was?«, fragte er und erhöhte fast unmerklich das Tempo.

»Könnte man so sagen«, keuchte sie.

Nach der halben Strecke gab sie röchelnd auf. »Mir reicht es!«, hechelte sie und sackte schnaufend gegen einen Baum.

Er reichte ihr fürsorglich eine Flasche Wasser. Sie nahm einen gewaltigen Schluck.

»Du machst doch jetzt wohl nicht schon schlapp?« Er stand über ihr. Schweiß glänzte ihm auf der Stirn und klebte ihm das T-Shirt auf die Muskeln seines Körpers.

»Ich brauch 'ne Zigarette.«

»Nein, brauchst du nicht.«

»Gesundheits-Apostel!«, knirschte sie und genehmigte sich erneut einen Schluck Wasser.

Er feixte lediglich. »Los, weiter!«

Sie joggten tatsächlich noch ein Stück weiter, aber dann jaulte bei Alex alles: Beine, Lungen, Herz – nichts funktionierte mehr. Wie ein Fisch an Land nach Luft schnappend, feucht, klebrig und am Ende ihrer Kräfte, bat Alex um Gnade und um mehr Wasser.

Jake überließ ihr den Rest des Wassers und betrachtete sie amüsiert.

Dankbar kippte Alex den Inhalt sowohl in ihre Kehle als auch in ihr erhitztes Gesicht und schnaufte: »Das war's dann also. Ich werd mich doch nicht zum Invaliden rennen!«

Er geleitete sie zu ihrem Wagen. »Wenn du das jeden Morgen machst, zehn Minuten Dehnübungen zum Aufwärmen, fünfzig Minuten Joggen, zehn Minuten Abreagieren, keine Überanstrengung, Wasser trinken, dann wirst du fit und kannst dich in der Zeit auf etwas anderes konzentrieren, als auf deine Probleme.«

»Zu viel Anstrengung!«

Jake lachte. »Anstrengung ist gut für dich. Das weckt die Lebensgeister, festigt den Charakter, und es hilft dir, das dicke Fell wachsen zu lassen, das du brauchst, um mit Wichsern wie deinem Ex fertig zu werden.«

Alex lachte. »Du bist ein liebenswerter Idiot!« Und stieg in ihr Auto.

Ungeachtet ihrer Aussage joggten sie die nächsten vierzehn Tage jeden Morgen gemeinsam. Während dieser Zeit zog Alex – mit Jakes Hilfe – in eine eigene Wohnung, über Serenas gelegen. Sie holte ihre Sachen aus Nigels Wohnung, überwacht von Nigels Sekretärin – eine Aktion, vor der sie sich gefürchtet hatte, die sie aber nun ohne viel Bedenken hinter sich brachte.

Sie blieb dabei, morgens mit Jake zu joggen. Abends fiel sie auf ihr Sofa oder ging ins Bett, zu müde, um irgendwelche Probleme zu wälzen. Jake kam gelegentlich abends vorbei, zufrieden, mit ihr ein Video anzuschauen oder eine Pizza aus Alex' neuem Kühlschrank zu verspeisen, der außerdem gut bestückt war mit tiefgefrorenen vegetarischen Fertiggerichten.

Langatmige Diskussionen über ihre Arbeit gab es nicht. Er hatte kein Interesse daran. Eine erfrischende Abwechslung zu Nigel, der sie nach einem anstrengenden Tag immer so was wie examiniert hatte.

Eines Abends nach einem besonders zermürbenden Tag im Büro klagte sie gegenüber Jake: »Ich hab nicht den Eindruck, dass dieses Training was nützt. Ich fühl mich total gestresst.«

»Ich finde, du siehst geradezu fabelhaft aus«, erwiderte Jake und betrachtete sie fachmännisch von oben bis unten. »Wirklich, ich finde, du solltest mich nächstes Wochenende begleiten zu der *Lakeside*-Gesundheits-und-Freizeit-Konferenz in Galway. Da könnte ich mit dir angeben.«

Wochenende! Konferenz! Ein Schauder durchlief sie. Gleichzeitig fühlte sie sich geschmeichelt. Und sie versuchte, sich vorzustellen, mit ihm ins Bett zu gehen, aber ihre Fantasie ließ sie im Stich; sie fand ihn einfach zu jung für sich. Außerdem war es ja auch wenig sinnvoll, an eine Situation zu denken, die ohnehin entfiel, sobald sie sich vollständig von dem Nigel-Syndrom erholt hätte. Im Übrigen war er, was Sex betraf, vielleicht auch gar nicht interessiert an ihr.

Also wiegelte sie ab: »Ich glaube, das ist keine so gute Idee.

Ich meine, es ist ja nicht so, dass wir was miteinander hätten oder so.«

»Haben wir nicht?« Er schlang seine Arme um sie und zog sie an sich.

Verlegen rückte sie von ihm ab. »Jake, ich bin alt genug, um deine –, deine ältere Schwester zu sein.«

»Das ist mir egal. Ich mag dich genau so, wie du bist.«

»Außerdem bin ich in jemand anderen verliebt.«

Kaum hatte sie das ausgesprochen, da tat es ihr Leid. Die Worte ließen die Atmosphäre wie Blei werden, und angesichts seiner niedergeschlagenen Miene fühlte sie sich wie ein Kind, das sich auf einer Party danebenbenommen hat.

»Das hast du doch gewusst«, versuchte sie ihre Bemerkung abzuschwächen, machte es aber nur schlimmer.

Er schüttelte den Kopf und seufzte tief. »Ist mir egal. Ich möchte gerne, dass du mitkommst.«

In dieser Nacht schlief sie unruhig, wachte morgens geradezu in Panik auf und klingelte Serena schon in aller Frühe aus dem Schlaf, um sich Rat zu holen.

Serena schickte sie erst mal in die Küche, um Kaffee aufzubrühen, und meinte wenig später: »Du gehst da falsch ran. Er ist schließlich ein Mann, oder? Jemand, mit dem du ausgehen kannst und Händchen halten, wenn du willst. Na also, nutz es aus! Und wenn es langweilig wird, bricht dir wenigstens nicht das Herz. Außerdem könnte es immerhin eine Gelegenheit sein, Mr. Richtig zu treffen. Und das weißt du erst, wenn du etwas unternimmst.«

»So hab ich das noch nie gesehen.«

»Dann solltest du damit anfangen. Du willst doch nicht den Rest deines Lebens alleine sein? Abgesehen davon, dass du binnen kurzem an sexueller Unterernährung sterben würdest«, spöttelte Serena.

»Ich könnte mir ja mal einen Typen mit nach Hause nehmen, um mir den sprichwörtlichen Sexwolf von der Tür zu halten.«

»Oder *an* der Tür, je nachdem, wie man's betrachtet«, kicherte Serena.

Alex entschloss sich also mitzufahren und teilte Jake das am nächsten Morgen im Park mit.

»Toll«, freute er sich, zog sein Handy aus der Tasche, tippte irgendwelche Nummern ein und erledigte auf der Stelle die notwendigen Reservierungen.

Im *Lakeside* Freizeit- und Gesundheitscenter angekommen, trug Jake ihre Taschen in die Halle und steuerte auf den Lift zu, während Alex zur Rezeption gehen wollte. Er hielt sie zurück.

»Ich hab bereits für uns eingecheckt.«

Alex war drauf und dran zu protestieren, wollte aber in der Öffentlichkeit keine Szene machen und ließ ihn deshalb gewähren.

Als die Türe ihres Zimmers hinter ihnen zufiel, drehte sie sich zu ihm um und fixierte ihn streng.

»Was ist los?«, fragte er, half ihr aus der Jacke und entfernte die Spange, die ihr Haar zusammenhielt.

»Wir können das nicht tun, Jake.«

Er nahm ihre Hand. »O doch, wir können.« Er berührte ihre Mundwinkel mit seinen Lippen, und sein Atem strich warm über ihr Gesicht. »Es ist ganz leicht.« Spielerisch verwöhnte er ihren Hals mit zärtlichen Schmetterlingsküssen.

Sie öffnete den Mund, um zu protestieren – doch er verschloss ihn ihr mit federleichten, aufreizenden Küssen.

Zitternd trat sie von ihm zurück, schüttelte den Kopf und starrte ihn an. »Das wird alles zwischen uns verderben.«

»Nein, wird es nicht. Vertrau mir.« Sein Lächeln war voller Wissen und Weisheit, weit über seine Jahre und über diesen Augenblick hinaus. Er küsste sie wieder, dieses Mal hart und heftig, seine Zunge räuberte ihre Mundhöhle und seine elektrisierende sexuelle Energie sprang auf sie über.

Es dauerte lange, bis er sie schwer atmend losließ. »Ich habe so lange auf dich gewartet«, sagte er heiser.

Seine Augen, tief und unergründlich, sprachen auf eine so klare und unmissverständliche Weise zu ihr, dass sie nicht länger zögerte.

Willig folgte sie ihm, als er sie zum Bett zog – und bereute es nicht eine Sekunde.

Etliche Wochen später, als Alex eines frühen Morgens ihre Wohnung verließ, um wie gewöhnlich in den Park zu fahren, tauchte wie aus dem Nichts Nigels Wagen auf.

Er stieg aus, stand wie vom Donner gerührt da und gaffte sie fasziniert an. Die Alex, die er gekannt hatte, war verschwunden. An ihre Stelle war diese schöne Fremde getreten – in weißen Joggingshorts und knappem Top, das Haar zurückgekämmt, das Gesicht leuchtend. Es war schwer zu sagen, was sich so an ihr verändert hatte, aber sie wirkte viel erwachsener und war definitiv schöner. Und dazu dieser Körper!

»Hallo«, sagte er endlich und blickte sich rasch um, um sich zu vergewissern, dass sie allein waren. »Wie geht es dir? Bist du in jemanden verliebt?« Das war es, was ihn hauptsächlich interessierte.

»Hi!« Sie musterte ihn und wich dann seinem Blick aus.

»Ich hab durch die Buschtrommel erfahren, dass du mit Joggen angefangen hast.«

»Das ist richtig.« Sie bemühte sich, ihm lediglich unverbindliche Freundlichkeit entgegenzubringen.

»Ich wollte dich unbedingt sehen. Ich muss mal mit dir reden.«

»Worüber?«

»Darf ich's dir erklären?«, fragte er, nahm ihren Arm und führte sie wieder ins Haus.

Sie schaute auf ihre Uhr. »Ich muss gleich los.«

»Es dauert nicht lange.«

»Dann mach es kurz.« Sie ließ ihn in ihre Wohnung ein, blieb aber im Korridor stehen.

»Alex, es fällt mir schwer, es zuzugeben, aber ich bin ganz elend dran, seit wir uns getrennt haben. Ich klammere mich permanent an unsere Erinnerungen. Ich habe einen schrecklichen Fehler gemacht. Ich vermisse dich.«

»Machst du Witze?«

»Nein, es ist mir todernst. Ich hatte Unrecht. Ich dachte, unser Zusammenleben wäre für uns beide so eine Art Gewöhnung geworden, und jeder würde die Langeweile gerne beenden. Aber seit wir auseinander sind, stelle ich fest, dass ich keine andere als dich will.«

Sie erkannte echte Reue in seinen Augen. Er wollte tatsächlich zu ihr zurück! Entgeistert musterte sie ihn, lange Zeit.

Endlich sagte sie mit einem Funkeln in den Augen: »Auch ich habe einen schweren Fehler gemacht, nämlich mich viel zu lange an dir festgeklammert. Als meine Welt dann zusammenbrach, versank ich in einem tiefen, schwarzen Loch. Weißt du, ich hab ja nie gedacht, dass so etwas *mir* passieren könnte. Es war ein echter Schock.«

»Das tut mir Leid. Es wird nie wieder passieren. Ich verspreche es.«

»Klar, weiß ich, Nigel. Jetzt muss ich aber wirklich los. Jake wartet auf mich.«

»Jake?«

»Er ist Fitnesstrainer.« Jetzt fühlte sie sich mal wieder in die Defensive gedrängt, als ob sie ihm eine Erklärung schuldig wäre.

»Doch wohl nur dein persönlicher Trainer, sonst nichts, oder?«

Alex sah verlegen zu Boden. »Er ist ein Freund.«

»Habt ihr was miteinander?«

»Ja.«

»Er ist der falsche Typ für dich, Alex.«

»Woher willst du das wissen?«, begehrte sie nun auf.

»Er ist dir doch bestimmt intellektuell, finanziell und gesellschaftlich unterlegen.«

Sie fixierte ihn mit bestem Blick. »Hör mal, ich möchte das Vergnügen unserer Begegnung ja ungern schmälern, aber ich habe Termine.«

Verdutzt ließ er sich aus ihrer Wohnung drängen, setzte ihr dann aber nach.

»Warte einen Moment.«

»Nicht, wenn du beleidigend wirst. Weder gefallen mir deine Kommentare noch diese ganze peinliche Situation. Außerdem habe ich keine Zeit mehr.«

»Meine Güte! Ich glaube ja, dass er ein prächtiger Kerl ist, aber machen wir uns doch nichts vor…«

»Du bist arrogant und egoistisch, Nigel. Jake ist ein freundlicher, fürsorglicher Mann, genau die Sorte Mensch, die ich brauchte, als du mich sitzen gelassen hast.«

»Alles nur Muskeln und Testosteron.«

»Hat er, natürlich. Aber zudem weiß er, wie liebevoll man eine Frau behandeln muss.«

»Über deine Arbeit kann er doch wohl nicht mit dir reden, oder?«

»Das ist mir ganz recht.«

»Und er kann sich deinen kostspieligen Geschmack nicht leisten, wetten?«

»Ich hab mein eigenes Geld. So, das reicht.«

»Alex, ich bin hergekommen, weil ich dich fragen wollte, ob du mich heiraten willst. Du kannst deinen Job aufgeben, mit mir kommen und eine Weile in Brüssel leben. Es würde dir gefallen!«

»O Nigel, ich kann mir nichts Schlimmeres vorstellen, als meinen Job aufzugeben!«

»Aber mich zu heiraten, das ist doch wohl eine Überlegung wert?«

Alex zögerte keine Sekunde. »Ja, das wäre noch schlimmer, als den Job aufgeben zu müssen.«

»Alex!«

Sie schloss ihre Wagentür auf und ließ sich hinters Lenkrad gleiten, während er verdattert hinter ihr herstarrte in seinem maßgeschneiderten *Louis Copeland*-Anzug.

Sie gab Gas und empfand kein Fünkchen Mitleid für ihn.

Jake wartete schon ungeduldig auf sie.

»Du kommst spät«, sagte er leicht vorwurfsvoll, lächelte aber, als sie rasch auf ihn zukam und ihm einen Kuss gab. Leichtfüßig setzten sie sich in Bewegung – und nicht das erste Mal fielen ihr die neidvollen Blicke der anderen joggenden Frauen auf, an denen sie vorbeikamen. In ihnen las sie, dass sie einen Begleiter hatte, von dem andere nur träumen konnten.

Jake hatte ihren Geist auf Trab gebracht, hatte das Gewicht der Probleme von ihren Schultern genommen – nicht nur mittels seines Trainingsprogramms. Er hatte ihr ihr Selbstvertrauen zurückgegeben, hatte ihr das Gefühl vermittelt, geliebt und begehrt zu werden. Was bedeutete es schon, dass er fast acht Jahre jünger war als sie? Sie fühlte sich wie ein neuer Mensch, fähig, es mit allen Schwierigkeiten, die kommen könnten, siegreich aufzunehmen.

CATHERINE BARRY

Der achtund-zwanzigste Tag

CATHERINE BARRY lebt mit ihren beiden Kindern in Dublin. Sie ist Autorin zahlreicher Gedichte und Kurzgeschichten. 2001 erschien ihr erster Roman *The House, That Jack Built*.

Ich sitze am Frühstückstisch mit meinem Ehemann Michael, den ich normalerweise liebe, achte und verehre. In den nächsten vierundzwanzig Stunden werde ich ihn allerdings nicht lieben, achten und verehren. Ich werde ihn hassen, verabscheuen und mir wird sogar die Luft, die er atmet, zuwider sein, weil ich unter PMS leide. Ich bemühe mich nach Kräften, das laute Schlürfen zu ignorieren, das von seiner Seite des Tisches kommt, während er archäologische Ausgrabungen in einer Schüssel Cornflakes durchführt. Jetzt schabt er mit dem Metalllöffel über den Boden der Schüssel. Das Geräusch ist schlimmer als das Quietschen eines Stücks Kreide auf einer Schultafel. Ich weiß, dass ich PMS habe. Ich weiß, was das ist. Ich weiß, warum es passiert. Ich weiß alles über hormonelle Schwankungen. Aber alles Wissen der Welt kann nichts gegen das fürchterliche Gewitter ausrichten, das sich heute über unserem sonst so glücklichen Heim zusammenbraut. Ich weiß, dass es vorübergehen wird, und ich weiß, dass ich nichts gegen meinen Zustand tun kann. Trotzdem würde ich Michael am liebsten ein Messer ins Auge bohren.

Ellie, unsere achtjährige Tochter, kommt in die Küche. Ihre blonden Zöpfe sind mit Haar-Gel von *Sabrina's Secrets* verschmiert. Überall auf ihrem Gesicht ist Lippenstift, außer auf ihren Lippen. Sie stellt sich mit ihrer neuen Geige neben den Tisch und fährt mit dem Bogen über die Saiten. Das Geräusch klingt wie ein Sack voll Katzen, die dem Ersticken nahe sind. Sie hatte erst drei Stunden Unterricht und spielt entsetzlich schlecht. Ich widerstehe dem Drang, mir die Ohren zuzuhalten.

»Hallo Wichtel«, sagt Michael zu ihr. Hallo sagt er zu *ihr!* Kein Guten Morgen für mich. Das hat er mit Absicht gemacht. Mistkerl. Er tut alles, was in seiner Macht steht, um mich auf die Palme zu bringen. Wenn schon, von mir aus kann er auch singen. Dieses Mal werde ich keine dumme Bemerkung von mir geben oder irgendeinen anderen Fehler machen. Es kommt mir nicht in den Sinn, dass ich ihn nicht gerade mit Liebe und Bewunderung und Zärtlichkeit überschüttet habe, und es kommt mir auch nicht in den Sinn, dass ich innerhalb von fünf Sekunden jedes lebende Wesen in meiner Umgebung beleidigt haben werde und nicht einmal wissen werde, warum.

»Ellie, bist du etwa schon wieder an meiner Kosmetiktasche gewesen?«, fauche ich die Kleine an. Sie wartet darauf, dass ich ihr sage, wie gut sie schon Geige spielt, aber mein Ausbruch lässt es ihr angeraten erscheinen, sie wegzustellen.

Mein Ärger richtet sich nicht gegen sie, nicht einmal gegen ihn, aber ich kann meine Zunge einfach nicht im Zaum halten. Sie wird tun, was sie will, und ich werde ihr den ganzen Tag über hilflos ausgeliefert sein. Was ich wirklich brauche, ist einer dieser Knebel, wie Hannibal Lecter in *Schweigen der Lämmer*. Man sollte mir verbieten, das Haus zu verlassen, auf jeden Fall aber, den Mund aufzumachen. Ich spiele mit dem Gedanken, eine erhöhte Dosis Schlaftabletten zu nehmen, die mich so lange bewusstlos macht, bis endlich meine gesegnete Periode einsetzt. Wenn ich Glück hätte, würde Michael dann vielleicht keinen Scheidungsantrag stellen, womit er mir letztes Mal gedroht hat. Er sagt immer, er werde mich verlassen, wenn der nächste Anfall von Wahnsinn naht. So wie wir uns im Moment gegenseitig mit Blicken durchbohren, scheint es mir eher auf einen Mord hinauszulaufen. Ich kann es Michael am Gesicht ablesen, dass er weiß, dass es wieder einmal so weit ist. Ich kann seinen Anblick nicht ertragen. Allein seine Gegenwart geht mir auf die Nerven. Ich hasse die kleinen grunzenden Laute, die er von sich gibt. Er sieht dick und alt aus, und mir fällt auch nicht die kleinste Kleinigkeit ein, die für ihn spricht. Ich kann mich nicht einmal mehr erinnern, warum ich ihn geheiratet habe. Man muss ihn sich nur einmal ansehen. Wie er vor sich hinlächelt. Dieser Riesenidiot. Er ist glücklich. Der hat vielleicht Nerven. Er hat kein Recht, glücklich zu sein, wenn ich mich wie ein Haufen Scheiße fühle. Auch das macht er nur, um mich zu ärgern. Nach dem Motto: »Ich bin ein glücklicher, normaler, zufriedener, ausgeglichener Mensch.« Im Gegensatz zu: »Du bist eine durchgedrehte Irre mit einem möglicherweise tödlichen Küchengerät in der Hand, und ich tue so, als wüsste ich nicht, dass mein Leben in Gefahr ist.«

Ich spiele mit der Bratpfanne und beschließe, sie besser für den Zweck zu verwenden, für den irgendjemand sie geschaffen hat. Ich brate ein paar Eier, bis mir plötzlich einfällt, dass keiner von uns Eier isst. Ich werfe sie in den Abfalleimer, als wäre das normal und frage mich, was man wohl von mir erwartet. Die Stimmung ist so aufgeladen, dass man es förmlich knistern hört.

»Ellie, sieh nach, ob du dein Turnzeug eingepackt hast und wisch dir sofort das Zeug aus dem Gesicht«, fahre ich sie an.

Sie murrt.

»Auf der Stelle«, befehle ich.

Ein Blick von der Neandertalerfrau mit den hervorquellenden Augen und den wirren Haaren lässt sie davonflitzen. Wir wissen beide, dass das Turnzeug in ihrer Tasche ist, aber das hält mich nicht davon ab, sie damit zu quälen. Sie sieht nach, obwohl sie weiß, dass sie es bereits eingepackt hat, kommt dann zurück in die Küche und schmiegt sich in *seine* Arme. Michael gibt ihr einen Kuss und drückt sie fest an sich. Die beiden haben sich gegen mich verschworen. Aber ich durchschaue sie, ich bin ja nicht blöd!

»Ellie, was willst du zum Frühstück?«, frage ich lustlos.

»Knusper-Müsli in der Schale mit dem Blumenmuster und den rosa Löffel«, antwortet sie.

Ich kann weder die Schale noch den rosa Löffel finden. Ich stelle die halbe Küche auf der Suche danach auf den Kopf, bis mir schließlich dämmert, dass er sie absichtlich versteckt hat. Ich mag ja völlig von der Rolle sein, aber dumm bin ich nicht. Ich knalle eine riesige Schüssel auf den Tisch, in der ich normalerweise Obstsalat mache. Ich schütte Cornflakes hinein und gieße zu viel Milch dazu. Sie läuft über den Rand, als sei sie lebendig. Ich lasse einen Esslöffel hineinfallen.

Niemand, der bei Verstand ist, wird es wagen, mich deswegen zur Rede zu stellen.

Michael steht auf. Jeden Augenblick wird er sich auf den Weg in sein nettes Büro machen, er wird an seinem netten Schreibtisch sitzen, mit netten erwachsenen Leuten reden – netten blonden, vollbusigen erwachsenen Frauen – und einen schönen Tag verbringen. Und worauf kann ich mich freuen? Einen Berg Schmutzwäsche und die Aussicht, in den nächsten drei Stunden bis zu den Ellbogen in Seifenlauge zu stecken. Der Höhepunkt des Tages wird ein Schwätzchen über den Gartenzaun mit Mrs. Bucket von nebenan sein. Deren Haus so makellos ist, dass jede Nacht die Heinzelmännchen zum Putzen kommen müssen. Es ist immer tipptopp, das perfekte Haus für Zeitschriftenartikel wie »Hochwertige Einrichtungen für minderwertige Schwächlinge« oder »Wie Sie sich wegen Ihrer nicht vorhandenen hausfraulichen Fähigkeiten noch beschissener fühlen können«.

Diese Frau ist mir ein Rätsel. Das Haus ist ein palastartiges Kunstwerk, aber sie selbst sieht so aus, als sei sie gerade aus einer Mülltonne gekrochen. Sie hat keinen Geschmack, was Kleidung betrifft, und hält auch nicht viel von Körperpflege. Ich kann mir nicht vorstellen, was eine Frau dazu veranlasst, in Designerklamotten herumzulaufen und dabei nach WC-Reiniger und Hamsterköteln zu riechen. Und ihr Kind erst. Dieser rotznasige vierjährige Balg macht mich krank. Warum kann sie nicht gelegentlich mal seine Nase abwischen, statt des

Küchentischs? Warum tut sie nichts gegen die zwei grünlichen Schleimfäden, die ihm ständig aus den Nasenlöchern laufen? Ich weiß nicht, warum er sich jedes Mal so aufführt, wenn er mich kommen sieht. Er fängt an zu strahlen und streckt erwartungsvoll die Arme aus. Aus irgendeinem unerfindlichen Grund scheint er zu glauben, dass ich eine Überraschung für ihn dabeihabe. Oh, wie gern würde ich ihm jetzt eine Überraschung bereiten. Ja. Einen kräftigen Tritt in den …

»Betty, wir haben schon wieder keine Teebeutel mehr.« Michaels Stimme bringt mich in die Wirklichkeit zurück.

Er steht neben mir und hat seine Zähne noch nicht geputzt. Er riecht wie eine Cornflakes-Fabrik, und mir wird ganz übel. Wenn er mich jetzt küsst, übergebe ich mich. Aber kein Grund zur Sorge. Er spricht nicht weiter, und wir sehen beide auf den Kalender, der an der Wand hängt. Michael hat den achtundzwanzigsten Tag mit einem dicken schwarzen Filzstift umringelt. Ich finde das nicht besonders witzig. Er muss ja nicht jeden Monat durch diese Hölle gehen. Er weiß nicht, was es heißt, eine Frau zu sein. PMS, Menstruation, Schwangerschaft, Wehen, Gebärmutterentfernung und schließlich die quälenden Wechseljahre, nach denen wir dem sicheren Tod entgegeneilen. Zumindest etwas, auf das man sich freuen kann. Es ist ein Trost, wenigstens diese Gewissheit zu haben.

»Du hast es vergessen, nicht wahr?«, fragt Michael leise.

Er deutet mit dem Kinn auf den Kalender. Denkt er wirklich, ich bin in dem Zustand, eine solche Bemerkung ertragen zu können?

Liegt ihm etwas an seinem Leben? Ist ihm überhaupt klar, dass wir uns in der Küche befinden und das Fleischmesser in Reichweite ist?

»Wie könnte ich das vergessen?«, schnauze ich ihn an und reiße den Kalender von der Wand. Wie unsensibel kann er sich denn eigentlich noch aufführen?, frage ich mich. *Ich weiß, dass ich PMS habe.* Ich weiß, dass ich nicht ganz bei mir bin.

Will er, dass ich mir ein Schild auf den Rücken hefte oder was? WEILE GERADE IN WOLKENKUCKUCKSHEIM. BIN MORGEN WIEDER ZURÜCK.

»Hä?« Er starrt mich völlig verblüfft an.

Er stellt sich dumm. Er hat das Fleischmesser bemerkt und meine Finger, die gefährlich dicht daneben nervös auf die Tischplatte trommeln.

»Ich rede von …« Er spricht den Satz nicht zu Ende.

Ich sehe ihn mit einem irren Blick an. Jenem Blick, der jedem Ehemann das Recht geben sollte, seine Frau in die Klapsmühle einliefern zu lassen. Voller Entsetzen tritt er einen Schritt zurück. Jetzt fehlt nur noch, dass er mir ein Kreuz vors Gesicht hält und schreit: »Komm raus, komm raus, wer immer du auch bist! Ich befehle dir, sofort den Körper dieser Frau zu verlassen!«

Ich kann ihm keinen Vorwurf machen. Ich fühle mich, als sei der Teufel mit all seinen Vettern in mich gefahren. Mich quält und peinigt irgendeine unbekannte Macht, die sich nicht packen oder berühren lässt. Es ist, als habe ein anderer von meinem Körper, meinem Geist und meiner Seele Besitz ergriffen. In mir steckt ein Dämon, der mir befiehlt, mich danebenzubenehmen, mir verletzende, beleidigende Worte einsagt und mich dazu bringt, das bösartigste Weib zu sein, das jemals auf Erden wandelte. Ich wollte, sie würden alle verschwinden und sich jemand anderes suchen, den sie quälen können. In mir hat sich ein ganzer Haufen multipler Persönlichkeiten niedergelassen, und es ist kein Platz mehr frei.

Wenn es noch schlimmer wird, könnte es einen Mord geben, und ich beginne zu beten, dass Michael endlich kapiert und geht. Er tut es. Er wendet sich ab, er sieht traurig und verletzt aus. Was hat er denn für einen Grund, verletzt zu sein? Der trieft nur so vor Selbstmitleid! Ich höre, wie er leise die Tür hinter sich schließt, aber in meinem Kopf hallt das Geräusch wie ein Paukenschlag wider. Ich bin geräuschempfindlicher geworden und habe bereits diese pochenden, heftigen Kopfschmerzen, die ich so gut kenne. Es fühlt sich an, als habe jemand eine Schlinge um meinen Kopf gelegt und ziehe sie immer fester zusammen. Ich brauche ein paar Aspirin, aber ich habe vergessen, wo sie sind.

Ellie steht neben mir und zupft an meinem Morgenrock. Ich kann es nicht ausstehen, wenn sie das tut.

»Was ist?«, frage ich gereizt.

»Mama, ich bin spät dran und du bist noch nicht einmal angezogen«, sagt sie mit drängender Stimme.

»Ach ja.« Jetzt erinnere ich mich.

Ich muss mich anziehen. Ich steige müde die Treppe hoch und gehe in mein Schlafzimmer. Da steht noch eine schmutzige Tasse, und auf dem Fußboden liegt eine Zeitschrift. Aber ich sehe gar nicht richtig hin. Meine Augen sind genauso angegriffen wie alles andere. Außerdem sieht es hier sowieso aus wie auf einer Müllhalde. Ich weiß nicht, wo ich anfangen soll. Ich bin überfordert. Vollkommen verwirrt. Ich versuche darüber nachzudenken, wie ich mit all den Dingen fertig werden soll, die ich erledigen muss, obwohl ich genau weiß, dass ich nicht mehr zu tun habe als gestern. Ich kann das schmutzige Zimmer, das gar nicht schmutzig ist, nicht ertragen.

Ich sehe mich nach etwas zum Anziehen um. Verwirrung. O bitte, ich will heute keine Entscheidungen treffen müssen! Ich weiß nicht, was ich anziehen soll. Mein Schlafanzugoberteil ist durchgeschwitzt und klebt an mir, das ist immer ein Zeichen, dass ich mich im Kriegsgebiet befinde. Ich kann mich nicht dazu überwinden, es auszuziehen. Ich träume davon, wieder ins Bett zu kriechen, sobald ich Ellie in der Schule abgeliefert habe, und nehme mir vor, an diesem Tag möglichst wenig zu tun. Ich klettere in eine Jeans, aber der Reißverschluss lässt sich nicht zuziehen. Ich sehe normalerweise schon aus wie im dritten Monat, doch heute Morgen sehe ich aus, als wäre ich drei Wochen über dem errechneten Geburtstermin. Mein Bauch ist angeschwollen, und ich habe Blähungen. Ich ziehe die Jeans wieder aus und schlüpfe stattdessen in eine schmutzige schwarze Jogginghose. Ich werfe einen Blick in den Spiegel und vergehe vor Scham. Mein Gesicht ist mit Flecken übersät und überall sprießen Pickel, die wehtun, wenn ich sie berühre. Meine Haare sind fettig und hängen herunter, obwohl ich sie erst gestern gewaschen habe. Ich sehe aus wie ein gestürzter Semmelpudding, auf den man ein paar Rosinen gestreut hat. Ich sehe dick, plump und hässlich aus. Ich fühle mich dick, plump und hässlich.

Ich renne die Treppe hinunter und ziehe Ellie hinter mir her. Ich sage ihr, sie solle sich beeilen, dabei bin ich es, die herumtrödelt, während sie schon seit über einer halben Stunde fertig ist.

»Los jetzt, mach schon, Ellie«, sage ich und schiebe sie aus der Tür.

»Mama?«, sagt sie und blickt auf meine Füße.

»Was ist denn nun wieder?«, frage ich, schon völlig erschöpft, obwohl es noch nicht einmal neun Uhr ist.

Ich blicke ebenfalls nach unten und erkenne das Problem.

»Du hast deine Hausschuhe an«, sagt sie seufzend.

»Das weiß ich. Steig ins Auto«, blaffe ich zurück.

Ich habe es natürlich nicht gewusst, aber das würde ich nie zugeben, niemals.

Ich öffne das Tor und den Kofferraum und werfe ihre Sachen hinein. Wir steigen ein, ich fahre rückwärts auf die Straße, und erst dann fällt mir auf, dass ich meine Handtasche auf dem Autodach liegen gelassen habe. Ich steige auf die Bremse, und der Inhalt meiner Tasche verstreut sich über die Straße. Eine wütende Frau in einem Jeep reißt das Lenkrad herum, um mir auszuweichen, und drückt ein paarmal auf die Hupe. Diese bescheuert aussehenden Militärkarren. Warum um Himmels willen kaufen sich die Leute Jeeps, wenn es hier genug asphaltierte Straßen gibt? Sie schauen von oben von ihrem vermeintlichen Götterthron auf dich herunter, brettern durch Wohngebiete und blockieren die ganze Straße vor den Schulen. Ich meine, wir sind hier in Donaghmede, verdammt noch mal, und nicht irgendwo in Afrika, oder?

»Ja, ja«, schreie ich ihr hinterher. Wahrscheinlich hat sie es auch. PMS, meine ich. Man muss sich nur einmal vorstellen, alle Frauen auf der Welt hätten gleichzeitig PMS. Nicht, dass man das wirklich will. Rote Knöpfe oder ähnlicher Unsinn sind plötzlich überflüssig. Und die Pläne für das kleine Häuschen in Connemara für den Ruhestand kann man sich mit Sicherheit abschminken. Es wird kein Connemara mehr geben. Lasst sie alle um acht Uhr raus, und die Menschheit, wie wir sie kennen, ist um Viertel nach acht ausgelöscht (mit ein paar Minuten hin oder her).

Nachdem ich Ellie an der Schule abgesetzt und mir durch die Kolonne Furcht erregender Panzer, die mich rücksichtslos überholen, den Weg nach Hause erkämpft habe, lasse ich mich aufs Bett fallen. Mein Rücken schmerzt. Ein langsam stärker werdender, dumpfer Schmerz, der mich den ganzen Tag quälen wird. Wenn ich mich auch nur ein bisschen nach vorne beuge, habe ich ein Gefühl, als hätte ich Gewichte gestemmt. Ich liege im Bett, tue mir Leid und fange an, mich schuldig zu fühlen. Ich hätte netter zu Ellie sein können. Ich habe ihr nicht einmal einen Abschiedskuss gegeben. Michael hat mir auch keinen Abschiedskuss gegeben, aber er liebt mich ja nicht und ich bin ihm gleichgültig. Wenn es nicht so wäre, hätte er mir das mit den Cornflakes nicht angetan. Ich wette, dass er eine Affäre hat. Wahrscheinlich tauschen sie hinter dem Wasserspender gerade Cornflakes-Krümel aus. Ich gebe mich meinem stillen Kummer hin.

Endlich stehe ich auf und beschließe, einkaufen zu gehen. Wir haben wie gewöhnlich keine Teebeutel mehr und ich bin fest entschlossen, Michael nicht den Sieg davontragen zu lassen. Ich schreibe mir »Teebeutel« auf den Handrücken, um sicherzugehen. Mein Rücken bringt mich um. Ich muss mir Aspirin besorgen. Ich sollte besser seinen Anzug auf den Bügel hängen, sonst gibt es gleich wieder Streit. Ich mache mir schnell eine Tasse dünnen Kaffee, und dabei fällt mir ein, dass Michael mir heute Morgen keinen ans Bett gebracht hat. Wie selbstsüchtig und rücksichtslos! Typisch. Er sollte wissen, dass ich ein bisschen verwöhnt werden muss. Er liebt mich tatsächlich nicht. *Keiner liebt mich …*

Ich sehe mich in der Küche um, das Frühstücksgeschirr steht immer noch auf dem Tisch. Plötzlich kommen mir die Fußleisten furchtbar schmutzig vor, und die Vorhänge sollten auch mal wieder gewaschen werden. Diese Teppiche sehen einfach grässlich aus, und die Wände könnten ein bisschen Farbe vertragen. Das ganze Haus sieht aus wie eine Rumpelkammer, und ich bin eine Versagerin. Ich halte es nicht mehr aus. Ich halte es in diesem Haus nicht mehr aus. Die vier Wände erdrücken mich. Ich muss raus hier, und zwar sofort.

Ich mache mich schniefend auf den Weg zum Supermarkt, fest entschlossen, den Laden erst dann wieder zu verlassen, wenn ich alles habe, weswegen ich gekommen bin. Aber gleich darauf überlege ich es mir anders und beschließe, meine Lieblingsdrogerie aufzusuchen. Dort steuere ich sofort die »Süßigkeitenecke mit Selbstbedienung« an (der Gang mit den Arzneimitteln für diejenigen unter uns, die emotional ausgeglichener sind). Hmm, leckere Tabletten. Ein paar hübsche kleine rote, oh, und ein paar blaue, ach, und die sehen niedlich aus. Ja. Jetzt noch Strohblumenöl, Vitamin B6, Nachtkerzenöl, Abführtabletten für meinen angeschwollenen Bauch, Magentabletten mit Erdbeergeschmack gegen die heftigen Blähungen, die unweigerlich einsetzen werden, nachdem ich mich über eine ganze Einkaufstasche voller fetthaltiger, überzuckerter Kalorienbomben hergemacht habe. Schafgarbentee gegen Menstruationsbeschwerden und Aspirin gegen die Kopfschmerzen. Nicht zu vergessen eine Salbe gegen die

Pickel in meinem Gesicht. Oh, und dann noch Johanniskraut und ein paar Beruhigungstropfen. Nein, Moment. Da sehe ich doch etwas noch Interessanteres. Ich stelle die Beruhigungstropfen zurück und hole eine andere Flasche, auf der »Ausgeglichenheit« steht, aus dem Regal. Die nehme ich, der Name hat mehr Buchstaben und ausgeglichen klingt sehr viel besser als beruhigt. Ich bin keines von beiden. Wem mache ich eigentlich was vor? Ich laufe in den anderen Gängen auf und ab, ziehe überflüssiges Zeug aus den Regalen und werfe es in den Einkaufswagen. Ich stehe zehn Minuten vor den Shampoos und versuche herauszufinden, was ich hier will. Ich weiß, da war noch was. Ach ja. Binden für die bevorstehende Attacke. Ich nehme eine Packung Always Ultra. Mit Flügeln. Mit Flügeln? Was kommt wohl als Nächstes? Boeing 747 mit eisgekühltem Champagner, kostenloser Zeitung und Fenstersitz? Ich wünschte …

Ich bemerke, dass sich der Ladendetektiv an mich heranschleicht. Er beobachtet mich mit Argusaugen, bestimmt hält er mich für eine Diebin oder eine Drogensüchtige. Das überrascht mich nicht weiter, denn als ich an der Kasse ankomme, ist mein Einkaufswagen voller Tabletten und obenauf thront eine große Tüte Doughnuts. (Auch ein Vorhängeschloss ist dabei. Ich habe keine Ahnung, warum ich ein Vorhängeschloss kaufe, und will lieber nicht darüber nachdenken …) Ich sehe aus wie ein Junkie, der gerade bei *Tele-Bingo* abgeräumt hat.

Ich fange an, vor mich hinzusummen.

»Tele-Bingo am Freitagabend, Tele-Bingo am Freitagabend …«

Der Ladendetektiv ist jetzt direkt neben mir. Diskret verdeckt er seinen Mund mit der Hand. Er flüstert in eines dieser Walkie-Talkies. Ich stelle mir vor, dass er aufgeregt Unterstützung anfordert: »Jungs, ich habe hier einen tollen Fang gemacht. Ich fress 'nen Besen, wenn die nicht aus der Klapse ist. Nicht alle Tassen im Schrank, wenn ihr versteht, was ich meine. Ich schlage vor, Unterstützung zu schicken. Alle Einsatzmannschaften bereitmachen. Over.«

Ich bezahle und gehe schnell aus dem Geschäft, bevor die Männer in den weißen Kitteln kommen und mich in eine Zwangsjacke stecken. Ich komme ungefähr zur Mittagszeit zu Hause an, erschöpft und mit schmerzendem Rücken. Ich sehne mich nach einer Tasse Tee, und das Verlangen nach etwas Süßem, das mich seit dem frühen Morgen quält, ist kaum noch auszuhalten. Ich setze Wasser auf und hole mir eine hübsche saubere Tasse aus dem Schrank. Dann fällt es mir ein. Ich habe die verdammten Teebeutel vergessen. April, April!

Ich begnüge mich also wieder mit Kaffee und mache es mir vor dem Fernseher bequem. Eine dieser Talkshows läuft. Großartig. Genau das, was ich brauche. Es geht um Wiedersehen. Da sitzen Frauen in einer Reihe auf der Bühne und behaupten, sie verzehrten sich vor Liebe nach Männern, die sie seit zwanzig Jahren nicht gesehen haben und nicht ausfindig machen können. Und jetzt das Beste! Die Männer kommen aus dem hinteren Teil der Bühne nach vorne, und sie fallen einander in die Arme. Mit so viel Gefühl werde ich nicht fertig. Ich bin völlig aufgelöst. Ich kann nicht mehr aufhören zu weinen. Es ist wie ein Sturzbach. Ich versuche mich zusammenzureißen, aber es ist zwecklos. Ich weine für Irland. Ich schalte um. Ich sehe mir eine Sendung über den Fischfang bei den Eskimos an. Ein Kerl steckt seinen Kopf in ein Wasserloch. Es bringt nichts. Ich weine mir immer noch die Augen aus. Ich mache mich über die restlichen mit Marmelade gefüllten Doughnuts her und bekomme Blähungen. Ich nehme ein paar Magentabletten dagegen. Ich fühle mich erbärmlich und einsam und deprimiert. Nur noch sechs Stunden, und alles ist vorbei. Nur noch sechs Stunden, und ich bin wieder ein Mensch und andere können sich mir wieder nähern, ohne sich in Lebensgefahr zu begeben.

Um zwei Uhr fahre ich zur Schule, um Ellie abzuholen. Ich habe eine kleine Auseinandersetzung mit einem besonders hässlichen Jeep, der versucht, mich aus einer Parklücke zu verdrängen, aber ich trage mit Leichtigkeit den Sieg davon, weil ich schneller bin und ein kleineres Auto fahre. Ha! Der Jeep muss auf der Straße halten und verursacht einen Stau. Ich bin sehr zufrieden mit mir und rufe etwas von »Hinterwäldler«, als ich an der Fahrerin auf ihrem Hochsitz vorbeikomme. Das ist das Einzige, was mir an diesem Tag bis jetzt Spaß gemacht hat, aber Ellie ist offensichtlich peinlich berührt und zweifelt an dieser seltsamen Frau, die ihre Beschützerin und Mutter sein soll. Sie sitzt auf dem Beifahrersitz, neben sich eine Irre am Steuer. Sie schnallt sich an und wirft mir einen Blick von der Seite zu. Ich frage mich, ob ich wirklich so schlimm bin.

Als wir wieder zu Hause sind, versuche ich, ihr bei ihren Hausaufgaben zu helfen. Ich sehe ihr zu, wie sie sich mit ihrer Schönschrift abmüht. Ich sehe ihr nur zu. Ich denke darüber nach, dass sie größer wird, und wünsche mir, ich könnte etwas tun, damit ihr all das erspart bleibt. Es dauert nicht mehr lange, und sie ist eine Frau und bekommt einen Busen und ihre Tage, und die Jungs gucken ihr hinterher. Ich will nicht, dass sie das alles durchmachen muss. Ich kann den Gedanken nicht ertragen, sie loszulassen. Ich streiche ihr die blonden Haarsträhnen, die ihr übers Gesicht fallen, hinter die Ohren, damit sie besser sehen kann. Sie lächelt mich an und lässt mich für einen Augenblick dahinschmelzen. Ich lächle zurück. Sie ist wunderbar mit ihren acht Jahren. Wie wird sie mit vierzehn sein? O Gott. Ich gebe ihr einen leichten Kuss auf die Stirn und fange wieder an zu weinen. Ich kann nichts dagegen machen. Sie starrt mich verwundert an. Ich stehe auf und fange an aufzuräumen.

Für den Rest des Nachmittags wirble ich durchs Haus. Ich weiß nicht, was über mich gekommen ist, aber ich habe den Drang, alles sauber zu machen. Ich zerre Kochtöpfe aus den Schränken, wische die Fußleisten, der Staubsauger ist ununterbrochen in Betrieb und die Flasche mit Möbelpolitur fast leer. Das Haus ist blitzblank, aber ich finde immer noch irgendetwas Unnötiges zu tun. Als würde ich mich auf den Besuch des Papstes vorbereiten. Ich erinnere mich, dass meine Mutter das auch jedes Mal gemacht hat, bevor sie ihre Tage bekam. Man nennt es »Nestbautrieb«. Sich vorbereiten. Sich auf ein Baby vorbereiten. Nur dass kein Baby kommt. Dafür habe ich gesorgt. Ellie reicht uns beiden im Moment. Ich denke an Michael und sehe auf die Uhr. Bald wird er zum Abendessen nach Hause kommen. Wir müssen noch den ganzen Abend miteinander überstehen. Wie sollen wir das schaffen? Ich werde wohl das Gleiche wie sonst auch tun. Ich werde ein langes heißes Bad nehmen, meine Beine rasieren, mich von Kopf bis Fuß eincremen, meine Fingernägel lackieren (und das Badezimmer, wenn nötig) und hoffen, dass er bereits tief und fest schläft, wenn ich fertig bin. Irgendeinen besseren Vorschlag? Ich werde sowieso nicht den Mund halten können und mir fällt nichts anderes ein, als mich ein paar Stunden lang im Badezimmer zu verschanzen. Es ist völlig verrückt.

Ich schaffe es, ein nicht besonders appetitanregend aussehendes Abendessen aus Koteletts, Kartoffeln und Gemüse zu fabrizieren. Michael kommt nach Hause, er sieht müde und verschwitzt aus. Er nickt mir zu und setzt sich an den Tisch. Sobald er anfängt zu essen, gehe ich zur Tür.

»Ich gäbe sonst was für eine Tasse Tee«, seufzt er.

Verdammt. Die Teebeutel. Ich verstecke meine Hand hinter meinem Rücken.

»Ich wollte gerade ein Bad nehmen«, setze ich an.

»Geh nur. Ich hol sie mir im Laden an der Ecke«, sagt er ruhig.

Das ist merkwürdig, denke ich. Er streitet nicht mit mir. Er fällt nicht über mich her, wie er es sonst wegen meiner ewigen Vergesslichkeit in der Zeit vor meiner Periode tut. Ich lege mich in das wohltuend heiße Wasser und sofort lässt der

Schmerz in meinem Rücken nach. Ich tauche bis zum Kinn in Badeöl und Schaum ein und lasse sanfte Walgesänge laufen, um meine angespannten Nerven zu beruhigen. Ich kann mich in die Wale hineinversetzen, und ich bin sicher, dass sie sich auch mit mir identifizieren könnten. Ich sehe selbst wie einer aus, wahrscheinlich liegt es daran.

Ich bleibe über eine Stunde in der Badewanne. Ich höre, dass Michael Ellie ins Bett bringt. Gott sei Dank. Ich bin nicht in der Stimmung, heute Abend *Harry Potter und die Kammer des Schreckens* vorzulesen. Ich bin in meiner eigenen Kammer des Schreckens und fühle mich, als sei mein Körper Passagier auf einem Geisterschiff. Ich rutsche in der glitschigen Badewanne hin und her und als meine Haut anfängt, runzlig zu werden, steige ich widerwillig heraus. Ich beginne mit meinem Schönheitsprogramm und lasse mir mit allem absichtlich lang Zeit. Ich lackiere sogar meine Fußnägel und mache ein Gesichtspeeling, bevor ich die Pickelcreme auftrage. Ich brauche eine Ewigkeit, um meine Haare zu föhnen.

Als ich schließlich auf Zehenspitzen nach oben schleiche, kann ich Michael schnarchen hören. Hurra! Ich habe gewonnen! Ich schleiche mich an Ellies Tür vorbei, die einen Spalt offen steht. Sie liegt auf dem Rücken, hat auf jedem Auge eine große Gurkenscheibe und schläft. Ich nehme an, das ist auch eines von Sabrinas Geheimnissen. Ich muss lachen. Ich gehe leise an ihr Bett und gebe ihr einen sanften Kuss auf die Stirn. Ich nehme die Gurkenscheiben weg, und sie murmelt etwas von »Hagrid«. Es war ein schwerer Tag für sie. Morgen wird alles anders sein. Tief in meinem Bauch kann ich bereits die ersten Krämpfe spüren, die meine Periode ankündigen. Bald ist es so weit. Das fühle ich. Ich schlüpfe ins Bett zu Michael, der tief schläft und nicht einmal merkt, dass ich mich neben ihn lege. Ich bin erleichtert. Ich döse weg und träume, dass ich der Kapitän des Quidditch-Teams an Hogwarts Zauberschule bin; das ist wenigstens nichts Böses…

Als ich aufwache, sind die Krämpfe in vollem Gang. Ich trage vorsorglich eine Binde und spüre das erste Tröpfeln, mit dem endlich meine Periode einsetzt. Jetzt habe ich zwar Schmerzen, aber die ziehe ich jederzeit der dunklen Wolke vor, die in den Tagen davor über mir schwebt. Ich fühle mich sofort besser. Ich drehe mich um, um Michael zu umarmen, aber er ist nicht da. Ich sehe auf die Uhr. Es ist schon spät, und ich habe es nicht mitbekommen, als er aufgestanden ist. Er muss Ellie in die Schule gebracht haben. So ein Schatz. Plötzlich liebe ich ihn wieder und frage mich, wie ich gestern so gemein zu ihm sein konnte. Ich vermisse ihn, und ich möchte ihn küssen und umarmen und ihm sagen, dass ich ihn liebe. Ich habe wieder ein schlechtes Gewissen wegen dieser seltsamen Krankheit, die einmal im Monat meine Beziehung zerstört. Ich muss ihn anrufen oder heute irgendetwas Besonderes für ihn tun. Vielleicht sollte ich heute Abend etwas Leckeres kochen?

Ich stehe auf und gehe nach unten, wo ich eine blitzblank aufgeräumte Küche vorfinde. Meine beiden Süßen. Sie wussten, dass ich müde und erschöpft sein würde. Ich kann sehen, dass Ellie geholfen hat. Offensichtlich hat sie sich bemüht, die Geschirrtücher zusammenzulegen, und aufgegeben, als sie sich nicht zu Rechtecken falten lassen wollten.

Sie haben mir eine Tasse mit Untertasse auf den Tisch gestellt und einen Löffel daneben gelegt. In der Tasse hängt ein Teebeutel. Ich schalte den Wasserkessel an, und dann sehe ich die kleine Karte, die am Salzstreuer lehnt.

Ich gieße Wasser in die Tasse und schwenke den Teebeutel darin herum, während ich die Karte lese.

»Alles Liebe zum Hochzeitstag, Betty. Genieß den Tee.«

Alles Liebe zum Hochzeitstag? O verdammt. Jetzt fällt mir alles wieder ein. Mein Erinnerungsvermögen funktioniert wieder. Der achtundzwanzigste Tag war unser zehnter Hochzeitstag. Ich muss daran denken, wie Michael heute Morgen das Haus verlassen hat und wie schrecklich ich mich ihm gegenüber gestern benommen habe, und die ganze Zeit hat er versucht, mir etwas zu sagen. Überwältigt von meinem schlechten Gewissen und meinen Schuldgefühlen breche ich in Tränen aus.

Ich schwenke immer noch den Teebeutel in der Tasse, und er gibt ein lautes Klappern von sich.

Es klingt so, als ob irgendetwas aus Metall darin steckt.

Ich ziehe ihn heraus.

Da ist etwas in dem Beutel.

Ein wunderschöner goldener Ring.

Ich stecke ihn an meinen Finger, und er passt wie angegossen.

»O Betty, schäm dich«, sage ich laut schniefend vor mich hin, und ich erkenne die Stimme.

Ich bin's. Betty. Ich bin wieder in meinem eigenen Körper. Ich habe ohne Schaden überlebt, aber die Erfahrung hat mich nicht klüger gemacht. Jetzt finde ich das Ganze komisch. Ich lache und weine gleichzeitig. Ich greife nach dem Telefon, um Michael anzurufen, aber bevor ich es tue…

Ich blicke auf den Kalender. Dann nehme ich den dicken schwarzen Filzstift und mache ein großes Kreuz durch den achtundzwanzigsten Tag. Nur für den Fall, dass ich mich im nächsten Monat nicht daran erinnere.

CATHY KELLY

Thelma, Louise und die Liebesgötter

CATHY KELLY wurde in Belfast geboren und ist in Dublin aufgewachsen, wo sie als Dokumentarberichterstatterin für die irische Zeitung *Sunday World* arbeitet. Ihr erster Roman, *Wär ich doch im Bett geblieben*, wurde sofort zum Bestseller. Wenig später erschienen, ebenso erfolgreich, *Und wer macht den Abwasch?* und *Geh ich auf meine Hochzeit?* Cathy Kellys jüngster Roman, *Der hat mir gerade noch gefehlt*, gewann 2001 den Parker-Preis *Romantic Novel of the Year*.

Der Taxifahrer fand, Becky sei genau das Richtige für ihn.

»Haste nich noch 'n Plätzchen frei für mich in dein' Rucksack, Süße?« Er zwinkerte uns durch den Rückspiegel zu und entblößte einen Haufen nikotinverfärbter Zähne. Als ob eine neunundzwanzigjährige Blondine auch nur entfernt interessiert wäre an einem Fettsack, der die Fünfzig auf Nimmerwiedersehen hinter sich hatte, und dem die Reste seines Frühstücks im Bart klebten!

Becky bedachte ihn mit ihrem vernichtenden »Blödmann!-Blick«, einem so flammenden Augenblitz, dass gewöhnlich selbst die großspurigsten Macker das Schlucken kriegten und verschüchtert ihre Fingernägel betrachteten. Aber nicht dieser Macker. Mr. Halbaffe grinste bloß noch unverschämter.

»Na, ich wette, deine Freundin ist nicht so wählerisch«, meinte er unverfroren und ließ seinen Blick über mich gleiten.

Es war ewig das gleiche Lied in meinem Leben. Kerle, denen Becky Hill (in der St. Marks Gemeindeschule zwei Mal zum »erfolgversprechendsten Mädchen« gekürt) die kalte Schulter gezeigt hatte, unterstellten immer, ihre nicht so umwerfende rothaarige Freundin lechze derartig nach männlicher Gesellschaft, dass sie sich gern auf eine barmherzige Knutscherei einließe. Wer behauptet, es sei von Vorteil, die beste Freundin einer Supermodel-Schönheit zu sein, der irrt sich gewaltig.

»Ich mag Mädchen mit Fleisch auf den Knochen«, laberte der Fahrer und bewunderte mein Jeanshemd Größe 40, aus dem ich schier herausplatzte, in der Hoffnung, wenigstens ein bisschen auszusehen wie Thelma oder Louise.

Beckys Augen verengten sich zu mörderischen Schlitzen. Ich kannte den Blick. Mister Halbaffe aber nicht.

»O mein Gott!«, keuchte sie. »Ich muss gleich kotzen! Los, halten Sie an!«

Der Gedanke, seine dreckigen, ekelhaften Polster könnten womöglich noch dreckiger und ekelhafter werden, ließen Mister Halbaffe heftiger auf die Bremse latschen als selbst Michael Schumacher bei einer Schikane in Silverstone.

Becky zwinkerte mir zu. »Fertig, Suze?«, flüsterte sie.

Ich nickte. Kaum hielt der Wagen, schnappten wir unsere Rucksäcke, flitzten raus und rannten los.

»He, kommt gefälligst zurück!«, brüllte der Fahrer außer sich vor Wut. »Ihr schuldet mir Geld!«

»Der kapiert aber schnell!«, kicherte Becky, während wir Kopf und Kragen riskierten und über die Straße rasten zum Mittelstreifen, und dann hinüber auf die andere Seite.

»Der braucht mindestens fünf Minuten bis zur nächsten Kreuzung und dann wieder hierher zurück«, frohlockte sie, während der Taxifahrer von der anderen Seite her drohend die Faust schüttelte.

»Ich krieg euch, ihr kleinen Miststücke!«, zeterte er.

»Ach ja? Aber vorher zeigen wir dich als Perversen bei der Polizei an!«, brüllte Becky zurück.

Just in diesem Augenblick glitt ein sauberes, seriöses Taxi an uns vorüber, das krasse Gegenstück zu Mister Halbaffes schrottreifem Cortina. Becky warf ihr langes, gesträhntes blondes Haar zurück, winkelte eine schmale, in schwarzes Leder gekleidete Hüfte leicht vor und ließ den gellenden Wolfspfiff ertönen, den sie seit ihrem zwölften Lebensjahr so meisterhaft beherrschte. Das Taxi setzte zurück.

Natürlich, wenn bloß *ich* es gewesen wäre, dann wäre kein Taxi erschienen, und ich hätte eine weitere halbe Stunde festgesessen auf der Straße zum Flugplatz Shannon, bis der Halbaffe mit der Polizei aufgetaucht wäre und sie mich wegen des nicht bezahlten Fahrpreises festgenommen hätten. Andererseits – wenn bloß ich es gewesen wäre, dann wäre ich schon mal gar nicht aus dem ersten Taxi ausgestiegen und hätte mir ergeben den ganzen Weg bis zum Flugplatz seine sexuelle Belästigung gefallen lassen. Aber das war eben der Unterschied zwischen mir und Becky.

Becky packte das Leben beim Genick und schüttelte es. Ich dagegen war die Sorte Frau, die das Leben höflich fragt, ob mein Atem wohl störe.

Der Flugplatz quoll über von genervten Familien, die ihre überladenen Gepäckkarren umhermanövrierten, ohne dabei die Omi, Klein-Clare's Hand sowie die Tasche mit den Windeln loszulassen. Die typische Ferien-Vorhölle eben.

Becky und ich lächelten uns vergnügt an. *Unsere* Ferien würden sich himmelweit von dem hier unterscheiden! Wir waren eben keine gewöhnlichen Touristen, wir waren *Reisende* für einundzwanzig glorreiche Tage. Eine Woche in Benidorm oder zwei in Griechenland, mit keiner spannenderen Erwartung, als welche Sonnenliege man ergattert? Vergiss es! Nein, wir waren hypermoderne Reisende, wir würden nicht in irgendeinem touristischen Bumslokal stranden, wir verabscheuten bequemes, normales Reisen: Wir waren *Einundzwanziger-Staatenbummler*.

Für den Fall, dass Sie davon noch nichts gehört haben, werde ich's erklären. Im Gegensatz zu gewöhnlichen Ferien ist der Einundzwanziger-Staatenbummler-Urlaub eine Reise ins Unerwartete: Einundzwanzig Tage in den Vereinigten Staaten, wo den Reisenden ein Auto, eine Landkarte und Hotelgutscheine mit auf den Weg gegeben werden, dazu ein festgesetzter Zielort einundzwanzig Tage später, von dem aus sie dann nach Hause geflogen werden. Einige Leute fliegen nach Los Angeles und ihr Zielort ist Denver. Andere fliegen nach New York mit Atlanta als Endstation.

Es war meine Idee gewesen, diese Reise zu buchen. Als ich

im Internet von dieser coolen neuen Art las, den Kick des Reisens auszukosten, ohne monatelang unterwegs zu sein, da fing mein Puls an zu rasen. Genau danach hatte ich gesucht. Eine Ein-Frauen-Odyssee ins Herz Amerikas, bei der ich mein eigener Boss sein, nach meinem eigenen Rhythmus durch verborgene Winkel des Landes streifen konnte, in die kein Reisebus jemals gelangt. Und das Ganze mit dem Sicherheitsfaktor, dass es fünf Hotels auf der Route gab, die ich ansteuern musste, sodass die Leute ein Auge auf mich haben konnten. Wenn ich von einem Serienmörder gekidnappt wurde, dann würden Mum und Dad es rasch erfahren. Und dann würde ich gerettet werden – am liebsten von so einem klasse FBI-Menschen mit strammen Muskeln und einer Knarre. Oder war es das CIA? Ich kann mir das nie merken.

Wie auch immer, dieser Trip war *die* Antwort auf meine Träume! Und meine Träume drehten sich darum, wie ich aus meinem *superlangweiligen* Leben herauskam!

Superlangweilig! Das ist die einzige Beschreibung für ein Dasein als Leiterin des telefonischen Vertriebs einer Verbundglasfirma in Limerick. Na ja, seit Paul und ich entlobt sind, bin ich schon ein klein bisschen weniger langweilig. (Meine Mutter hasst es, wenn ich »entlobt« sage, aber wie soll man es sonst nennen? »Wir haben miteinander gebrochen«, das klingt nach etwas Schmerzhaftem, nach einem plötzlichen, krachenden Geräusch, nach männlichen Todesschreien.

Als gesetzte Verbundglas-Telefonvertriebsleiterin auch noch die Verlobte eines Bankangestellten zu sein, das trieb das Langeweilometer vollends auf die Spitze. Ein zerbrochenes Verlöbnis hat, meine ich, fast etwas Ruhmvolles an sich, etwas geheimnisvoll Tragisches à la Marlene Dietrich: Ich, mit halb gesenkten Lidern irgendwo in einer Cocktailbar, mit einem gut aussehenden Mann, der mir tief in die Augen blickt, während ich die Olive in meinem Martini umhertauche und gedankenvoll säusele: »Da gab es mal einen Mann, vor langer

Zeit... Ein Mann, von dem ich glaubte, ich könnte ihn heiraten...« O pardon, ich träume schon wieder! Meine Mutter sagt dauernd, das wäre noch mal mein Ende.

»Immer lebst du in einer Fantasiewelt, Suzanne«, sagt sie betrübt. »Du musst mehr in der realen Welt leben, Liebling, um deiner selbst willen!«

Wenn Sie mich fragen – die reale Welt hält ja längst nicht das, was man sich von ihr verspricht. Also lasst mir meine Fantasiewelt mit George Clooney – jeden Tag.

In der realen Welt besaßen Paul und ich ein Haus (Reihenhaus mit zwei Schlafzimmern), ein beigefarbenes Dreisitzersofa mit zwei passenden Sesseln (Schmutz abweisend ausgerüstet gegen eventuelle Flecken), hatten exakte Sparpläne, und die Hochzeit war festgesetzt auf den nächsten Sommer. Wir waren ja so was von organisiert! Sogar in unserer Strumpfschublade gab es diese Unterteilungen, damit Pauls rehbraune Acrylsocken sich bloß nicht neben seine besten schwarzen quetschen konnten. Unsere niemals variierten Ferienpläne drehten sich stets um zwei Wochen irgendwo in der Hitze und bitte nicht weiter als vier Flugstunden entfernt (Paul hasst das Fliegen), und unsere Vorstellung von etwas grenzenlos Aufregendem bestand darin, am Freitagabend kein Takeaway vom Chinesen, sondern stattdessen – Schreck, lass nach! – Pizza zu essen.

Ahnen Sie, worauf das zusteuerte? Jawohl, Stadt der Langeweile. Als Paul und ich uns einvernehmlich trennten (so jedenfalls erzählten wir es allen, denn es tut ihm so wahnsinnig Leid, was passiert ist, und er versprach, nie etwas über seine eine Nacht mit dieser Nutte in New Accounts verlauten zu lassen, und wenn er es doch tut, dann kann er seinen finanziellen Anteil vom Verkauf des Mobiliars vergessen), da zog ich heim zu meiner Familie und fand, jetzt sei ein Urlaub fällig. Nicht so ein Irgendwo-Zwei-Wochen-Urlaub, sondern irgendetwas Exotisches, das mich herausriss aus meinem Fossiliendasein. Ein Abenteuer.

»Ein Abenteuer?«, kreischte Becky durchs Telefon, als ich ihr von meinem Plan erzählte. Becky hat mir schon bei verschiedenen Gelegenheiten beinahe das Trommelfell zerfetzt. Sie sagt, das liegt an ihrem Job. Sie schreit ständig so, weil sie mit Klienten per Mobiltelefon in Zonen mit schlechtem Funkempfang reden muss. Sie ist Angestellte in einer Model-Agentur, derselben Agentur, die sie als Model nicht anheuern konnte, weil ihr, wie man ihr traurig erklärte, genau das fehle, was man als Foto- oder Laufstegmodel braucht. Ich persönlich meine, dass sie sehr wohl alles hat, was man dazu braucht. Aber sie kommt bemerkenswert gut damit zurecht und sagt, sie sei wohl einfach bei den Probeaufnahmen nicht gut rübergekommen.

Dabei sieht sie auf Fotos besser aus als ich. Ich bin einsdreiundsechzig und kurvenreich gebaut (weniger kurz ausgedrückt heißt das, dass ich nie so einen Maximierungs-BH von Marks & Spencer brauchen werde, sondern eher die ideale Anwärterin für deren bauchschmeichelnden Miederslip bin), und ich habe jene keltischen Gesichtszüge, die bei den Originalen vielleicht großartig aussehen, nicht so gut aber bei Frauen mit weniger sichtbarer Knochenstruktur. Das Haar ist das Beste an mir, glaube ich: lang, wellig, und von der Farbe geschmolzener Bronze, wie mein Vater zärtlich beteuert.

Also Becky erklärte, auch ihr sei langweilig zu Mute. Wie sie das sagen kann, wo sie doch jeden Abend der Woche auf diese wilden Modelpartys geht, und das während all der Jahre, die ich zu Hause mit Paul festsaß und im Fernsehen zwischen interessanten Dokumentarberichten herumzappte? Egal, sie war entschlossen, mit mir zu kommen.

»Wir könnten wie Thelma und Louise sein – in so einem offenen Sportwagen«, sagte sie aufgeregt.

»Ich glaube, es wird wohl eher auf so was wie einen Jeep hinauslaufen«, schränkte ich ein für den Fall, dass sie sich allzu sehr in die Vision hineinsteigerte, wie wir beiden in einem blauen Thunderbird die Interstate entlangfegten, den Wind in den Haaren.

Becky lachte. »Suze, du musst ein bisschen Abenteuergeist entwickeln«, meinte sie.

Sie hatte ja Recht. Thelma und Louise, das war's. Und so erschienen wir denn auch auf dem Flugplatz mit Rucksäcken voller Jeansklamotten und ich behängt mit massenhaft Silberschmuck wie Susan Sarandon, bereit, das Flugzeug nach New York zu besteigen.

Ich habe sie als Erste entdeckt: zwei fantastische Jungs, allein inmitten der Schlangen aus Paaren und Familien. Sie versorgten sich im Bücherladen mit Illustrierten, redeten und lachten miteinander und schienen das Leben zu genießen, als ob sie zu den zehn Prozent der Auserwählten dieser Welt zählten. Der eine von ihnen hatte Wangenknochen, an denen man sich schneiden konnte. Dunkles Haar, schmelzende Augen und einen Körper – zum Sterben! Sie wissen schon: breite Schultern und Bizepse, die sich dauernd vorwölben, nicht nur, wenn man sie verzweifelt anspannt (wie Pauls). Sein Freund war eine größere, schmalere und blassere Version: die gleichen Wangenknochen, die gleiche Knochenstruktur, aber mit kastanienbraunem Haar bis zum Kragen und einem leicht schief gezogenen Lächeln, sehr sexy. Er sah aus wie der Schlauere, hatte dieses intelligente Glitzern in den ausdrucksvollen Augen. Brüder oder Vettern, eindeutig.

Aber da *ich* es war, drehte ich mich weg und blickte auf meine Uhr. Ich war fertig mit Männern, aus verständlichen Gründen!

Dann erspähte auch Becky sie. Sie ist gut darin, Kerle auszuspähen. Sie behauptet, das käme, weil sie ständig auf der Suche ist nach potenziellen männlichen Models für die Agentur, aber ich weiß, es kommt, weil sie einfach einen unersättlichen Hunger auf Männer hat. Auch ich hatte mal einen unersättlichen Hunger auf Männer, aber als ich dann auf Paul traf, hörte ich natürlich auf, Ausschau zu halten. Und als Paul dann mit dieser Schlampe abhaute, da blieb mir nur noch der unersättliche Hunger auf *Mars Bar Eiskrem*, was auf die Dauer meiner Kehrseite nicht bekömmlich war.

»Suze!«, zischte sie. »Guck dir mal die beiden da an!«

»Hm, ganz nett«, meinte ich beiläufig.

»Die sind nicht ›ganz nett‹, das sind Liebesgötter!«, schwärmte sie begeistert. Sie fing gerade an, sich zu ihnen hinüberzuschlängeln, als unser Flug aufgerufen wurde.

»Los, wir steigen jetzt besser ein«, protestierte ich und hielt sie mitten im Schlängeln auf. Becky schert sich nie darum, bei irgendetwas pünktlich zu sein, ich dagegen schon.

»Du bist ja schlimmer als meine Mutter, Suze!«, schmollte sie, kam aber doch brav hinter mir her.

»Uns bleibt in Amerika noch massenhaft Zeit für Männer«, tröstete ich sie.

Im Flugzeug stocherte Becky in ihrem Essen herum (anscheinend ihr Geheimrezept zum Schlankbleiben), trank zwei Baccardis und schlief dann ein, während ich mein Essen bis zur letzten Gabelspitze aufaß, danach zuerst mein Dessert und dann ihres verspeiste, später vier Wodkas trank, zwei Filme ansah, einen Krimi halb zu Ende las und grübelte, ob ich je wieder etwas mit einem Mann zu tun haben wollte.

»Suzanne, es gibt noch viele andere Fische im Meer«, hatte meine Mutter seelenruhig gesagt, als ich nach der Trennung zu Hause ankam, ausgestattet mit vier Koffern und einem vom Heulen verquollenen Gesicht. »Ich bewundere dich so sehr, dass du zugibst, einen Fehler gemacht zu haben. Zu meiner Zeit hätten wir uns nicht getraut, eine Verlobung zu lösen. Moderne Frauen wissen eben, was sie wollen, und das ist großartig.«

Ich brach sofort wieder in Tränen aus und wünschte, ich könnte ihr erzählen, was wirklich passiert war. Aber mich selbst blamieren, das wollte ich denn doch nicht.

Mum nahm mich in den Arm, und dann machte sie mir Tee und Toast mit Honig, mein Lieblingstrost, als ich ein Teenager war. Und wir haben viel Honig verbraucht, als ich ein Teenager war. »Pass auf, du wirst ganz schnell wieder mitten drin sein in dem Verabredungs-Karussell«, versicherte Mum mir.

»Will ich aber gar nicht«, schluchzte ich. »Ich hasse Männer. Das sind alles Schweine.«

»Gewiss, ich weiß. Aber sie sind auch ganz brauchbar«, meinte Mum begütigend. »Nimm zum Beispiel deinen Vater. Hat er's nicht großartig gemacht, wie er diese Regale in der Küche aufgestellt hat, was?«

Das war vor einem Monat gewesen. Das Haus, das Paul und ich gekauft hatten, stand zum Verkauf, ich wohnte wieder in meinem alten Zimmer zu Hause (in dem für mich allerdings nicht viel Platz übrig blieb, so voll gestellt, wie es war mit Sachen aus unserem ehemaligen Haus – Paul sollte zum Beispiel nicht die Stereoanlage in die Finger kriegen, die ich ein Jahr lang abgestottert hatte), und Paul hatte mich während der letzten Woche vier Mal angerufen und gebeten, ich solle es mir doch noch mal überlegen.

»Häng ihn ab!«, sagte Becky wütend, als ich ihr erzählte, dass Paul die Frechheit gehabt hatte, mich im Büro anzurufen. »Sag ihm, du nagelst ihm die Kniescheiben auf den Fußboden, wenn er dich noch einmal belästigt. Nein, noch besser: Sag ihm, *ich* nagele ihm die Kniescheiben auf den Boden!«

Becky war sehr loyal, und ich vermute, nichts hätte ihr mehr Vergnügen bereitet, als irgendeinen Teil von Pauls verklemmter Anatomie auf den Boden zu nageln. Seine Knie standen dabei allerdings nicht ganz oben auf ihrer Wunschliste.

Ich fühlte mich einigermaßen groggy und durcheinander, als wir auf dem John-F.-Kennedy-Flughafen landeten. Becky dagegen war munter wie ein Fisch dank fünf Stunden Schlaf.

»Sieh mal!«, kreischte sie mir ins Ohr, als wir in der Ankunftshalle landeten und vor uns die beiden Liebesgötter entdeckten. »Diese fabelhaften Jungs! Du, vielleicht sollten wir unsere Pläne fallen lassen und einfach hinter denen herlaufen!«

»Na klar doch«, spottete ich. »Und das ganze Geld vergessen, das wir schon für den Urlaub bezahlt haben!«

»Ich dachte, du wolltest ein Abenteuer?«, meinte Becky.

»Nicht heute Abend«, erwiderte ich. »Ich will gar nichts, als in ein nettes Hotelbett klettern und schlafen.«

Becky grinste blöd. »Wenn wir uns an die beiden Typen da ranmachen, dann spricht ja nichts dagegen, dass auch Hotelbetten mit drin wären ...«

Wir kabbelten uns noch eine Weile, während wir unsere Rucksäcke durch die Gegend schleppten, und erreichten schließlich das Büro der *Einundzwanziger-Staatenbummler*, das sich in der Nähe der verschiedenen Mietwagen-Agenturen befand. Dort standen jede Menge geländegängiger Vehikel und Jeeps herum. Becky war ein bisschen enttäuscht, als sie sah, dass nirgends in der Nähe so was wie ein Sportwagen à la Thelma und Louise geparkt war.

»Ich hatte gehofft, wir könnten einen Deal machen, draufzahlen und was Besseres rausschlagen, so mehr sportiv und sexy«, maulte sie, während wir unser Gepäck die Stufen hinaufhievten. »Ich wollte wirklich gern den Wind in den Haaren spüren, während wir durch Utah fahren.«

»Kannst ja deinen Kopf aus dem Fenster hängen wie ein Hund«, schlug ich vor. Ich *war* vielleicht müde!

Drinnen im Büro saß eine gelangweilt aussehende junge Frau hinter einem hohen Tresen, kaute Kaugummi und redete gleichzeitig. Und raten Sie mal, mit wem sie redete? Jawohl, mit unseren Liebesgöttern! Ich spürte förmlich, wie Becky neben mir ihre Model-Pose einnahm: Bauch rein, Titten raus. Mein Bauch war bereits schmerzhaft eingezogen dank meiner zu engen Jeans, und meine Titten stehen immer vor, so war also von meiner Seite aus keinerlei Aktion notwendig.

»Hi!«, gurrte Becky mit pelziger Stimme zu den beiden Typen.

Beide Liebesgötter lächelten, entblößten wundervolle Zähne. Ich hatte Unrecht gehabt mit meiner früheren Einschätzung: Die gehörten nicht bloß zu den *zehn* Prozent der Auserwählten, sie gehörten ohne Frage zu den *fünf* Prozent!

»Sind Sie Suzanne O'Reilly?«, fragte das Mädchen hinter dem Tresen Becky, ohne sich um das gegenseitige Hallo zu kümmern.

»Nein, das bin ich«, sagte ich.

»Wenn Sie jetzt alle hier sind, dann können wir ja Ihre Papiere fertig machen«, sagte das Mädchen.

»Wenn Sie jetzt *alle* hier sind?«, fragte ich nach. »Was soll das heißen?«

»Vier Personen für jeden Mietwagen«, erklärte sie, als spräche sie mit einer Schwachsinnigen.

»Vier Personen?«, wiederholte ich und erweckte damit vermutlich vorsätzlich den Eindruck, ich sei schwachsinnig.

»Ganz recht, vier Personen für jedes Fahrzeug«, sagte der größere, und nach meinem Geschmack attraktivere Liebesgott, der mit den glitzernden, intelligenten Augen. Er klang nicht gerade begeistert. »Steht wahrscheinlich im Kleingedruckten. Wir dachten auch, wir kriegen unseren eigenen Wagen, aber anscheinend teilen wir uns einen mit euch beiden.«

Beckys Gesicht leuchtete auf.

»Na klasse! He, das wird toll!« Und sie strahlte den anderen Liebesgott an, mit einem Lächeln, als hätte sie gerade in der Lotterie gewonnen. »Ich bin Becky Hill.«

»Ich bin Tony Stewart«, sagte der, ebenfalls mit einem Lächeln, als habe er gerade in der Lotterie gewonnen. »Und dies ist Liam, mein Vetter.«

Liam blickte nicht allzu beglückt drein, wahrscheinlich, weil es unübersehbar war, dass Becky auf Tony stand, wodurch er nun an mir hängen blieb. Der irritierte Ausdruck auf seinem Gesicht war genau das, was dem Selbstbewusstsein eines Mädchens nicht gerade gut tut!

»Es muss doch noch eine andere Möglichkeit geben, die Sache zu arrangieren«, sagte ich zu dem Mädchen hinter dem Schalter mit dem bestimmten, aber zuversichtlichen Ton, den ich mir während meiner zwei Jahre als Telefonvertriebsleiterin andressiert habe. Dieser Manager-Tonfall ist sehr wichtig, hatte man uns in dem Management-Trainingskurs erklärt. »Ich fürchte, so ist das nicht in Ordnung. Man hat uns in der Annahme gelassen, wir bekämen unseren eigenen Wagen, und wenn das nicht der Fall ist, dann hat sich Ihre Firma der Fehlinformation schuldig gemacht, und das ist rechtswidrig. Wenn Sie nicht die Autorität haben, die Sache zu regeln, muss ich mit Ihrem Manager reden oder wer sonst zuständig ist.«

Das Mädchen sah aus, als kümmere sie das einen Dreck. Sie kaute unentwegt weiter. Auch ein Zahnarzt mit laufendem Bohrer hätte den Kaugummi wohl nicht aus ihrem Mund kriegen können. »Es ist … äh …, sieben Uhr, und Samstag … äh …, da ist keiner da, mit dem Sie reden können. Wenn Sie sich beschweren wollen, dann müssen Sie bis Montag warten.«

Ich brachte Becky mühsam davon ab, Tony weiter schöne Augen zu machen, und wir gingen nach draußen zu einer Lagebesprechung.

»Das ist ja entsetzlich«, sagte ich. »Ich bin dafür, wir bleiben bis Montag hier in New York und bringen das dann in Ordnung.«

»Suze«, bettelte Becky, »das wird ganz toll! Denk mal an die Abenteuer, die wir mit den beiden erleben können. Zu viert macht das doch alles viel mehr Spaß!«

»Kommt nicht in Frage, Becky«, beharrte ich.

Becky versetzte mir einen Rippenstoß, dass ich ächzte. »Es wird ganz toll«, fauchte sie mit zusammengebissenen Zähnen. »Bitte, und noch mal bitte! Wir haben doch gar keine Wahl, Suze, wir haben die halt am Hals.«

Sie hatte Recht. Mir war zum Heulen zu Mute. Meine Träume lösten sich in Rauch auf. Statt eines männerfreien Urlaubs, in dem ich mir Paul aus dem Haar waschen konnte, würde ich nun drei ganze Wochen mit zwei fremden Kerlen verbringen müssen, die alle beide in Becky verknallt waren, als sei sie Cindy Crawfords hübschere Schwester. Mich beachtete doch keiner. Na ja, in Jeans sieht mein Hintern eben enorm aus. Alles würde so kommen wie es mit meinen damals vierzehn Jahren war: Ich, das Mauerblümchen in den Diskos trotz all meiner Anstrengungen, cool zu wirken, und Becky umschwärmt von Jungs wie ein Honigtopf von Bienen.

»Komm, krieg dich ein, Suze!«, bettelte Becky.

Aber wie sollte ich mich einkriegen, wo ich doch durch die Glastüren sah, wie Liam wild gestikulierend auf seinen Vetter einredete und ihm offensichtlich klar machte, es käme, verdammt noch mal, nicht in Frage, dass er schließlich den ganzen Urlaub über an *mir* hängen bliebe! Ich hörte förmlich ihre Unterhaltung: »Vergiss es. *Du* kriegst die gut Aussehende, und *ich* die kleine Hässliche? Nicht mit mir!«

Aber da wurde meine Seele unversehens stählern: Nun gerade! Er *würde* an mir hängen bleiben!

Wir gingen wieder rein. »Bitte notieren Sie unsere Beschwerde. Ich krieg einen Preisnachlass, wenn das hier vorüber ist, das verspreche ich Ihnen!«

Sie bedachte mich mit einem zweifelnden Blick und sagte nur: »Unterschreiben Sie hier.«

Es dauerte anderthalb Stunden, ehe wir die Stadt in New Jersey erreichten, von der Tony was über dieses *coole* Hotel gelesen hatte, in dem Bon Jovi immer abstieg. Säuerlich wies ich darauf hin, dass jedes Hotel, in dem sich reiche Rockstars versammelten, wohl ein bisschen außerhalb unserer Preisvorstellungen läge, aber er und Becky meinten nur unisono: »Ach, komm schon, Suze!«

»Na schön«, sagte ich verkniffen.

Liam, der am Steuer saß, sah ebenso irritiert aus wie ich. Ich saß vorn auf dem Beifahrersitz, während die beiden Turteltauben einträchtig hinten saßen. Liam und ich waren nicht einträchtig.

Durch Tony erfuhr ich, dass die beiden gemeinsam in der Grundstücksmaklerfirma der Familie tätig waren und in Dublin wohnten. Tony war der Jüngere von beiden, achtundzwanzig Jahre alt, während Liam dreißig war. Und Tonys Schwester, Lehrling in einem Reisebüro, hatte den Urlaub für sie gebucht.

»Wenn *ich* die Buchung gemacht hätte, dann wäre mir aufgefallen, dass wir den Wagen mit jemandem teilen müssen«, sagte Liam grimmig, »und dann hätten wir irgendeinen anderen Urlaub gebucht.«

Na, charmant. Für einen so gut aussehenden Kerl mit dem Profil eines Filmstars und den wunderbaren langen Fingern, die leicht auf dem Lenkrad lagen, konnte Liam ein ziemliches Arschloch sein. Er hatte übrigens auch echt lange Beine, stellte ich fest, Beine, die verdammt gut aussahen in den weichen Segeltuchhosen. Nicht, dass ich mir aus alledem was machte!

»Aber ist es nicht toll, dass es sich so ergeben hat?«, jubelte Becky entzückt.

Als wir das Bon Jovi Hotel gefunden hatten, fragte ich Tony, wo er eigentlich die entscheidende Information gelesen hätte, die ihn zu der Überzeugung geführt hatte, dies sei ein lohnender Aufenthaltsort?.

»In einer Illustrierten«, sagte er und betrachtete entzückt das schäbige, einstöckige Gebäude.

»Das war wohl eine sehr alte, längst antiquierte Illustrierte?« Ich wusste, ich war zickig, aber ich konnte es nicht ändern. Da waren wir nun eine Ewigkeit jenseits aller gängigen Routen gefahren, um diesen Schuppen hier zu finden. Und jetzt, nachdem wir angelangt waren, stellte ich fest, er sah aus

wie die Sorte Spelunken, vor der selbst Kakerlaken zurück-
schrecken. Das einzig Gute war – es war billig, und das war
der entscheidende Faktor. Keiner von uns schwamm im Geld,
und wir waren alle reif, irgendwo für die Nacht anzuhalten.
Also checkten wir ein.

»Lass uns alle zusammen was essen gehen«, meinte Becky
enthusiastisch, sobald wir unsere Rucksäcke auf den beiden
Betten in unserem schäbigen Zimmer abgelegt hatten.

»Das Einzige, wo *ich* noch hingehe, ist das Bett«, sagte ich
und inspizierte die Laken auf etwaiges Getier – schließlich
schrie dieser Schuppen hier geradezu danach.

»Spielverderber«, maulte sie.

»Flittchen«, konterte ich. »Also, weck mich morgen.«

Es dauerte bis zum zweiten Abend auf der Route, ehe Tony
und Becky ihre Chance bekamen.

Wir waren weiter nach Atlantic City gefahren und fanden
ein kleines, hübsches Motel, dessen imitierter Fünfziger-Jahre-
Stil uns allen sofort gefiel. Unser Zimmer strotzte nur so von
Furnierholz, Rüschengardinen, hellrosa Bettüberwürfen und
einer puddingweichen purpurfarbenen Couch, die direkt aus
der Fernsehserie *Glückliche Tage* hätte stammen können.

Zum Essen gingen wir in ein Steakhouse ein Stück die
Straße hinunter, wo gerade eine Bier-Werbung stattfand. Am
Ende des Abends konnte sich keiner von uns mehr erinnern,
wie teuer ein Riesenkrug Bier denn nun gewesen war, aber wir
brachten es auf sieben Krüge, ehe unser Geld alle war. Immerhin löste der Alkohol die Spannung zwischen uns allen ein bisschen. Na ja, genauer gesagt, die Spannung zwischen mir und
Liam. Becky und Tony waren bereits entspannt wie zwei al-
berne Teenager und jauchzten vor Lachen, als wir gemeinsam
nach Hause gingen – die beiden Arm in Arm, ich und Liam
etwa einen Meter voneinander getrennt. Als das andere Paar
plötzlich hysterisch losrannte zum Motel, da gingen Liam und
ich stur weiter in nicht gerade geselligem Schweigen.

Ich war nicht überrascht, als ich unsere Tür öffnete und keine Spur von Becky fand. Ganz klar, die war in Tonys und Liams Zimmer. Na bitte, wenn die eine *ménage à trois* wollten, dann war das ihre Sache.

Ich schaltete den Fernseher an und versuchte, zwischen den unzähligen Kanälen etwas Sehenswertes zu finden, als es an der Tür klopfte.

Liam, unsicher und verärgert dreinblickend, stand auf der Schwelle. »Kann ich reinkommen?«, fragte er.

»Brauchst mir gar nichts zu sagen«, meinte ich und ließ ihn ein. »Sexshow live in eurem Zimmer, was?«

»So ungefähr.«

Die *Glückliche-Tage*-Couch war wirklich sehr klein, und als wir uns beide darauf niederließen, da saßen wir sehr eng zusammen. Ich lugte immer wieder verstohlen auf sein Profil und fragte mich, ob ich denn eigentlich so entsetzlich aussah, dass er nicht den geringsten Annäherungsversuch unternehmen mochte? Ich meine… nicht, dass ich das gewollt hätte! Aber wenn er wenigstens versucht hätte, mich vollzuquatschen, dann hätte ich doch immerhin die Befriedigung gehabt, ihm zu erzählen, dass ich ein Keuschheitsgelübde abgelegt hätte und nie wieder einen Mann anschauen wollte. Oder so ähnlich.

Um halb zwölf sagte ich, ich wäre total müde und ginge jetzt zu Bett.

»Kann ich hier bleiben?«, stammelte er, die Augen stur auf dem Bildschirm.

Ich nickte.

»Ich schlaf hier auf der Couch, wenn es dir lieber ist, dass ich das Bett nicht benutze.« Er sah fast argwöhnisch aus.

Besten Dank, dachte ich. Anscheinend war ich also so abstoßend, dass er es vorzog, sich so weit entfernt wie möglich von mir zu halten.

»Schlaf ruhig auf dem Bett«, fauchte ich. »Ich erwarte

nicht, dass du mitten in der Nacht auf mich hopst.« Ohnehin keine Chance.

Am nächsten Morgen wachte ich auf, drehte mich um und sah Liam auf dem Rücken liegen, halb zugedeckt mit Beckys rosa Bettüberwurf. Entweder war er kürzlich irgendwo in der Sonne gewesen, oder er benutzte ein Solarium, jedenfalls hatte sein Körper, sein perfekt geformter, wie gemeißelter Körper die Farbe goldenen Karamells.

Wow! Der war einfach umwerfend!

Sehnsüchtig betrachtete ich die harten, muskulösen Schultern und den straffen Bauch, flach gewellt wie ein Sechserpack Bier. Flüchtig dachte ich an Pauls blassen Bauch, und wie er sich nachts immer auf den Kissen herumgefläzt hatte. Liam war nicht die Sorte Mann, die sich herumfläzte. Genau genommen war die einzige Person, die sich hier herumfläzte, ich selbst. Rasch kletterte ich aus dem Bett und machte, dass ich unter die Dusche kam. Es half nichts.

Selbst wenn ich die Augen schloss, sah ich Liam in all seiner Pracht vor mir. Es gab keinen Zweifel: Irgendwo in mir war der Anti-Männer-Eiszapfen dahingeschmolzen. Typisch – ausgerechnet durch einen Mann, der mich nicht mal mit der Feuerzange anfassen würde.

Ich zog mich im Badezimmer an, wandte den Blick ab, als ich an dem schlafenden Liam vorbeiging, und marschierte dann in das andere Zimmer.

»Los, alle Mann aufstehen!«, brüllte ich und klang wie ein machtgeiler Ferienlager-Aufseher.

Es wurde bald zur Routine: Wir buchten jeden Abend drei Zimmer. Eins für mich, eins für Liam, eins für Becky und Tony, die die Hände nicht voneinander lassen konnten. Jeden Morgen aßen wir gemeinsam Frühstück und planten die Fahrtroute des Tages. Wir wollten Kentucky sehen, Tennessee und natürlich bis Memphis fahren. Wir waren alle versessen darauf, Graceland zu besuchen und zu sehen, wie verrückt protzig es dort war. Dann sollte es runtergehen nach New Orleans, rüber nach Houston (Liam wollte unbedingt das NASA-Raumfahrtzentrum besichtigen) und schließlich wieder rauf nach Atlanta. So wenigstens war unser Plan. Wir führten endlose Gespräche, wie wir das alles schaffen konnten, denn es bedeutete ja sehr viel Fahrerei. Genauer gesagt: Liam und ich führten endlose Gespräche, wie wir das alles schaffen sollten, denn die beiden anderen waren viel zu tief in ihre Wollust verstrickt, um an irgendetwas anderes denken zu können. Jeden Tag, wenn wir unseren Bestimmungsort erreicht hatten, zogen Liam und ich los auf Sightseeing-Tour, während Tony und Becky ihre Hotelzimmertür zuknallten und sich mit ihrem persönlichen Sightseeing beschäftigten.

»Denen entgeht doch alles!«, sagte ich eines Abends zu Liam, als wir durch die Innenstadt von Nashville wanderten und in einem kleinen Club landeten, wo man die ganze Nacht tanzen und beschwingte Countrymusic hören konnte.

»Stimmt«, sagte er und überraschte mich damit, dass er mich auf den Tanzboden zog, zu all den Cowboystiefel tragenden Tänzern, »da haben sie selber Schuld. Aber wir können uns doch ruhig amüsieren, Suze.«

Und das taten wir.

Liam und ich begannen ein Tagebuch, in das wir jeden Morgen schrieben.

Dann saßen wir Seite an Seite und lachten, während wir jeweils unsere eigene Version des vergangenen Tages niederschrieben. Tony und Becky waren üblicherweise so spät dran mit Aufstehen, dass wir schon mit unserem Frühstück fertig waren, wenn sie sich zu uns gesellten.

Ich hatte großen Spaß daran, Liam aufzuziehen, indem ich unsere verschiedenen Motels in einer Sparte beschrieb, die ich nannte: »Hier spricht der Grundstücksmakler«.

»Lass mal sehen«, meinte ich am ersten Morgen in Memphis, als wir in einer Pfannkuchenbäckerei saßen und auf unser gigantisches Frühstück warteten. »Also: robuste, einfache Unterkunft mit tröstlicher Polizeipräsenz.«

Liam lachte schallend. »Vergiss nicht zu schreiben, die Polizeipräsenz ist auf die Tatsache zurückzuführen, dass die Gegend so übel ist, dass die Bullen hier jede Nacht zwanzig Mal vorbeifahren müssen.«

Ich kicherte. »Die Ausstattung ist Zen-gemäß…«

Wieder lachte Liam. Ich mochte es, ihn lachen zu hören. Wenn er es tat, dann fältelte sich sein Gesicht so umwerfend, dann sah er einfach zum Verlieben aus. »Was meinst du damit: Zen-gemäß?«, fragte er. »Sag doch lieber, dass es außer den Betten kein Mobiliar in den Zimmern gibt. Und die sind wahrscheinlich an den Boden genagelt.«

»Ich dachte eben, Haus- und Grundstücksmakler müssten erfinderisch sein«, neckte ich ihn.

»Aber nicht so erfinderisch. Du hast wirklich eine tolle Fantasie, Suze.«

Das Frühstück kam.

»Ich werde mich nie an diese Portionen gewöhnen«, seufzte ich und blickte auf den riesigen Teller vor mir. »Wenn wir nach Hause kommen, sehe ich aus wie ein Nilpferd.«

»Du siehst großartig aus«, sagte Liam mit vollem Mund. Und er lächelte mich an, bevor er seine Aufmerksamkeit wieder auf die tellergroßen Pfannkuchen lenkte.

Zwischen den einzelnen Bissen fing er an, darüber zu reden, was wir an diesem Tag unternehmen wollten. Aber ich hörte gar nicht richtig zu. Ich war wie benommen: Liam hatte gesagt, ich sähe großartig aus! Zugegeben, ich hatte ein bisschen Sonnenbräune gekriegt, die ließ mich gesund und blühend aussehen. Und jetzt, wo ich mich mit Liam angefreundet hatte, war ich auch entspannt genug, die weiten schlabberigen Hemden wegzulassen, die meinen Hintern kaschierten. Stattdessen trug ich jetzt kleine Spaghettiträger-Tops, die mir gut stehen, wie ich zugeben muss. Mit meinem langen Haar, das sich bis auf den Rücken wellt, und mit den neuen amerikanischen Jeans, die tief in der Taille sitzen, sah ich so gut aus wie noch nie zuvor. Aber wenn einer aus der Männer-Topklasse wie Liam so was sagt, o Mann, das ist dann noch was anderes!

Als wir fertig gegessen hatten, war von Becky und Tony noch immer nichts zu sehen. Also gingen wir zum Motel zurück und klopften an ihre Zimmertür.

Becky öffnete. Sie war blasser als ich, dank der Tatsache, dass sie und Tony einfach zu viel Zeit im Bett verbrachten, um anständig braun zu werden.

»Wir wollen jetzt nach Graceland«, sagte ich. »Was ist, kommt ihr mit?«

»Äh – nein«, sagte sie und grinste mich an.

Ich zuckte die Achseln. Möglich, dass Tony nicht das hellste Licht am Weihnachtsbaum war, aber in der Schlafzimmerabteilung war er anscheinend fantastisch.

Graceland war unglaublich. Selbst wenn man nie ein Elvis-Fan gewesen ist, war es sehr anrührend, sein Haus zu sehen. Und traurig war es auch.

Wir waren ein bisschen melancholisch, nachdem wir das Haus des Kings besichtigt hatten, und wir beschlossen, in die Beale Street zu gehen, um uns ein bisschen zu amüsieren. Es war reichlich touristisch dort, stellten wir fest, ein Ort, der seinen wahren Charakter eingebüßt hatte und nur noch eine unerlässliche Station auf der Touristenroute war.

»Das ist ja, als ob man durch Filmkulissen läuft«, sagte ich, als wir die Straße entlangschlenderten und die Sehenswürdigkeiten und die schmelzende Musik aus dem B.B.King's Club in uns aufnahmen.

»Ja, finde ich auch, aber es hätte uns später gezwickt, wenn wir es ausgelassen hätten«, meinte Liam.

Das war genau das, was ich auch gedacht hatte.

Wir entdeckten ein winziges Restaurant, das die besten Steaks der Stadt versprach, und ließen uns in eine Ecke plumpsen. Liam bestellte ein Steak, das war so groß, dass wir in Gelächter ausbrachen, als es kam.

»Lasst es euch schmecken und sagt mir, wenn ihr noch was wollt«, sagte die Kellnerin mit ihrem verwaschenen Memphis-Akzent.

Wir lächelten uns an. Ich liebte Amerika. Alle waren so nett und ich hatte so viel Spaß. Der einzige dunkle Punkt in der Zukunft war, dass wir nur noch sieben Tage vor uns hatten, dann ging es zurück ins normale Leben. Ins normale Leben ohne Liam, in ein Leben, wo ich mich in langweilige Büroklamotten kleiden, aufgebrachte Kunden per Telefon besänftigen und meinen Schoko-Bisquit-Riegel-Verzehr auf zwei pro Tag beschränken würde.

»Ich möchte am liebsten nie wieder ein Kostüm tragen«, verkündete ich, streckte meine Jeansbeine aus und bewunderte meine Cowboystiefel.

»Es ist komisch, aber als wir uns das erste Mal begegnet sind, da sah ich dich förmlich im Kostüm vor mir, durch und durch stocksteif, und wie du die Leute herumkommandierst«, grinste Liam, der schließlich vor seinem riesigen Steak kapitulierte. »Aber jetzt nicht mehr«, fügte er rasch hinzu. Er ließ seine Augen über meine Kurven schweifen. »Jetzt kann ich mir dich gar nicht mehr vorstellen, so bis obenhin zugeknöpft. Du bist genau richtig, so wie du bist.«

Ich knüllte meine Serviette zusammen und warf sie nach ihm. »Hör auf!«, sagte ich verlegen. »Hör auf, mich auf den Arm zu nehmen!« Denn das tat er ja wohl, oder?

New Orleans erwies sich als meine Lieblingsstation auf der ganzen zauberhaften Reise. Ich bewunderte das stimmungsvolle French Quarter mit seinen überhängenden, zierlichen Balkonen, Fensterläden und schattigen Höfen. Liam und ich waren wie Kinder, als wir hindurchliefen, begierig, alles zu sehen. Ich bestand darauf, dass wir ein Voodoo-Geschäft besuchten, während Liam lieber an einer der Friedhofs-Führungen teilnehmen wollte.

»Da kannst du allein gehen.« Ich schauderte. »Ich habe *Interview mit einem Vampir* gesehen.«

Er lachte und drückte meinen Arm. »Ich werde deine Hand halten, ängstliches Kätzchen.«

In einem Café am Jackson Square aßen wir zuckrige Doughnuts, halb, weil wir hungrig waren, und halb, weil die Kombination aus Feuchtigkeit und Hitze so überwältigend war, dass man sich unmöglich lange im Freien aufhalten konnte, ohne zwischendurch in ein Geschäft zu stürzen wegen eines Hauchs Aircondition.

Noch nie hatte ich eine derartige Feuchtigkeit erlebt. Mein kleines weißes T-Shirt klebte mir buchstäblich am Körper, und bei Liam war es nicht viel besser. Das Ergebnis war, dass wir dauernd irgendwo Station machen mussten, um zu trinken. Nachdem wir Decatur und Chartres Streets durchstreift hatten, flüchteten wir aus der Hitze in eine kleine Bar außerhalb von Dumaine und bestellten Mint Juleps, das traditionelle Südstaatengetränk.

Liam schmeckte es, ich mochte es überhaupt nicht. »Ich dachte, es wäre süß«, sagte ich und zog eine Grimasse.

Liam lächelte und bestellte mir einen Long-Island-Eistee. »Ich dachte, du wärst allein schon süß genug«, sagte er liebevoll.

Hinterher zogen wir weiter und hielten nach Voodoo-Geschäften Ausschau. Bevor wir eins fanden, trafen wir an einer Straßenecke eine kleine kreolische Frau, die ein Schild neben sich stehen hatte, auf der sie ihre Künste als Wahrsagerin anpries.

»Möchten Sie, dass ich der schönen Dame für zehn Dollar wahrsage?«, fragte sie.

»Nein«, sagte ich und wurde rot.

»Ja«, sagte Liam pfiffig lächelnd. Er reichte ihr das Geld und sie nahm meine Hand in ihre. Ich betrachtete ihre Augen und war verwirrt, als ich merkte, dass sie blind war; die milchig weißen Tümpel des Katarakts überdeckten die Iris.

»Sie müssen Entscheidung treffen«, sagte sie in einem sanften Singsang zu mir. »Sie haben Liebe. Vergeuden keine Zeit. Leben ist zu kurz.«

Das war's dann auch schon. Liam dankte ihr, und wir gingen weiter. Ich fühlte mich ein bisschen benommen, vielleicht von der Hitze, vielleicht von dem, was sie gesagt hatte.

»Alles in Ordnung?«, fragte er.

Ich nickte. »Ist komisch, was sie da gesagt hat«, murmelte ich. »Das mit der Entscheidung.«

»Meinst du, zwischen mir und deinem Ex?«, fragte Liam. Ich starrte ihn an.

»Becky hat es mir erzählt«, gestand er. »Ich wollte wissen, weshalb du die ganze Zeit über so feindselig warst.«

»War ich doch gar nicht«, protestierte ich. »Ich dachte bloß, du mochtest mich nicht, und …«

Er blieb stehen, sah mich an und fuhr mit dem Finger leicht an meinem feuchten Schlüsselbein entlang.

Meine Haut, ohnehin schon heiß, fing an zu brennen. »Wie bist du denn *darauf* gekommen?«, fragte er, und seine Stimme war wie eine sanfte Brise.

»Weiß nicht«, sagte ich. »Ich dachte, du magst Becky lieber.«

Er seufzte tief und bedachte mich mit einem total entgeisterten Blick. Dann sagte er mit seiner normalen Stimme: »Komm jetzt, lass uns zum Hotel zurückgehen und ein bisschen ausruhen. Wir könnten am Pool ein Sonnenbad nehmen und heute Abend zum Essen wieder hierher kommen. Wir haben nur noch eine Woche, und ich hätte schon gern noch ein bisschen Sonnenbräune, ehe ich nach Hause fahre.«

Ich fühlte mich betrogen um den Zauber des Augenblicks. Aber es war ja meine eigene Schuld, weil ich Becky erwähnt hatte. Sicher, er mochte mich, aber ich hatte alles verdorben, indem ich ihn an Becky erinnerte.

Im Hotel zog ich meinen Bikini an, nahm mein Buch und meine Sonnenmilch und traf mich mit Liam am Pool.

Er saß mit einer Dose Bier auf einem Liegebett und sah trübsinnig aus.

»Hi!«, sagte ich leichthin und tat mein Bestes, diesen schlanken, braunen, fast nackten Körper in Khakishorts nicht mit gierigen Blicken zu verschlingen. Ich verteilte Sonnenmilch auf meiner Vorderseite und lag eine halbe Stunde lang da, grübelnd in Selbstmitleid versunken. Eine halbe Stunde war genug, fand ich, wenn ich nicht krebsrot werden wollte. Also stand ich auf, verstellte meine Liege und warf einen verstohlenen Blick auf Liam. Er sah aus, als schliefe er. Träumt wahrscheinlich von Becky, dachte ich wütend.

Ich setzte mich wieder und rieb die Rückseite meiner Beine ein. Dann mühte ich mich ab, mir auch den Rücken einzucremen. Aber es ist unmöglich, irgendwas auf den eigenen Rücken zu schmieren, und deshalb fluchte ich leise vor mich hin.

Plötzlich war Liam neben mir.

»Um Gottes willen, gib mir die Flasche«, sagte er ärgerlich. »Leg dich hin. Ich reib dir den Rücken ein.«

Ich schluckte nur und legte mich auf den Bauch. »Ich brauch bloß ganz wenig. Und meine Beine hab ich schon selbst eingeschmiert«, sagte ich kläglich.

Es war schon schlimm genug, dass er mein Nicht-Becky-Fleisch in seiner Gänze zu Gesicht bekam, jetzt musste er auch noch Sonnenmilch darauf verteilen!

»Du willst doch wohl keinen Sonnenbrand kriegen«, sagte Liam, und seine Stimme klang plötzlich unsicher.

Seine Hände fühlten sich warm und köstlich an, wie sie die Creme sanft in meine Schultern massierten. Aber ihm bedeutete das überhaupt nichts, rief ich mich unglücklich zur Ordnung.

Für ihn musste das sein, als ob er seiner Schwester den Rücken einreibt. Vollkommen platonisch.

»Hast du eine Schwester?«, fragte ich.

»Eine Schwester?«, meinte er verdutzt. »Nein, ich habe nur Brüder.« Ich konnte ihn förmlich lächeln hören. »So jemanden wie dich habe ich noch nie kennen gelernt, Suze. Dein Geist arbeitet auf ziemlich mysteriöse Weise.«

Seine Hände glitten an meiner Wirbelsäule rauf und runter, mit festen Bewegungen. Dann spürte ich, wie er mein Bikini-Oberteil aufhakte.

»Das brauchst du doch nicht…«, fing ich an.

»Bscht!«, sagte er und zog die Träger abwärts. Gehorsam hob ich meinen Körper ein wenig an, und er zog das Oberteil weg. Mein Herz schlug vor Aufregung wie eine Trommel. Und ich hörte Liam schwerer atmen, ich roch sein Aftershave, heiß, nach Zitrone duftend.

Die langsamen, rhythmischen Streichbewegungen fuhren abwärts meinen Rücken entlang, pausenlos kreisend massierten sie die Lotion ein. Seine Berührung war exquisit. Es war, wie jemanden gefunden zu haben, der auf meinem Körper spielen konnte wie auf einem Konzertflügel, nach Jahren mit einem, der darauf herumgehämmert hatte, als spiele er auf einem abgewrackten alten Klavier. Pauls Finger hatten mich nie elektrisiert wie Liams es taten.

Plötzlich konnte ich es nicht länger aushalten.

Ich drehte mich um, raffte mein Handtuch vor die Brust, scherte mich nicht darum, dass er jeden meiner blassen Quadratzentimeter sehen konnte. Sein dunkles, schönes Gesicht war ganz nahe an meinem, seine Pupillen weit vor Verlangen, während er mich sehnsüchtig ansah. Es war der erotischste Moment meines Lebens. Nein, Korrektur: Das war, als er sich bewegte, um auf der Liege dichter neben mir zu sitzen, als er mit einem Finger sanft an meinem Schlüsselbein entlangfuhr und mir Schauer über den Rücken jagte.

»Das wollte ich schon seit der ersten Nacht tun, als ich in deinem Zimmer geschlafen habe«, sagte er heiser. »Du warst eingeschlafen, und ich habe dich eine Ewigkeit lang betrachtet.«

Ich konnte ihn nur anstarren.

»Aber ich dachte, du magst Becky«, begann ich einfältig.

»Ich meine nicht Becky, ich meine dich«, sagte er mit sanfter Stimme. »Und du musst endlich aufhören zu denken, du seist so was wie ein Bürger zweiter Klasse, bloß, weil du dauernd mit ihr rumhängst. Sie ist entzückend, aber das bist du auch. Ich bin hin und weg von der Art, wie du dir auf die Lippe beißt, wenn du nachdenkst. Ich bin hin und weg, wie du die Hüften schwingst, wenn du gehst, ich bin hin und weg von den kleinen sexy Tops, die du trägst… Ich bin einfach hin und weg von dir.« In diesem Moment zog ich ihn näher, und unsere Lippen trafen sich. Ich wollte ihn schmecken, ihn verschlingen, und wie es schien, wollte er dasselbe mit mir tun. Unsere Körper drängten sich aneinander, und plötzlich fiel mir ein, dass wir wohl besser aus dem Poolbereich verschwänden, um nicht wegen unzüchtigen Verhaltens verhaftet zu werden, falls mein Handtuch hinunterrutschte.

»Wollen wir nach oben gehen?«, fragte ich und staunte über meine eigene Courage.

Er lächelte. »Allerdings. Es gibt noch eine Menge atemberaubender Sehenswürdigkeiten, die ich schon längst mal erkunden wollte.« Und er schnippte spielerisch am Gummi meines Bikinihöschens herum, während er redete.

Ich lächelte ebenfalls und wickelte mir das Handtuch um. »Wird dies die schnelle, im Budget vorgesehene Fünf-Minuten-Tour, oder eine längere, ausgedehntere?«, flüsterte ich.

»Es wird definitiv länger als fünf Minuten dauern«, versprach er.

Eine Woche später am Montagmorgen war ich wieder bei der Arbeit. Obwohl sich mein eigenes Leben seit dem Urlaub um hundertachtzig Grad gewandelt hatte, war im Büro alles beim Alten geblieben. Auf meinem Schreibtisch türmten sich die gleichen alten Anfragen. Antoinette, die neue junge Angestellte, verwendete ihre meiste Zeit dazu, mit Danny, zwei Schreibtische weiter, zu flirten. Und die Airconditon war immer noch kaputt, was die Arbeit bei dem schwülen Augustwetter zu einem Alptraum machte.

Es war fast Mittagszeit, als Paul mich anrief.

»Suzanne«, sagte er kläglich, »ich muss dich sprechen, bitte. Wir haben einen entsetzlichen Fehler gemacht.«

Ich sagte nichts. Es war wirklich komisch. Da hatte ich nun so lange damit zugebracht, Paul im Geiste zu erklären, was für ein kompletter Mistkerl er wäre, und jetzt, nachdem ich tatsächlich mit ihm redete, waren mir plötzlich alle Schimpfwörter entfleucht. Dazu kommt natürlich, dass man ja besser nicht seinen Ex-Verlobten beschimpft, wenn man gerade im Büro ist, und schon gar nicht in *meinem* Büro. Nicht mal Reuters verfügt über eine Nachrichtenvermittlung wie dieser Laden hier. Ein Wort von mir über Pauls Seitensprung, und ich hätte ebenso gut eine Anzeige in den *Limerick Leader* setzen können, in der ich aller Welt verkünde, dass er mit einer miesen Schlampe namens Maura geschlafen hat.

»Bitte, rede mit mir«, bettelte Paul. »Du bedeutest mir alles, und es war nur ein großer Irrtum, und seit du weg bist, vermisse ich dich so sehr…« Er machte eine Pause, um Luft zu holen, ehe er wieder anfing. »Suzanne, du kannst das doch nicht alles wegwerfen. Wir haben ein Haus, ein gemeinsames Leben, eine Zukunft und eine Vergangenheit. Wir haben schon zu viel miteinander durchgemacht, um das so einfach zu beenden.«

»O ja, wir haben eine Vergangenheit«, stimmte ich ihm kühl zu. Ich bin gewöhnt, im Büro kühl zu klingen.

Das war genau die Ermutigung, die er brauchte. »Jawohl«, wiederholte er eifrig. »Wir sind schon so lange zusammen gewesen, Suzanne, wir können doch nicht auf unser gemeinsames Leben verzichten, bloß wegen eines Ausrutschers.«

»Bist du sicher, dass es nur einer war?«, fragte ich höflich. Wir hatten tatsächlich nie darüber gesprochen, ob er mit Maura nur eine einmalige Nummer abgezogen hatte, oder ob es eine ganze Serie leidenschaftlicher Vögeleien in seinem Wagen auf der Umgehungsstraße gegeben hatte.

»Ja!« Er klang sehr überzeugend. »Sie hat mir nichts bedeutet, es war ein Fehler. Ich hatte nie die Absicht, dich zu kränken, glaub mir. Bitte, lass es uns noch einmal versuchen.«

»Du willst noch einmal von vorn anfangen? Ich weiß nicht. Glaubst du, wir könnten das? Würde es nicht damit enden, dass wir uns gegenseitig peinigen wegen der Vergangenheit?«, fragte ich ihn.

»Ich liebe dich, ich möchte mit dir zusammen sein«, erwiderte er verzweifelt.

»Wir müssen uns treffen«, sagte ich entschieden, »so bald wie möglich, einverstanden?«

Selbst am Telefon konnte ich hören, wie Paul vor Erleichterung aufatmete. Ich sah ihn förmlich vor mir, wie er lächelte. Er hatte ein hübsches Lächeln. Es war das, was ich an ihm am meisten liebte, das, was auch anderen Frauen gefiel. Paul war nicht groß, und auch nicht sonderlich gut gebaut, aber er war durchaus attraktiv mit seinem nordisch blonden Haar und den kühlen blauen Augen.

Wir verabredeten uns für Freitag. Paul drängte darauf, dass wir uns sofort träfen, aber ich sagte nein. Freitag, dabei blieb es.

Ich weiß nicht, wie ich die Woche überstanden habe. Natürlich dachte ich viel an Paul. Klar, wir hatten Jahre miteinander verbracht und das kann man doch nicht gedankenlos hinschmeißen, oder?

Am Freitag um zehn nach sechs trafen wir uns in *The Den*, einem großen, modernen Pub in der Nähe meines Büros. Paul besorgte die Drinks, und wir setzten uns nebeneinander. Er sah blass und müde aus, um ehrlich zu sein. Ich nahm seine Hände in meine. Er lächelte, und die blauen Augen glänzten vor Entzücken. Ich blickte in das vertraute Gesicht und auf das blonde Haar. Am liebsten wäre ich mit den Fingern hindurchgefahren. Ich dachte daran, wie lieb er sein konnte an den Wochenenden, wenn er mir manchmal morgens eine Tasse Kaffee ans Bett gebracht hatte, und wie wir Zeitung gelesen und geredet hatten. Wir waren zusammen, seit wir zwanzig gewesen waren, eine Ewigkeit. Bei so vielen wichtigen Dingen in meinem Leben war er dabei gewesen: bei meiner Graduierung, meinem einundzwanzigsten Geburtstag, bei Großvaters Begräbnis. Bei was auch immer – wir waren gemeinsam dort gewesen. Und es war perfekt gewesen, bis er alles verdorben hatte, als er mit dieser Nutte schlief.

»Willst du mich heiraten, Suzanne?«, fragte er leise.

Ich lächelte und küsste ihn leicht auf die Wange. Ich roch den Moschusduft des teuren Rasierwassers, das ich ihm immer zu Weihnachten geschenkt hatte. Es kostete ein Vermögen. Letzte Weihnachten hatte er mir ein Schaumbad geschenkt, ein ätzend billiges Schaumbad, nicht meine Lieblingssorte, die ich mir eigentlich gewünscht hatte.

»Nein, ich will dich nicht heiraten«, sagte ich. »Du hast es kaputt gemacht, Paul.«

Sein Gesicht erstarrte, Schock, Staunen und Ungläubigkeit rangen um die Kontrolle über seine Gesichtszüge. Ungläubigkeit trug den knappen Sieg davon.

»A… a… aber du liebst mich doch, Suzanne. Du bist doch untröstlich meinetwegen, das weiß ich«, stammelte er.

»Das *war* ich«, korrigierte ich ihn. »Aber ich bin darüber hinweg.«

Paul starrte mich schockiert an.

»Das glaube ich dir nicht«, sagte er. »Du versuchst bloß, mich zu kränken, dich zu rächen wegen meines Ausrutschers.«

»Tu ich nicht«, sagte ich. »Ich habe mich in jemand anderen verliebt.

»Das sagst du doch bloß so!«, empörte er sich. Er wurde jetzt wütend und lief krebsrot an. Blasshäutige Leute können erstaunlich rot im Gesicht werden. Seine Augen waren nicht mehr warm und liebevoll. Sie waren eine merkwürdige Mischung aus stinksauer und verwundert. Paul konnte es einfach nicht glauben, dass ich ihn abwies. Er hatte gedacht, er brauchte bloß mit den Fingern zu schnippen und ich käme dankbar wieder angerannt. Na ja, früher hatte das ja auch funktioniert. Aber diesmal nicht. Die Dinge hatten sich geändert. *Ich* hatte mich geändert.

Ich stand auf. »Ich sage das nicht bloß so«, verbesserte ich ihn freundlich. »Es ist wahr.«

Ich blickte hinüber zur Bar, an der Liam stand und so niederschmetternd gut aussah in seinem sehr schönen grauen Anzug, das Gesicht angespannt, als ob er danach lechzte, sich einzumischen und Paul zu verprügeln, falls der es wagte, mir auch nur ein Haar zu krümmen. Ich lächelte Liam an und er kam zu uns herüber. Wenn Liam schon in Jeans gut aussah – ich sage Ihnen, Sie sollten ihn erst mal im Anzug sehen! Diese breiten Schultern waren wie geschaffen für italienische Maßkonfektion.

Wissen Sie, ich habe wirklich viel über Paul nachgedacht, seit er mich angerufen hatte. Wir waren einmal verliebt gewesen, und es schien eigentlich eine gute Idee, auch zu heiraten. Aber jetzt nicht mehr. Ich hatte eine ganze Woche damit zugebracht, mir in Erinnerung zu rufen, wie er mich ständig herumkommandiert hatte, dass wir in den Ferien nie irgendwas Spannendes unternommen hatten, dass regelmäßig *er* aussuchte, was wir im Fernsehen sahen… Und dann dachte ich an Liam, den zauberhaften Liam, der es nicht ertrug, von mir entfernt zu sein und der eine riesige Telefonrechnung anwachsen ließ, weil er mich Tag und Nacht von seinem Handy aus anrief. Liam, lustig und sexy, der mich als genau die liebte, die ich nun einmal war, und nicht als die Person, zu der er mich umformen wollte.

Ich glaube, ich habe ganz vergessen, zu erwähnen, wie gut Liam und ich nach New Orleans miteinander auskamen. Oh, es gab Stoff genug, den wir in unser Tagebuch hätten schreiben können, aber das wäre intim gewesen wie ein Röntgenbild, und wir hätten es nie jemandem zeigen können; deshalb ließen wir es lieber bleiben. Aber was der Junge mit einem Eiswürfel anstellen kann... (Die Aircondition in dem Motel in Houston war so flau, da mussten wir improvisieren.)

Paul sprangen fast die Augen aus dem Kopf, als er Liam anglotzte, meinen ganz persönlichen Liebesgott. Er stand auf, was ein Fehler war. Neben Liam wirkte Paul mickrig und schlecht angezogen. Außerdem sah Liam aus, als ob er Paul innerhalb einer Sekunde platt machen konnte. Also setzte Paul sich wieder und nahm einen tiefen Schluck von seinem Bier.

»Das kann nicht dein Ernst sein, Suzanne«, sagte er schwach, aber ich sah wohl, dass er es nicht meinte. Ernsthafte Konkurrenz erkannte er auf den ersten Blick.

Ich tätschelte ihm den Arm. »Über das Haus reden wir noch«, sagte ich zuversichtlich. Dann nahm ich Liams Arm und wir verließen *The Den*. Wir holten Becky und Tony ab und fuhren alle vier übers Wochenende nach Kinsale. Wir wollten uns beeilen und dem Wochenendverkehr zuvorkommen. Wissen Sie, Liam und ich waren schließlich scharf auf ein bisschen Sightseeing.

GEMMA O'CONNOR

Zu mir oder zu dir?

GEMMA O'CONNOR ist Autorin etlicher hoch gelobter Romane voll psychologischer Spannung, darunter, kürzlich erschienen: *Fallende Schatten, Die Frau auf dem Wasser, Tödliche Lügen, Zeit des Vergebens* und *Wer aber vergisst, was geschah.*

Die neuen Siedler waren spärlich über das Tal verteilt. Sie kamen aus allen Himmelsrichtungen und hatten wenig miteinander gemein außer einer wildromantischen Fantasie, die ihnen irgendwie über den Schock der Ernüchterung hinweghalf, als eine Jahreszeit auf die andere folgte und sie erkannten, dass das, was sie sich da gekauft hatten, eher ein roher Entwurf herbeigesehnten künftigen Komforts war, als ein brauchbarer Wohnsitz. Die Einheimischen beäugten scheel den Kampf der exzentrischen Fremden gegen den Verfall, den der Zahn der Zeit und der lange Leerstand den Häusern angetan hatte. Es lief fast immer nach ähnlichem Muster ab: Anfangs entzückt von einem anscheinend geradezu lächerlichen Kaufpreis, hielt sich die Begeisterung der neuen Eigentümer gerade mal, bis die Sonne untergegangen war und ihnen plötzlich voller Entsetzen der tatsächliche Zustand ihrer pittoresk bröckelnden Ruinen bewusst wurde.

Die Murphys waren vielleicht noch optimistischer gewesen als die meisten, und weil sie sich so mächtig ins Zeug legten, wurden die heroischen Bemühungen des irischen Paares, Ordnung in das Chaos zu bringen, von den französischen Nachbarn mit einer schon fast genießerischen Nachsicht beobachtet.

Sie kamen mit ihren drei kleinen Kindern im Juli an, als das Wetter brütend und schwül war, und die Probleme, die sich aus dem Fehlen von Wasserleitungen im Haus ergaben, trübten schon bald ihre Hochstimmung.

In der Absicht, sie zu ermutigen, begann ihr nächster Nachbar, ein gewisser Philippe Thorel, gelegentlich über das Feld herüberzustapfen und ihnen Geschenke mitzubringen, Blumen oder Gemüse oder manchmal auch eine Flasche seines teuflischen Selbstgebrannten. Bei seinem dritten Besuch lud er sie ein, mit ihm die gemeinsame Grenze zwischen seinem Land und ihrer winzigen Parzelle abzuschreiten. Er sprach Patois – was sie so eben gerade verstanden, oder zu verstehen glaubten – und machte eine gewaltige Show daraus, wie sehr er sich den Kopf zerbrach, um sich auf eine längst vergessene Quelle zu besinnen, die, was nicht verwunderlich war, nicht mehr in Erscheinung trat, seit die Erde so ausgedörrt war. Als er davontrottete, wiegte er den Kopf voller Verwunderung und Fassungslosigkeit angesichts ihrer Naivität. Dann, als er schon halbwegs übers Feld war, wandte er sich noch einmal um und wies ein wenig verlegen, aber gut gelaunt darauf hin, dass die Rückwand ihres Häuschens von Rechts wegen ihm gehöre. Und angesichts ihrer offensichtlichen Bestürzung verbreiterte sich sein verschmitztes Grinsen.

»*Regardez*!«, rief er und deutete mit einer weit ausholenden Handbewegung auf das bröckelnde Mauerwerk. »Seht ihr, wie sie aus dem Feld aufragt, das ich vom ältesten Bruder meiner Mutter geerbt habe?« Er zuckte die Achseln. »Mein Feld, meine Mauer – nur auf dieser Seite, natürlich.« Nachdem er sie derart überrumpelt hatte, versicherte er jedoch den Murphys charmant, dass das selbstverständlich ihre guten Beziehungen nicht beeinträchtigen werde. Dann rückte er sich seine Baskenmütze fesch übers Ohr und stiefelte davon. Er entblößte seinen Kopf nie. Es dauerte volle zwei Jahre, ehe sie seinen glänzenden Glatzkopf zu Gesicht bekamen.

Elizabeth und Dan warfen einander einen Blick zu, lächelten unsicher und verdrängten tapfer die untergründige Furcht, dass seine Information irgendeine entscheidende Bedeutung haben konnte, die ihnen mangels ihrer Kenntnis des Patois und der feineren lokalen Gesetzmäßigkeiten verborgen geblieben war. Während der folgenden Tage jedoch machten sie sich einzeln und verstohlen auf zum Bürgermeisteramt, um die Tragweite dieses halben Eigentums an der Mauer zu ergründen. Der *Notaire* tätschelte onkelhaft Elizabeths Arm und brummelte unterdrückte Flüche über die Widerborstigkeit der Bauern, die sich selbst und alle um sie herum in Unruhe versetzten mit ihren schwachsinnigen Ansprüchen, wo überhaupt keine existierten. Auch wenn die Murphys seine Beurteilung akzeptierten, so wurzelte doch irgendwo in ihrem Unterbewusstsein die Saat dieses Nicht-ganz-Besitzens und überdauerte, wenn auch zunächst schlafend. Unmerklich aber keimte der Samen der Verletzlichkeit und begann zu wachsen. Womöglich gehörte das kleine Haus doch nicht ganz und gar, nicht ganz wirklich ihnen?

Die Neusiedler kamen aufs Geratewohl aus diesem oder jenem Land. Nur wenige waren Franzosen, der eine oder andere aber doch, mit althergebrachten lokalen Bindungen, aufpoliert durch etliche Generationen in Paris. Und sie erkannten sehr wohl das Potenzial, das in den schönen Granitmauern und den alten Ziegeldächern des Tals steckte. Und als die älteren Generationen sich neue, warme, komfortable, scheußliche Villen neben ihren Familien-Anwesen bauten, da schnappten sie zu und kauften die alten Ruinen zu Abrisspreisen. Nicht etwa mit Heimwerker-Absichten, denn sie wussten sehr wohl, dass ortsansässige Handwerksarbeit jeder Branche billiger kam als alles, was sie selber zusammenstümpern konnten. So wurde denn der pittoreske Verfall alsbald durch neue Fenster, Türen, Fußböden und abschließend durch eine altertümliche graue Putzschicht transformiert. Transformiert, nicht verschandelt.

Der echte Fremde dagegen musste, nachdem er seine knappen Geldmittel durch den Kauf erschöpft hatte, Jahr für Jahr sklavisch knausern, ausbessern, kleine Annehmlichkeiten hinzufügen… Aber die Häuser blieben im Grunde, was sie gewesen waren: unbezähmbar. Die Einheimischen beobachteten diese naiven Hüter ihres Baubestandes mit nickender Zustimmung und warteten geduldig auf den Moment, da die Anstrengung sich als zu erschöpfend erwies, und die Häuser ihnen wieder zufallen würden – nicht bis zur Unkenntlichkeit renoviert, sondern gerade hinreichend, um für ihre eigenen ehrgeizlosen Ansprüche lediglich noch einigen simplen Komfort hinzufügen zu müssen. Inzwischen verschafften ihnen die *Hippies*, wie sie genannt wurden, eine willkommene Abwechslung im unveränderlichen Rhythmus ihres Lebens, mit ihrem üppigen Nachwuchs, ihrer farbenfreudigen Kleidung und ihrer suspekten Moral. Schließlich waren es die frühen Siebzigerjahre.

Die Murphy-Kinder waren begeistert vom Landleben und wurden rasch zu willigen Saisonsklaven für Kuh, Kalb und Weinberg, standen um sechs auf – und das alles im Austausch für magere, aber wachsende Grundkenntnisse des Französischen, meist Kraftausdrücke. Sie waren anders als die Bauernkinder. Ihre blassgoldenen Glieder leuchteten förmlich in der Sonne, und während der Sommer vorüberraste, wandelte sich ihr Haar von Gold fast zu Weiß. Sie wirkten alarmierend frei, gemessen an der hochgeschlossenen blauen Arbeitskleidung der wettergegerbten Bauern und ihren schwarz gekleideten Frauen, die liebevoll von ihnen redeten als *les mignons*, oder den *p'tits irlandais*.

Da die Neulinge langsam hereinströmten, weit verteilt siedelten und jeweils unter sich blieben, wurde ihnen nicht bewusst, dass sie Teil einer ständig wachsenden Gruppe waren. Meist glaubten sie, sie wären in dieser Gegend – *ihrer Entdeckung* – die einzigen Außenseiter, bestenfalls einer von zweien oder dreien. Denn bedurfte es nicht schließlich eines feinen Spürsinns, die Schönheiten einer so entlegenen, verschlafenen Landschaft zu erkennen, die weder mit See oder Fluss, noch nicht mal mit Hügeln ausgestattet war? Nur unendliches Weideland und Wälder, hier und da mal ein winziger, von den Bauern selbst angelegter *plan d'eau*, der sich spätestens im August mit einem dünnen braunen Film von *Ambre Solaire* überzogen hatte. Der reichere Tourist pausierte hier lediglich kurz, um sich über den Campingplatz zu mokieren, der sich geruchsintensiv um das südliche Ende des größten dieser armseligen kleinen Tümpel drapierte, dann fuhr er weiter gen Süden.

So kam es denn, dass all diese verstreuten Fremden, ohne einander zu kennen, vom gleichen Schlage waren: romantisch, jung und knapp bei Kasse; ausgenommen eine hoch gewachsene, blonde Familie, die sich in einem Dorf in der Nachbarschaft niedergelassen hatte, und die Monsieur Thorel als *Sale Boche* bezeichnete, wobei seine Großbuchstaben unüberhörbar waren. Eines Morgens aber hörte Liz zufällig, wie die große blonde Frau angestrengt versuchte, sich Madame Beausoleil, der Frau des Fleischers, durch perlendes BBC-Englisch verständlich zu machen. Liz war eingedenk ihrer dürftigen einsdreiundfünfzig und ihrer schmuddeligen Kleidung zu schüchtern, sich einzumischen. Die Walküre aber drehte nach einem Blick auf Lizzies rotgoldenes Haar und ihr sommersprossiges Gesicht den Spieß um mit einem fröhlichen »*Auf Wiedersehen!*«, worauf Elizabeth gelassen »Zicke!« murmelte und süß lächelnd Madame Beausoleils fragenden Blick erwiderte. Sie empfand plötzlich eine heillose Wut, dass diese offensichtlich sehr gut betuchte Engländerin es auch noch geschafft hatte, den besten Fleischer der ganzen Gegend ausfindig zu machen.

»*Une Allemande?*«

»*Malheureusement, Madame*«, log Liz hinterhältig eingedenk alter Feindschaften, wohl wissend, dass Madame ihr nun auch weiterhin die leckersten Bissen reservieren würde, ihr und ihren hübschen Kindern, die soeben zur Tür hereinpurzelten und die Hände reckten nach den dargebotenen Scheiben Knoblauchwurst.

»Mensch, Mam, siehst du da ihren Wagen? Wow!«

Ausnahmsweise reagierte Liz nicht, weil es ihr zuwider war, sich von Geld herablassend behandeln zu lassen, oder, noch schlimmer, von Stil. Einen Moment lang brachte es sie völlig aus der Fassung, dass ihre kleine private Welt gestört worden war, dass sie nicht länger etwas Besonderes war. Komisch, wie bereitwillig sie den wahren Grund verdrängt hatte, weshalb sie sich gerade dieses Tal hier ausgesucht hatten – nämlich weil die Kosten für Grundbesitz so niedrig waren. Gewiss, die Preise krochen inzwischen beständig in die Höhe, aber damals, vor sechs Jahren, hatte die Preisforderung für ihr Häuschen genau dem entsprochen, was es sie gekostet hätte, ihren schäbigen VW Käfer durch einen tüchtigen neuen Campingbus zu ersetzen. Als dieser Plan anfangs erwogen wurde, geriet Liz schon bei der Erwähnung von Campingplätzen, Chemieklos und der Aussicht, zu fünft auf engstem Raum zusammen zu schlafen, in Panik. Sie hatte nur einen Blick in das beengte Innere eines solchen Vehikels geworfen, da überredete sie Dan, mitzukommen nach Frankreich, einfach mal zum Anschauen.

Sie beauftragten also ihre Mutter, die Kinder zu hüten und nahmen an einem feuchtkalten Januartag die Fähre Rosslare-Cherbourg. Es war eine lange, schauderhafte Überfahrt, und als sie schließlich, sich die schlingernden Mägen haltend, in eine kleine Hafenkneipe taumelten zu einem Schluck Morgenkaffee, da gestanden sie sich ein, dass alles ein Riesenfehler war, ein einziges Hirngespinst! Aber sieben Stunden und ein feuchtfröhliches Mittagessen später, als sie tatsächlich in ihrem auserwählten *département* anlangten, da war der Himmel blau und ihr Herz wohlgemut. Die Sonne hatte den rosigen Granit des kleinen Hauses beschienen, das sich behaglich in den Hang schmiegte, neben dem Feldweg, der seitlich daran vorbeiführte, und rechtwinklig zu einer prächtigen Feldsteinscheune. Praktische Überlegungen wurden verdrängt, sie waren auf der Stelle verführt. Das Gras musste kürzlich gemäht worden sein, denn der Eindruck, der sie so betörte, war der eines gepflegten, dreieckigen Gartens. Als sie ihn das nächste Mal wieder sahen, sechs Monate später, als stolze neue Eigentümer, da bildeten Gras und Nesseln eine unüberwindbare Barriere um die Haustür herum, aber an jenem strahlenden Januartag hatten sie wie verzaubert dagestanden, als der kleine dicke Bauer ihnen zuzwinkerte und pfiffig einen Preis nannte, der ein paar hundert Francs über den Kosten für den Campingbus lag. Sie hatten sich unsicher angesehen. Und genau in diesem Moment hatte der Immobilienmakler seinen Geistesblitz: Er blickte viel sagend auf die Uhr und erklärte, er müsse jetzt gehen, um das Rugby-Match zu sehen. Frankreich spielte gegen Irland, und das wollten sie doch sicherlich auch nicht verpassen? Und schon saßen die Murphys hinten in seinem Wagen, den Bauern zwischen sich gequetscht.

Dans Geistesblitz stellte sich mit der zweiten Flasche Wein ein: »Lassen Sie uns wetten«, sagte er plötzlich. »Wenn Irland gewinnt, dann kaufen wir das Haus.« Liz war verblüfft. Keiner von ihnen hatte das geringste Interesse an Rugby. Die Franzosen aber brüllten vor Lachen und erklärten ihnen nachsichtig, die Iren hätten die Franzosen vierzehn Jahre lang nie besiegt. Unmöglich, undenkbar!

Irland gewann. Der Bauer bestellte lauthals Champagner, und ohne über den Tag hinaus zu denken, bekräftigten die Murphys den Handel durch Handschlag. Und nahtlos, ohne Atempause, ehe sie Zeit hatten, ihre Meinung zu ändern oder sich miteinander zu beraten, fanden sie sich in der Kanzlei eines zögerlichen Notars wieder, der sie mitleidig fragte, ob sie sich auch ganz sicher wären, was sie da täten? Als Antwort darauf lächelten sie sich voller Zuversicht an und unterschrieben wohlgemut ihren Verzicht auf Muße und Freizeit für die nächsten sieben Jahre. Danach stoben sie davon, ließen sich selig voll laufen und liebten sich stürmisch im klappernden Bett des Hôtel du Commerce, höchstwahrscheinlich zum diebischen Vergnügen der alten Schwerenöter in der Bar darunter, die lautstark auf das Glück des Verkäufers anstießen. Wären die Stimmen bis nach oben gedrungen, dann hätten die Liebenden Folgendes hören können:

»Leer seit sechs Jahren, sagst du?«

»Ach was. Sieben, acht… mindestens.« Ein pfiffig schadenfrohes Schulterzucken. »Kann mich gar nicht erinnern, wie lange…«

»Und? Ist es sicher?«

»Wie Häuser eben so sind…« Weises Nicken. Brüllendes Gelächter.

Aber die Murphys fanden, dass trotz aller Nachteile der Handel ganz ohne Zweifel zu ihrem Vorteil war. Die Sommer mit den drei erlebnishungrigen kleinen Kindern verstrichen denn auch aufs Glücklichste… Essen in Hülle und Fülle, der Wein, wenn auch kaum trinkbar, billig genug, um ihn zur lebenslänglichen täglichen Gewohnheit werden zu lassen, auch noch, nachdem das Haus längst nicht mehr ihres war.

So blühten denn die Kinder in der Landluft auf, und Bauer Thorel kam mit seinen Gaben aus Früchten und Blumen. Im zweiten Jahr, müde geworden, das Plumpsklo mit Ungeziefer, Nesseln und umherstreunendem Gesindel zu teilen, schafften sie es, ein Badezimmer anzubauen. Dies war der Punkt, an dem Louis Bertrand die Szene betrat.

»Im Kopf nicht ganz richtig, aber sonst sehr tüchtig«, meinte Madame Legrand von weiter oben an der Straße vertraulich. Innerhalb einer Stunde, nachdem sein Name erwähnt worden war, wurde er als Gelegenheitsgärtner angeheuert. Dans Anweisungen nahm er lächelnd zur Kenntnis, aber als Liz das neue Faktotum zu Gesicht bekam, da überlief sie unwillkürlich ein Schauder der Abneigung. Seine gelben Zähne schienen übergroß in dem runden, flachen Gesicht. Wie Grabsteine, dachte sie plötzlich.

Die Dorfbewohner betrachteten die Angelegenheit mit Wohlwollen. *Pauvre Louis*... So hart arbeitend... So arm dran... Und so gut zu seiner verwitweten Mutter! Madame Bertrand, eine würdige Matrone, kam alsbald persönlich, die Anstellung gutzuheißen durch eine Gabe gigantischer Steinpilze, die sie in ihrer fleckigen schwarzen Schürze gesammelt hatte. Sie redete ohne Unterlass, aber da sie keinen einzigen Zahn mehr ihm Munde hatte, verstand Liz immer nur einzelne Worte: Vipern im Wald... Armer Louis... Ihr Witwendasein... Ihr Leben lang immer nur Pächter... Die armen Kinder...

»Kinder?«

Liz dachte, ihren eigenen kleinen Lieblingen sei etwas Schlimmes zugestoßen, aber noch während sie die Hand vor den Mund schlug, stürmten sie in den frisch mit Kies bestreuten Hof und verkündeten aufgeregt, sie hätten soeben gesehen, wie ein Kalb geboren wurde, und ersparten damit Madame nähere Erklärungen. So entdeckte Liz denn erst sehr viel später zu ihrer Verwunderung, dass die Kinder, um die es ging, Louis' eigene waren, die anscheinend in irgendeinem Waisenhaus, irgendeinem Heim lebten, obwohl niemand ihr erklärte, weshalb das so war. Oder wenn sie es taten, dann verstand sie es nicht. Monsieur Thorel nuschelte etwas vor sich hin – die Mutter sei jung gestorben – und vollführte, während er redete, die Geste des Trinkens. Die Kinder hätten sie gefunden, murmelte er, und dabei wandte er den Blick ab und tippte sich an die Stirn. Ob er damit auf den Schwachsinn der Kinder anspielte oder auf den der Eltern, blieb dabei unklar. Verstört fragte sich Liz, weshalb sie statt Mitleid eher eine böse Vorahnung verspürte.

Jahr für Jahr planten die Murphys Verbesserungen an ihrem kleinen Haus – ein neuer Fußboden, Isolierung, neue Leitungen... Und Jahr für Jahr zuckte die Hausratte lediglich die Schultern, zog für die Wochen ihres Sommeraufenthaltes aus, kehrte am Ende der Ferien mit all ihren Freunden und Verwandten im Schlepptau zurück und mühte sich den Winter über nach Kräften, alles zunichte zu machen, was zustande gebracht worden war. Louis, als treuer Sachwalter, verstreute immer größere Mengen Gift und sprach immer im Singular von »der« Ratte, wenn er als Nachweis den jährlichen Kadaver herzeigte. Sie sannen auf neue Wege, die Übrigen fern zu halten, aber die Ratten hatten viele Jahre mehr gehabt, ihre Einwanderungsmethoden zu perfektionieren. Hartnäckig blieben sie – und vermehrten sich vermutlich auch noch.

Je mehr die Zeit verging, desto unersetzlicher wurde Louis Bertrand. Unter seiner hingebungsvollen Pflege gedieh der Garten prächtig. Die Nachbarn kamen, um zu bewundern und ihn zu loben. Etliche Neulinge versuchten, ihn abzuwerben, aber er blieb den Murphys treu. Seine Fertigkeiten als Faktotum waren erstaunlich. Dachziegel, durch die Winterstürme herabgerissen, waren rasch wieder eingefügt, Matratzen waren gelüftet, ein Korb frischer Eier als Willkommensgruß ... Das Häuschen wirkte nicht mehr fröstelnd und vernachlässigt, wenn sie ankamen, es war, als genüge die Verheißung ihres jährlichen Besuches, um Feuchtigkeit und Staub zu vertreiben. Sie vermuteten, dass Louis gelegentlich im Winter Feuer anzündete und auch sauber machte, aber sie vergaßen, ihn danach zu fragen. Warum sollten sie auch? Seine Dienste waren ja geradezu ein Gottesgeschenk.

Offen gestanden erlahmte der Reiz des Do-it-yourself nach den ersten paar Jahren, und in jedem folgenden Sommer taten Dan und Liz weniger und weniger – kaum genug, um das Häuschen vor weiterem Verfall zu bewahren. Sie verbrachten mehr Zeit im Garten, lasen im Schatten des alten Kirschbaums, flochten die jährliche Ernte von Zwiebeln und Knoblauch zu Zöpfen und warteten jeden Abend in der Dämmerung darauf, dass die große weiße Schleiereule aus der Scheune geflogen kam.

Jedes Jahr fügten sie dem Mobiliar dieses oder jenes Stück

hinzu, einiges von zu Hause mitgebracht, anderes als Gelegenheitskauf beim *brocante* des Dorfes erstanden. Bei ihm fand Dan auch eines Morgens, als er zum Brotholen zur *boulangerie* fuhr, zwischen anderem Trödel einen klapprigen alten Schaukelstuhl. Festgezurrt auf dem Dach seines Wagens, kam er triumphierend damit nach Hause.

»Ein Schnäppchen«, sagte er.

»Ja, das sehe ich«, erwiderte seine Frau skeptisch.

»Wenn der repariert und sauber gemacht ist …«, lachte er, »dann sieht der prächtig aus.« Und er hatte Recht. So war es.

Nachdem er die dunkel verfärbten alten Lackschichten abgebeizt hatte, nähte Liz farbenfrohe Kissen. Als er fertig war, räumten sie das Wohnzimmer um und er bekam den Ehrenplatz. Die Kinder liebten ihn, weil alle drei hineinpassten. Nach dem Abendessen döste Dan gern in seiner geräumigen Umarmung über einem Buch, und das Geräusch seines sanften Knarrens wurde zum Synonym ihres Wohlbefindens. Wenn daheim während der langen Wintermonate das Häuschen erwähnt wurde, dann sah Liz immer den Schaukelstuhl vor sich, wie er sanft Dan oder die Kinder wiegte, die ihr zulächelten. Er wurde zum Symbol ihres Sommerdomizils.

Eines Tages, als sie allein im Haus war, kam sie die Treppe herunter und sah Louis mit zwei Köpfen Salat an der Tür stehen. Zuerst bemerkte er sie gar nicht und als sie sich umwandte, um seinem versonnenen Blick zu folgen, da sah sie, dass der Schaukelstuhl sich bewegte – nicht sehr, fast unmerklich, so, als ob gerade jemand daraus aufgestanden war. Louis schien wie gebannt. Sein Kopf bewegte sich vor und zurück, im Gleichtakt zu dem leisen Klacken auf den bloßen Bodendielen. Und plötzlich sah sie ihn darin sitzen. Natürlich stand er an der Tür, und doch sah sie ihn einen flüchtigen Augenblick lang zufrieden vor und zurückschaukeln, vor und zurück … Und er lächelte und nickte ihr zu … Sie schüttelte sich und rief: »*Ça va, Louis?*«

Er antwortete mit seinem verlegenen Lächeln, hielt ihr den Salat hin, und gemeinsam gingen sie hinunter zum Gemüsegarten, um die Bepflanzung fürs nächste Jahr zu besprechen. Bildete sie sich nur ein, dass seine Sprache verwaschener und schwerer zu verstehen war als sonst? Wich er ihr aus? Wie auch immer, sie begann, sich in seiner Gegenwart unbehaglich zu fühlen. Als sie es Dan gegenüber erwähnte, zuckte er ungeduldig die Achseln und sagte, sie kämen nun mal ohne Louis nicht zurecht. Louis Bertrand war der Schlüssel zum Erfolg ihrer Sommer, er war freundlich, arbeitete hart und tat keiner Fliege etwas zu Leide. »Weißt du noch, wie der Garten aussah, ehe er für uns gearbeitet hat? Und das undichte Dach?«, fragte er. Sie antwortete nicht, unfähig, ihre Unruhe zu begründen.

Während des folgenden Winters baute Louis eine fabelhafte Abdeckung für den alten Brunnen und setzte ihn rechtzeitig zu ihrer Ankunft im Sommer in Gang. In höchster Aufregung demonstrierte er sein neues Bewässerungssystem für den schräg abfallenden Garten, erklärte, wie viel besser dadurch das Gemüse gedieh. Er grub seine Hände in die warme Erde und buddelte junge Kartoffeln für ihre erste Mahlzeit heraus. Als er die Scheunentür öffnete, kam ein großer Vorrat Knoblauch zum Vorschein, zum Trocknen ausgebreitet. Bevor er fortging, sagte er noch, das Brunnenwasser sei aber nicht zum Trinken geeignet und warnte die Kinder davor, hinaufzuklettern und das große eiserne Rad zu drehen.

Sie hatten ein bisschen Geld zur Seite gelegt, und zu Beginn ihres sechsten Sommers beschlossen sie, den stufenweisen Ausbau der Scheune in Angriff zu nehmen. Sobald der Baustoffhändler eine Ladung Sand, Zement und Hohlblocksteine geliefert hatte, begann die riesige weiße Eule, deren Residenz die Scheune schließlich war, ihr schäbiges Auto unablässig mit wieder hochgewürgten Mäusen zu bombardieren, um ihr Territorium zu verteidigen.

Tagelang saßen sie unter dem Kirschbaum und besprachen

die erste Phase des Umbaus: eine wundervolle Treppe. Während sie die ausgetüftelten Zeichnungen betrachteten, erwähnte ihr ältester Junge, Shane, beiläufig, dass in der Autowerkstatt des Dorfes ein kleiner Zementmischer zum Verkauf stünde. Secondhand, billig. Dan verschwand augenblicklich und kam, das Ding auf seinem Dachgestell festgezurrt, zur allgemeinen Belustigung durchs Dorf damit zurück. Es sah rot und gefährlich aus im heißen Sonnenschein. Ihre Nachbarn fragten sich gegenseitig, weshalb *les irlandais* bloß keine ortsansässigen Handwerker beschäftigten? Natürlich erwähnte niemand das Dan oder Liz gegenüber, denn sie waren wohl gelitten, und ihre Schrullen wurden ihnen nachgesehen. Aber untereinander fragten sie sich, ob den Fremden eigentlich klar war, wie stümperhaft ihre Amateur-Renovierungen waren?

Die Kinder waren hell begeistert von dem Zementmischer, und sie waren nicht die Einzigen. Gleich am ersten Abend kam Louis, ihn zu bewundern. Durchs Küchenfenster beobachtete Liz, wie er scheu mit der Hand über die glänzende Oberfläche fuhr. Er spuckte auf seinen Ärmel und wischte liebevoll ein wenig Schmutz weg.

»Probieren Sie ihn doch mal!«, rief sie ihm zu. »Schalten Sie ihn ein!«

Aber Louis schüttelte den Kopf und trottete durch den Garten davon, als schäme er sich, weil sie sein sehnsüchtiges Verlangen bemerkt hatte. Während sie ihn beobachtete, ging ihr wieder das flüchtige Bild von ihm im Schaukelstuhl durch den Sinn… Sie fuhr sich mit der seifigen Hand durch Haar und verscheuchte die Kinder vom Brunnen.

Die Weinernte war verspätet in jenem letzten Jahr, aber es war klar, dass es eine Rekordernte werden würde. Auf einer überraschenden Postkarte von Madame Legrand erhielten sie die Anfrage, ob die Murphys wohl kommen könnten. Ihr Mann Maurice sei unpässlich und schaffe es nicht allein. Sie waren beide den selbstgenügsamen Legrands sehr zugetan, die noch nie um Hilfe gebeten hatten, und so beschlossen sie kurzerhand, übers Wochenende hinüberzufliegen. Es war außerhalb der Saison, die Flugpreise waren niedrig, und es gab keine Schwierigkeiten, einen Wagen zu mieten. In der Hetze, das Einhüten bei den Kindern zu arrangieren, vergaß Liz ganz, an Louis zu schreiben und ihr Kommen anzukündigen – weder er noch die Legrands hatten Telefon. So fuhren sie denn los in der Annahme, die Kunde, dass sie auf dem Wege wären, würde schon irgendwie in der Nachbarschaft durchsickern oder Madame Legrand würde vielleicht im Vorbeigehen erwähnen, dass sie sie gebeten habe zu kommen. Jedenfalls machten sie sich deshalb weiter keine Gedanken. Weshalb auch? Da sie ja nur zu zweit kamen, bestand kein Bedarf an Louis' vorsorglich deponierten Eiern und Früchten zum Abendessen. Sie konnten ebenso gut im Dorf essen.

Sie waren in Hochstimmung, als sie jenseits des Dorfes den Hügel hinauffuhren. Oben auf der Kuppe hielten sie an, wie sie es immer taten, um einen ersten Blick auf das Häuschen zu genießen. Gewöhnlich sahen sie es eingehüllt in heißen Sommersonnenschein, jetzt warf nur das rosige Steinwerk des Schornsteins das sterbende Licht zurück.

»Weißt du was, Liz?«, sagte Dan. »Madame Legrand muss es Louis also doch erzählt haben. Er hat Feuer angemacht. Großartig!« Als er die Hand ausstreckte, um das Knie seiner Frau zu tätscheln, würgte er versehentlich den Motor ab, und der Wagen rollte lautlos die einsame Straße hinunter, bis er keine fünfzig Meter vor ihrem Gartenzaun zum Stehen kam.

Die Tür des Hauses stand offen. Sie kurbelten die Fenster herunter, saßen da und bewunderten zufrieden die Fülle der späten Rosen, die sich romantisch um die dunkle Türöffnung rankten, und sie ergriffen einander bei der Hand. Die Szene war so idyllisch. Selbst auf die Entfernung konnten sie den Duft in der milden Abendluft wahrnehmen.

»Froh, dass wir gekommen sind?«, flüsterte sie.

»Hmmm.« Er beugte sich zu ihr und küsste sie, fuhr aber zurück, aufgeschreckt durch ein lautes Geräusch vom Garten her.

Zu ihrer Verblüffung wurde der Zementmischer von einem großen, schlaksigen jungen Mann aus der Scheune gerollt. Der goss einen Eimer Wasser in die sich drehende Trommel, ging dann an den Brunnen und nahm von einem dicken, grob aussehenden Mädchen, das sie erst jetzt entdeckten, einen zweiten Eimer in Empfang. Gebannt und sprachlos beobachteten sie, wie das Paar sich gemächlich zwischen Mischer und Brunnen hin und her bewegte, wie sie ab und zu innehielten, um zu trinken, bevor sie das Wasser in die Trommel gossen. Selbst in dem schnell schwindenden Tageslicht ließ alles an ihnen ihre ungezwungene Vertrautheit mit dem Ort erkennen. Nach einer Weile ging das Mädchen auf die Haustür zu und schlüpfte ins Innere.

»Ich dachte, das Wasser sei zum Trinken nicht geeignet«, bemerkte Liz leise.

»Anscheinend ist es das doch…«

»Wer sind die beiden?«, wisperte sie.

»Ich weiß es nicht. Aber ich werde das, verdammt noch mal, rausfinden!« Dan strich ihr über die Wange. »Warum flüsterst du, Liebling?«

»Ich weiß nicht«, murmelte sie. »Irgendwas… Ich weiß nicht…«

Als Dan die Wagentür aufmachte, ging plötzlich das Licht im Haus an, und durch die offene Haustür fiel ihr eine Bewegung ins Auge.

»Dan. Sieh mal. Oh, Dan!«

Der Schaukelstuhl wippte heftig vor und zurück, das vertraute Knarren drang sekundenlang bis zu ihnen, bevor ein Zuruf des Mädchens den Jungen veranlasste, rasch über den Hof zu stapfen. Er zog die Tür hinter sich zu, als er eintrat. Inzwischen war es fast dunkel, aber Dan war schon aus dem Wagen und rannte auf das Häuschen zu. Liz holte ihn ein, als er eben die Tür aufriss. Ein köstlicher Geruch nach gebratenem Fleisch schlug ihnen entgegen, der Duft von frischem Brot mischte sich mit dem von Früchten. Der Tisch war für vier gedeckt, aber nur der Junge und das Mädchen saßen sich an den beiden Schmalseiten gegenüber. Jetzt wandten sie die Köpfe und starrten neugierig auf die Eindringlinge – unter gefurchten, völlig identischen Augenbrauen. Es gab keinen Zweifel, wessen Kinder das waren. Sie waren die Ebenbilder ihres Vaters. Aus dem Schaukelstuhl lächelte Louis geistlos herüber. Krrk, krrk, knarrte der Fußboden. Niemand sprach, niemand rührte sich. Das Schaukeln wurde langsamer und hörte dann auf. Ohne den Blick zu wenden, streckte der Junge die Hand aus und setzte den Stuhl wieder in Bewegung. Dann wies er dem Paar blöde lächelnd die leeren Plätze am Tisch an.

Als sie sich nicht rührten, stand das Mädchen auf, nahm fünf Trinkgläser aus dem Schrank und goss feierlich in jedes von ihnen den dunkelroten heimischen Wein. Ihre Bewegungen waren angestrengt gezielt, und ihr schwachsinniges Gesicht verzog sich unter der Konzentration auf ihre Aufgabe zu einer Grimasse. Nach wie vor sprach niemand.

Der Junge, vielmehr der junge Mann, beugte sich über sein Essen und mampfte geräuschvoll, beobachtete dabei aber genau, wie das Mädchen ein Glas zu Louis trug. Sie hielt es ihm hin, aber weder regte er sich noch änderte sich sein starrer Ausdruck. Da riss sie mit überraschender Heftigkeit seinen Kopf nach hinten und goss den Wein kurzerhand in seinen offenen Mund. Sein Kopf fiel nach vorn, und die dunkle Flüssigkeit rann an seinem Kinn herunter und versickerte fleckig in dem derben Stoff seines Arbeitsanzugs. Seine Tochter wandte sich triumphierend den Murphys zu, die offenen Mundes in der Tür standen, als erwarte sie ihren Applaus. Mit einem gellenden Schrei stieß ihr Bruder sie beiseite, rückte Louis wieder in den Kissen zurecht und versetzte den Stuhl wieder in sanft schaukelnde Bewegung. Und Louis lächelte weiter.

Liz gab einen kleinen Schrei von sich. Dan packte sie und zerrte sie rückwärts. Sie klammerte sich blindlings an ihn und sie flüchteten zum Auto. Hinter ihnen wurde die Haustür krachend zugeschlagen. Dan drehte den Zündschlüssel, immer und immer wieder, aber er konnte den Wagen nicht in Gang bringen. Liz riss verzweifelt an seinen zitternden Händen und schrie auf ihn ein, er solle sie hier wegbringen! Die Lichter im Haus gingen aus, gerade, als die große weiße Eule aus der Scheune geflogen kam. Und dann tauchte ohne Vorwarnung plötzlich eine Gestalt aus der Dunkelheit vor ihnen auf. Eine Hand tappte leise an die Windschutzscheibe, dann noch einmal und noch einmal. Dan brüllte eine Mischung aus Gebet und Flüchen vor sich hin, während er hoffnungslos den abgesoffenen Motor ein- und ausschaltete.

Liz rutschte nach vorn auf den Boden und wimmerte erbarmungswürdig. Da wurde die Tür aufgerissen und derbe Hände packten sie bei den Schultern und zogen sie aus dem Wagen. Bevor Dan sich rühren konnte, wurde auch die andere Tür geöffnet, und Madame Legrands Arme umschlangen ihn besorgt.

»Sscht!«, sagte sie leise. »Ganz ruhig! Die *gendarmes* warten schon darauf, hineinzugehen. Wir haben ja nicht gedacht, dass Sie hier auftauchen! Sie sind doch sonst nie zur Weinernte gekommen… Ich hab das nicht recht überlegt, ich hätte nicht schreiben dürfen…«, babbelte sie, »aber wo doch Maurice nicht auf dem Damm ist und ich es allein nicht schaffen konnte… Ich wusste einfach nicht… *Suis désolée.*«

Resigniert erzählte sie ihre Geschichte, stockend, wie um sich zu vergewissern, dass jeder ihrer zögernden Sätze auch richtig verstanden wurde. Sie berichtete, dass während der letzten drei Jahre die Zwillinge für immer längere Zeiten der Obhut ihres Vaters überlassen worden waren, aber stets nur während des Herbstes und des Winters. Und jetzt gestand Madame Legrand beschämt ihre Unterlassungssünde ein, nämlich, nie erwähnt zu haben, dass das Häuschen tatsächlich für den größeren Teil des Jahres Louis' und seiner Zwillinge Zuhause gewesen war. Das Arrangement erschien ja auch elegant in seiner Einfachheit. Erst als sie die Postkarte abgeschickt hatte, war ihr bewusst geworden, dass einzig die Murphys von diesem Arrangement nichts wussten.

»Ich hatte das glatt vergessen. Aber inzwischen waren wir eben alle so daran gewöhnt... Immerhin stand das Haus so lange Zeit des Jahres leer, und er liebte es doch so...« Ihre Stimme verebbte.

Unbedacht hatte sie in der vorigen Woche in Hörweite der Zwillinge die Postkarte erwähnt, und erst zu spät wurde ihr klar, dass Louis seinem Nachwuchs nicht gesagt hatte, dass das Haus lediglich ihm gehörte, wenn die Eigentümer abwesend waren. »Die Zwillinge sollten also ins Heim zurück – nur für ein paar Tage –, falls Sie auftauchten...« Sie stieß einen tiefen Seufzer aus. »Er sagte noch, das würde den beiden aber gar nicht passen. Er hatte Angst, sie würden aggressiv werden... Armer Louis, er konnte ja nie mit ihnen fertig werden... Auch nicht, bevor sie... seine Frau... ihre Mutter...«

Zu spät bekam das wortreiche Lamentieren der alten Madame Legrand einen Sinn. Aber auch die Freundlichkeit der Legrands konnte die Murphys nicht über ihr Versagen hinwegtrösten, die Alltagssprache ihrer Nachbarn nicht ordentlich gelernt zu haben. Was wussten sie denn schon von diesem Ort? Sie waren Außenseiter geblieben, das ließ sich nicht bestreiten. Man hatte sie toleriert, aber ihnen nicht eigentlich getraut. Wann hatte ihnen denn irgendjemand erzählt, dass Louis' Frau von ihren eigenen Kindern erstickt worden war, indem sie ihr Wein in die unersättliche Kehle gossen? War es je gesagt worden? Womöglich wiederholt? Falsch verstanden? Hatten sie jemals das Häuschen wirklich in Besitz gehabt, oder waren sie nur auf Duldung hier gewesen? Vorüberziehende Fremde, Teilzeitbewohner *Chez-Louis*?

MARY RYAN

Ein guter Fang

MARY RYAN ist Bestseller-Autorin von neun Romanen, darunter *Drei Frauen, Grünes Feuer, Flüstern im Wind, Lied der Gezeiten, Muschelherz, Septembermorgen* und *Wiedersehen in Florenz*.

Sie ist verheiratet, hat zwei Kinder und lebt hauptsächlich in Dublin.

Tessa hörte Schritte auf der Treppe und das Öffnen der Tür gegenüber am Flur und sie sah einen flüchtigen Lichtspeer unter ihrer eigenen Tür. Es war schwierig, einzuschlafen bei all dem Geschlurfe und all dem Flüstern, das es immer gab, wenn Nora Besuch hatte. Nicht dass es sonderlich *viele* Geräusche gab, aber Tessa hatte nun mal einen leichten Schlaf. Heute Abend hatte es einen Schwall lauten Gelächters aus Noras Zimmer gegeben, der sogar Quentin gestört hatte. Sie hatte gehört, wie er im Dunkeln seine Federn schüttelte.

Tessa kam es so vor, als ob die rothaarige Nora ziemlich viele männliche Freunde hätte. Manchmal, wenn sie ins Badezimmer ging, begegnete sie einem, der dann gerade die Treppe heraufkam. Einer von ihnen hatte sogar mal versucht, ihr den Hintern zu tätscheln, aber den hatte sie mit einem vernichtenden Blick in die Schranken gewiesen.

Tessa trug immer Lockenwickler, wenn sie ins Bett ging, um ihr Kraushaar einigermaßen zu bändigen, und darüber ein Haarnetz. Sie absolvierte gerade eine Novena, eine neuntägige Andacht in der Clarendon Street, bei der sie um einen Ehemann betete. Aber bisher hatte sich noch keiner präsentiert, obwohl sie zu Tanzveranstaltungen und Rugbypartys ging, und zwar jede Woche! Bei den Tanzereien guckten die Kerle sie kaum an und forderten regelmäßig das Mädchen neben ihr zum Tanzen auf. Tessa wusste, dass sie keine Schönheit war. Sie war kurzsichtig und trug Brillengläser wie Flaschenböden, aber ihre Beine waren gut, und sie hatte schöne klare Haut.

Stets vorm Schlafengehen schmierte sie reichlich *Yardleys Skin Food* darauf, um sie straff zu erhalten. Um die Augen herum waren bereits ganz zarte Linien erschienen, und dieser Partie widmete sie bei ihrer allabendlichen Schönheitspflege ganz besondere Aufmerksamkeit.

Tessa war Stenotypistin im Verwaltungsdienst, ein Job mit wöchentlichem Gehalt und Rentenanspruch, wenn sie blieb, bis sie sechzig war. Wenn sie heiratete, würde sie kündigen müssen, aber das war ihr egal. Denn dann hatte sie ja jemanden, der für sie sorgte, und das wäre großartig. Ihre Schwester Eileen hatte sie zwar gewarnt, dass das Verheiratetsein auch nicht ständig ein Honigschlecken wäre, dass man nie fünf Minuten für sich selbst hätte zwischen Kochen und Saubermachen und Waschen und Bügeln, und dass die Kinder krank würden... Aber Tessa wusste dennoch, dass alles besser war, als eine alte Jungfer zu werden, auf die jeder verächtlich herabblicken würde. Sie sah ihr künftiges kleines Zuhause im Geiste schon vor sich: die blitzsaubere Küche und das gemütliche Wohnzimmer mit dem knisternden Kaminfeuer... Wie in dem alten Liedchen, das ihre Mutter immer so unmelodisch gesungen hatte:

> Das Feuer schön warm,
> und glänzend der Herd,
> da schwindet aller Harm,
> wenn ein Mann heimkehrt.

Eileen war es auch gewesen, die ihr versichert hatte, sie würde nie einen Mann finden, solange sie bei den Nonnen im Wohnheim bliebe. Sie solle sich ein eigenes Zimmer oder eine eigene Wohnung nehmen und sich einen Mann mit ein bisschen Geld einfangen. Eileens Mann Mike war während des Gespräches vom Melken hereingekommen und hatte seiner Frau zugeflüstert: »Die da schafft es doch nie, für sich selbst zu sorgen...«

Eine Frechheit von ihm!, fand Tessa. Obwohl bei der Aussicht, ewig alleine zu leben, eine Spur Angst in ihr aufflackerte.

Tessa war versessen darauf zu heiraten. Es würde so eine Erleichterung bedeuten, von dem langweiligen Job im Verwaltungsdienst erlöst zu sein, nicht mehr pausenlos anderer Leute Aktennotizen tippen zu müssen, erlöst zu sein von dieser Miss Higgins mit dem Geierhals und den verkniffenen Lippen, die einem sofort im Nacken saß, sobald man mal eine Minute ausruhte. Manchmal hörte sie das Klappern der Schreibmaschinen noch in ihren Träumen. Und es wäre so schön, dieses entsetzliche allmorgendliche Gefühl loszuwerden, diese Angst, dass sie einen Fehler machte oder sich jemand über ihre Arbeit beschwerte. Einmal hatte sie Mr. Cumminskys Handschrift nicht entziffern können und hatte ein paar falsche Worte getippt. Da war er in den Schreibsaal gestürmt und hatte wie ein Stier gebrüllt: »Was soll dieser Blödsinn hier bedeuten, Miss Higgins?«

Wie ein sündiges Kind war Tessa zu ihm hinbeordert worden und hatte sich anhören müssen, wie ihre Vorgesetzte eingestand, manchmal hätte sie den Eindruck, dieses Mädchen hätte sie wohl nicht alle…

Tessa sah, wie sehr Mr. Cumminsky seine Macht genoss, und das machte sie noch furchtsamer.

Männer waren eben größer und stärker und hatten immer die besten Jobs. Man musste ihnen gehorchen, dann ging es einem gut. Wenn es auch anstrengend war, den Leuten gefallen zu wollen und auf ihre Meinungen bedacht zu sein – am Ende würde alles gut werden, wenn man einen guten Fang machte!

Tessa wohnte jetzt seit einer Woche in dem möblierten Zimmer, das sie durch ihre Nachfrage auf ein Inserat in der *Evening Press* gefunden hatte. Ihre Mitbewohnerin im oberen Geschoss kannte sie bisher kaum. Die hatte sich, als Tessa am vergangenen Samstag mit ihren Koffern ankam, aber immerhin vorgestellt. »Ich bin Nora ... Komm, lass mich helfen.«

Und Nora hatte einen der Koffer nach oben getragen. Sie sah kränklich aus, fand Tessa, obwohl sie hübsch war und ein schönes blaues Kleid trug und sich die Augenwinkel mit viel schwarzem Augen-Make-up schräg nach oben verlängert hatte wie Kleopatra. Tessa hatte das dann selbst einmal versucht, aber sie hatte es gleich wieder abgeschrubbt. Schließlich war sie bald dreißig, und es stand ihr wirklich nicht. Sie hielt sich an die Sachen, die man in den Fünfzigern getragen hatte, als Puder und Lippenstift alles gewesen waren, was sich ein anständiges Mädchen ins Gesicht tat. Im Wohnheim hatten die Nonnen überhaupt kein Make-up geduldet.

Als alle Koffer oben waren, hatte sie sich in ihrem neuen Zuhause umgeblickt. Das kleine möblierte Zimmer hatte verblichene beigefarbene Tapeten und eine winzige Küchenecke. Keine Bilder an der Wand, nur ein Spiegel und ein Kalender mit dem Monat Juni, obendrüber gedruckt das Jahr 1962, und darunter ein Foto von Glendalough. Plötzlich fiel Tessa ihre Schwester Eileen ein, die ihr eingeschärft hatte, sie sofort zu benachrichtigen, wenn sie heil angekommen wäre.

Sie kramte in ihrer Handtasche nach ein paar Münzen fürs Telefon.

»Wo ist das Telefon?«, fragte sie Nora.

»Unten, hinten in der Diele.«

Sie fand es, steckte die Münzen ein, wählte Eileens Nummer und erzählte ihr, das Zimmer sei hübsch, und sie hätte schon ein nettes Mädchen kennen gelernt.

»Prima«, sagte Eileen und erinnerte sie daran, dass sie sie am Sonntag zum Abendessen erwarteten. Sie freuten sich dann auch schon, alles Weitere von ihr zu hören.

Als Tessa in ihr Zimmer zurückwollte, lud Nora sie über den Flur zu einer Tasse Kaffee ein. Tessa bedankte sich überschwänglich. Sie war entzückt, so rasch eine neue Freundin zu finden. Noras Zimmer fand sie sehr behaglich mit seinem rosa Bettüberwurf und den dazu passenden tiefrosa Lampenschirmen. Auf dem Tisch in der Ecke stand ein Vogelkäfig mit einem kleinen gelben Kanarienvogel, der eifrig an seinen Körnern herumpickte.

»Ist der süß!«, jubelte Tessa, trat an den Käfig und musterte mit heimlichem Unbehagen den Vogel.

»Der ist mehr wert, als täglich zehn von denen«, erwiderte Nora mit einem plötzlichen freudlosen Lachen.

»Zehn von wem?«

»Ach, war bloß 'n Spaß.«

Nora machte Kaffee aus Nescafé und heißer Milch und öffnete ein Päckchen Feigengebäck.

»Wo arbeitest du?«, fragte sie.

Als Tessa sagte, bei der Verwaltung, da hakte Nora nicht weiter nach. »Und was machst *du* so?«

Nora zögerte kurz und antwortete, sie sei Schauspielerin.

»Wie aufregend!«, rief Tessa begeistert. »Ich hab mal in der Abtei bei einer Aufführung mitgemacht – *Playboy of the Western World*. Spielst du da auch oft?«

Tessa zog unvermittelt eine Grimasse und biss sich auf die Unterlippe.

»Toller Titel für ein Theaterstück!«, meinte sie mit einem merkwürdigen kleinen Lachen. »Nein, ich spiele nicht oft in der Abtei.«

»Ach egal, du musst ja *so* ein aufregendes Leben haben …«, schwärmte Tessa verzückt.

Nora antwortete, man gewöhne sich eben an alles.

»Ich hoffe, es stört dich nicht, wenn ich – wenn ich meine Freunde bei mir habe?«, meinte sie dann. »Ich werde dafür sorgen, dass sie nicht so viel Lärm machen.«

»Überhaupt nicht!«, beteuerte Tessa und hoffte, dass Nora sie vielleicht mit ein paar von ihnen bekannt machte. Womöglich waren es große Tiere aus der Theaterwelt? Man konnte nie wissen…

Tessa wollte gerade gehen, da schüttelte der Kanarienvogel sein Gefieder, und allerlei Körner und getrocknete Kotbröckchen flogen aus dem Käfig auf den Boden. Der Vogel blickte gleichmütig darauf hinab. Tessa musste lachen. Der hatte einen echt spaßigen Ausdruck, fand sie. Wirklich ein Schatz! Das sagte sie auch noch laut. Da fragte Nora sie, ob sie ihn eine Weile haben wolle.

»Bloß für eine Woche oder so. Mein Freund mag ihn nämlich nicht leiden. Körnerfutter und all das Zeug besorge natürlich ich.«

Tessa sagte ja, natürlich, obwohl ihr beklommen zu Mute wurde.

»Wie heißt er denn?«

»Quentin.«

Tessa fand, das war ein verrückter Name für einen Vogel, aber sie schwieg. Bevor sie das Zimmer verließ, bemerkte sie voller Freude die Statue des Heiligen Antonius in seiner braunen Kutte auf dem Fensterbrett, halb verdeckt durch den Vorhang. Es war eine große Erleichterung, zu wissen, dass sie so eine nette Nachbarin hatte, die ihre Religion ernst nahm.

Sie selbst ging jeden Samstag zur Beichte und jeden Sonntag zur Messe und Kommunion, und manchmal auch noch während der Woche, wenn sie früh genug aufstand. Während der Exerzitien im Wohnheim hatte der Redemptorenpriester den Mädchen geraten, das Leben zu genießen, aber niemals eine Sünde zu begehen. So hatte sie bei den seltenen Gelegenheiten, wenn ein Mann mit ihr ausging, von vornherein klargestellt, dass es keinerlei Techtelmechtel gäbe – sie sei ein anständiges Mädchen.

Einmal, vor acht Jahren, war sie mit einem Jungen ausgegangen, den sie von Zuhause her kannte. Der hatte sie zum Essen eingeladen, zu Wein und Irish Coffee und hinterher im

Wagen hatte er sie geküsst und sie an Stellen berührt, wo es sich nicht gehörte. Einen Moment hätte sie ihre unsterbliche Seele dafür hingegeben, dass er weitermachte, weiter und immer weiter… Aber plötzlich war ihr klar geworden, dass er dann schlecht von ihr denken würde, dass sie ruiniert wäre. Von diesem Abgrund war sie zurückgeschreckt, hatte die Wagentür aufgestoßen und war weggelaufen.

Jedes Mal, wenn ihr jetzt Gedanken in den Kopf kamen, die einem anständigen Mädchen nicht in den Kopf kommen sollten, dann betete sie und flehte die Heilige Jungfrau an, ihr zu helfen, so wie der Redemptorenpriester es ihnen geraten hatte. Wenn das nichts nützte, dann musste sie es eben wieder in der Beichte offenbaren – etwas, das sie hasste, wie wenn sie zum Zahnarzt gehen musste. Die Beichte liebte sie nur, wenn sie voller Triumph, mit einem tadellosen seelischen Reinheitszeugnis hingehen konnte und wusste, dass der Priester mit ihr zufrieden war, weil sie ihm nichts zu berichten hatte – wenigstens nicht so was Schmutziges.

Der Morgen tastete sich ins Zimmer. Tessa reckte sich und stand auf, weil sie in die Acht-Uhr-Messe gehen wollte. Sie wusch sich in dem kleinen Badezimmer neben der Treppe. Als sie in ihr Zimmer zurückging, überlegte sie, ob es wohl Sinn hätte, Nora einzuladen, mitzukommen zur Messe? Es war ein schöner Morgen, und es wäre doch nett, wenn sie beide gemeinsam die Kirche besuchten. Und wenn sie zurückkamen, dann würde sie Tee und Toast machen.

Sie brannte auch darauf, von Nora zu erfahren, welcher ihrer Theaterfreunde sie am Abend zuvor besucht hatte, und ob sie für ein Stück geprobt hatten. Sie wusste, den Nonnen wäre es gar nicht recht, dass Nora so viele männliche Freunde hatte, aber das war wahrscheinlich ein wesentlicher Bestandteil des Theaterlebens. Außerdem war sie sicher, dass Nora nie etwas Schlechtes tun würde.

Sie zog sich an, kämpfte sich in ihren elastischen Strumpfhaltergürtel und befestigte die Strapse an ihren neuen, nahtlosen Nylons. Die Tür ihres Zimmers war nur angelehnt, nicht geschlossen. Sie hörte sie knarren, drehte sich um und sah einen Mann auf der Schwelle stehen. Er hatte einen Regenmantel über dem Arm und trug einen dunkelblauen Blazer. Sie hatte ihre Brille nicht auf und konnte ihn nur verschwommen sehen.

»Hallo, Süße«, sagte er und trat ins Zimmer. »Nora hat mir ja gar nichts von dir erzählt!«

Tessa war zu sprachlos, um zu antworten. Sie raffte ein Handtuch, das Erstbeste, das sie greifen konnte, um sich herum und mühte sich, ihre Stimme wiederzufinden. Den Mann schien ihre Verlegenheit nicht weiter zu kümmern, obwohl sie doch in ihrer Unterwäsche dastand. Er trat auf sie zu, schob sie sanft gegen die Wand, und das Handtuch fiel zu Boden. Sie roch seinen Atem, schalen Zigarettendunst, und sein unrasiertes Kinn kratzte gegen ihre Wange. Ihr war, als hätte sie einen dicken Kloß im Hals, an dem die Worte nicht vorbeikonnten. Was sie mehr als alles andere aufregte war, dass dieser Mann anscheinend glaubte, er könnte machen, was ihm gefiel! Einfach so in ihr Zimmer kommen und sie – anfassen!

Er fuhr mit der Hand an ihrem nackten Arm hinunter, dann beugte er sich zurück und beobachtete genüsslich, wie sie abwechselnd rot und blass wurde. Quentin verstreute ein paar Körner auf den Boden, und der Mann wandte sich um und sagte: »Ach, hier bist du gelandet, alter Freund!« Tessa gefiel der Ton seiner Stimme gar nicht.

»Gehen Sie!«, krächzte sie. »Ich bin ein anständiges Mädchen!«

»Klar bist du das, Liebling!«, murmelte er lächelnd, aber seine Augen waren hart wie Flintstein. »Hab mich ein bisschen hinreißen lassen... 'Tschuldigung... Falsches Zimmer. Kommt nicht jeden Tag vor, dass ein Mannsbild so 'n zauberhaftes Mädchen trifft wie dich!«

Tessa starrte ihn mit riesigen, kurzsichtigen Augen an.

»Weißt du was?«, sagte er. »Ich geh heut Abend mit dir aus, auf einen Drink, um es wieder gutzumachen.«

»Ich trinke nicht«, sagte Tessa nervös, obwohl die Worte *zauberhaftes Mädchen wie dich* in ihrem Kopf nachhallten. »Bitte gehen Sie.«

Sie fürchtete sich immer noch ein bisschen, aber da er anscheinend nüchtern war und wohl auch nicht vorhatte, sie anzugreifen, fürchtete sie sich nicht mehr ganz so sehr wie vorhin. So aus der Nähe konnte sie erkennen, dass er eigentlich ganz freundlich war und gut aussah, und dass sein Regenmantel ein *Austin-Reed*-Etikett hatte.

»Wenn Sie Nora suchen, die wohnt gegenüber am Flur...«

In diesem Moment hörte sie, wie drüben die Tür aufging, und Nora tauchte am Eingang von Tessas Zimmer in einem rosafarbenen Nylon-Morgenmantel auf. Aufgebracht funkelte sie Tessas Besucher an.

»Stell mich doch mal deiner neuen Nachbarin vor, Nora, Liebste«, sagte der heiter.

Nora blickte von ihm zu Tessa und fauchte: »Du Schweinehund!« Da wurden die Augen des Mannes schmal.

»Ich habe gesagt«, wiederholte er mit ruhiger, eisiger Stimme, »du sollst mich deiner Nachbarin vorstellen, Nora.« Nora schaute Tessa an und sagte tonlos: »Das ist Tony... Das ist Tessa...« Und Tony sagte, er sei entzückt, sie kennen zu lernen, und es täte ihm Leid, dass er so hereingeplatzt wäre. Dann legte er seine Hand auf Noras Arm, zog sie aus dem Zimmer und schloss die Tür hinter sich.

Tessa hörte sie auf dem Treppenflur flüstern, hörte, wie er etwas sagte wie – es sei doch schließlich nur *ein* Freier gewesen gestern Abend, und ob sie glaube, sie hätte Ferien? Und Nora wisperte: »Um Gottes willen, es ist Sonntag, und ich bin immer noch nicht drüber hinweg.« Und er antwortete, das sei ihre eigene Schuld, und sie solle sich gefälligst zusammenreißen...

Die Stimmen verebbten, als sie Noras Zimmer erreicht hatten. Eine Weile später tappten Tonys Schritte die Treppe hinunter und zur Haustür hinaus. Tessa rannte zum Fenster und spähte ihm hinterher, kniff die Augen zusammen, um die verschwommene Figur erkennen zu können, die auf diesen großen roten Wagen zuging, der so oft unter ihrem Fenster parkte, und der jetzt wegfuhr.

Sie setzte sich auf ihr Bett.

»Puh!«, machte sie. Dann stand sie auf und tastete nach ihrer Brille, damit sie im Spiegel das *zauberhafte Mädchen* betrachten konnte. Sie fand, sie sah rosig aus und ziemlich gut, aber es ärgerte sie, dass sie nie erkennen konnte, wie sie wirklich aussah, weil sie ohne ihre Brille blind war wie eine Fledermaus.

Als sie fertig angezogen war, klopfte sie an Noras Tür. Nachdem keine Antwort kam, öffnete sie die Tür. Da sah sie Nora auf der Bettkante sitzen, den Kopf in den Händen.

»Nora, alles in Ordnung mit dir?«

Nora hob den Kopf. Ihr Gesicht war tränenüberströmt. »Verpiss dich, Tessa, und lass mich allein!«

Tessa war schockiert, blieb aber beharrlich stehen. »Wie wär's mit einer Tasse Tee? Danach fühlst du dich bestimmt besser.«

»O Gott!«, knurrte Nora. Aber sie erhob keine weiteren Einwände, als Tessa den Kessel füllte und den Stecker einsteckte.

»Dieser Tony...«, meinte Tessa nach einer Weile beiläufig, »ist der reich?«

»O Mann«, erwiderte Nora, »*meine* Schuld ist es jedenfalls nicht, verdammte Scheiße, wenn er es nicht ist!«

Tessa runzelte die Stirn. Ihr missfiel diese Redeweise. Allmählich dachte sie bei sich, Nora müsse wohl doch ziemlich gewöhnlich sein. »Ist er beim Theater?«

Nora musterte sie, als sei sie verrückt. Dann brach sie in bitteres Lachen aus. »Natürlich ist er bei dem Scheißtheater! Er bringt andere Leute dazu, für ihn zu spielen!«

»Dann ist er ein Regisseur?«, fragte Tessa neugierig. »Er scheint ja sehr gut zu verdienen, hat so ein fabelhaftes Auto. Hat er schon mal fürs Fernsehen gearbeitet?«

Nora sagte, ja, er verdiene gut, und nein, er hätte noch nicht fürs Fernsehen gearbeitet, soweit sie wüsste. Und während Tessa den Tee aufbrühte, liefen ihr unentwegt die Tränen übers Gesicht, die sie mit dem Arm fortwischte.

»Wirst du ihn heiraten?«, fragte Tessa dann, denn ihr wurde plötzlich klar, dass Tony wohl auch früher schon mal in Noras Zimmer gewesen war, dass er womöglich schon mehrere Nächte darin zugebracht hatte, weil doch so oft sein Wagen morgens draußen gestanden hatte. Selbst, wenn sie die ganze Zeit über ihre Stücke geprobt hatten – ein bisschen zu weit ging das schon!

»Wir waren mal verlobt«, sagte Nora mit seltsam verhaltener Stimme. Dann ließ sie den Kopf sinken und schluchzte – heftige, geräuschvolle Schluchzer, die sie schüttelten, und der Ärmel ihres Morgenmantels wurde ganz nass.

Beklommen legte Tessa ihre Hand auf Noras Schulter. »Er hat die Verlobung gelöst, stimmt's?«, flüsterte sie voller Mitleid – aber in gewisser Weise auch froh, weil er ja vielleicht jetzt *sie* vorzog. Offenbar war er doch ein ganz guter Fang.

Nora hob Tessa ihr verquollenes Gesicht entgegen, die Augen rot und wütend. »Ich hab dir gesagt, du sollst verschwinden!«, schrie sie. »Los, verpiss dich und kümmere dich um deinen eigenen Scheißdreck!«

Tessa erstarrte. Das war zu viel. Dabei hab ich mir eingebildet, sie sei nett, dachte sie. Da sieht man es mal wieder…

»Bitteschön, wenn du willst…«, sagte sie eingeschnappt und war draußen, gerade als Nora ihre Teetasse nach ihr schleuderte. Sie traf die Türklinke, das Porzellan zerbrach und dampfender Tee tropfte auf das Linoleum.

»Jawohl, das will ich... jawohl... jawohl!«, heulte sie schrill und Tessa hastete über den Flur in Sicherheit, knallte ihre Tür hinter sich zu und verriegelte sie. Sie würde dieses Haus verlassen müssen, das war ihr klar. Nora Murphy war offensichtlich geistig ein wenig zerrüttet. Und ihren Kanarienvogel kann sie auch gerne wiederhaben, dachte sie und blickte zu Quentin hinüber, der gerade seinen Schwanz hob und einen grauen Fleck produzierte. Armer Tony. Es war ja kein Wunder, dass er die Verlobung gelöst hatte.

Am selben Nachmittag kam Tony wieder. Er klopfte höflich an Tessas Tür und fragte, ob Nora da sei. Tessa sagte, sie habe keine Ahnung. Noras Tür habe weit offen gestanden, als sie von der Messe heimgekehrt sei und seither habe es kein Zeichen von ihr gegeben.

Tony sah großartig aus, frisch rasiert, trug Hemd und Krawatte und einen seidenen Schal.

»Sieht aus, als ob sie auf und davon ist«, sagte Tony und schüttelte den Kopf. Tessa ging über den Flur in Noras Zimmer. Darin herrschte ein einziges Chaos und ihre Kleidungsstücke waren aus dem Schrank verschwunden.

Mitleidig wandte sie sich zu Tony um. »Aber sie kann doch nicht wirklich fort sein... Was soll denn mit Quentin geschehen?«

»Dem kannst du den Hals um...« Er sah Tessas schockiertes Gesicht. »Tut mir Leid... Ich bin einfach ein bisschen durcheinander, meine Liebe...«

»Natürlich«, murmelte Tessa mitfühlend. »Möchten Sie eine Tasse Tee? Das muss ja ein ziemlicher Schock für Sie sein.«

Als er an Tessas Tisch saß und ihren Tee trank, zog Tony einen silbernen Flakon aus der Tasche und goss einen Tropfen daraus in ihre Tasse.

»Das Allerbeste gegen Schock!«, beharrte er, als sie beteuerte, sie tränke nicht. Und mit einem seltsamen, hintergründigen Lächeln fügte er hinzu, er selbst habe gute Schockabsorber, deshalb brauche *er* so was nicht.

Er sah so traurig aus, dass Tessa fand, es wäre unsensibel, sich zu weigern. Also nippte sie an ihrem Tee, und nach einer Weile begann sie, sich ganz leicht zu fühlen und ein bisschen seltsam… Er nahm sie bei der Hand, führte sie zum Lehnstuhl neben dem Gaskamin und setzte sie auf seine Knie. Sie ließ ihren Kopf auf seine Schulter fallen, so wie man es immer auf Bildern sieht. Es fühlte sich wundervoll an. Behutsam nahm er ihr die Brille ab und fragte sie, was ein so zauberhaftes Mädchen wie sie eigentlich in so einem kleinen möblierten Zimmer machte. Als sie fragte, ob er noch eine Tasse Tee wollte, da ließ er nicht zu, dass sie sich rührte, sondern ließ sie im Lehnstuhl sitzen, während er selbst aufstand und noch zwei Tassen mit Tee füllte. Ihr war so, als ob er noch einen Tropfen aus seinem Fläschchen in ihre Tasse täte, aber ganz sicher war sie sich nicht, denn er stand einen Moment lang mit dem Rücken zu ihr und blickte auf Quentin hinunter. Er war so nett und freundlich, dass sie die frische Tasse Tee nahm und sie austrank. Und als sie meinte, der hätte aber einen merkwürdigen Geschmack, da drückte er einfach ihren Kopf wieder gegen seine Schulter und streichelte ihren Arm.

Plötzlich fing Quentin an zu trillern, so laut, dass sie fast wieder zur Besinnung gekommen wäre. Aber ebenso plötzlich schien der Vogel wieder eingedöst zu sein.

»Du bist das netteste und hübscheste Mädchen, dem ich seit langer Zeit begegnet bin«, wisperte Tony nach einer Weile, während Tessa sich müder und müder fühlte – irgendwie wolkig, und sie war sich gar nicht mehr recht bewusst, was um sie herum vorging… »Nach einem so netten Mädchen, wie du es bist, suche ich schon lange. Weißt du, was wir jetzt brauchen, um uns ein bisschen aufzuheitern? Eine kleine Party.«

Tessa blickte zu ihm auf, umnebelt von Glück. Sie wusste,

ihr Haar war total wirr, aber das war ihr egal. Sie sah ja, er mochte sie so, wie sie war. Quentin hatte sie ganz vergessen. Der lag auf dem Rücken am Boden seines Käfigs und reckte die dünnen gelben Beine senkrecht in die Luft.

»Mit deinen Theaterfreunden?«, fragte sie. Er schaute ihr in die weiten, halb blinden Pupillen und lachte, ja, natürlich, mit seinen Theaterfreunden... Bei zweien von ihnen wüsste er bestimmt, dass sie begeistert sein würden... Ob sie wohl nett sein würde zu denen? Und sie sagte, ja, das würde sie – natürlich.

»Weißt du«, murmelte sie nach einer Weile, während Tony ihr durchs Haar wuschelte und sie hin und wieder mit merkwürdig distanzierten Augen betrachtete, »du bist eigentlich jetzt ebenso gut dran... Ich meine, ohne Nora. Wenn ich an deren Ausdrucksweise heute Morgen zurückdenke! Also – einfach wie eine Nutte! Verzeih, wenn ich das so sage. Und so eine wirst du doch nicht heiraten!«

Tony zuckte zusammen, starrte sie ein paar Sekunden lang scharf an, und dann nickte er ernst. Gleich darauf sagte er, dass es wirklich sehr traurig wäre, aber so weit sei es nun mal mit Nora gekommen. Sie sei nicht mehr nett zu seinen Freunden, und er konnte doch nicht eine heiraten, die abweisend zu seinen Freunden wäre, nicht wahr?

Tessa antwortete, obwohl ihre Stimme wie aus weiter Ferne zu kommen schien und ganz verwaschen war, was für eine Schande es doch war, dass jemand sich so aufführte: diese schlechte Laune und die schlimmen Wörter, und das, nachdem sie doch den Heiligen Antonius im Zimmer hatte...

An diesem Abend lag Tessa zusammengekauert auf der Couch neben dem Kaminfeuer ihrer Schwester und lauschte auf das leise Gespräch. Sie wusste, die beiden dachten, sie schliefe, dabei mühte sie sich verzweifelt, Stück für Stück herauszubekommen, was eigentlich passiert war. Sie erinnerte sich nur verschwommen an Mikes plötzliches Auftauchen – daran, wie er sie verflucht hatte, sie sei eine verdammte Idiotin. Dass sie jetzt sofort mit ihm nach Hause käme, und dass er sie morgen wieder zu den Nonnen zurückschicken würde…

»Der Kerl unten hatte mir gesagt, wo ihr Zimmer ist. Und als ich raufgehe, da kommt oben dieser Typ raus, angezogen wie ein Ganove, und ich frag ihn, ob das Miss Tessa O'Reillys Zimmer ist, und da stiert der mich an, aber nur 'ne Sekunde.«

»Das war Tony«, murmelte Tessa unglücklich.

»Ach, du bist also wach, mein Fräulein?«, meinte Mike zu ihr. »Also, dein Bewunderer sagte, er sei Arzt. Aber dann machte er, dass er eiligst die Treppe runterkam, auf höchst unmedizinische Weise.« Er wandte sich wieder an Eileen. »Und bei Gott, er hatte sie bereits tüchtig verarztet, so wie die dalag auf dem Bett, rücklings und stockbesoffen…«

»Ich war nicht besoffen«, wehrte sich Tessa unter Tränen. »Ich war bloß ein bisschen schläfrig… Und du hast den armen Quentin einfach zurückgelassen.«

»Quentin?«, fragte Eileen mit einem Unterton beginnender Hysterie.

Mike lachte johlend, er hätte den verdammten Kanarienvogel zwar gesehen, aber der sei tot gewesen. Und überhaupt, *ein* besoffener Vogel hätte ihm gereicht! Dabei schüttelte sich sein massiger Körper angeekelt im Lehnstuhl. Tessa weinte still vor sich hin. Sie hasste Mike. Er hatte so eine schmutzige Fantasie! Und jetzt musste er ihr auch noch die *eine* kleine Chance verderben, die sie je gehabt hatte!

SARAH WEBB

In jener Nacht

SARAH WEBB lebt mit ihrem siebenjährigen Sohn in Dublin. Die eine Hälfte der Woche schreibt sie und in der anderen arbeitet sie für *Eason* als Lektorin und Marketingleiterin für Kinderbücher, was ihr sehr viel Spaß macht. Sie schreibt nicht nur Bestseller-Romane wie *Three Times a Lady* und *Always the Bridesmaid*, sondern moderiert auch regelmäßig *Den 2*, das Kinderprogramm von RTE.

Außerdem rezensiert sie Kinderbücher für Zeitungen und Zeitschriften und arbeitet derzeit an ihrem fünften Kinderbuch, *Mammy Goose*, und ihrem dritten Roman, *Something to Talk About*.

Sarah Webb teilt ihre Zeit und ihre Energie zwischen Kind und Yoga, was nicht immer leicht ist.

Diese Erzählung ist Tanya und Denise gewidmet – ihren Komplizinnen – und Jamie und Shirley »Robertson«.

»Ich werde niemals jemanden kennen lernen«, jammerte Shona. »Nie, nie, nie.«

»Nimm dich doch bitte ein bisschen zusammen«, sagte Kate lächelnd. »Das ganze Flugzeug kann dich hören.«

»Ist mir doch egal«, gab Shona gereizt zurück. »Ich habe einen mordsmäßigen Kater, ich habe beim Packen ganz bestimmt irgendetwas Wichtiges vergessen und ich weiß, dass es auf dieser blöden Hochzeit keine unverheirateten Männer geben wird. Mir reicht's.«

Kate stieß einen Seufzer aus. »Nun mach aber mal einen Punkt, Mick ist unser Freund. Wir gehen zu seiner Hochzeit, um ihm moralischen Beistand zu leisten, nicht um Männer kennen zu lernen.«

»Moralischer Beistand, du lieber Himmel«, sagte Shona. »Er will einfach nur ein paar irische Freunde dahaben, mit denen er einen trinken gehen kann, das ist alles.«

Kate musste wieder lächeln. »Stimmt. Trotzdem, du gehst mir auf die Nerven. Ich will meine Zeitschrift lesen.«

»Sehr nett«, murmelte Shona, obwohl sie wusste, dass ihre Freundin nur Spaß machte. Sie reckte ihren Hals schräg in Kates Richtung, um in ihrer Illustrierten *VIP* mitzulesen.

»Der ist süß«, sagte sie und zeigte auf ein Foto, auf dem ein sonnengebräunter Mann mit einem weißen Hemd und einer modischen Brille mit rosa Gläsern abgebildet war.

»Dylan Higgins«, las Kate vor. »Starfriseur.«

Shona seufzte. »Wahrscheinlich ist er schwul.«

Kate hielt die Zeitschrift etwas höher. Zufällig wusste sie, dass Dylan Higgins nicht nur nicht schwul war, sondern außerdem eine Affäre mit einem der Mädchen aus Louis Walshs neuer Band, den Starpuppies, hatte. Das behielt sie jedoch für sich, weil ein Kunde es ihr unter dem Siegel der Verschwiegenheit anvertraut hatte. Shona war ein Waschweib, wie es im Buche stand, und Diskretion war ein Fremdwort für sie. Wenn sie es ihr erzählte, würde die Neuigkeit binnen kurzem in ganz Dublin die Runde machen. »Wenn du nichts dagegen hast, würde ich jetzt gern weiterlesen«, sagte sie.

»Du bist heute ja nicht besonders freundlich«, beschwerte sich Shona.

Kate ignorierte sie.

»Hör mal, dieser Wein, den wir gestern Abend getrunken haben, der weiße«, sagte Shona unbeirrt, »wie hieß der noch mal? Der war gut.«

Keine Antwort.

»Er hatte irgendwie etwas Nussiges«, fuhr Shona fort. »Hat gut zu dem Nudelauflauf gepasst. Wo hast du ihn gekauft? Den Wein, meine ich.«

Immer noch keine Antwort.

»Was meinst du, sind wir bald da? Wie lange dauert der Flug eigentlich?« Kate funkelte Shona an und warf ihr die Zeitschrift zu. »Hier«, sagte sie. »Hältst du jetzt endlich die Klappe?«

»Sei doch nicht so empfindlich.« Shona grinste. Sie wusste, dass ihre Freundin ihr die Zeitschrift geben würde, wenn sie sie nur lange genug nervte. Das funktionierte immer.

Als sie noch Kinder waren, hatte sie Kate einmal so lange damit in den Ohren gelegen, ihr ein dunkelrosa rückenfreies Strandkleid aus Frottee zu leihen, bis Kate schließlich nachgegeben und es ihr geschenkt hatte. Shona hatte es danach kein einziges Mal getragen, aber es hatte ihr Spaß gemacht, es einfach nur in ihrem Schrank hängen zu sehen.

»Jetzt schau dir bloß mal Nat und Colm an«, flüsterte

Shona und stieß Kate an. Sie deutete mit dem Kinn auf das Paar in der Reihe vor ihnen. Nat hatte ihren Kopf an die Schulter ihres Freundes gelehnt und Colm hatte ihr gerade einen sanften Kuss darauf gedrückt. »Die sind jetzt doch schon seit einer Ewigkeit zusammen und man sollte meinen, dass sie langsam genug voneinander haben. Nehmt euch ein Zimmer«, sagte sie laut.

Nat hob den Kopf, drehte sich um und streckte ihr die Zunge heraus. »Nur kein Neid«, sagte sie lächelnd. Sie leckte Colm mit der Zunge über die Wange. »Hmm, salzig.«

»Lass mich in Ruhe, verrücktes Ding«, sagte er und lachte.

Nat warf mit einer Kopfbewegung ihre dunkelbraunen Haare zurück und strahlte. »Also, was habt ihr beiden mit den Jungs in Cowes vor?«, fragte sie. »Ich hoffe, Molly hat sie vor euch gewarnt.«

Molly Booth war Micks zukünftige Ehefrau und stammte aus England. Sie war fast ein Meter achtzig groß, blond, und sie hatte einen makellosen hellen Teint und eine atemberaubende Figur. Sie war früher Leistungssportlerin gewesen (bei den Olympischen Spielen in Sydney hatte sie für Großbritannien eine Silbermedaille gewonnen) und arbeitete jetzt als Sportmoderatorin für die BBC. Deshalb würde auch jemand von dem Magazin *Hello!* auf der Hochzeit sein. Und deshalb waren Kate und Shona wochenlang auf der Suche nach den passenden Kleidern gewesen, ganz zu schweigen von Schuhen und Hüten (für Kate, Shona hatte offenbar irgendein Kunstwerk aus Federn geplant, vorausgesetzt, sie vergaß nicht, welche zu kaufen), sie hatten sich die Haare schneiden (Kate und Shona) und Strähnchen färben (Shona) lassen, waren zur Maniküre und Pediküre gegangen, hatten sich an allen erforderlichen Stellen rasiert und gestern noch schnell Selbstbräunungscremes erworben.

»Wir werden uns mustergültig benehmen«, sagte Shona und stieß Kate in die Rippen. »Nicht wahr, Kate?«

»Klar«, sagte Kate und lächelte.

Die beiden jungen Frauen hatten seit Monaten von dieser Hochzeit geredet und ihrer Fantasie freien Lauf gelassen. Alles, was ihnen jetzt noch fehlte, waren ein paar nette, freundliche Männer in Cowes.

Colm lachte. »Ja, sicher, so wie im März auf diesem Rugby-Wochenende in Schottland.«

Damals waren Kate und Shona für den Rest der Nacht mit »Scotty« und »Drew« verschwunden, zwei gut aussehenden, stattlichen Burschen aus Wales. Sie konnten sich allerdings nicht mehr daran erinnern, wie sie es geschafft hatten, in Edinburgh walisische Männer aufzutreiben.

Als sie das Flugzeug verließen, empfing sie eine sanfte Brise, die einen köstlichen Geruch nach Vanille herantrug.

»Ist das heiß hier!«, rief Shona aus.

»Das hat uns Mick doch gestern Abend am Telefon gesagt, dreißig Grad«, sagte Colm und grinste. »Hast du nicht zugehört?«

»Ich dachte, er macht bloß Spaß«, gestand Shona. »Damit es so aussieht, als sei es in Cowes besser als in Dublin.«

»Warum sollte er das denn tun?«, fragte Nat.

»Na ja«, sagte Shona, als sie über das flirrende Rollfeld gingen, »um uns neidisch zu machen. Und um sein schlechtes Gewissen zu beruhigen, weil er alle seine Freunde verlässt und in irgendein gottverlassenes Urlaubsnest in England zieht.«

»Shona!«, rief Kate leicht entsetzt. »Wie kannst du nur so was sagen. Ich bin sicher, dass es in Cowes sehr schön ist.«

»Vielleicht«, murmelte Shona. »Aber es ist nicht die Heimat.«

Kate legte den Arm um ihre Freundin. »Du wirst ihn vermissen, nicht?«

»Ja«, gab Shona zu. Im Grunde genommen ging es nicht so sehr darum, dass sie ihn vermisste, sondern dass es ihr nicht passte. »Er hätte erst gar nicht was mit so einer verdammten Engländerin anfangen sollen. Warum kann sie denn nicht in Dublin wohnen? Es ist einfach blödsinnig.«

»Du weißt doch, dass Molly in ihrem Beruf viel herumreisen muss«, sagte Kate ruhig. »Es wäre viel zu umständlich für sie, in Irland zu wohnen. Jetzt hör endlich auf, so herumzuschimpfen.«

Sie gingen zur Gepäckausgabe und fotografierten sich wie Popstars mit Sonnenbrillen auf der Nase und sorgfältig in Pose geworfen, während sie warteten.

Nachdem sie ihr Gepäck in Empfang genommen hatten, suchten sie sich ein Taxi.

»Wir möchten zur Fähre nach Cowes«, sagte Colm zum Fahrer.

»Ich bringe heute schon den ganzen Tag Leute zur Fähre«, sagte der Taxifahrer. »Wollen Sie zur Booth-Hochzeit?«

»Ja«, sagte Nat und lächelte. »Der zukünftige Mr. Booth ist ein Freund von uns.«

»Mr. Booth?«, fragte der Fahrer verwirrt.

»Mick Connolly«, erklärte Colm. »Aber wir nennen ihn Mr. Booth. Das ärgert ihn.«

Der Taxifahrer verstand zwar nicht, was er meinte, beließ es jedoch dabei. Verrückte Iren eben – daran war er gewöhnt.

Während sie durch Southampton fuhren, unterhielt sich Colm mit dem Fahrer über das neue Fußballstadion. Die Frauen hörten mit halbem Ohr zu und sahen dabei aus den Fenstern. Es war wirklich ein wunderbarer Tag – die Sonne strahlte vom Himmel und die Blätter der Bäume bewegten sich in der leichten Brise, die die drückende Hitze etwas erträglicher machte.

»So, da wären wir«, sagte der Taxifahrer nach zehn Minuten. »Da ist die Anlegestelle. Viel Vergnügen auf der Hochzeit.«

»Ach, ist das alles aufregend«, sagte Nat, als sie auf der Fähre waren. »Ich kann es kaum erwarten, Mick zu sehen. Ich wette, dass er es vermasselt.«

»Ich weiß nicht.« Kate lächelte. »Lassen wir uns überraschen.« Shona starrte aus dem Fenster auf die großen Jachten, die vorbeisegelten. Sie fühlte sich ausgesprochen unwohl. Sie mochte Fähren nicht, nicht einmal so eine kleine wie diese hier. Normalerweise ging es ihr gut, solange sie sich an der frischen Luft auf Deck aufhalten konnte, aber diese Fähre schien hermetisch abgeschlossen zu sein. Sie verursachte ihr Klaustrophobie. Genau genommen rief die ganze Angelegenheit ein höchst merkwürdiges Gefühl in ihr hervor – die Hochzeit, England, das Wiedersehen mit Mick. Sie hoffte nur, dass es nicht zu einer Szene kommen würde. Molly war ziemlich prüde. Andererseits brächte es vielleicht ein bisschen Schwung in das Ganze. Ob Molly wohl über Kate Bescheid wusste? Offen gesagt erstaunte es sie, dass Mick Kate unter diesen Umständen überhaupt eingeladen hatte.

»Es ist einfach herrlich hier!«, sagte Shona, ließ ihr Gepäck, wo sie stand, auf den Boden des Zimmers im Rawling's Hotel fallen und warf sich auf das Doppelbett neben dem Fenster. »Ich hoffe, es macht dir nichts aus, ein Zimmer mit mir zu teilen. Sie hatten nur noch zwei Zimmer frei, als ich anrief, und Nat und Colm haben das andere genommen. Ich dachte, es wäre nett, wenn wir alle im selben Hotel wohnen. Molly und Mick verbringen morgen nach der Hochzeit ebenfalls die Nacht hier.«

»Das ist wunderbar«, sagte Kate lächelnd und setzte sich auf das schmale Einzelbett. »So wie damals, als wir auf dem College waren. Erinnerst du dich?«

Kate und Shona waren zusammen im Trinity gewesen und hatten sich eine Wohnung mit vornehmen hohen Decken am Front Square geteilt, komplett möbliert inklusive einer Originalzeichnung von Picasso, die aus der Sammlung des Colleges geliehen war und immer großen Eindruck auf ihre Gäste gemacht hatte.

»Wie könnte ich das vergessen?« Shona lachte. »Das war das schönste Jahr meines Lebens.«

»Wirklich?«

»Aber sicher«, sagte Shona. Es ging doch nichts darüber, einen persönlichen Dienstboten in Gestalt der besten Freundin zur Verfügung zu haben und selbst keinen Finger zu rühren. Das fehlte ihr momentan – sie hasste es abzuspülen, und was das Staubsaugen anging… »Jetzt muss ich dir aber unbedingt zeigen, was ich morgen anziehen werde.«

»Mick!«, rief Shona. Sie fiel ihrem Freund um den Hals und zog dabei die Aufmerksamkeit des ganzen Hotels auf sich. »Wie schön, dich zu sehen.«

Mick strahlte über das ganze Gesicht. »Ich freue mich so, dass ihr alle kommen konntet.«

»Das hätte ich mir nicht um alles in der Welt entgehen lassen, alter Kumpel«, sagte Colm lächelnd und klopfte ihm auf den Rücken.

Nat umarmte Mick. »Schön, dich zu sehen«, sagte sie und gab ihm einen Kuss auf die Wange.

Kate lächelte ihn liebevoll an. »Hi«, sagte sie.

»Was denn, keine Umarmung?«, fragte Mick.

»Klar doch«, sagte sie und legte die Arme um ihn. Er drückte sie fest an sich.

»Danke, dass du gekommen bist«, flüsterte er ihr ins Ohr. Er trat einen Schritt zurück und grinste bis über beide Ohren. Seine Augen strahlten und er war beeindruckend braun. »Das ist einfach toll!«, sagte er lachend. »Die alte Bande, alle wieder auf einem Haufen. Und ich werde heiraten!«

»Hast du's denn schon richtig begriffen?«, fragte Colm. »Die ganze Sache mit der Hochzeit und so.«

»Nicht wirklich«, gab Mick zu.

»Hmm«, murmelte Colm. Er wusste, dass Nat ganz versessen aufs Heiraten war, oder zumindest nahm er das an. Sie waren jetzt schließlich seit fast zwei Jahren zusammen, und sie ging auf die dreißig zu, wie sie ihm ständig erklärte. Tatsächlich wusste er, dass sie bereits dreiunddreißig war, weil er in ihrer Brieftasche ihren Führerschein entdeckt hatte, aber er war zu höflich, um es zu erwähnen. Abgesehen davon müsste er dann auch zugeben, dass er ihre Brieftasche durchstöbert hatte, und das würde einen schlechten Eindruck machen. Einen sehr schlechten Eindruck.

Sie setzten sich ins Freie an den Swimmingpool. Das Wasser war leuchtend blau und sah ungemein einladend aus. Glücklicherweise hatte Mick ihnen geraten, ihre Badesachen einzupacken.

»Wie fühlst du dich, Mick?«, fragte Kate, während sie ihr T-Shirt auszog und darunter ein hellrosa Bikinioberteil zum Vorschein brachte. »Bist du nervös?«

»Ich weiß nicht genau«, antwortete er lächelnd, »ich glaube schon. Nervös, aber ich freue mich auch. Jetzt, wo ihr alle hier seid, geht es mir schon viel besser.«

»Müsstest du eigentlich nicht irgendwo anders sein und noch die letzten Hochzeitsvorbereitungen erledigen?«, fragte Shona. »Ballons aufblasen oder so?«

»Ich bin bis heute Abend frei«, sagte Mick. »Um sechs wird die Trauung geprobt, und danach treffe ich euch im Pub. Außer Colm, natürlich. Den brauche ich vorher schon.«

Colm war Micks Brautführer.

»Wir können also solange hier bleiben und uns in die Sonne legen?«, fragte Nat.

»Ja«, erwiderte Mick schmunzelnd.

»Großartig«, freute sich Nat. »Dann kann ich ja noch etwas für meine Bräune tun.«

Shona sah sie mit einem neidischen Blick an. Nats Haut

zeigte bereits einen wunderbaren Honigton. Sie war eine echte Schönheit und hätte selbst in einem Müllsack noch gut ausgesehen. Zu allem Überfluss war sie auch noch wirklich nett. Colm hatte sie während eines Tauchurlaubs in Portugal kennen gelernt und sich sofort in sie verliebt. Shona mochte sie, natürlich, man konnte gar nicht umhin, Nat zu mögen, sie war schließlich Grundschullehrerin, aber sie war ein bisschen eifersüchtig auf die beiden. Im Vergleich dazu sahen ihre zweiwöchigen »Beziehungen« jämmerlich aus. Abgesehen davon ging Colm nicht mehr so viel weg. Seit Mick fort war und Colm in festen Händen, litt Shonas früher so gesundes Sozialleben unter Mangelerscheinungen. Kate war lustig, aber für Shonas Geschmack trank sie zu wenig. Sie war zwar ihre beste Freundin, aber wenn sie ehrlich war, fand sie sie ein bisschen, nun ja, langweilig. Obwohl sich Shona in Anbetracht der jüngsten Ereignisse da inzwischen nicht mehr so sicher war.

Während sich Nat und Colm im Swimmingpool miteinander vergnügten, widmete sich Shona ihrem dritten Sea-Breeze-Cocktail. Kate nippte an einem Glas eisgekühltem Weißwein.

»Das ist himmlisch«, sagte Kate.

»Der Wein?«

»Der auch, ja.« Kate lächelte. »Die Sonne, der Pool, einfach alles.«

»Hmm«, murmelte Shona.

»Was ist los?«, fragte Kate. »Du bist so still.«

»Nichts«, sagte Shona. »Ich bin nur ein bisschen müde von der Reise, das ist alles.« Sie nahm einen großen Schluck von ihrem Cocktail. »Denkst du, die beiden sind die Nächsten?«, fragte sie und blickte auf Nat und Colm, die im Pool gerade um die Wette kraulten.

»Würde mich nicht überraschen«, sagte Kate. »Sie passen gut zusammen. Ich habe Colm noch nie so glücklich gesehen.«

Shona runzelte die Stirn und wandte den Blick vom Pool ab, um sich wieder auf ihren Drink zu konzentrieren. »Ich werde schon müde, wenn ich ihnen nur zusehe«, klagte sie. »Schwimmwettkämpfe kosten um diese Tageszeit viel zu viel Energie. Hey, ihr beiden«, rief sie ihnen zu, »ihr vergeudet wertvolle Zeit, in der ihr trinken könntet. Eure Cocktails werden warm.«

Colm und Nat schwammen zu der Stelle, an der sich die beiden jungen Frauen auf ihren Liegestühlen rekelten, und hielten sich am Beckenrand fest.

»Gib sie her«, forderte Colm grinsend. »Wir trinken sie hier drin.«

»Ich glaube nicht, dass man im Pool trinken darf«, sagte Nat und überflog das Hinweisschild an der Wand. »Siehst du – Essen, Trinken und Küssen im Pool verboten.«

Colm beugte sich zu ihr und gab ihr einen Kuss. »Ich bin halt der geborene Gesetzesbrecher«, erklärte er und lachte.

»Wer ist das?«, fragte Kate Jenny. Sie saß mit Shona, Nat und ein paar Leuten aus Mollys Clique, darunter deren bester Freundin Jenny, im Pier View Pub und wartete darauf, dass die Männer von der Trauungsprobe zurückkamen.

Jenny lächelte. »Das ist Mollys Cousin. Sieht gut aus, nicht wahr?«

Die Irinnen musterten ihn von Kopf bis Fuß.

»Nicht schlecht«, gab Shona zu. »Wie groß ist er?«

»Groß«, sagte Jenny lachend. »Ich schätze, über einen Meter achtzig.«

»Interessant«, sagte Shona. »Wie heißt er?«

»Oliver. Wir nennen ihn Ollie. Molly und Ollie.«

Ollie sah zu ihnen herüber und fing ihren Blick auf. Er hob sein Glas und prostete ihr zu. »Hi«, sagte er und grinste. Er hatte lange dunkle Haare, die zu einem Pferdeschwanz zusammengebunden waren, und auf einem seiner Arme kam unter dem kurzärmeligen, mit einem rot-weißen Drachenmuster bedruckten Hemd eine verschlungene schwarze keltische Tätowierung zum Vorschein.

Shona wandte sich ab.

»Nicht mein Typ«, beschied sie. »Ist mir ein bisschen zu derb. Und der Pferdeschwanz ist schon sehr Achtzigerjahre.«

»Shona«, sagte Kate mahnend.

»Er ist wirklich ein netter Kerl«, verteidigte Jenny ihn ein wenig verstimmt. Ollie war ein Freund von ihr, und ihrer Meinung nach könnte sich Shona glücklich schätzen, wenn er ihr einen zweiten Blick schenkte. Sie hatte die letzten Stunden auf Micks Bitte hin mit der Clique aus Irland verbracht und fand alle sehr nett, außer Shona. Ihr konnte sie nichts abgewinnen.

»Nein«, beharrte Shona und musterte Ollie noch einmal. »Zu ruppig.«

»Was redest du denn da?« Kate lachte. »Shona mag es ganz gern ein bisschen derb, oder etwa nicht? Erinner dich doch nur an Bert, das Muskelpaket.«

»Halt den Mund«, murmelte Shona. In dieser Nacht war sie sehr betrunken gewesen.

»Wenigstens hieß er nicht Arnold«, sagte Nat und kicherte.

»Ollie ist Maler«, sagte Jenny.

»Wirklich?«, fragte Shona. »Was malt er denn? Ich interessiere mich sehr für Kunst, vor allem moderne Kunst. Ich habe auf dem College Kunstgeschichte belegt.«

Jenny lachte. »Ich fürchte, Ollie ist kein Künstler. Er streicht Häuser an.«

Alle Frauen lachten, bis auf Shona, die sich ein bisschen blöd vorkam. Woher sollte sie denn wissen, dass er Handwerker war?

»Na, wie geht's meinen Lieblingsfrauen?«, fragte Mick, als er endlich im Pub zu ihnen stieß.

»Wie ist es gelaufen?«, wollte Jenny wissen.

Mick seufzte. »Na ja, wie man so schön sagt – schlechte Probe, tolle Hochzeit.«

»Sagt man das?«, fragte Nat.

Colm warf ihr einen warnenden Blick zu. »Natürlich. Morgen wird alles bestens laufen, Mick. Du wirst schon sehen.«

»Wo ist Molly?«, fragte Kate.

»Sie ist mit ihren Eltern essen gegangen.« Mick lächelte. »Ich habe…«, er sah auf seine Uhr, »…mindestens noch ein oder zwei Stunden.«

»Prima«, sagte Colm mit einem breiten Grinsen. »Dann gönnen wir uns doch erst mal ein Bier.«

»Ich bin sicher, dass eines der Biere gestern Abend schlecht war«, stöhnte Colm. Sie saßen auf der Terrasse des Rawling's und versuchten zu frühstücken.

Kate und Nat hatten ein komplettes Frühstück bestellt, aber Colm und Shona litten vor sich hin.

»Probier es mal mit einem Stück Toast«, schlug Kate freundlich vor und schob den Korb zu Shona.

Shona nahm zögernd eine Scheibe und begann sie mit Butter zu bestreichen.

»Marmelade?«, fragte Nat.

Shona funkelte sie an. »Ich hasse Marmelade.«

»Ich hab's doch nur gut gemeint«, sagte Nat. »Kein Grund, mich anzufauchen.« Sie sah Colm an. Er starrte auf das Wasser im Pool.

»Sei friedlich, Shona«, sagte Kate. »Also, was ziehst du heute an?«, unternahm sie dann an Nat gewandt den Versuch, das Gespräch auf ein unverfänglicheres Thema zu lenken.

»Ein Kleid in Weiß und Rosa«, sagte Nat. »Und einen weißen Hut. Es war so mühsam, ihn unbeschadet hierher zu bringen, dass ich ihn den ganzen Tag aufbehalten werde. Und du?«

»Ein rotes Kleid, etwas ganz Schlichtes.«

Shona schnaubte. »Schlicht, dass ich nicht lache. Hör nicht

auf sie, Nat. Es handelt sich um nichts Geringeres als ein haut-
enges, mit Perlen übersätes Teil von Louise Kennedy. Sie hat
es letztes Jahr im Ausverkauf erstanden. Schlicht, dass ich
nicht lache.«

»Du wiederholst dich«, sagte Kate. »Ich habe es jedenfalls
schon unzählige Male angehabt und bin sicher, dass es mittlerweile jeder kennt.«

»So, dann wiederhol ich's gleich noch mal. Schlicht, dass
ich nicht lache.«

»Und was ziehst du an, Shona?«, fragte Nat nervös. Sie
wollte sie nicht erneut verärgern. Nicht, dass sich jemand über
die Frage, ob er Marmelade will, ärgern sollte. Aber sie waren
immerhin Colms Freunde, und sie musste nett zu ihnen sein.
Das war gemein, dachte sie bei sich. Sie mochte Kate. Und
Shona war vermutlich auch ganz in Ordnung. Sie machte ihr
nur ein bisschen Angst, wenn sie gerade eine ihrer Launen
hatte.

»Einen blauen Hosenanzug mit einem bestickten Oberteil.
Echt scharf. Ich habe ewig gebraucht, um ihn zu finden. Und
er hat ein Vermögen gekostet.«

»Er ist umwerfend«, fügte Kate freundlich hinzu.

Colm stand auf. »Ich schwimme noch schnell eine Runde,
bevor ich mich umziehe. Es ist fast zwölf.«

Kate kreischte auf. »Das ist doch nicht dein Ernst! Wir
haben um zwölf einen Termin beim Friseur.«

Colm lächelte. »Dann solltet ihr euch besser auf den Weg
machen, oder?« Er sprang in den Pool und spritzte die drei dabei nass.

»Blödmann«, murmelte Shona.

Nat und Kate sahen einander besorgt an.

»Es sieht furchtbar aus«, jammerte Shona. Sie blieb vor einem
Schaufenster stehen und betrachtete ihr Spiegelbild. Der Friseur hatte ihre Bitte, ihr die Haare »glatt, mit viel Volumen«

zu föhnen, offensichtlich ignoriert. Shona war so in die neueste Ausgabe von *Cosmopolitan* vertieft gewesen, dass sie es nicht gemerkt hatte, und als sie den Kopf hob, war es schon zu spät. »Sie sehen verdammt noch mal zerzaust aus«, stöhnte sie. »Ich hasse zerzauste Haare. Jetzt kann ich meine Federn nicht mehr reinstecken.«

»Sie sind völlig in Ordnung«, sagte Kate. Nat hielt sich wohlweislich heraus. »Sie werden sich später noch legen.«

Shona war nicht überzeugt. »Ich sollte zurückgehen und verlangen, dass sie sie noch mal machen. Verdammte Provinzler.«

»Wir haben keine Zeit mehr«, sagte Kate. »Komm schon.« Sie ging weiter.

Shona starrte wütend auf Kates Rücken. »Für dich mag es vielleicht in Ordnung sein, deine Haare sehen ja immer gut aus.« Kate hatte lange braune Haare mit Naturlocken. Normalerweise machte sie gar nichts damit und band sie einfach zurück. Shona trug einen aufwändigen blonden Bob im Stil von Geri Halliwell. Da ihre Haare von Natur aus mittelbraun und leicht gewellt waren, war das nicht gerade eine pflegeleichte Frisur.

»Ach, halt die Klappe und setz deinen Hintern in Bewegung«, murmelte Kate gereizt. Sie war es allmählich leid, immerzu die Mutter für Shona zu spielen.

»Was?«, fragte Shona.

»Nichts«, sagte Kate. »Komm jetzt endlich, sei so nett.«

»So lass ich mir das Leben gefallen«, schnurrte Shona.

Sie saß unter einem weißen Sonnenschirm auf der hölzernen Terrasse des Hotel Bellevue. Um die Pfosten der Terrasse waren weiße Seidenbänder gebunden, die in der leichten Brise hin und her flatterten. Weiße Rosenbäumchen flankierten wie Wachsoldaten den Eingang zu dem großen Zelt, das unterhalb der Terrasse aufgebaut war. »Möchtest du noch Champagner, meine Liebe?«, fragte Colm Nat und bemühte sich dabei um einen möglichst vornehm klingenden Akzent.

»Bitte«, sagte Nat, schirmte dabei ihre Augen mit einer Hand gegen die Sonne ab und lächelte ihn zärtlich an.

Shona hielt ihm ihr Glas entgegen. »Ich auch«, sagte sie.

»Was ist mit dir, Kate?«, fragte Colm.

»Im Augenblick nicht, danke.« Sie sah den Leuten von *Hello!* zu, wie sie ihre Ausrüstung vorbereiteten. Da gab es zwei junge Assistenten, die beide die obligatorischen schwarzen Jeans und schwarzen T-Shirts trugen, eine Fotografin, eine groß gewachsene, hagere Frau mit kurz geschnittenen weißen Haaren, die ebenfalls schwarz gekleidet war, und eine große Frau in den Fünfzigern, die ganz geschäftsmäßig ein Klemmbrett in der Hand hielt und mit ihrer Brille samt dem auffälligen roten Gestell und den großen Gläsern Elton John überaus ähnlich sah.

Shona tat ihr Bestes, um die Aufmerksamkeit der Fotografin auf sich zu ziehen. Sie drehte ihren Stuhl zur Seite, damit man mehr von ihrem Gesicht sehen konnte, und lachte ununterbrochen, wobei sie den Kopf zurückwarf und wild mit den Händen gestikulierte.

»Kann ich jetzt bitte das Brautpaar haben?«, sagte die Dame mit dem Klemmbrett, ohne Shona eines Blickes zu würdigen. Sie kannte solche Frauen nur zu gut und achtete darauf, dass sie nie mit auf ein Bild kamen. Wirklich schade. Die anderen jungen Frauen an ihrem Tisch waren sehr attraktiv.

Mick drückte leicht Kates Schulter, als er hinter ihr vorbeiging, um sich für die wartende Fotografin in Positur zu stellen.

»So ist es gut«, sagte die Fotografin. »Molly, können Sie Ihre Hand an Micks Wange legen. Lächeln. Wunderbar, wunderbar.«

Als sie die letzte Aufnahme im Kasten hatte, war es auch schon Zeit zum Abendessen. Alle wurden in das große Zelt gebeten. Anstatt Leute, die gemeinsam gekommen waren, zu trennen, hatten Mick und Molly die einzelnen Cliquen zusammengelassen, sodass Shona, Kate und Nat nebeneinander an einem großen runden Tisch am oberen Ende der Tafel saßen.

»Sie hätten sich ruhig etwas mehr Mühe damit geben können, ein paar nette Männer für uns aufzutreiben«, beschwerte sich Shona, als sie neben Kate Platz nahm. »An unserem Tisch sitzen fünf Frauen und nur drei Männer. Das ist nicht in Ordnung.« Rechts von Shona saß Ollie, außerdem hatten sich noch Jenny, Ollies Bruder Leo, der zweiundzwanzig war und noch studierte, Mollys Onkel Richard und seine Freundin Karen zu ihnen gesellt.

Kate zuckte die Achseln. Sie fand, dass sie einen wunderbaren Platz hatten. Ollie und sein Bruder waren charmant und äußerst witzig und auch Jenny war reizend. Sie hätte sich allerdings gewünscht, man hätte nicht ausgerechnet Shona neben sie gesetzt, sie sahen sich in Dublin häufig genug, und sie hätte gern die anderen näher kennen gelernt.

Als die Teller abgetragen wurden, stand Micks Vater auf und hielt eine kurze, aber bewegende Ansprache darüber, wie glücklich sie darüber waren, Molly in die Familie aufnehmen zu dürfen. Colm folgte als Nächster.

Er war noch mitten in einer Geschichte über eine besonders feuchtfröhliche Nacht im College, in der Mick, er und die anderen Rugbyspieler aus der B-Mannschaft mit viel Mühe den Mini eines unglücklichen Dozenten auf das Spielfeld geschleppt und zwischen die Pfosten des Tors gehievt hatten, als Shona Kate demonstrativ anstieß.

»Kannst du dich an die Nacht erinnern, Kate?«, fragte sie laut.

»Pst«, machte Kate leise.

Als Mick aufstand, begann Shona zu kichern.

»Warum lachst du?«, fragte Kate ärgerlich. »Abgesehen davon, dass du betrunken bist, meine ich.«

»Pass auf, was du sagst, Fräulein Tugendsam«, kicherte Shona. »Du brauchst gar nicht so zu tun, als könntest du kein Wässerchen trüben.«

Kate starrte sie an. »Worauf willst du hinaus?«

»Die Junggesellenparty«, sagte Shona selbstgefällig. »Ich war da, ich war auf der Junggesellenparty von Mick im Club. Ich habe dich gesehen.«

Kate zuckte zusammen. Sie spürte, wie das Blut aus ihrem Gesicht wich, und um sie herum begann sich alles zu drehen. Sie trank einen Schluck Wasser und konzentrierte sich auf Mick, der gerade dabei war, von dem Abend zu erzählen, an dem er Molly kennen gelernt hatte.

»Ich war mit Colm und ein paar der Jungs aus Clontarf im Landsdowne Hotel«, erzählte er. »Irland spielte gegen Frankreich, und sie hatten gerade 42 zu 28 verloren. Molly saß neben uns und lächelte mich an. Sie beugte sich zu mir herüber und sagte: ›Pech, aber nächstes Mal werden sie gewinnen, du wirst schon sehen. Dieser O'Driscoll ist auf dem linken Fuß unglaublich stark.‹ Ich war hingerissen. Eine schöne Frau, die sich für Rugby interessierte.« Alle lachten.

»Das habe ich aber ganz anderes in Erinnerung«, unterbrach ihn Colm. »Du hast die ganze Zeit versucht, sie anzubaggern, aber sie hat dir überhaupt nicht zugehört. Sie wollte das Spiel sehen.«

Mick lachte. »Danke schön, Colm. Wie dem auch sei, mehr habe ich eigentlich nicht zu sagen. Danke, dass ihr alle gekommen seid und viel Spaß noch.«

Alle klatschten.

»Er hätte wenigstens seine irischen Freunde namentlich erwähnen können«, sagte Shona verstimmt, während sie ihr Glas hochhielt, um sich vom Kellner noch einmal nachschenken zu lassen.

Kate umklammerte ihr Glas. Es würde eine lange Nacht werden.

»Woran denkst du?«, fragte Nat Colm. Sie saßen an einem Tisch im Zelt und sahen den tanzenden Paaren zu.

Er zog ihre Hände zu sich heran und drückte einen festen Kuss darauf. »An dich«, sagte er lächelnd. »Und daran, wie glücklich ich bin.«

»Du bist süß«, sagte Nat und erwiderte sein Lächeln.

»Nat?«, setzte Colm an.

»Ja?«

»Was hältst du vom Heiraten?«

Nat sah ihn aufmerksam an. »Warum?«

»Nur so.«

»Ehrlich gesagt, bin ich zufrieden, wie es ist«, sagte sie nach einer kurzen Pause. »Ich bin noch nicht bereit zu dieser Art von Verpflichtung.«

»Wirklich?«

»Ja.«

Colm strahlte sie an. »Ich liebe dich, Nat.«

Sie beugte sich zu ihm und küsste ihn auf die Wange. »Das beruht ganz auf Gegenseitigkeit.«

»Hast du Lust zu tanzen?«, fragte Ollie Kate. »Mick hat mir erzählt, dass du eine großartige Tänzerin bist.«

»Ach ja«, sagte Kate. Sie fragte sich voller Angst, was Mick wohl sonst noch erzählt hatte.

Ollie war ein hervorragender Tänzer und wirbelte sie schwungvoll, aber sicher über die Tanzfläche. Sie hatte sich schon lange nicht mehr so prächtig amüsiert. Als ein langsames Stück gespielt wurde, sagte er: »Darf ich?«, streckte die Arme aus und zog sie an sich. Im Gleichtakt bewegten sie sich zu den sanften Klängen von »Moon River«, einem von Micks Lieblingsstücken, wie sich Kate erinnerte.

Mitten in »Let's Face the Music and Dance« von Frank Sinatra hörte Kate Shonas Rufen.

»Huuhu, ihr Turteltauben, ich komme!«

Shona bahnte sich einen Weg auf die Tanzfläche und packte Ollie an den Händen. »Jetzt bin ich dran«, sagte sie und blickte Kate herausfordernd an.

»Ich glaube nicht…«, begann Ollie.

»Ist schon in Ordnung«, versicherte Kate ihm mit einem schwachen Lächeln. »Bis nachher.« Sie ging zur Bar und bestellte sich einen doppelten Wodka mit Red Bull.

»Hallo, schöne Unbekannte«, sagte Mick. Er lehnte sich gegen die Bar. »Ich habe dich mit Mollys Cousin tanzen sehen. Netter Kerl, nicht wahr? Ihr beide passt gut zusammen.«

»Jetzt tanzt er mit Shona«, sagte Kate und bemühte sich, ganz ruhig zu klingen.

»Sie hat sich auf ihn gestürzt, oder?« Mick grinste. »Unsere Shona ist in dieser Beziehung nicht gerade zurückhaltend.«

»Nein«, sagte Kate. »Vermutlich nicht.«

Ein paar Minuten herrschte unbehagliches Schweigen. Schließlich sagte Mick: »Ich habe es niemandem erzählt, dass… du weißt schon. Jedenfalls hat dich sonst keiner gesehen.«

»Danke«, sagte Kate. »Ich weiß das zu schätzen.« Sie nahm einen kräftigen Schluck von ihrem Drink.

»Mach mal langsam«, mahnte Mick.

Kate kippte den Rest auch noch hinunter und stellte das leere Glas auf den Tresen. »Außer Shona«, sagte sie. »Sie hat mich gesehen. Sie hat beim Essen so eine Bemerkung fallen lassen.«

Mick hob die Augenbrauen. »Gutes Timing. Ich wusste, dass es ein Fehler war, sie zu unserer Junggesellenparty kommen zu lassen. Ich weiß auch gar nicht, warum sie unbedingt dabei sein wollte.« Er grinste. »Das heißt, ich weiß es schon. Sie hielt Ausschau nach einem Mann.«

»Das ist ja nichts Neues.« Kate lächelte.

»Aber Shona wird es niemandem erzählen, oder?«, fragte Mick. »Sie ist deine beste Freundin.«

»Ich hoffe nicht«, sagte Kate. »Aber bei Shona kann man nie wissen.«

Ollie trat neben Kate, die draußen auf der Terrasse stand, und lehnte sich gegen das Geländer. »Da bist du also«, sagte er und lächelte sie an. »Ich habe nach dir gesucht. Hübsche Aussicht.«

Vor ihnen dehnte sich das Meer aus und hier und da glitzerten auf der Wasseroberfläche die Lichter von Jachten und Segelbooten. Shona hatte sich getäuscht, was Cowes betraf. Es war hier Tag und Nacht schön. Aus dem Zelt wehten einzelne Töne von »Waterloo« von Abba herüber.

»Wo ist Shona?«, fragte Kate.

»Drinnen mit irgendeinem olympischen Boxer.« Ollie lächelte. »Ein riesiger Kerl. Molly hat sie miteinander bekannt gemacht. Möchtest du noch mal tanzen?«

»Sehr gern«, sagte Kate.

Shona war mit dem Boxer auf der Tanzfläche. Sie winkte und kam Kate und Ollie schwankend entgegen.

»Kate ist eine großartige Tänzerin«, nuschelte sie Ollie zu. »Du weißt doch sicher, warum? Sie hat eine Menge Übung. Sie ist…«

»Shona!« fiel Kate ihr ins Wort, aber es war zu spät.

»…so 'ne Animiertänzerin. Sie arbeitet im Lap Land's in Dublin.«

Kate rannte nach draußen. So eine blöde Kuh, warum musste Shona immer alles kaputtmachen? Sie setzte sich und starrte in die Ferne.

»Kate?« Ollie setzte sich neben sie. »Alles in Ordnung?«

»Ja«, sagte sie. »Nein, ich weiß nicht.«

»Bist du wirklich Animiertänzerin?«

Sie nickte. »Ich steckte nach meiner Reise nach Australien bis über beide Ohren in Schulden. Mein normaler Job war nicht besonders gut bezahlt, und der Besitzer des Clubs ist ein Typ, den ich vom College kenne und…«

»Du musst mir nichts erklären«, unterbrach er sie sanft. »Ich weiß, wie das ist.« Er sah sie an. »Und diese Shona ist deine Freundin?«, fragte er.

Kate zuckte die Achseln.

»Das ist mir eine schöne Freundin.«

Kate musterte ihn aufmerksam. »Hör mal, ich bin gleich wieder da. Ich muss kurz mal rein.«

»Ich warte hier auf dich«, erwiderte Ollie lächelnd. Er nahm ihre Hand und hauchte einen Kuss darauf. »Komm schnell zurück.«

»Mach ich«, versprach sie.

»Shona«, sagte Kate. »Ich muss dir was sagen.«

»Ja?« Shona lächelte. Sie hatte besitzergreifend einen Arm um den kräftigen Hals des Boxers gelegt. »Was?«

Kate holte tief Luft. »Ich habe dich bis obenhin satt. Wir sind die längste Zeit Freundinnen gewesen.«

»Was?«, sagte Shona und zog die Augenbrauen zusammen.

»Du hast mich schon verstanden«, sagte Kate. Dann drehte sie sich um und ging davon.

Ollie war wie versprochen noch da, als sie wieder auf die Terrasse trat.

»Es macht mir nichts aus, weißt du«, sagte er.

»Was macht dir nichts aus?«

»Dass du Animiertänzerin bist. Für mich macht das keinen Unterschied.«

»Wirklich?«, fragte sie und sah ihn zweifelnd an.

»Ja«, sagte er und lächelte. »Vor ein paar Jahren habe ich selbst als Stripper gearbeitet.«

»Nein!« Kate musste lachen.

»Du brauchst gar nicht so überrascht zu sein«, sagte er und lachte ebenfalls. »Ich war ein verdammt guter Stripper.«

»Ich kann nur nicht verstehen, dass sie es dir erzählt hat«, sagte Kate. »Einfach so.«

»Ich glaube, sie hat sich ein bisschen geärgert.«

»Warum?«

»Sie hat versucht, mich zu küssen«, gestand er. »Ich habe ihr gesagt, dass ich keine Lust habe.«

Kate lachte. »Das muss sie wirklich geärgert haben. Wie dem auch sei, ich habe die Tanzerei aufgegeben.«

»Warum?«

»Dublin ist zu klein«, sagte sie und grinste. »Man kann nie wissen, welche Junggesellenparty vielleicht in dem Club endet. Außerdem haben sie mich zur Teilhaberin in der Buchhaltungsfirma gemacht. Ich glaube, die anderen Teilhaber wären nicht damit einverstanden.«

Ollie lachte. »Komm.« Er stand auf und streckte die Hand aus. »Lass uns tanzen.«

»Solange du deine Kleider anbehältst.« Kate lächelte ihn an.

»Und du von den Zeltstangen wegbleibst.«

»Abgemacht«, versprach Kate.

JULIE PARSONS

Der Kelch fließt über

JULIE PARSONS wurde in Neuseeland geboren, siedelte aber schon in frühem Alter nach Irland über. Viele Jahre lang arbeitete sie als Rundfunk- und Fernsehproduzentin für RTE und ist außerdem Autorin dreier von der Kritik hochgelobter internationaler Thriller-Bestseller: *Mary, Mary, Die Insektenforscherin* und *Rache kennt kein Gebot*. Julie Parsons lebt mit ihrer Familie außerhalb Dublins am Meer.

Nie könnte ich plausibel die Anziehungskraft erklären, die Declan McDermott auf mich ausübte. Er war eigentlich kein typisches Objekt der Begierde mit seinem ergrauenden Haar, dem von Falten durchzogenen Gesicht und der goldgeränderten Brille. Für mich aber war er genau das, nämlich ein Objekt solcher Begierde, dass ich vom ersten Moment, als ich ihn sah, hin und weg war.

Es war Mitte Oktober, Ende des Altweibersommers. Seit Anfang September war das Wetter wundervoll gewesen. Warme Tage mit wolkenlosem Himmel. Und derselbe Himmel nachts: Der reife Mond hing groß und golden dicht über den Bäumen, und die Sterne hell und silbern als kunstvolle Zierde um ihn geschart. Und doch schon ein erstes Frösteln, gerade genug, um die Schultern in einen Schal zu hüllen und eine Extradecke fürs Bett hervorzuholen.

Ich hatte an der Universität der Stadt einen Abendkurs in Kunstgeschichte belegt. Declan McDermott, Dr. McDermott, war unser Tutor. Der Einschreibungsabend war eine Riesenaffaire. Buchstäblich Hunderte von Studenten drängten sich in dem hallenden Hörsaal zu dieser Einführungsvorlesung zusammen.

Ich bin vorher noch nie an einer Universität gewesen. Ich habe die Schule verlassen, als ich sechzehn war und fing dann in Vaters Kurzwarengeschäft in einem Marktflecken im westlichen Cork an zu arbeiten. Ich war die geborene Verkäuferin, mit Instinkt, Stilgefühl und einem gediegenen Sinn für Design. Schnell wurde das Städtchen zu klein für mich. Also ging ich

fort, nach London. Es waren die schwingenden Sechziger-
jahre, und ich schwang mit... Miniröcke, dann Midiröcke,
dann Maxiröcke... Ich trug sie alle, und bald fing ich an, sie
mir selbst zu machen. Eins führte zum anderen, und als ich
Anfang vierzig war, da hatte ich mein eigenes Label und meine
eigenen Geschäfte in London und Dublin. Eine gescheiterte
Ehe und zwei unglückselige Affairen hatten einen bitteren
Nachgeschmack hinterlassen. Doch ich hatte Geld auf der
Bank, ein Apartment in Marbella und ein Haus in Dalkey.
Dazu jede Menge Freunde, zwei siamesische Katzen und eine
umfangreiche Garderobe aus Designerklamotten. Doch Liebe
hatte ich nicht.

Die sollte Declan beisteuern. Das wusste ich, als er das Po-
dium betrat, sich räusperte und begann. Sein Thema war die
frühe italienische Renaissance, insbesondere das Werk Raphaels. Während er redete, wurde eine Folge von Bildern auf
die riesige Leinwand hinter seinem Kopf projiziert. Der Heilige Sebastian, den Körper mit Pfeilen gespickt. Die drei Gra-
zien, Brüste, Hinterbacken und Bäuche rund, tastbar und
sinnlich. Etliche Madonnen mit Kind, eine immer schöner und
perfekter als die vorhergehende. Und während seine Stimme,
warm und einfühlsam, mich betörte, während ich auf dem
harten Stuhl herumrutschte und die weiche Wolle meines Ro-
ckes an meinen Schenkeln spürte, da wurde mir klar, dass dies
ein Moment war, der mein Leben verändern würde.

Wir begegneten uns an jenem Abend nicht, auch nicht während etlicher Wochen danach. Declans Kurse waren beliebt
und überfüllt. Immer befand sich eine Horde Studenten zwischen ihm und mir. Ich fühlte mich zudem ungewöhnlich eingeschüchtert durch seinen Intellekt, sein Wissen und die Aura
von Weisheit, die ihn so spürbar umgab.

Dennoch, ich blieb geduldig und entschlossen und meine
Geduld wurde belohnt. Am Anschlagbrett war eine Liste mit
Themen für unsere Essays ausgehängt worden und ich suchte

mir eins aus, das bestimmt von Declan selbst aufgestellt worden war. Es hieß: »Gestalten in der Landschaft. Die Beziehung zwischen Mensch und Natur in den Gemälden von Raphael.« Ich stürzte mich auf meine Aufgabe mit derselben Hingabe, mit der ich mich ans Entwerfen einer neuen Kollektion für meine Geschäfte gemacht hätte. Alle anderen Pflichten wurden auf den zweiten Platz verwiesen. Jeden Morgen um sechs aufstehen, jede Nacht spät ins Bett, so arbeitete ich hart und unermüdlich an meinem auserwählten Thema. Je intensiver ich nun die Gemälde studierte, desto fasziniertere wurde ich von Declan. Ich erkannte sein eckiges Gesicht und seine langen Gliedmaßen im Körper Christi auf dem Gemälde »Kreuzabnahme«. Ich erkannte seine Unbeirrbarkeit und seine Noblesse in den Figuren des Heiligen Michael und des Heiligen Georg wieder, die ihre Drachen töteten. Und in dem Selbstportrait, gemalt 1506, erkannte ich den jungen Declan – die Haut glatt und bleich, die braunen Augen weit, die Lippen voll und sinnlich, und die klare, faltenlose Stirn, die ich jetzt so gern berührt und geküsst hätte. Wir begegneten uns in seinem Arbeitszimmer. Ich saß auf einem steifen Stuhl, hatte die Beine übereinander geschlagen. Mein Rock war eng und knielang. Meine Strumpfhose war hauchdünn und schwarz. Wenn ich mich vorbeugte, zeichneten sich meine Brüste gegen das weiße Leinen der Bluse ab. Declan lehnte sich in seinem Drehstuhl zurück. Seine Finger tappten rhythmisch auf das Titelblatt meines Essays. Ich reckte den Hals, um die Zensur zu erkennen, die in roter Tinte in der rechten oberen Ecke geschrieben stand.

»Sie haben das gut gemacht«, sagte er. Die ersten Worte, die er direkt zu mir sprach. »Ich habe es mit ›Auszeichnung‹ bewertet. Herzlichen Glückwunsch.«

Ich versuchte zu sprechen, aber aus irgendeinem Grunde blieben mir die Worte im Halse stecken.

»Sind Sie nicht zufrieden? Das sollten Sie aber!« Er hielt mir den Stapel getippter Seiten hin. Als ich sie ihm abnahm, berührten sich unsere Fingerspitzen. Ich schluckte hart und mühte mich, meine Lippen zu befeuchten. Ich bemerkte seinen verwirrten Gesichtsausdruck.

»Alles in Ordnung mit Ihnen? Sie sind sehr blass.« Er beugte sich zu mir und berührte mich sanft am Knie. Er roch sehr sauber, beinahe antiseptisch.

»Wissen Sie…« Er lehnte sich wieder zurück. »Wir müssen heutzutage so vorsichtig mit unseren weiblichen Studenten umgehen, dürfen uns nicht dem Hauch eines Verdachts auf sexuelle Belästigung aussetzen. Aber was würden Sie von einem gemeinsamen Drink halten, um Ihre wundervolle Leistung zu feiern?« Er blickte flüchtig auf seine Armbanduhr, glatt und golden gegen die dunklen Haare auf seinem Handgelenk. »Ich bin hier bald fertig. Treffen wir uns doch in dem Hotel drüben an der Straße. Sagen wir, in einer Viertelstunde? Wie wäre das?«

Worüber haben wir geredet bei jenem ersten Mal? Ich erinnere mich an nichts mehr. Oh, natürlich hatte ich meine Unterhaltung mit ihm zuvor viele Male durchgeprobt. Im Bett liegend, das Licht aus, das Radio an. Oder im Auto bei meinem täglichen Pendelverkehr in die Stadt. In Tagträumen und bei ersten flüchtigen Skizzen für die nächste Frühjahrskollektion. Aber als es so weit war, da konnte ich mich an nichts mehr erinnern von der sorgfältig eingeübten Präsentation meines Selbst und meines Lebens.

Nicht dass Declan das zu bemerken schien. Es war sehr schnell erkennbar – alles, was er wollte war, mich berühren. Er quetschte sich dicht neben mich auf die Polsterbank unter den großen Glasfenstern des Hotels. Er bestand darauf, dass wir Champagner tranken, den er bezahlte. Der stieg mir direkt in den Kopf und ihm ebenso, glaube ich. Bald hatte er seine Schulter so eng gegen meine gedrückt, dass meine Brust, als wir uns bewegten, seinen Oberarm streifte. Wenn er sprach, sah er mir tief in die Augen, und wenn ich sprach, neigte er sein Ohr gegen meinen Mund, als ob der Geräuschpegel der Bar eine solche Nähe notwendig machte. Als die Bar schloss, bestand er darauf, mich nach Hause zu fahren. Im Licht der Straßenlaternen sah sein Gesicht erregt aus und tatendurstig. Als wir in die Einfahrt meines Hauses einbogen, hatte er kaum den Zündschlüssel abgezogen, da küsste er mich bereits, indem er mein Gesicht zart mit beiden Händen umschloss. Zunächst entzog ich mich ihm, und er folgte mir hinaus in den Mondschein. Wir standen da und starrten einander an, bis ich ohne ein Wort die Haustür öffnete. Ich trat in die Diele und schweigend folgte er mir und schloss die Tür hinter uns beiden.

Als der Tag anbrach, waren wir noch wach. Sein Körper war schön, geschmeidig, durchtrainiert und dezent muskulös. Wenn er mich berührte, dann sangen die Engel und die Sonne neigte sich herab, um in mein Schlafzimmerfenster zu scheinen. Es war Liebe, wenigstens bei mir. Aber als ich seinen Kopf an meine Brust zog und die Worte in sein Ohr flüsterte, da wurde mir klar, dass es ein Problem gab. Declan war, wie die meisten Männer seines Alters, verheiratet.

»Erzähl mir von ihr«, bat ich, als ich Kaffee und Rührei für das Frühstück bereitete.

Was gab es da zu erzählen? Auch sie war Akademikerin. Ihr Spezialgebiet war Mikrobiologie. Sie waren seit etwa zwanzig Jahren verheiratet. Keine Kinder, sagte er. Keine gemeinsamen Interessen. Nicht mehr.

»Es ist nur noch Gewohnheit«, sagte Declan und blickte kläglich drein. »Ich habe schon dran gedacht, sie zu verlassen, aber das kann ich nicht tun. Sie wäre verloren ohne mich. Sie ist schüchtern, menschenscheu, geht ganz in ihrer Arbeit auf. Oh, versteh mich nicht falsch«, er hielt mir seine Tasse zum Nachfüllen hin, »ich liebe sie, ich habe sie immer geliebt. Aber sie ist nicht mehr die Frau, die sie einmal war. Sie ist immer noch wundervoll…«, er stockte, »auf ihre Art.«

Eifersucht knallte auf mich herab wie eine Eisenstange.

»Wo ist sie jetzt?«, fragte ich und zog meinen Kimono enger um mich.

Er griff über den Frühstückstisch nach meiner Hand.

»Besucht ihre Mutter. Sie stehen sich sehr nahe. Sie besucht sie zweimal die Woche und bleibt ziemlich oft auch über Nacht dort.«

So begannen unsere regelmäßigen gemeinsamen Abende und gelegentlich auch Nächte. Es war die reine Seligkeit. Ich stürzte mich in mein Studium, entschlossen, Declan das wahre Ausmaß meiner Begabung zu demonstrieren. Mein Leben war völlig verwandelt. Plötzlich war da jemand, mit dem ich meine täglichen Plagen und Widerwärtigkeiten, meine Triumphe und Erfolge teilen konnte. Wir redeten am Telefon, beinahe stündlich, so kam es mir vor. Selbst wenn Declan mit seiner Frau zu Hause war, bewerkstelligte er es irgendwie, mich anzurufen, und unsere geflüsterten heimlichen Gespräche waren voller erotischer Anspielungen und Liebesbeteuerungen. Alles und jedes auf der Welt war jetzt anders. Sogar ich selbst sah aus wie eine andere Frau. Meine Freunde und Kollegen kommentierten das. Mein Körper war voller, wollüstiger. Ich trug Kleidungsstücke, die meine Weiblichkeit betonten. Pullover und Blusen, die sich an meinen Körper schmiegten. Lebhafte Farben, Blau- und Purpurtöne, die den Schimmer meiner dunklen Haare und Augen und das pralle Blutrot meiner Lippen unterstrichen. Das Leben war randvoll, mein Kelch floss über. Ich hatte alles, was ich schon immer hatte haben wollen.

Oder doch beinahe alles. Da war ja nach wie vor das nagende Problem seiner Ehe. Seit jenem ersten gemeinsamen Morgen hatten wir nicht mehr darüber gesprochen. Hin und wieder lag es mir auf der Zunge, das dornige Thema anzusprechen, diesen Widerspruch zwischen Declans so oft beteuerter Leidenschaft für mich und seinen – offenbar nicht so leidenschaftlichen – Gefühlen für seine Frau. Seine Frau nur dem

Namen nach, dachte ich im Stillen, denn uns verband schließlich eine ganz andere Intimität.

Es war an einem nebligen Novembertag ein paar Wochen später, da ertappte ich mich dabei, dass ich die Straße entlangfuhr, in der Declan wohnte. Ich hatte die Katzen zu ihrer jährlichen Vorsorgeuntersuchung zum Tierarzt gebracht. Sie lagen aneinander geschmiegt in ihrem Korb auf dem Rücksitz des Wagens und erfüllten ab und zu die Luft mit ihrem klagenden Maunzen. Hatte ich mich verfahren? Wohl kaum. Schließlich war ich diese Route durch den Süden der Grafschaft Dublin schon unzählige Male gefahren. Und noch ehe es mir recht bewusst wurde, sah ich das Schild. Abbeyglen Park. Und da begriff ich, wo ich war.

Die McDermotts wohnten in Nummer vierundzwanzig. Das wusste ich, weil ich Declan im Telefonbuch gesucht hatte, nicht lange nach unserer ersten Begegnung. Reine Neugier, nehme ich an. Jetzt war ich also hier, fuhr im Schritttempo an seinem spätviktorianischen roten Backsteinhaus vorbei, registrierte die modisch schwarz gestrichene Haustür, die Raffstores aus cremefarbenem Leinen vor den Fenstern und die beiden sorgfältig beschnittenen Lorbeerbäume in den Terrakottakübeln zu beiden Seiten der Eingangstreppe. Und dann, als ich so langsam fuhr, dass ich fast still stand, öffnete sich die Tür und eine Frau trat heraus. Sie war klein und zierlich, hatte ein herzförmiges Gesicht mit feinen Zügen. Das blonde Haar war kurz geschnitten und schmiegte sich glatt an ihren Kopf. Sie trug einen langen dunklen Rock und Stiefel aus weichem schwarzen Leder. Sie blieb stehen, schlang sich einen Schal aus weicher Wolle oder Mohair um die Schultern, der Farbton wie Himbeermus, dann nahm sie eine lederne Aktentasche auf und ging an mir vorbei zu dem Wagen, der vor ihrer Einfahrt geparkt stand. Declans Wagen. Es versetzte mir einen Stich, als ich es sah. Der Wagen, in dem er mich an jenem unglaublichen Abend nach Hause gefahren hatte.

Ich folgte ihr. Sie fuhr zur Universität, zur naturwissenschaftlichen Fakultät an der anderen Seite des Campus, gegenüber dem Gebäude, in dem ihr Mann sein Arbeitszimmer hatte. Das Arbeitszimmer, in dem er mich mehr als einmal, geradezu angeheizt durch die Nähe seiner Kollegen, die draußen vor der verschlossenen Tür hin und her liefen, auf den staubigen Korkfußboden gelegt, mich ausgezogen und meinen Mund mit Küssen verschlossen hatte. Ich fuhr auf dem Parkplatz direkt neben sie, alle Diskretion vergessend. Sie stieg aus, schloss den Wagen ab, grüßte Vorübergehende, wurde ebenso herzlich zurückgegrüßt, während sie die Treppe zu den Schwingtüren hinaufging. Ich ging ihr nach, behielt sie im Blickfeld. Ihr Arbeitszimmer lag unten an einem dunklen Korridor, der zu den Laboratorien führte. Ihre Tür stand offen. Das Namensschild schimmerte weiß im Dämmerlicht. Dr. Dervla McDermott, las ich. Ich zauderte. Sie blickte von ihrem Schreibtisch auf.

»Kann ich Ihnen helfen?«, fragte sie. Ihre Stimme war warm und freundlich.

»Ich glaube, ich habe mich geirrt«, antwortete ich.

Sie stand auf und kam zu mir. Sie roch sehr sauber, fast antiseptisch.

»Was für ein wunderschöner Schal«, sagte sie und streckte die Hand aus, um über das feine Mohairgespinst zu streichen, das ich mir um den Hals geschlungen hatte. »Und dieses Blau ist so schön, eine Farbe wie Libellenflügel. Wissen Sie was…« Sie stockte und blickte rückwärts zu ihrem Stuhl hinüber, wo ihr eigener Schal hing. »Ich glaube, es ist der Gleiche wie *meiner*. Lediglich eine andere Farbe.«

Mein Blick fiel auf ein großes gerahmtes Foto hinter ihr an der Wand: Sie und Declan standen beieinander. Sie hielten sich bei den Händen und blickten einander in die Augen. Sie sahen jung und schön aus. Sie sahen verliebt aus.

Sie räusperte sich.

»Sie meinen, Sie hätten sich geirrt?«

»Ja.« Ich trat von ihr weg. »Ich suchte nach Dr. D. McDermott. Sind Sie das?«

»Oh.« Sie deutete auf das Bild. »Meinen Sie den männlichen Doktor oder den weiblichen? Mich oder meinen Mann? Dieser Irrtum unterläuft den Leuten immer wieder.«

Irgendwie redete ich mich heraus und verließ das Gebäude. Wie benommen fuhr ich nach Hause. Declans Worte wollten mir nicht aus dem Kopf: »Menschenscheu, schüchtern, ohne mich verloren. Nicht mehr die Frau, die sie mal war…« Wie ein Mantra hörte ich sie, sie bohrten sich in mein Bewusstsein. Gleichzeitig sah ich ihre Anmut vor mir, ihre Eleganz, ihre Schönheit, ihre Selbstsicherheit und ihren himbeerroten Schal. Genau wie der blaue, den er mir zur Feier unserer einen Monat alten Liebe geschenkt hatte.

Wir trafen uns an diesem Abend in meinem Haus. Ich wollte etwas sagen, aber ich war mir bewusst, wie jämmerlich das klingen würde: zu seinem Haus zu fahren, hinter seiner Frau herzugehen! Und wer konnte schon sagen oder wissen, wie sie *ihm* erschien? Vielleicht war sie wirklich schüchtern und menschenscheu? Vielleicht war sie wirklich verloren ohne ihn? Schon möglich, dass sie nicht mehr die Frau war, die sie früher einmal gewesen war. Wer weiß denn schon, was wirklich vor sich geht in einer Ehe, dachte ich, als er mich küsste, und ich hüllte mich in seine schützende Umarmung.

Hinterher, während er schlief, bemühte ich mich, nicht an die beiden zusammen zu denken. Aber ich sah es förmlich vor mir, wie ihr zierlicher Körper sich dem seinen anfügte. Ich konnte mir ihre Gespräche vorstellen, gewählt, akademisch, intellektuell, weit entfernt von meinem Geplapper über Mode, Stil, Trends und Bilanzen. Vor allem aber dachte ich eins, während ich ihn betrachtete, wie seine Lider flatterten, seine Augäpfel in den Höhlen rollten und sanftes Stöhnen aus seinem Mund drang, als seine Träume an Intensität zunahmen: dass er mit mir zusammen war und nicht mit seiner Frau! Dass er trotz all ihrer Schönheit und Intelligenz heute in *meinem* Bett schlief, während sie, die pflichtbewusste Tochter, wieder einmal im Bett ihrer Kindheit lag.

Aber irgendwie fiel es mir, während die Tage kürzer wurden und das Frösteln des Dezembers einem in die Glieder kroch, zunehmend weniger leicht, mich mit der Situation abzufinden. Dervla, wie ich sie bald nannte, wurde für mich ebenso faszinierend wie ihr Mann. Ich versuchte, mich von ihr fern zu halten. Ich versuchte es, aber ich versagte. Irgendwie fand ich inmitten meines geschäftigen Tagesplans stets Zeit, auf der Fahrt in die Stadt einen Umweg zu machen und am Haus Abbeyglen Park 24 vorüberzufahren. Oft arbeitete sie zu Hause. Wenn ich unter der Straßenlaterne schräg gegenüber vom Haus parkte, konnte ich ihren blonden Kopf sehen, über den Schreibtisch gebeugt, rechts im oberen Fenster. Einkaufen tat sie in den nahe gelegenen exquisiten Delikatessenläden und Bäckereien, die es in ihrer Gegend der Stadt im Überfluss gab. Regelmäßig folgte ich ihr, hielt diskret Abstand, während sie ihren Weidenkorb mit Vollkornbroten und Delikatessen wie Hummus, Taramasalata, schwarzen Oliven und Parmaschinken füllte.

Auch über Kleidung wusste sie durchaus einiges. Ihr Geschmack war das, was ein Modemagazin einmal als »Designer-Bohème« bezeichnet hatte – diese gewollt lässige Mischung aus drapierten Röcken, Edelwolle, Schals und Schultertüchern, alles von höchster Qualität, dazu wunderschöne Stiefel, Schuhe und Taschen, hergestellt aus exquisitestem Leder. Ein paar Mal sah ich ihren gepflegten blonden Kopf aus Geschäften kommen, die ich ebenfalls frequentierte. Ich nehme an, es war wohl unvermeidlich, dass ich sie schließlich einmal zufällig in der Grafton Street sah, und sie trug eine Einkaufstasche mit dem Logo meines Geschäftes darauf! Ich sah sie vorübergehen und war kaum fähig, meine Aufregung zu beherrschen.

Was hat sie gekauft? Welche von meinen Sachen würden bald in ihrem Schrank hängen?

Aber es war nicht sie, die es gekauft hatte. Janet, meine Filialleiterin, erinnerte sich gut an das Paar. Sie hätten unablässig miteinander geturtelt, erzählte sie mir, konnten gar nicht die Hände voneinander lassen. Und was den Einkauf betraf: Es war ein Kleid, das ich selbst entworfen hatte: schwarzer Jersey mit einem kreuzweise drapierten Oberteil, das die Brüste sowohl entblößte als auch bedeckte, und einem wadenlangen Rock, der die Länge der Beine betonte.

Wieder wickelte die Eifersucht ihre giftgrüne Flagge um meine Schultern. Der Mann hätte gezahlt, sagte Janet, per Kreditkarte. Ich rannte zur Ladenkasse, um nach dem Beleg zu suchen. Wie konnte er so etwas tun? Sie hierher zu bringen, in mein Geschäft! Vielleicht wollte er ihr von mir erzählen? Aber er wäre wohl kaum darauf verfallen, das ausgerechnet hier zu tun, nur ein paar Meter von meinem Atelier entfernt, wo wir uns erst vorige Woche getroffen und geliebt hatten, zurückgelehnt gegen ein paar riesige Ballen cremefarbenen Leinens für die Kleider des nächsten Sommers. Natürlich kannte er meinen Terminplan. Ich hatte ihm eine Kopie davon gegeben. Er hatte also gewusst, dass ich an diesem Vormittag nicht im Geschäft sein würde, weil ich Kunden besuchte. Konnte er so grausam sein, sie hinter meinem Rücken herzubringen, dachte ich, während meine zitternden Finger durch die dünnen Papierstreifen blätterten. Aber dann stockte ich verblüfft: Er hatte es doch nicht getan. Der Name auf dem Beleg war mir unbekannt. Die Unterschrift war nicht die meines Geliebten.

»Bist du sicher, dass es dieser Beleg hier ist?«, fragte ich Janet. »Bist du sicher, dass sie zusammen waren?«

»Zusammen?«, echote sie und zog ihre geschwungenen Augenbrauen gen Himmel. »Die waren so zusammen, dass man ein Stanley-Messer gebraucht hätte, um sie zu trennen. Es war schon geradezu peinlich.«

Als Declan das nächste Mal kam, stand Champagner auf Eis. Er war müde. Das Ende des Semesters war nahe. Ich machte ihm Abendessen und ließ ihm ein Bad ein. Ich wusch ihm den Rücken, seifte und spülte seine glatte Haut mit unendlicher Hingabe, während er von Examina und Essays und von ermüdenden Fakultätssitzungen redete. Ich hörte zunächst kaum hin, als er mir von einem Antrag erzählte, den er stellen würde, nämlich auf ein Forschungssemester: drei Monate Florenz, ein internationales Forschungsprojekt über seinen geliebten Raphael...

Aber mit plötzlicher Klarheit sah ich eine leuchtende Zukunft für uns beide vor mir: Er würde Abbeyglen Park 24 verkaufen. Den Erlös teilten sich die beiden. Eine Weile zog er dann zu mir, und schließlich würden wir gemeinsam in ein Haus einziehen, es mit erlesener Sorgfalt und Liebe zum Detail zu unserem Heim machen. Das Apartment in Marbella würde er lieben, wir konnten immer seine langen Semesterferien dort verbringen. Ich musste dann mehr Verantwortung auf meine Mitarbeiter übertragen, um bei ihm zu sein. Oder meine Arbeit von dort aus per Fax und E-Mail erledigen. Seine akademischen Freunde und meine Klamotten-Kumpels würden die gegenseitige Gesellschaft genießen. Es würde Dinner- und Lunchpartys geben, Theater- und Opernbesuche. Wochenenden in London, Paris, Rom, vielleicht sogar ein Trip mit der Concorde nach New York, wo er mir die kulturellen Sehenswürdigkeiten der Stadt zeigen und ich ihn zum Shopping in die Fifth Avenue lotsen würde. Die Katzen mussten allerdings verschwinden. Sie ließen ihn schon jetzt niesen und husten. Aber eventuell schafften wir uns an ihrer Stelle einen Hund an, einen Pudel oder einen Yorkshireterrier. Wir würden am Strand wandern und im Gebirge, würden kalt und nass nach Hause kommen an ein loderndes Kaminfeuer, eine Kasserolle im Ofen und dazu eine Flasche Burgunder. Und dieses Mal wäre das Leben dann wirklich perfekt. Alles was ich noch brauchte, war ein unerschütterlicher Beweis ihrer Untreue. Und damit hätte es sich dann.

Aber wie ihn beschaffen? Natürlich, fiel mir ein, die Nächte bei ihrer Mutter! Das musste *ihre* Gelegenheit ebenso sein wie unsere. Aber ihr bei Tage nachzuspionieren, das war eine Sache, meine Zeit mit Declan zu opfern, war eine andere. Was ich brauchte, war ein Privatdetektiv.

Ich bin schon immer eine erfinderische Frau gewesen. Und gnadenlos obendrein. Einmal in meiner ersten Zeit in London versuchten lokale Gangster Schutzgeld von mir zu erpressen. Ich schlug zurück mit meinen eigenen bezahlten Ganoven. Das hätten sie von einer Frau nicht erwartet. Eine nachhaltige Lehre. Böse Absichten anderer zu vereiteln wurde zu meinem Markenzeichen. Auch hier in Dublin hatte ich Probleme gehabt. Spione innerhalb meiner Branche hatten meine Exklusivität bedroht. Ich musste also herausfinden, wer der Betrüger war. Die Ermittlungen waren durchgreifend, und die Strafe, fristlose Entlassung, erfolgte prompt. Und ich ergriff Vorsichtsmaßnahmen gegen einen nochmaligen Betrug: Überwachungskameras wurden strategisch gezielt in meinem Arbeitszimmer installiert, und in meinem Haus auch.

Jetzt wandte ich mich wieder an denselben Detektiv wie damals. Wir besprachen uns am Telefon. Ich gab ihm die Details der Kreditkartenquittung, die relevanten Namen und Adressen samt Personenbeschreibungen. Dann lehnte ich mich zurück und wartete ab.

Es war eine Woche vor Weihnachten. Declan hatte mir erklärt, dass wir uns zwischen Heiligabend und dem Neujahrstag leider nicht sehen könnten. Da waren er und seine Frau voll ausgelastet mit familiären Verpflichtungen. Ich sah ihm an, dass er besorgt war um mein seelisches Wohlbefinden während dieser Zeit.

»Ich rufe dich jeden Tag an«, versicherte er mir. »Sei nicht traurig, ich denke an dich.« Und er küsste mich sanft.

»Und«, fuhr er fort, »ich mach es hinterher wieder gut. Sie fährt Mitte Januar zu einer Konferenz nach Brüssel. Die Arme, sie hasst das Reisen. Sie hat furchtbare Angst vorm Fliegen. Deshalb wollte sie eigentlich absagen, aber ich habe sie überzeugt, dass es für ihre Karriere gut ist, wenn sie den Trip macht.«

Wie interessant, dachte ich, dass er solche Verletzlichkeit in ihr sieht, dass er die Unsicherheit unter ihrer glatten Oberfläche so versteht. Dass sie ihm gegenüber eine so ganz und gar andere Frau ist! Ich nickte und sagte ihm, er solle sich keine Gedanken machen. Ich hätte schließlich jede Menge zu tun. Und er auch, dachte ich bei mir. Denn bald läge mir der Bericht des Privatdetektivs auf dem Schreibtisch. Dann würde ich unverzüglich handeln, und Declans Weihnachten verliefen wohl garantiert anders, als er es sich vorstellte! In meiner Vorfreude darauf bestellte ich alles reichlich: Champagner, das deutsche Weizenbier, das er so gern eisgekühlt vor dem Essen trank. Ich sagte meiner Schwester, dass ich diesmal nicht bei ihr und ihrer Familie feiern könne. Eine Erklärung gab ich nicht und sie fragte auch nicht. Ich fand keinen Schlaf, als ich im Bett lag und Pläne schmiedete.

Es war ein großer und schwerer Umschlag, der mich in meinem Postfach erwartete. Der Inhalt war niederschmetternd. Die anbetungswürdige, unsichere, verletzliche Dervla McDermott war seit anderthalb Jahren mit einem Professor der Genetik namens Michael liiert. Er lehrte an einer Universität in der Provinz, kam aber zwei Mal wöchentlich als Gastdozent an eins der kleineren Colleges nach Dublin. Da waren Fotos, grobkörnig, schwarz-weiß, von intimen Szenen zwischen den beiden. Sie trafen sich in Hotels und gelegentlich in einem Apartment in Temple Bar. Er war verheiratet mit einer dicken Nur-Hausfrau und hatte vier Kinder. Und er sei nicht der Erste gewesen, stand in dem Bericht. Diskrete Ermittlungen beim Personal der Hotels, die sie besuchte, ließen darauf schließen, dass die beobachtete Person bereits eine Anzahl vorangegangener Beziehungen gehabt habe. Es gab noch weitere Enthüllungen. Dervla schien so etwas wie ein Partygirl zu sein. Es gab Andeutungen über ziemlich ausgefallene Zusammenkünfte – zu dritt und dergleichen…

Ich lehnte mich in meinem Stuhl zurück und nahm einen großen Schluck Kaffee. Declan, armer Liebling, dachte ich. Betrogen, missbraucht, hintergangen von dieser Frau! Kein Wunder, dass er sich Trost suchend mir zugewandt hatte. Er würde mich nun mehr denn je brauchen, wenn er sah, was ich entdeckt hatte. Denn ich würde ihm nichts ersparen. Sorgfältig wählte ich die besten Fotos aus und steckte sie in einen neuen Umschlag. Ich überlegte: Sollte ich sie ihm anonym zuschicken? Ich entschied mich dagegen. Declan sollte wissen, wie einfallsreich ich sein konnte und welche Wege zu beschreiten ich bereit war, um ihm meine Liebe zu beweisen. Die Notiz, die ich dazu schrieb, war kurz und bündig. »Declan«, lautete sie, »ich dachte, du willst vielleicht wissen, was für eine Sorte Frau deine Gattin wirklich ist. Vergiss nicht, wie sehr ich dich liebe und begehre. Für immer.« Und ich setzte meinen Namen darunter.

Es war zwei Tage vor Weihnachten. Die Post war mir zu unzuverlässig, ich würde den Brief lieber persönlich abliefern. Es regnete, als ich aus der Stadt zur Universität hinausfuhr, die Wolken hingen so niedrig, als wollten sie die ganze Welt verschlingen. Ich aber sang, als ich mich durch den Verkehr hindurchschlängelte, und mein Schritt war leicht, als ich die Treppe zu seinem Arbeitszimmer hinauflief, immer zwei Stufen auf einmal. Er war nicht da. Aber seine Sekretärin war da, hatte ein Glas Wein auf dem Schreibtisch und einen Papierhut schief auf dem Kopf.

»Er kommt später zurück«, sagte sie. »Sie sind alle auf einen Drink in die Bar gegangen. Das ist bei uns Tradition, wissen Sie, um diese Zeit des Jahres.«

»Natürlich«, erwiderte ich und legte ihr den Umschlag hin. »Aber Sie sorgen dafür, dass er dies bekommt, nicht wahr? Es ist wichtig.«

»Ach, ihr erwachsenen Studenten, tz, tz, tz –«, amüsierte sie sich, »immer so gewissenhaft mit euren Arbeiten! Die Jüngeren könnten 'ne Menge von euch lernen. Keine Bange, meine Liebe –«, sie nahm den Umschlag auf, »ich garantiere Ihnen, ich geb ihm das persönlich, sobald er reinkommt.«

Wie ein Kind, das auf den Nikolaus lauert, damit er ihm seinen Strumpf füllt, so lag ich in dieser Nacht wach. Er hatte gesagt, er werde mich anrufen, damit wir uns fröhliche Weihnachten wünschen konnten. Aber das Telefon blieb stumm. Heiligabend kam und ging, St. Stephen's Day ebenso, und noch immer kein Wort. Verzweifelt rief ich sein Mobiltelefon an. Seine Anrufbeantworter-Stimme tönte mir ins Ohr: »Bin zurzeit nicht erreichbar. Hinterlassen Sie eine Nachricht und ich rufe zurück.« Ich versuchte es immer und immer wieder. Es war Schlussverkauf im Geschäft. Jeder Tag war hektischer als der vorangegangene. Aber umgeben von Menschenmengen war ich doch ganz und gar allein.

Schließlich konnte ich es nicht mehr ertragen. Ich fuhr die vertraute Route zum Abbeyglen Park und hielt wie so oft unter der Straßenlaterne schräg gegenüber vom Haus. Die Raffstores waren herabgelassen. Zwei Halbliterflaschen Milch standen auf der Türschwelle. Ich saß und wartete, mir war schwindlig und übel vor bösen Ahnungen. Endlich stieg ich aus dem Wagen und ging auf das Haus zu. Es war kalt, und es begann zu graupeln. Ich zog mir den Mohairschal fester um den Hals. Ich ging an die Tür und legte meinen Finger auf die Klingel.

»Die sind weg«, sagte da eine Stimmer hinter mir.

Ich drehte mich um. Ein Mädchen, ein Teenager stand in der Einfahrt.

»Oh!« Meine Stimme blieb mir heiser in der Kehle stecken.

Sie kam auf mich zu. Das kurze blonde Haar schmiegte sich glatt um ihren Kopf. Sie zog einen Schlüssel aus der Tasche.

»Ja«, sagte sie, »nach Italien sind sie gefahren, für eine Woche zum Skilaufen. Die haben's gut. Mich wollten sie nicht mehr mitnehmen. Sagen, ich sei alt genug, um für mich selber zu sorgen.« Sie steckte den Schlüssel in die Tür und öffnete sie. Dann wandte sie sich zu mir um und streckte mir die Hand entgegen. Sie roch sauber, beinahe antiseptisch. »Kann ich irgendwas für Sie tun? Wollen Sie eine Nachricht hinterlassen? Sie kommen übermorgen wieder, aber Dad ruft manchmal an. Wenn es also was Dringendes ist, kann ich es ihm sagen.«

Dringend? Was war dringend? Ich stand draußen vor der modisch schwarz gestrichenen Haustür und sah mein Spiegelbild in seiner glänzenden Oberfläche. So ganz anders als das hübsche Mädchen, das sie mir eben vor der Nase zugemacht hatte – mit dem blonden Haar ihrer Mutter und den großen braunen Augen ihres Vaters. Schleppenden Schrittes ging ich zu meinem Wagen zurück. Ich war ganz ruhig, meine Augen trocken. Der Verrat war auf einmal sonnenklar.

Nie könnte ich jemandem die Anziehungskraft erklären, die Declan McDermott auf mich ausgeübt hatte, mit seinem ergrauenden Haar, dem von Falten durchzogenen Gesicht und der goldgeränderten Brille. Zweifellos wird der Dekan seiner Fakultät die gleiche Verblüffung empfunden haben, als er die Fotos und das Video betrachtete, die er mit der Post erhalten hatte: Dr. McDermott, Tutor des kunstgeschichtlichen Abendkurses hatte Sex mit einer seiner Studentinnen! Früher nannte man es unstandesgemäßes Verhalten. Heute hieß es sexuelle Nötigung. In jedem Falle ein berufsmordender Verstoß.

Ich hatte das Video und die Bilder in Goldpapier eingewickelt und sie zusammen mit Declans anderen Geschenken unter meinen Weihnachtsbaum gelegt. Ich hatte ihm nichts erzählt von den Überwachungskameras in meinem Büro und meinem Atelier, in der Diele und auf dem Treppenabsatz.

Oder verborgen in der Deckenleuchte in meinem Schlafzimmer. Ich dachte, die Überraschung würde ihm gefallen. Ich bin überzeugt, er wäre stolz gewesen auf meine Fortschritte während des restlichen Kurses, auch wenn er nun nicht mehr da war und sie selbst erleben konnte. Ich habe eine Menge von ihm gelernt. Nicht zuletzt eine lebenslange Liebe zu den Gemälden Raphaels. Eine Kopie des Selbstbildnisses von 1506 hängt nach wie vor über meinem Schreibtisch. Um mich daran zu erinnern, wie wichtig es ist, die bösen Absichten anderer zu vereiteln. In jeder Weise.

MAEVE BINCHY

Carissima

Die in Dublin geborene MAEVE BINCHY unterrichtete in verschiedenen Mädchenschulen, ehe sie bei der *Irish Times* anfing, für die sie noch immer gelegentlich Artikel schreibt. Ihr erster Roman, *Light a Penny Candle,* erschien im Jahre 1982. Ihm folgten mehr als ein Dutzend Bestseller-Romane und Kurzgeschichtensammlungen. 1999 wurde Maeve Binchy beim British Book Award für ihr Lebenswerk ausgezeichnet. Sie ist mit dem Schriftsteller und Rundfunkjournalisten Gordon Snell verheiratet.

Als Brendas beste Freundin Nora all die Jahre in Italien lebte, da schrieb sie viele lange, lange Briefe. Und immer begann sie mit dem Wort *Carissima*... Das klang ein bisschen affektiert, fand Brenda, etwas überkandidelt.

Aber Nora hatte darauf bestanden. Sie sprach italienisch, sie träumte sogar schon italienisch. »Liebe Brenda« zu sagen, das klänge einfach platt und langweilig.

»*Carissima*, Liebste...«, das war doch eine viel bessere Art zu beginnen.

Und Brenda schrieb treulich zurück. Sie erzählte Nora, der fernen Freundin, die in dem zeitlosen sizilianischen Dorf Annanziata lebte, von einem sich wandelnden Irland. Brenda berichtete, wie den Wellen der Emigration Einhalt geboten wurde, wie nach und nach der Wohlstand in die Städte einzog, wie die Macht der Kirche abzuflauen schien und sich grundlegend verwandelte.

Brenda berichtete, dass jetzt junge Leute aus den verschiedensten Ländern nach Irland kamen, um Arbeit zu finden. Mädchen, die entdeckten, dass sie schwanger waren, behielten ihre Babys, statt sie zur Adoption freizugeben. Und junge Paare lebten sechs Monate oder ein Jahr lang zusammen, bevor sie heirateten.

Unvorstellbare Dinge, als Brenda und Nora jung gewesen waren.

Nora schrieb über Freunde in ihrem Dorf. Das junge Paar, das den Keramikladen gemietet hatte. Signora Leone.

Und natürlich über Mario.

Mario, der das Hotel betrieb.

Nora schrieb nie über Marios Frau, Gabriella, oder über deren Kinder.

Aber das war in Ordnung.

Manche Dinge wogen eben zu schwer, um darüber zu schreiben.

Brenda schrieb über eine Menge Sachen. Wie sie diesen Jungen wiedergetroffen hatte, den sie immer Kopfkissen genannt hatten, der aber jetzt ein für alle Mal Patrick Brennan hieß, wie sie sich ineinander verliebt und in vielen Restaurants zusammengearbeitet hatten. Sie erzählte, wie ihnen das Glück, das *Quentin's* zu betreiben, in den Schoß gefallen war, und wie sie sich damit sehr rasch einen Namen machten.

Sie schrieb über Leute, die kamen und gingen – Angestellte, oder solche wie Patricks Bruder Blouse, der geblieben war und es zu etwas gebracht hatte.

Aber die tiefsten Geheimnisse ihrer Seele erzählte Brenda nicht.

Nie erwähnte sie ihrer beider großen Wunsch, Kinder zu haben, nicht die lange, oft demütigende und allmählich enttäuschende Prozedur der Empfängnisunterweisung. Darüber zu schreiben war einfach zu schwer.

Brenda war sehr hilfreich als Spionin für Nora O'Donoghue, indem sie nämlich Noras Familie besuchte. Harte, unbarmherzige Menschen, die Nora als Sünderin, als Närrin abtaten, eine, die sie entehrt hatte, weil sie auf und davon gegangen war, einem verheirateten Mann nachgelaufen!

Sie waren so gleichgültig gegenüber Noras Leben, dass Brenda ihre Freundin beschwor, sie zu vergessen.

»Sie haben dich einfach verdrängt, solange es ihnen passt«, schrieb sie nach Sizilien. »Ich bitte dich inständig, höre nie jemals auf irgendwelche Forderungen, die sie vielleicht mal stellen, wenn sie älter geworden sind, etwa, dass du zurückkommen und sie pflegen sollst.«

»*Carissima*«, hatte Nora geantwortet, »nie werde ich diesen Ort verlassen, solange ich eine Chance habe, Mario nahe zu sein. Ich wollte, sie könnten mein Glück mit mir teilen. Aber vielleicht sind sie eines Tages dazu im Stande.«

Noras Mario starb, kam ums Leben bei einem Unfall auf den Gebirgsstraßen, über die er stets so rasant fuhr. Das Dorf befand, nun solle die Signora Irlandese verschwinden.

Nie würde Brenda den Tag vergessen, an dem Nora im *Quentin's* erschien: langes Kleid, wildes Haar, und das Gesicht wie irrsinnig vor Schmerz um den einzigen Mann, den sie je geliebt hatte.

Unverändert nannte sie Brenda *carissima*. Sie waren nach wie vor beste Freundinnen.

Die lange Zeit der Trennung, reichlich über zwei Jahrzehnte, hatte zwischen ihnen nichts geändert.

Als Nora eine neue Liebe fand, Aidan, den Lehrer oben in der Mountainview-Schule, da umschlangen sie und Brenda sich wie die Teenager. »Ich werde auf deiner Hochzeit tanzen!«, beteuerte Brenda.

»Wohl kaum, denn da ist das kleine Problem, dass er verheiratet ist«, kicherte Nora.

»Nun komm schon, Nora, bequem dich mal in die Gegenwart. Seit neunzehnhundertfünfundneunzig gibt es hier die Scheidung.«

»Ich bin das erste Mal mehr als zwanzig Jahre lang ohne Heirat zurechtgekommen. Ich brauche keine Ehe.« Nora fragte weder nach Mond noch Sternen.

»Mach, was du willst, aber ich lass nicht locker!«, drohte Brenda.

Patrick meinte, es sei doch schier unglaublich, dass die beiden ständig so viel fänden, um darüber zu quatschen.

Er war nie eifersüchtig auf ihre Freundschaft, er sagte nur oft, dass Männer eben einfach nicht diese Art von Gesprächen führten, so über jeden einzelnen Aspekt des Lebens.

»Ja, ihr seid arm dran«, meinte Brenda.

»Stimmt, das sag ich ja«, war Patricks unerwartete Antwort.

Nora ging jede Woche ins Hospital, wo ihr alter Vater in der geriatrischen Abteilung lebte.

Bei Regen oder Sonne schob sie ihn im Rollstuhl durchs Gelände. Manchmal lächelte er und schien sich zu freuen, zu anderen Zeiten wieder starrte er lediglich vor sich hin.

Sie erzählte ihm von allen glücklichen Momenten, die sie aus ihrer Kindheit erinnerte. Manchmal war es schwierig, sie sich wieder zu vergegenwärtigen.

Sie erzählte ihm nichts über Sizilien, weil es in ihrem eigenen Inneren bereits verblasste wie eine stark kolorierte Fotografie, die im hellen Sonnenlicht liegen geblieben ist.

Sie erzählte ihm von Aidan Dunne und der Mountainview-Schule und von den Italienischkursen. Und sie redete heiter über ihre Schwestern Rita und Helen, auch wenn sie die beiden kaum jemals sah.

Die Nachricht, dass sie mit einem verheirateten Lateinlehrer in eine Einzimmerwohnung gezogen war, hatte sie alle aufs Neue empört.

Wirklich, Nora schien die Geißel zu sein, gesandt, auf ihre Rücken niederzufahren.

Nora besuchte auch ihre Mutter jede Woche. Das Alter hatte weder den Zorn noch die Ansichten ihrer Mutter gemildert. Aber Nora war entschlossen, ruhig zu bleiben.

Jahrelange Erfahrung hatte sie gelehrt, sich passiv zu verhalten.

Es war ja auch leicht, für eine Stunde vorbeizukommen und sich Mutters Litanei von Beschwerden anzuhören, wenn sie danach mit dem Bus heimfahren konnte zu dem guten, freundlichen Aidan, der so ganz anders war und an der Welt nichts Schlechtes entdecken konnte.

Das Begräbnis ihres Vaters fand an einem bleichen, nassen Tag statt.

Brenda und Patrick kamen, aber sie waren dagegen, dass Aidan daran teilnahm. Womöglich wirkte er wie ein rotes Tuch auf einen Stier.

Ein paar ihrer Studenten aus dem Italienischkurs kamen in die Kirche, eine fremde kleine Gruppe, die immerhin die Zahl der Trauergäste vergrößerte.

»Ich würde Sie ja gerne noch hinterher einladen, aber ich glaube, ehrlich gesagt, nicht, dass meine Mutter im Stande wäre, das...«

Nein, nein, beteuerten sie, sie hätten ja lediglich ihr Beileid bezeugen wollen.

Das war alles.

Noras Mutter fand an allem etwas auszusetzen.

Der Pfarrer hatte zu lange geredet, zu schnell, zu unpersönlich.

Die Leute hatten keine dunklen Sachen angehabt.

Das Hotel, in das sie zum Kaffeetrinken gegangen waren – allein die Familie –, war vollkommen unpassend gewesen.

Gespräche über Vater duldete sie nicht. Machte sich nichts daraus, zu hören, dass er ein liebenswerter Mann gewesen wäre, und wie gut es war, dass er jetzt seine Ruhe hätte. Stattdessen eine Litanei seiner Fehler, deren Zahl anscheinend Legion gewesen waren – der schlimmste, dass er nie eine anständige Versicherung abgeschlossen hatte.

»Und jetzt geht ihr natürlich alle weg in euer eigenes Zuhause und lasst mich für den Rest meiner Tage allein«, klagte sie.

Nora wartete, dass die anderen etwas sagten.

Und sie taten es, einer nach dem anderen.

Sie erklärten ihr, dass sie doch bei bester Gesundheit sei, dass eine Frau in den Siebzigern heutzutage nicht alt sei. Sie machten ihr klar, dass ihre Wohnung doch sehr günstig lag – zur Bushaltestelle, zu den Geschäften und zur Kirche.

Sie sagten, sie würden alle regelmäßig kommen und sie besuchen, und jetzt, da keine Notwendigkeit mehr bestand, nach Vater zu schauen, sie auch zu allerlei Unternehmungen mitnehmen.

Ihre Mutter seufzte, als ob das nicht annähernd genug sei. »Ihr kommt ja doch bloß einmal im Monat«, klagte sie.

Das war Nora neu. Man hatte es immer so dargestellt, als erfolgten die Besuche ihrer Schwestern und Schwägerinnen sehr viel häufiger.

Das bedeutete also, dass sie mit ihrem wöchentlichen Besuch tatsächlich die Beste von ihnen allen war.

Sie nahm es zur Kenntnis, erlaubte sich aber nicht, auch nur eine Miene zu verziehen.

Rita und Helen beeilten sich, es zu erklären.

Sie waren halt *so beschäftigt*, und die anderen müssten verstehen, wie schwer es war mit *Familie,* und dann noch einen *ordentlichen Haushalt* zu führen…

Die Botschaft war, dass Nora ja schließlich alle Zeit der Welt und keinerlei Verpflichtungen hätte, also sollte sie die Altenpflegerin spielen und froh sein, dass sie das tun durfte.

Nora, die schwerer arbeitete als jede Einzelne von ihnen; Nora, die Einzige von ihnen ohne Auto, Nora, die das lästige Einkaufen erledigte und die vier Mal so oft zu Besuch kam wie die anderen und jedes Mal etwas anschleppte, was sie für ihre Mutter gekocht hatte!

Es war so ungeheuer unfair von ihnen, ausgerechnet *ihr* Schuldgefühle aufzubürden.

Darüber hinaus hatte sie doch Brenda Brennan versprochen, nicht weich zu werden!

Aber Nora hatte andererseits sich selbst geschworen, stets höflich und liebenswürdig zu ihrer Familie zu sein, deren feindselig ungehobeltes Betragen nie zu erwidern.

Also blickte sie harmlos freundlich in die Runde, als habe sie die Richtung des Gespräches nicht begriffen.

Sie merkte, wie es alle auf die Palme brachte.

Zum Teufel, sie würde doch nicht am Begräbnistag ihres Vaters ihre Würde verlieren!

Und schließlich hatte sie ja Aidan, zu dem sie heimkehren konnte. Aidan, der ihr einen starken Tee machen und im Hintergrund ein paar wundervolle Arien abspielen würde, während sie redeten, Aidan, der jeden Herzschlag des Tages erfahren wollte.

Morgen dann würde sie sich mit *carissima* Brenda treffen und ihr die ganze Geschichte erzählen.

Sie betrachtete ihre Schwestern, ihre Brüder und deren Angetraute.

Nicht einer von ihnen allen besaß auch nur ein Quäntchen des Glückes, das sie besaß!

Das verschaffte Nora viel Selbstvertrauen und Stärke und machte es ihr leicht, mit all ihren Schmähungen fertig zu werden und mit der unverhohlenen Aufforderung, alles stehen und liegen zu lassen und sich rund um die Uhr um die Mutter zu kümmern.

»Ich komme dich morgen besuchen«, versprach Nora, als sie ging. Und sie küsste die Wange ihrer Mutter, kaltes Pergament.

Vermisste diese Frau eigentlich den Mann, den sie heute begraben hatten? Dachte sie zurück an die Zeiten, als es Leidenschaft und Liebe gegeben hatte?

Vielleicht hatte es nie Leidenschaft und Liebe gegeben.

Sie schauderte bei dem Gedanken. Sie, die beides in *einem* Leben zwei Mal gefunden hatte.

Sie sah, dass Helen und Rita sie merkwürdig musterten.

Sie wusste, dass ihre Schwestern oft mit den Schwägerinnen über sie redeten. Aber es war ihr nicht weiter wichtig.

»Kommt ihr morgen auch bei Mutter vorbei?«, fragte sie freundlich.

Helen zuckte die Schultern. »Wenn du hingehst, Nora, dann

gibt es ja kaum einen Grund, dass wir uns dort alle zusammendrängeln«, erwiderte sie.

»Und ich komme turnusmäßig sowieso nächste Woche«, meinte Rita schnippisch.

Aber sie hörte doch, wie die beiden ihre Mutter beruhigten:
»Nora kommt ja morgen.«

»Bist du nicht fein raus morgen? Nora kommt und erledigt alles für dich.«

»Nora hat doch nichts zu tun, Mama, die macht all die Einkäufe für dich, wenn sie dich besucht.«

So würde es ewig sein.

Aber es machte nichts.

Keiner von ihnen hatte all das Glück gekannt, wie Nora es erfahren hatte.

Es war nur gerecht, dass sie dafür etwas zurückgab.

»Ist es schließlich auch noch an dir hängen geblieben, ihnen den Kaffee und die Sandwiches zu bezahlen?«, fragte Brenda ihre Freundin Nora.

»Brenda, *mia carissima* Brenda, du immer mit deinen harten Worten!«, lachte Nora.

»Das heißt also, so ist es gewesen!«, rief Brenda triumphierend. »Die vier haben die Hände in die Taschen gesteckt, und du, die überhaupt kein Geld hat, hast bezahlt!«

»Hab ich nicht reichlich Geld, dank guter Menschen wie du einer bist?«

Denn sie wusch und schnitt ja weiterhin im *Quentin's* Gemüse, wo man ihr einen Stundenlohn zahlte.

»Nora, jetzt mach mal eine Pause und hör zu: Wir zahlen dir diesen Hungerlohn, weil du ständig beteuerst, es würde irgendwann reichen, mit Aidan nach Italien zu reisen, und dann lassen diese selbstsüchtigen Ekelpakete *dich* mit deinen paar Pfund *ihre* verdammten Sandwiches bezahlen! Das bringt mein Blut zum Kochen!«

»Brenda, *carissima*... Ausgerechnet du darfst doch nicht kochen! Du weißt doch, sie nennen dich die Eisjungfrau, du hast also die Verpflichtung, cool und ruhig zu sein. Zu kochen, das wäre ein großer Fehler.«

Brenda lachte.

»Was soll ich bloß mit dir machen? Ich kann's ja nicht für dich in Ordnung bringen – was mich *vielleicht* am Kochen hindern könnte. Aber du übernimmst bitte nichts, was du ›Wohltätigkeit‹ nennen würdest!«

»Bestimmt nicht.«

»Gut, dann schwör mir eins. Jetzt sofort. Schwöre hier und jetzt, dass du nicht auf sie hörst, wenn sie dir weismachen, dass deine Mutter eine Ganztagspflegerin braucht, und dass *du* das bist.«

»Das werden sie nicht tun.«

»Schwör es, Nora!«

»Das kann ich nicht. Ich kenne doch die Zukunft nicht.«

»Aber *ich* kenne die Zukunft«, prophezeite Brenda grimmig. »Und ich bin sehr betrübt, dass du nicht schwören willst.«

Es geschah schneller, als selbst Brenda es sich hätte vorstellen können.

Nur zwei Wochen nach ihres Vaters Begräbnis sah sich Nora mit der Nachricht konfrontiert, dass ihre Mutter so entsetzlich nachgelassen habe.

Zu Hause nahmen sie keine Verbindung mit ihr auf, denn die kleine Wohnung, die sie mit Aidan teilte, war für ihre Brüder und Schwestern verpöntes Territorium. Ein paar ihrer Briefe wurden an die Mountainview-Schule geschickt, andere erreichten sie über ihre Mutter.

Helen schickte ihren an das Restaurant *Quentin's*. Dadurch wurde Brenda misstrauisch.

»Erzähl mal«, bat sie. »Ich will wissen, was die jetzt von dir wollen, das du tun sollst.«

»Du bist wirklich eine sehr schwierige Freundin, *carissima*«, lachte Nora, während sie das Silber putzte – ein zusätzlicher kleiner Restaurantjob, den sie sich ergattert hatte, um den Italien-Fond aufzustocken.

»Nein, ich bin lediglich hilfreich und gut für dich. Also, erzähl mir einfach, was sie wollen.«

»Mutter irrt nachts umher. Ganz plötzlich ist es über sie gekommen. Anscheinend erträgt sie es nicht, allein auf sich gestellt zu sein.«

»Dein Vater ist über drei Jahre lang im Hospital gewesen, sie hatte eigentlich Zeit genug, sich daran zu gewöhnen.«

»Sie ist so alt und gebrechlich, *carissima*.«

»Sie ist fünfundsiebzig und fit wie 'ne lästige Stubenfliege.« Sie fixierten einander zornig.

»Haben wir womöglich gerade Streit?«, fragte Nora.

»Nein, wir könnten gar keinen Streit haben, du und ich. Du kennst schließlich all meine Geheimnisse, all meine Leichen im Schrank«, knurrte Brenda. »Aber glaub mir eins: Ich habe damals versucht, dich davon abzubringen, hinter Mario herzurennen, und es stellte sich heraus, dass ich Unrecht hatte, denn du hattest das Leben, das du wolltest. Aber diesmal habe ich nicht Unrecht, und der Druck, den ich damals auf dich ausgeübt habe, ist nichts gegen den, den ich jetzt auf dich ausüben werde. Also, bevor ich es aus dir herausschütteln muss: Was haben sie gewollt?«

»Dass ich ein paar Nächte in Mutters Wohnung verbringe.« Nora klang aufmüpfig. »Das ist schließlich nicht viel verlangt, meine ich…«

»Wie viele Nächte?« Brendas Stimme war wie Stahl.

»Na ja, bis sie eine Dauerpflege auftreiben…«

»Was sie nicht tun werden.«

»Ach, das werden sie schon, *carissima*…«

»Verschon mich mit deiner *carissima*, Nora. Sie haben dich gebeten, *jede* Nacht dort hinzugehen, stimmt's?«

»Nur für kurze Zeit…«

»Und Aidan?«

»Der wird das verstehen. Ich würde es ja auch wollen, dass er es täte, wenn es um seine Eltern ginge.«

»Hör mal, der Mann hat schon mal eine Superzicke von Frau gehabt, lass ihn jetzt nicht noch eine zweite Frau haben, die sich als spinnerte Verrückte erweist.«

»Wir sind das doch schuldig, wir, die wir so viel Glück haben. Ist es nicht wie bei der Bank? Du musst etwas ausgeben, wenn dein Konto überfließt.«

»Nein, Nora, so funktioniert das nicht.«

»Ich tue es für mich *und* auch für Aidan. Ich weiß, so wird es sein.«

Es folgte düsteres Schweigen.

Dann redete Nora weiter. »Es ist ja nicht so, dass ich nicht den Mumm hätte, es ihnen abzuschlagen. Ich hab jede Menge Mumm. Ich weiß, meine Mutter lehnt mich ab, und meine Brüder und Schwestern auch, aber das ist nicht der Punkt.«

Doch Brenda wusste mit schrecklicher Klarheit, dass *genau das* der Punkt war.

Die Familie wollte Noras Glück zerstören.

Nora hatte zu viele Jahre in der heißen Sonne Süditaliens verbracht, das hatte ihr Urteilsvermögen getrübt, ihr Gemüt zu sanft gemacht. Es würde dazu führen, dass sie die Liebe dieses guten Mannes, Aidan Dunne, verlor.

»Willst du mir eins versprechen…?«, begann Brenda.

»Ich kann keine Versprechungen machen.«

»Bloß, dass du *eine Woche* lang nichts tust. Sage nichts – zu niemandem –, bloß eine Woche lang! Das ist doch nicht lange.«

»Was soll das, wenn ich es danach doch tue?«

»Bitte! Einfach nur mir zuliebe.«

»*Bene, carissima*… Also gut, dir zuliebe.«

Brenda Brennan rief eine Freundin an, die Oberin in einem Hospital war.

»Kitty, kann ich dich um einen kleinen Gefallen bitten? Als nette kleine Bestechung gibt's auch ein Dinner für zwei im Restaurant.«

»Wen muss ich dafür ermorden?«, fragte Kitty Doyle eifrig.

»Magst du mich eigentlich hier in der Wohnung haben, Mutter?«, fragte Nora.

»Was ist denn das für 'ne Frage?«

»Ich hab das bloß mal überlegt. Du lächelst nicht, du lachst nicht mit mir…«

»Was gibt's denn da zu lächeln oder zu lachen?«

»Ich erzähl dir doch manchmal kleine Späße.«

»Ach, fang bloß nicht auch noch an, weich in der Birne zu werden, Nora. Also wirklich, auch noch das, zusätzlich zu allem anderen!«

»Zusätzlich zu was?«

»Na, du weißt schon.«

»Kann ich mal Aidan mitbringen, Mutter? Zum Kennenlernen? Ich hab nämlich schon seine ganze Familie kennen gelernt.«

»Seine gesetzlich angetraute Ehefrau hast du wohl noch nicht kennen gelernt, nehme ich an.«

»Doch, habe ich. Ich bin ihr in der Mountainview-Schule begegnet und auch da oben in ihrem Haus, weißt du, wo auch Aidan früher gewohnt hat. Ich habe das italienische Zimmer gestrichen, damit sie es in ein Esszimmer umwandeln konnte, als sie das Haus verkauft hat.«

Ihre Mutter zeigte nicht das geringste Interesse.

»Wäre es dir recht, wenn ich dir die Küche neu anstreiche, Mutter?«

»Weshalb *das* denn?«, fragte ihre Mutter.

»Na gut, lassen wir das«, sagte Nora.

»Du bist mit deinen Gedanken eine Million Meilen weit weg, Nora«, sagte Aidan an jenem Abend. »Bekümmert dich irgendwas?«

»Nicht eigentlich.«

»Erzähl es mir.«

»Ich erzähl es dir in einer Woche«, sagte sie.

»Da stimmt doch etwas nicht, Nora? Ich kann nicht eine Woche warten. Erzähl es mir. Los, erzähl es mir.«

»Nein. Es ist nichts mit Krankheit oder so – es ist lediglich ein Problem. Ich hab versprochen, eine Woche zu warten. Du wartest auch manchmal, bevor du mir Sachen erzählst. Glaub mir, es ist nichts Trauriges«, sagte sie, die Hand auf seinem Arm.

»Ich liebe dich so sehr, meine schöne Nora«, sagte er mit Tränen in den Augen. »Und auch ich habe in einer Woche Neuigkeiten für dich.«

»Ich bin nicht schön, ich bin alt und verrückt«, sagte Nora ernst.

»Nein, du närrische Fünfzigerin, du bist schön«, widersprach Aidan. Und er meinte es ernst.

Nora war wieder in der Wohnung ihrer Mutter und überlegte, was sie alles mitbringen müsste. Laken und ein paar Decken, die man leicht wegpacken konnte, wenn sie auf dem Sofa nicht in Gebrauch waren.

Dann brauchte sie einen Schwammbeutel, ein Paar Schuhe zum Wechseln und etwas Unterwäsche; das konnte sie im Badezimmerschrank verstauen.

Und eine stärkere elektrische Birne brauchte sie.

Vielleicht konnte sie abends an einer Stickerei arbeiten, wenn ihre Mutter schlief.

Sie würde *so* einsam sein ohne Aidan. Und auch er würde einsam sein. Aber es hatte keinen Sinn, zu versuchen, ihn unter das Dach ihrer Mutter zu bringen.

Ihr Widerstand war zu stark.

Gestern hatte Brenda Noras Mutter besucht.

Wie immer seufzte Mrs. O'Donoghue und sagte, es sei doch zu schade, dass Nora nicht geworden wäre wie ihre Freundin: ordentlich verheiratet – und verdiente sich auch noch einen anständigen Lebensunterhalt!

»Sehr selbstsüchtig natürlich, sie und ihr Mann. Haben keine Familie, nur damit sie in ihrem Beruf weiterkommen.«

»Vielleicht haben sie es versucht, und der Herr hat ihnen keine Kinder beschert«, sagte Nora, die wusste, *wie* sehr sie es versucht hatten.

Aber ihre Mutter schnaubte bloß.

»Und ich hörte, Helen war hier?«

»Die ist schon seit Tagen nicht hier gewesen«, fauchte Noras Mutter.

Schwer zu entscheiden, wem man glauben sollte.

Helen hatte gesagt, sie würde einen Brief für Nora oben auf der Anrichte hinterlassen.

Nora las ihn. Das übliche Zeug. Dass Mutter jeden Tag stärker nachlasse, dass ein dauerndes Arrangement getroffen werden müsste, dass die beiden anderen schließlich ihr ordentliches Zuhause und Familie hätten…

Und da waren noch zwei Briefe.

In ihnen ging es um Mutters Gesundheit. Nora setzte sich, um sie zu lesen.

Einer war ein maschinengeschriebener Brief von einer Mrs. K. Doyle, Oberin eines großen Hospitals, und er beantwortete eine Anfrage nach der Verfügbarkeit von Hauspflegerinnen.

Noras Herz jubilierte.

Sie hatte es doch immer *gewusst*, dass ihre Schwestern hinsichtlich der Pflege ihrer Mutter irgendetwas unternommen haben mussten! Aber es tat gut, hier den Beweis zu sehen.

Mrs. Doyle bot ihnen verschiedene Möglichkeiten an, regte aber an, zunächst den Gesundheitszustand ihrer Mutter gründlich durchchecken zu lassen, sodass man ihren Pflegebedarf feststellen könne. Und dabei lag merkwürdigerweise eine Fotokopie des Briefes, mit dem Helen darauf geantwortet haben musste.

»Vielen Dank für Ihre Bemühungen. Leider ist mir nicht genau bekannt, wer mit Ihnen in Verbindung getreten ist. Wahrscheinlich meine Schwester Nora, die lange Zeit im Ausland gelebt hat und sehr unausgeglichen ist. Sie realisiert nicht, dass unsere Mutter eine sehr kräftige, gesunde Fünfundsiebzigjährige ist, durchaus im Stande, für sich selbst zu sorgen. Wie alle älteren Leute, die sich selbst überlassen sind, leidet sie manchmal an einem Mangel an Gesellschaft. Aber da Nora jetzt, wie wir glauben, auf Dauer nach Irland zurückgekehrt ist, kann sie sehr wohl die Nächte bei meiner Mutter verbringen, was sie zugleich aus einer höchst unangemessenen Situation befreien würde, sodass zwei Fliegen mit einer Klappe geschlagen wären.

Es ist also absolut nicht der Fall, dass wir jetzt oder in absehbarer Zukunft irgendwelche Hauspflege benötigen.

Es tut mir Leid, dass Sie in dieser Angelegenheit von meiner Schwester belästigt worden sind, die es unzweifelhaft gut gemeint hat, die jedoch, wie Sie sehen, wenig Überblick über die Situation hat. Ich bin überrascht, dass sie Sie bittet, Ihre Antwort an *mich* zu richten, bin jedoch froh, dass ich hiermit die Dinge richtig stellen konnte.

Nora ist schon immer ein großes Problem für unsere Familie gewesen.

Wir halten es nicht für angebracht, dass sie gänzlich mit unserer Mutter zusammenlebt, da es Nora an zwischenmenschlichem Gespür mangelt und sie unfähig ist, irgendjemandem eine Gefährtin zu sein. Dennoch wird das gemeinsame Übernachten wohl für beide ein Gewinn sein.

Nochmals vielen Dank für ihren freundlichen, hilfreichen Brief.«

Nora saß lange Zeit da, den Brief in der Hand.

Bestimmt hatte ihre Schwester nicht gewollt, dass sie ihn las.

Er musste versehentlich hier liegen geblieben sein. Ganz bestimmt!

Denn natürlich konnte Helen nicht wollen, dass Nora las, was sie da geschrieben hatte: dass sie unfähig wäre, ohne zwischenmenschliches Gespür, dass Mutter fit und stark wäre und keiner Pflege bedürfte, dass die Familie sich bemühte, Nora aus einer unangemessenen Situation zu retten!

Aber wenn nicht Helen ihr diesen Brief auf dem obersten Bord der Anrichte hinterlassen hatte, wer dann?

Eine ganze Weile dachte Nora über ihre Freundin Brenda nach. Die liebe, liebe Brenda, *carissima*, die über all die Jahrzehnte hinweg so loyal gewesen war, die sie angefleht hatte, eine Woche zu warten. Nur eine Woche!

Aber selbst Brenda hätte so etwas doch nicht inszenieren können…

Denn hier gab es ja eine reale Person: Mrs. K. Doyle. Ihr Name stand im Briefkopf des Hospitals.

Und das dort war Helens Handschrift.

Nein, nicht mal die gerissene, coole Brenda hätte das bewerkstelligt.

Nora ging nach Hause, zu Aidan.

»Meine Woche ist um, deshalb erzähle ich dir jetzt, dass ich jede einzelne Nacht mit dir verbringen werde, bis ich sterbe.«

»War es *das*, was dich bekümmert hat?« Aidan war verdutzt.

»Ja. Ich dachte nämlich, ich würde jede Nacht auf dem Sofa meiner Mutter verbringen müssen.«

»Wir hätten es sehr unbequem gehabt auf einem Sofa«, stimmte er zu.

»Nein, *du* hättest lediglich großmütig sein müssen. Du

wärst nämlich gar nicht mit dort gewesen«, sagte Nora und streichelte sein Gesicht.

»Ich wäre kein bisschen großmütig gewesen ohne dich«, sagte er zärtlich.

»Und was sind deine Neuigkeiten für mich?«, fragte sie.

»Ich habe mit Nell gesprochen wegen der Scheidung. Sie sagt bitte schön. Wir wären zwar viel zu bejahrt, um in unserem Alter noch zu heiraten, aber bitte schön.«

»Sie hat natürlich Recht«, meinte Nora nachdenklich.

»Hat sie *nicht*!«, widersprach Aidan heftig. »War es schwierig, diese Entscheidung mit dem Sofa deiner Mutter zu treffen?«

»Letztendlich hat sie ungefähr zehn Sekunden gedauert«, meinte Nora. »Nur einem Menschen muss ich es noch erzählen, und das ist *carissima*.«

»Wird es sie überraschen?«

»Das weiß man bei Brenda Brennan nie«, seufzte Nora. »Zufrieden wird sie sein, ob es sie aber wirklich überrascht, das werde ich mich bis ans Ende meiner Tage fragen.«

MARTINA DEVLIN

Der Kreislauf des Rings

MARTINA DEVLIN wurde in Omagh in der Grafschaft Tyrone geboren und lebt heute in Dublin, wo sie als Journalistin und Kolumnistin für den *Irish Independent* arbeitet. Ihre beiden Romane, *The Three Wise Men* und *Be Careful What You Wish For* wurden in Irland unmittelbar nach Erscheinen zu Bestsellern.

Jedes Mal, wenn Tara ihre Schmuckschatulle öffnete, glitzerte der Ring sie provozierend an. Auch wenn sie ihn noch so weit in die Vertiefung zwischen den Samtpolstern schob, war sie sich des überheblichen Funkelns ihres Eherings bewusst. Er strahlte eine Selbstzufriedenheit aus, die sie abstieß. Mehr noch, er quälte sie, indem er herausfordernd zu sagen schien: »Ich habe meinen Auftrag erfüllt – und was hast du vorzuweisen?« Kaum zu glauben, ein abgelegter Ring brachte sie dazu, sich unzulänglich zu fühlen. Ein goldener Ring mit seinem Monopol auf Gefühl war schließlich nichts weiter als ein Stückchen Metall. Eigentlich nicht einmal besonders reizvoll, wenn man ihn nüchtern betrachtete.

Tara griff in die Schatulle und steckte ihre Fingerspitze durch den Ring. Sie nahm bewusst den Mittelfinger – Aberglaube hinderte sie daran, ihn mit dem Finger zu berühren, der traditionellerweise für Eheringe vorgesehen war. Er baumelte an ihrer Fingerspitze, weder Fisch noch Fleisch. Er verlieh ihr nicht länger den Status einer Ehefrau und würde niemals als Modeschmuck durchgehen. Einmal ein Ehering, immer ein Ehering.

Er musste weg.

Sie nahm die silberne Kette mit dem Anfangsbuchstaben ihres Namens heraus, derentwegen sie die Schatulle geöffnet hatte, und runzelte die Stirn, während sie sie um ihren Hals legte. Dieser Ring nahm jetzt schon seit einem Jahr und neun Monaten Platz in ihrer Schmuckschatulle weg. Sie hatte genug von seinen Gebietsansprüchen – es war, als sei die Schatulle nur dazu da, seinen Reiz hervorzuheben. Ihre Armreifen und Perlen wurden durch sein nach Aufmerksamkeit heischendes Glitzern ganz in den Hintergrund gedrängt. Wenn er ein Mensch wäre, hätte er inzwischen eine Reihe kleiner europäischer Staaten besetzt. Stattdessen hatte er ihre Schmuckschatulle als persönliches Lehen in Besitz genommen.

Verärgert schüttelte Tara den Ring von ihrem Finger ab und er fiel klappernd auf den Handspiegel, der auf ihrer Frisierkommode lag. Sie hielt den Atem an und wartete darauf, dass sich durch die Wucht des Aufpralls ein Netz von Sprüngen darauf zeigen würde. Das hätte ihr gerade noch gefehlt, sieben Jahre Pech. Obwohl ihr der Ring bereits fast drei Jahre davon eingebracht hatte.

Der Spiegel nahm jedoch keinen Schaden. Im Gegensatz zu ihrer Gemütsruhe. Die Frage, wie sie den Ring loswerden konnte, nagte an Tara. Sie überlegte, ihn in einem Loch im Garten zu vergraben, ein winziger Goldschatz am Ende des Regenbogens eines anderen. Dann dachte sie darüber nach, ihn in der nächstbesten Kirche in den Opferstock zu werfen – vielleicht könnte ein armer alter Rentner davon seine Gasrechnung bezahlen. Oder sie könnte ihn zu einem Vogelspielzeug umfunktionieren und an einen Haken in den Käfig des Wellensittichs ihrer Großmutter hängen. Joey könnte sich damit vergnügen, ihn mit dem Schnabel zu behacken.

Sie spielte längere Zeit mit dem Gedanken, ihn an ihren Exehemann zurückzuschicken, und stellte sich vor, wie er das Päckchen öffnete, während er wie üblich seine Pflaumen zum Frühstück aß – er hatte einen Tick, was seine Verdauung anging, und Pflaumen gehörten zu seinem allmorgendlichen Ritual. Tara war klar geworden, dass sie in gefährliches Fahrwasser geriet, als sie anfing, mit den Kernen zu reden, die er einen neben den anderen am Tellerrand entlang aufreihte. Wenn sie die Pflaumenkerne in den Mülleimer warf, rief sie ihnen aufmunternd zu: »Vergesst nicht, die Reißleinen zu ziehen, Jungs.« Manchmal beschwerte sie sich auch in einem übertrieben tadelnden Ton: »Jetzt schon ganz ausgelutscht – dabei ist es noch so früh am Morgen.« Er hatte sie einmal dabei ertappt und sich aufgeführt, als sei sie verrückt, nicht er.

Tara malte sich aus, wie es wäre, ihm ein Päckchen Pflaumen zu schicken und in einer davon den Ring zu verstecken, daran hätte er sicher eine Weile zu kauen. Dann meldete sich jedoch ihr gesunder Menschenverstand und sie ließ die Idee fallen, da es ihr nicht geraten schien, den Kontakt wieder aufzunehmen.

Nicht in Anbetracht dessen, nachdem ihre letzte Begegnung einen Brief von einem Rechtsanwalt nach sich gezogen hatte. Als sie sich getroffen hatten, um ihre finanziellen Angelegenheiten zu regeln, hatte er sie mit seiner bevormundenden Art so wütend gemacht, dass sie sich an wildfremde Leute im Pub gewandt und ihnen anvertraut hatte, ihr Begleiter reinige seine Fußnägel mit einer Gabel. Im Bett.

Diese erfundene Behauptung brachte den Spinner vor Wut beinahe zum Platzen.

»Schlampe«, hatte er gefaucht.

»Ich bewundere und achte dich ebenfalls«, hatte sie darauf erwidert.

Kein Wunder, dass der Ring sie so obszön anglitzern konnte, dachte Tara und schüttelte sich, um diese unangenehmen Bilder aus der Vergangenheit loszuwerden. Er war ein paarmal Zeuge furchtbarer Ausbrüche geworden – Szenen, die weder auf sie noch auf den Spinner ein gutes Licht warfen. Und der konnte zu seiner Entschuldigung immerhin vorbringen, dass er irre war.

Das Problem, wie sie den Ring loswurde, war allerdings nach wie vor ungelöst. Was machten Leute, die eine gescheiterte Ehe hinter sich hatten, mit ihren nutzlos gewordenen Eheringen? Tara ließ sich auf das Bett sinken und dabei fiel ihr Blick auf die letzte Sonntagsausgabe des *Independent*, die immer noch daneben auf dem Boden lag. Sie konnte sich natürlich an die Kummerkastentante wenden – aber im Vergleich zu den seelischen Verletzungen, von denen in den anderen Briefen berichtet wurde, erschien ihr Problem so banal. Sie stellte sich den Briefwechsel vor.

F. *Liebe Patricia, ich besitze ein Schmuckstück, mit dem ich unangenehme Erinnerungen verbinde, und weiß nicht, was ich damit tun soll. Bitte geben Sie mir einen Rat.*

A. *Ich schlage Ihnen vor, es wegzuwerfen. Und jetzt reißen Sie sich zusammen und versuchen Sie Ihr Leben in den Griff zu bekommen.*

Es war nur so, dass sie ihn eben nicht einfach in den Abfalleimer werfen konnte. Sie konnte ihre Ehe auf den Müll werfen, aber nicht den Ring. Man sollte meinen, dachte sie verbittert, dass sich in den Talkshows, die sie jeden Tag im Fernsehen bringen, mal jemand mit dem Problem beschäftigt, wo man die letzte Ruhestätte für einen Ehering findet, nachdem die Ehe bereits zu Grabe getragen ist. Mit dieser Frage mussten sich doch eine Menge Leute herumschlagen.

Tara versuchte ihren Gehirnzellen den Beweis abzuringen, dass sie etwas dafür taten, am Leben erhalten zu werden – wenn das so weiterging, hatte sie den Ring noch ein paar Jahre lang am Hals. Vielleicht würde ja ein Ortswechsel helfen. Sie schlurfte über den Flur ins Wohnzimmer, eine dünne Gestalt, die sich dessen bewusst war, dass ihr dunkler Haaransatz nachgefärbt werden musste, es aber nicht machen ließ, weil ihre Friseurin zusammen mit ihrem Freund, einem Schreiner, nach Mexiko durchgebrannt war. Der nicht einmal Mexikaner war. Tara wusste nicht, was eine achtunddreißigjährige Frau, die einen eigenen Salon besaß, veranlassen konnte durchzubrennen, aber sie nahm an, dass es irgendetwas mit Liebe zu tun haben musste. Die Noch-Ehefrau des Schreiners und die vier Kinder in Tullamore mochten dabei auch eine Rolle gespielt haben.

Im Fenster des Salons hing ein Schild mit der unverfrorenen Mitteilung »Bis auf Weiteres geschlossen«, und sie brachte es nicht fertig, sich einen neuen Friseur zu suchen, obwohl ihre allmählich wieder zum Vorschein kommende Naturfarbe alle seit mehr als zehn Jahren unternommenen Anstrengungen, blond zu erscheinen, zunichte machte. Wenn Sheila von Sheila's Shears sich die Mühe gemacht hätte, ihr einen Hinweis auf die bevorstehende Flucht mit ihrem Liebhaber zu geben, hätte sie einen kostenlosen Ehering für ihre Aussteuer haben können. Und Tara hätte ihre Frisur generalüberholen lassen können. Aber Sheila dachte wahrscheinlich, ein gebrauchter Ehemann reiche für den Anfang, da müsse man sich nicht auch noch Gedanken über einen gebrauchten Ring machen.

Tara strich sich die Haare hinter die Ohren, sagte sich, es sei reine Einbildung, dass sie sich weniger blond anfühlten, und schaltete den Fernseher ein, um sich das Halbfinale im Herreneinzel von Wimbledon anzusehen, das gerade begann. Der Fernsehmoderator berichtete mit unangebrachtem Stolz, dass die Leute bereit seien, ein Heidengeld für ein Schüsselchen Erdbeeren mit Sahne zu bezahlen, weil es Tradition sei. Tara glaubte nicht, dass Tradition ein angemessener Grund für irgendetwas war. Eine Entschuldigung vielleicht, aber niemals ein Grund. Als der Moderator anfing, den Preis pro Erdbeere zu errechnen, stellte sie mit der Fernbedienung den Ton ab.

Der Kameramann musste ebenfalls die Geduld mit ihm verloren haben, weil als Nächstes ein Schwenk über die Menge folgte und das Gesicht einer Frau auf dem Bildschirm erschien. Das Gesicht mit den hohen Wangenknochen und den Katzenaugen kam Tara bekannt vor, und sie fragte sich, ob sie vielleicht miteinander zur Schule gegangen waren. Sie verwechselte ständig Nachrichtensprecherinnen und Frauen auf den Fotos in *Fair City* mit ehemaligen Klassenkameradinnen und musste jedes Mal wieder ihren Irrtum erkennen – offenbar war sie mit einunddreißig Jahren bereits auf dem besten Weg, eine verschrobene alte Frau zu werden. Im Grunde genommen war sie darauf gefasst, trotzdem hoffte sie, dass ihr noch ein paar Jahre Aufschub vergönnt waren – allerdings war ihre Mutter noch nicht einmal sechzig und schon seit einer Ewigkeit etwas sonderbar.

Nichtsdestoweniger war Tara überzeugt, dass sie diese Tennisanhängerin schon einmal gesehen hatte. Sie stellte den Ton wieder laut, in der Hoffnung, einen Hinweis zu erhalten. Anstatt jedoch die Namen einzelner Leute in der Menge zu nennen, plauderte der Moderator jetzt über das Wetter und rasselte Statistiken herunter, wie oft man in den letzten zehn Jahren Spiele wegen Regen hatte verschieben müssen.

»Es musste auch schon einmal ein Match wegen eines orkanartigen Sturms abgebrochen werden, das war im Jahr…«, berichtete er gerade, als Taras Gedächtnis plötzlich wieder funktionierte und sie die Frau mit Vivien Leigh aus *Vom Winde verweht* in Zusammenhang brachte, einem Lieblingsfilm ihrer Mutter. Die Ähnlichkeit war wirklich verblüffend.

Und Tara musste es wissen, weil sie, während andere Kinder mit den Filmen von Walt Disney aufwuchsen, endlose Wiederholungen ansehen musste, in denen die Südstaatenschönheit mit den Füßen aufstampfte und von Männerarmen umfangen wurde. Tara hatte ihren Namen nicht zufällig – wenn die Plantage in dem Film Drumcree geheißen hätte, würde sie anstelle des T ein silbernes D um den Hals tragen, so unerschütterlich war ihre Mutter in ihrer Begeisterung. Ihre Mutter hatte Taras Vater außerdem dazu überredet, sich ein bleistiftdünnes Bärtchen wachsen zu lassen. Aber selbst damit sah er Clark Gable nicht im Entferntesten ähnlich.

Während sie so ihren Gedanken freien Lauf ließ, kam ihr eine Idee. Tara erinnerte sich daran, dass Scarlett O'Hara und ihre zimperliche Freundin, deren Name ihr nie einfiel, irgendeine großzügige Geste gemacht hatten, die mit ihren Eheringen zu tun hatte. Sie rieb sich die Wade, stellte fest, dass die Haarstoppeln schon wieder eine beträchtliche Länge erreicht hatten, und notierte sich im Geiste, dass sie Wachsstreifen kaufen musste. Kleider in Miss-Scarlett-Länge hatten einiges für sich. Abgesehen von den Korsetts. Also, was hatten sie mit ihren Eheringen gemacht? Natürlich: Sie hatten sie im Bürgerkrieg den Konföderierten gespendet, damit sie sie einschmelzen und damit Nahrung und Kleidung für ihre tapferen Jungs kaufen konnten.

So etwas könnte sie auch machen. Vielleicht nicht gerade, um damit Soldaten zu unterstützen, ihre Ehe hatte genug von einem Schlachtfeld an sich gehabt, aber sie könnte das Geld doch spenden, um etwas – sie dachte angestrengt nach –, um etwas gegen den Hunger in Afrika zu tun. Genau, das würde sie tun. Wenn sie den Ring in eine Spende für die Hungerhilfe verwandelte, wäre ihre gescheiterte Ehe wenigstens nicht völlig sinnlos gewesen.

Taras Gewissen hatte sich gemeldet, als sie am Tag zuvor im Fernsehen einen Aufruf gesehen hatte, mit dem GOAL die Zuschauer bat, Schweine für die ugandische Bevölkerung zu spenden; die Vorstellung, dass sich ihr Ring in Schweinsfüße und einen Ringelschwanz verwandelte, war plötzlich unwiderstehlich. In dem Bericht hatte es geheißen, durch Aids sei eine ganze Generation ausgelöscht worden – sodass die Großeltern, die auf die Unterstützung ihrer Kinder im Alter gerechnet hätten, jetzt selbst wieder Kinder, ihre Enkel, aufziehen müssten. Eine Ziege oder ein Schwein würde einen Teil der Last von ihnen nehmen. Schweine waren besonders billig zu halten, weil sie alles fraßen, wie die Stimme aus dem Off erklärte.

Das hatte in Tara eine Erinnerung aus ihrer Kindheit wach gerufen. Ihre Großmutter pflegte zu sagen, ein Schwein würde selbst dem lieben Gott die Hand abfressen. Darüber sann Tara immer voller Staunen nach, wenn sie das Herz-Jesu-Bild mit den blutroten tränenförmigen Wundmalen auf jeder Handfläche betrachtete, das auf dem Kaminsims stand. Sich da durchzufressen! Großmutter schien Schweine trotz deren ungeheuren Appetits zu mögen. Oder vielleicht gerade deswegen. Tara fragte sich, ob sie GOAL zur Auflage machen konnte, von ihrer Spende ein Schwein zu kaufen. Sie hatte nichts gegen Ziegen, sie konnten mit den Spenden anderer Leute so viele davon besorgen, wie sie wollten, aber die Vorstellung, dass aus diesem bösartigen Ring aus Gold ein quiekendes kleines Geschöpf mit einem Rüssel wurde, war einfach zu verlockend.

Und der Spinner würde niemals etwas davon erfahren.

Sie drehte den silbernen Buchstaben an seiner Kette herum. Diese Eingebung versetzte sie in eine solche Hochstimmung, dass sie sogar das Tennisspiel im Fernsehen vergaß, für das sie sich extra einen Tag frei genommen hatte, um es in Ruhe zu genießen, und in die Küche ging, wo sie Wasser aufsetzte. Sie hörte weder das Aufprallen der Bälle noch die Rufe der Zuschauer, die aus dem flimmernden Rechteck in einer Ecke ihres Wohnzimmers drangen. Stattdessen tauchte aus den Tiefen ihres Gedächtnisses das Gedicht von Edward Lear auf, in dem eine Eule einer Katze den Hof macht und in dem ebenfalls ein Schwein und ein Ring vorkamen. Eine meisterhafte Kombination, wie sie fand.

Tara sang die Worte so leise vor sich hin, dass sie über dem Zischen des Wasserkessels kaum zu hören waren. »Und im Wald ganz allein, stand ein Schweinchen winzig klein, trug im Rüssel einen goldnen Ring…« Sie brach ab. In Lears Gedicht verkaufte das Schwein seinen Ring für einen Schilling – sie war sicher, dass ihr Ring mehr als einen Schilling wert war, auch wenn sie keine Ahnung hatte, wie viel mehr.

Dem Wasserkessel-Beobachtungsprinzip folgend, beobachtete sie ihren Wasserkessel und dachte darüber nach, wie man aus einem Ring Geld machen konnte. Die Wohltätigkeitsorganisation hatte wahrscheinlich keine Möglichkeit, Eheringe einzuschmelzen, deshalb musste sie diesen Schritt überspringen. Da gab es natürlich die Kleinanzeigen in der Abendzeitung, aber das könnte bis zu einer Woche dauern, und es war von größter Bedeutung – wenn auch nicht logisch begründbar –, dass sie den Ring sofort zu Bargeld machte.

Tara kaute auf ihrer Unterlippe herum und wurde mit einer Antwort belohnt: ein Pfandhaus. Die Summe, die der Pfandleiher ihr geben würde, egal wie hoch, konnte nach Uganda geschickt werden, um ein Schwein dafür zu kaufen. Eheringe kosteten zwar nicht sehr viel, aber irgendeinen Handelswert mussten sie haben. Mädchen heirateten nach wie vor, oder etwa nicht? Und nicht jedes hatte einen Verlobten, der sich einen Ring von Weir's leisten konnte.

Sie löffelte Zucker in ihre Tasse, ließ dafür jedoch die Milch weg, weil sie sich niemals beides gestattete, und betrachtete ihre unberingten Hände. Es war schade, dass sie keinen Verlobungsring hatte, der sich in einen Wurf Ferkel umsetzen ließ, aber der Spinner hatte ihr keinen geschenkt. Stattdessen hatten sie mit dem Geld eine Anzahlung auf das Haus geleistet. Ein Haus, in dem jetzt keiner von ihnen wohnte – es war verkauft worden, nachdem sich ihre Wege getrennt hatten. Das Gesetz der parallelen Linien. Manchmal kam es ihr merkwürdig vor, dass sie nicht einmal die Adresse des Mannes hatte, mit dem sie fast drei Jahre lang verheiratet gewesen war. Vielleicht aß er jetzt Kirschen statt Pflaumen zum Frühstück. Meistens war es jedoch eine Erleichterung, sich nicht mehr im Zerrspiegel seiner Verachtung sehen zu müssen. Sich nicht mehr wie früher fragen zu müssen, ob vielleicht doch sie verrückt war und nicht er.

»Ein Mann, der seiner Frau keinen Verlobungsring schenkt, schenkt ihr auch keine Rosen«, hatte ihre Großmutter prophezeit, lange bevor das Leben, das sie sich geschaffen hatten, aus der Bahn geraten war.

»Es war unsere gemeinsame Entscheidung«, hatte Tara gelogen, um den Spinner zu verteidigen, weil sie ihn liebte und sich seinetwegen schämte. Und ihretwegen auch.

Tara trank ihren Kaffee und runzelte die Stirn. Sie versuchte sich zu erinnern, wo sie ein Pfandhaus gesehen hatte. Es gab nicht gerade viele davon.

Sie suchte die Gelben Seiten heraus und sah unter P nach, obwohl sie nicht wirklich damit rechnete, auf einen Eintrag zu Pfandhäusern zu stoßen: Bringen Sie uns Ihre lästigen Eheringe – aber sie wusste nicht, wie sie sonst eines finden sollte. Zu ihrer Überraschung gab es jedoch einen Eintrag, direkt nach Perücken und vor Pfeifen. Es standen vier Pfandhäuser zur Auswahl, unter denen sie wählen konnte, und sie beschloss, beim ersten ihr Glück zu versuchen, da es in der Nähe ihres Büros lag. Seltsam, dass es ihr nie zuvor aufgefallen war, obwohl sie mindestens fünfmal in der Woche durch diese Straße lief, um sich einen Cappuccino zu holen.

Der Ring wog schwer in ihrer Tasche, als sie sich am nächsten Tag auf den Weg zur Arbeit machte. Den ganzen Vormittag über spielte sie mit ihm herum.

»Was befummelst du da eigentlich die ganze Zeit?«, fragte ihre Freundin Kim, die ihr in der Buchhaltungsabteilung einer Firma, die Badezimmerarmaturen an Einzelhändler verkaufte, gegenübersaß.

»Das ist der Ring, den ich getragen habe, als ich mit dem Spinner verheiratet war.«

Kim griff danach und probierte aus, ob er an ihren Ringfinger passte.

»Hast du eine Schraube locker?« Tara war entsetzt. »Ich war keinen einzigen Tag lang froh, als ich ihn getragen habe – er bringt dir nichts als Unglück.«

»Und was ist mit dem Tag, an dem du tausend Pfund im Lotto gewonnen hast?«, wandte Kim ein. »Und als du zur Angestellten des Monats gewählt wurdest und am Freitagnachmittag für alle Sahnetorte kaufen musstest, um dich für diese Ehre zu revanchieren. Auf den Fotos von deinen Flitterwochen siehst du so aus, als ob du dich prächtig amüsierst. Und dann war da noch…«

»Jaja«, fiel ihr Tara ins Wort. »Vielleicht war ich hin und wieder mal glücklich. Aber die guten Zeiten waren rar. Und ich hatte sie nicht dem Spinner zu verdanken.«

Kim rollte den Ring zu ihr zurück, und er kullerte über die Kante des Schreibtischs. »Wenn du so unglücklich mit ihm warst, warum trägst du dann seinen Ring mit dir herum?«

»Ich versuche ja gerade, ihn loszuwerden.« Tara beugte sich hinunter und hob den Ring auf. »Ich kann seinen Anblick, wie er da in meiner Schmuckschatulle liegt, nicht mehr ertragen.«

Tara brachte es noch nicht über sich zu gestehen, dass sie ihn versetzen und nie mehr auslösen wollte. Es sollte zwar einem wohltätigen Zweck dienen, dennoch könnte man es ihr falsch auslegen. Kein Mensch ging mehr zum Pfandleiher – das gehörte in die Zeiten von Dickens.

»Dann wirf ihn doch in den Abfalleimer«, schlug Kim vor. »Direkt vor deinen Füßen steht einer – in ein paar Stunden wird er ausgeleert, und dann ist der Ring für immer aus deinem Leben verschwunden.«

Tara wusste, dass das am naheliegendsten war, aber obwohl das Problem damit schnell gelöst wäre, kam es ihr schäbig vor. Pflaumenkerne gehörten in den Abfalleimer, nicht aber Eheringe. Sie schnitt eine Grimasse, um ihre Ablehnung zu zeigen.

»Oder wenn du es ihm wirklich heimzahlen willst, kannst du den Ring in eine Tüte stecken und auf dem Dun Laoghaire Pier in einen dieser Abfalleimer für Hundehaufen werfen«, fuhr Kim fort, und ihre Stimme überschlug sich fast vor Begeisterung.

Tara war entsetzt: Ihre Freundin hatte wirklich merkwürdige Einfälle.

»Erinnere mich dran, aufzupassen, dass ich dir nie in die Quere komme, Kim. Wahrscheinlich würde ich sonst eines Tages aufwachen und auf dem Kissen neben mir einen abgeschnittenen Pferdekopf vorfinden. Ich will mit dem Ring etwas Konstruktives machen.«

»Ich an deiner Stelle würde ihn umarbeiten lassen, zu Ohrringen vielleicht«, sagte Kim.

Sie hatte eine Vorliebe für Ohrringe und trug in einem Ohr drei und im anderen vier. Zu Taras Erstaunen waren es jeden Tag andere – sie musste eine riesige Sammlung besitzen. Ganz zu schweigen von unbegrenzter Zeit am Morgen.

»Das würde niemals funktionieren, ich wüsste, dass es mein Ehering ist, nur in einer anderen Verkleidung«, wandte sie ein.

»Warum verschenkst du ihn dann nicht einfach?« Kim verlor das Interesse an dem Ehering – für ihren Geschmack war er zu schlicht. Er hatte nicht einmal einen Diamanten oder eine Gravur.

»Es will ihn ja niemand. Ich habe ihn meiner Mutter angeboten, meiner Großmutter und meiner Schwester in New York, und sie haben mich alle ausgelacht. Sie haben keine Lust, Unglück auf sich zu ziehen. Willst du ihn vielleicht? Natürlich nicht. Wer will schon das Schicksal herausfordern?« Tara meinte es todernst, in diesem Ton sprach sie mit Angestellten, die Auslagen ersetzt haben wollten, ohne die entsprechenden Quittungen vorzulegen. »Ein Ehering muss immer glänzen und darf keine Kratzer haben.«

Ihre Stimme klang jetzt etwas sanfter. »Wie Träume«, fügte sie hinzu.

Kim verdrehte die Augen und tat so, als vertiefe sie sich in ihre Unterlagen.

Das Pfandhaus lag eingeklemmt zwischen einem Videoverleih und einer Boutique, deren Schaufensterpuppen so aussahen, als stünden sie kurz vor der Verrentung. Das Ladenschild wurde von den üblichen drei goldenen Kugeln gekrönt, und

Tara nahm sich vor, im Internet nachzusehen, was der Grund dafür war. Drinnen war es düster und roch nach Eukalyptusbonbons und es wirkte irgendwie unpassend, dass in einem unsichtbaren Radio gerade ein Lied von den Corrs gespielt wurde. Ein kaum dem Teenageralter entwachsenes Mädchen mit Pippi-Langstrumpf-Zöpfen sang mit und wiegte dabei auf dem Ladentisch ein Baby hin und her. Tara schenkte sie keine Beachtung.

Tara tat so, als sehe sie sich die Uhren in einer Glasvitrine an, um den Augenblick hinauszuzögern, in dem sie den Ring hervorholen musste. Den Beweis des Scheiterns. Es sei denn, man war gerade in einer besonders fröhlichen Stimmung und konnte sich einreden, er sei der Beweis dafür, dass sich Fehler korrigieren ließen. Und Ringe entfernen. Trotzdem war ihr unbehaglich bei dem Gedanken, ihren Ehering einfach wegzugeben. Sie könnte behaupten, dass sie ihn geerbt hatte, aber dann sah es so aus, als sei sie sowohl herzlos als auch geldgierig. Wer versetzte sonst schon den Ehering seiner Großmutter.

»Denk an das Schwein«, ermahnte sie sich. »Der Zaghafte kriegt kein rosa Schweinchen.«

Das Mädchen verzog das Gesicht, als Tara den Ring herausholte und ihn vorzeigte. »Keine Nachfrage nach so was, niemand will einen gebrauchten Ehering.«

»Oh.«

Sofort sank Tara der Mut. So viel zu ihrem großartigen Plan. Sie fühlte sich jedoch verpflichtet, etwas zur Verteidigung des Rings vorzubringen – Tara durfte ihn verschmähen, aber dieses Mädchen hatte kein Recht dazu.

»Er hat achtzehn Karat«, sagte sie.

Das Mädchen warf nochmals einen kurzen Blick auf den Ring, drauf und dran, ihn erneut als Ladenhüter zu bezeichnen, doch irgendeine Mischung aus Dringlichkeit und Wehmut in Taras Haltung ließ sie innehalten. »Ich denke, ich könnte Ihnen einen Zehner dafür geben.«

Tara zögerte; sie hatte keine Ahnung, wie viel ein Schwein genau kostete, aber es war sicher mehr als 10 Pfund.

»Sie können's auch bleiben lassen«, sagte die junge Mutter spitz und wandte ihre Aufmerksamkeit wieder dem Baby zu.

»Ich bin einverstanden.«

Tara fühlte Gewissensbisse in sich aufsteigen, als sie sich vom Ladentisch abwandte. Sie und der Spinner waren damals Händchen haltend losgezogen, um ihre Ringe zu kaufen, und hatten dabei unzählige Pläne für ihr zukünftiges gemeinsames Leben geschmiedet. Schließlich hatten sie ein Paar Ringe bei einem Juwelier in einer Seitenstraße gekauft. In dem Juweliergeschäft befand sich jetzt ein Restaurant, das so edel war, dass es nicht einmal Reservierungen annahm. Nach ihrer Einkaufstour hatten sie mit Cocktails im Clarence gefeiert. Für jeden nur einen, da sie für die Einrichtung ihres Traumhauses gespart hatten. Sie seufzte, als sie sich daran erinnerte, wie er in der Octagon Bar jede ihrer Fingerspitzen geküsst und sich nicht darum gekümmert hatte, ob ihm jemand dabei zusah. Das war, bevor er verrückt wurde, als er noch normal genug war, sie für eine Göttin zu halten.

Sie hatte die Straße schon zur Hälfte hinter sich, als sie die Schuldgefühle nicht mehr aushielt. Sie rannte zurück in den Laden und warf den Geldschein auf den Tresen.

»Ich hab's mir anders überlegt«, sagte sie und ihr Herz krampfte sich zusammen. Das Baby hatte in der Zwischenzeit zu schreien begonnen.

Das Mädchen sah sie finster an und murmelte etwas von Leuten, die ihr die Zeit stahlen, griff jedoch unter den Ladentisch und gab ihr den Ring zurück, wobei sie das Kind so heftig schaukelte, dass es noch lauter schrie.

Tara war plötzlich in Hochstimmung, als sie den Ring in ihre Tasche steckte und mit den Fingern umschloss. Ihn schützte. Doch als sie zurück ins Büro kam, hatte bereits wieder die Verzweiflung Besitz von ihr ergriffen. Sie war ihn immer noch nicht los. Und sie hatte vergessen, sich unterwegs ein Sandwich zum Mittagessen zu besorgen. Außerdem musste sie jetzt von ihrem Monatsgehalt ein Schwein für GOAL kaufen, weil ihr Gewissen ihr sagte, dass sie den Menschen in Uganda eines schuldig war.

Inzwischen war der Ehering ein mächtiger Klotz am Bein geworden.

Sie kam zu dem Schluss, dass die einzige Möglichkeit, ihn loszuwerden, darin bestand, ihn ins Wasser zu werfen. Eventuell in einen Wunschbrunnen – sie könnte sich dabei wünschen, dass er demjenigen, der ihn fand, mehr Glück brachte als ihr. Oder sie könnte mit dem Zug nach Howth fahren und ihn ins Meer werfen, vielleicht würden die Wellen all den Groll, der daran haftete, abwaschen. Dann fiel ihr *Floozy in the Jacuzzi* ein, und sie war überzeugt, die Lösung gefunden zu haben – das war genau der richtige Ort. Sie würde nach der Arbeit in die O'Connell Street gehen und den Ring in den Brunnen werfen.

Mit neuem Mut holte Tara ihr Scheckbuch hervor und stellte einen Scheck für GOAL aus, dann schrieb sie eine kurze Mitteilung, dass ihr Schwein Spinner heißen sollte, falls seine ugandischen Besitzer das aussprechen konnten. Hoffentlich war das Schwein mit dem Essen nicht so pingelig wie sein Alter Ego, dachte sie, als sie einen Firmenbriefumschlag von dem Stapel auf Kims Schreibtisch nahm. Ein wählerisches Schwein würde wohl kaum seinen Zweck erfüllen.

Nach der Arbeit spazierte sie zu dem Brunnen und lächelte dabei jeden an, der ihr unterwegs begegnete. Das Ende ihrer Leidensgeschichte war in Sicht, und sie fühlte sich beschwingt. Sogar die Steinfigur, die in ihrem Wasserbett ruhte, strahlte Wohlwollen aus, so als ob sie Taras Entscheidung gutheißen würde. Sie sollte den Geist des Flusses Liffey darstellen, Anna Livia – obwohl Taras Mutter die fixe Idee hatte, sie sähe Scarlett O'Hara ähnlich.

Ganz im Gegensatz zu sonst waren kaum Leute da: keine Touristen, keine Einkaufsbummler, keine Angestellten, keine Rumtreiber, nur ein paar Jungen, die versuchten, die im Wasser schwimmenden Zigarettenkippen herauszufischen. Tara gab sich kurz der Vorstellung hin, dass sie das aus reinem Ordnungssinn taten, bevor sie sich klar machte, dass sie wahrscheinlich vorhatten, die Kippen zu trocknen und anschließend zu rauchen. Sie setzte sich auf den Rand des Brunnens und wartete auf den richtigen Moment. Er kam, als ein Polizist über den Bürgersteig auf das Postgebäude zuging und die Jungen bei seinem Auftauchen davonliefen.

Tara holte noch einmal tief abgasgeschwängerte Luft und ließ den Ring ins Wasser fallen. Sie betrachtete ein paar Sekunden die kleinen Wellen, die sein Aufprall verursachte, nickte Anna Livia schwesterlich zu und machte sich auf den Weg zur Bushaltestelle. Eine Woge der Erleichterung durchflutete sie, und sie summte vor sich hin, als sie die Säulen am Eingang des Postgebäudes umrundete, um den Brief an GOAL in den Briefkasten zu werfen.

»Entschuldigen Sie, Missus.«

Tara spürte, wie jemand an ihrer Jacke zupfte, und drehte sich um. Hinter ihr stand ein kleiner Junge in einem Bart-Simpson-T-Shirt und hielt ihr zwischen Daumen und Zeigefinger den Ring entgegen. Sie konnte sehen, dass er außerdem ein paar Zigarettenstummel in der Hand hatte, aus denen Tabakkrümel quollen. »Ich glaube, der ist Ihnen vom Finger gefallen, als Sie sich die Hände im Floozy gewaschen haben«, sagte er.

Für den Bruchteil einer Sekunde zog sie in Erwägung abzustreiten, dass der Ring ihr gehörte – doch dann murmelte sie einen Dank und drückte dem Jungen ein paar Münzen in die Hand. Obwohl er wahrscheinlich nur Zigaretten davon kaufen würde.

»Sie sollten aufpassen, dass Sie Ihren Ehering nicht noch

einmal verlieren, Missus. Ihr Mann könnte ganz schön sauer werden.«

Mit diesen weisen Worten drehte sich das Kind um und verschwand im Verkehrsgewühl.

Tara war so niedergeschlagen, dass sie ein Taxi nahm, anstatt auf den Bus zu warten. So hatte sie wenigstens einen Grund, richtig deprimiert zu sein, da der Verkehr praktisch stand und die Taxifahrt die reinste Geldverschwendung war. Was würde Scarlett O'Hara an ihrer Stelle tun? Zunächst einmal würde sie sich nicht um den Taxameter kümmern. Wahrscheinlich würde sie einfach das Fenster herunterkurbeln, den Ring hinauswerfen und keinen weiteren Gedanken daran verschwenden.

Sie hatte den Arm schon aus dem Fenster gestreckt, als das Taxi beim Rotunda-Hospital abbog, zog ihn dann aber wieder zurück. Bei ihrem Glück würde sie nur die Windschutzscheibe von irgendjemand treffen, die Rechnung einer Autowerkstatt präsentiert bekommen – und der Ring würde wie ein Bumerang zu ihr zurückkehren.

Als sie wieder in ihrer Wohnung war, legte sie ihn zurück in die Schmuckschatulle, aus der er sie nun besonders hinterhältig anfunkelte.

»Ich bin noch nicht mit dir fertig«, erklärte sie ihm, aber mit ihrer gespielten Tapferkeit konnte sie den Ring in seiner Selbstgefälligkeit nicht erschüttern.

In dieser Nacht träumte Tara, sie würde im Vorgarten des Apartmenthauses in Clontarf einen Weihnachtsbaum aufstellen und ein Schild daran anbringen, das Leute, die im Besitz unerwünschter Eheringe waren, dazu aufforderte, diese an seine Zweige zu hängen. Die Erwachsenen-Version der Bäume, an die Kinder ihre Wunschzettel an den Weihnachtsmann hängten. Sie sah nie, dass sich jemand dem Baum näherte, aber am Dreikönigstag bogen sich die Zweige unter dem Gewicht der goldenen Gaben. Da hingen getragene, zerkratzte Ringe, glänzende neue Ringe, Ringe aus Gelbgold und Rotgold und einige aus Weißgold. Der Traum war so lebhaft, dass Tara beim Aufwachen den Duft von Tannennadeln zu riechen glaubte.

Benommen und in Gedanken bei dem Ring-Baum, vergaß Tara, die Tür abzuschließen, als sie sich auf den Weg in die Arbeit machte. Als sie an diesem Abend nach Hause kam, etwas beschwipst von einigen Gläsern Bacardi-Cola, die sie sich mit Kim in dem Pub in der Nähe des Büros anlässlich des bevorstehenden Wochenendes gegönnt hatte, stand die Tür halb offen.

Sie spürte Übelkeit in sich aufsteigen und hatte das Gefühl, sich jede Minute übergeben zu müssen, als sie ein paar schwankende Schritte in ihre Wohnung machte. Was ihre Augen sahen, sagte ihr, dass sie ausgeraubt worden war, aber ihr Verstand weigerte sich, diese Information zu erfassen. Sie war selbst dann noch sicher, dass es sich um einen Irrtum handelte – sie war versehentlich in die Wohnung eines Nachbarn gegangen, oder jemand hatte ihr einen Streich gespielt –, als sie den hellen Fleck in ihrem Wohnzimmer entdeckte, an dem vorher der Fernseher und der Videorekorder gestanden hatten.

Sie ging durch die Räume, und ihr Gehirn ersann eine unwahrscheinliche Erklärung nach der anderen, vor allem weil sonst anscheinend nichts gestohlen worden war. Zuletzt betrat sie das Schlafzimmer, und im ersten Moment dachte sie, es sei alles in Ordnung. Dann stellte sie fest, dass ihre Schmuckschatulle fehlte.

Und mit ihr der Ehering.

Es schien vom Schicksal so bestimmt zu sein. Taras Übelkeit wich einem wohl tuenden Gefühl der Erleichterung. Zugegeben, es war eine recht ungewöhnliche Lösung, aber der Ring war weg und sie würde ihn niemals wieder sehen. Ihr erstarrtes Gesicht verzog sich zu einem Lächeln. Es schmerzte zwar ein wenig, aber es war ein Lächeln. Allerdings musste sie sich auf die Bettkante setzen, weil ihre Beine plötzlich unter ihr nachgaben.

Nachdem der erste Schock vorüber war, gewann ihr Pragmatismus schnell wieder die Oberhand, und sie tröstete sich mit dem Gedanken, dass Fernseher und Videogeräte ersetzt werden konnten und dass ihre Versicherung für den Schaden zahlen würde. Was ihre wenigen Schmuckstücke anbelangte, so war keines davon besonders wertvoll, und die paar Stücke, an denen sie am meisten hing, trug sie gerade – um die anderen war es zwar schade, aber sie konnte damit leben. Die Wohnung hätte auch völlig ausgeräumt sein können, und sie hatte schreckliche Geschichten über Einbrüche gehört, bei denen obszöne Sprüche an die Wände gekritzelt worden waren. Dagegen schien sie noch einigermaßen glimpflich davongekommen zu sein.

Tara benachrichtigte die Polizei und bestellte einen Schlosser, und während sie auf deren Eintreffen wartete, rief sie ihre Mutter an, um sich ein bisschen trösten zu lassen. Ihre Mutter sagte, sie werde sich sofort auf den Weg machen und über Nacht bei ihr bleiben, andernfalls bestehe sie darauf, dass Tara zu ihr nach Bray komme.

»Du bist unnatürlich ruhig, mein Engel«, erklärte sie. »Jeden Augenblick kann der Schock einsetzen – er ist nur verzögert. Mir gefällt der Gedanke nicht, dass du allein dort bist, ganz schutzlos.«

Tara blieb jedoch unnachgiebig, auch wenn sie das Mitgefühl genoss. Sie müsse das Schloss reparieren lassen, außerdem würde die Polizei ein Protokoll aufnehmen wollen. Sie würde ein heißes Bad nehmen, bevor sie ins Bett gehe, und ja, Mama, natürlich käme sie zurecht – der Blitz würde nicht zweimal an derselben Stelle einschlagen.

Am nächsten Morgen läutete es um zehn Uhr an ihrer Tür. Tara, die entgegen der Prophezeiungen ihrer Mutter tief und traumlos geschlafen hatte und gerade erst aufgewacht war, machte auf. Obwohl sie es vorgezogen hätte, erst einmal eine gehörige Portion Koffein zu sich zu nehmen, um sich gegen den Ansturm mütterlicher Gefühle zu wappnen.

Taras Mutter hatte frische Brötchen mitgebracht und erging sich in Mitleid, während sie im Schrank nach Marmelade suchte.

»Ich käme mir so verletzt vor, wenn mir das passieren würde«, sagte sie mit einem Schaudern. »Man ist in seinen eigenen vier Wänden nicht mehr sicher. Weißt du, diese Apartments sind das reinste Lockmittel – keiner kennt seine Nachbarn.«

Taras Gelassenheit war nicht gespielt. Ihr Fernseher war schon uralt gewesen, das war also kein großer Verlust, und obwohl es ihr Leid tat, dass ihr Glücksarmband weg war, hatte sie doch immer noch ihre goldene Uhr und die Kette mit dem Buchstabenanhänger. Der Ehering war verschwunden, und sie würde glücklicherweise niemals erfahren, wohin. Ihr Mund verzog sich zu einem leichten Lächeln, das ihre Mutter als Tapferkeit angesichts der widrigen Umstände interpretierte.

»Für jemanden, der gerade ausgeraubt wurde, bist du in ganz guter Verfassung«, bemerkte sie über den Rand ihrer Kaffeetasse hinweg.

Tara zuckte die Achseln. »Es sind nur Besitztümer, Mama. Wenn du nicht aufpasst, ergreifen sie zum Schluss noch Besitz von dir.«

»Ich finde, du bist sehr tapfer, mein Engel.« Ihre Mutter tätschelte ihr die Hand. »Dein Vater und ich sind sehr stolz auf dich. Wenn ich meinen Schmuck verlieren würde, wäre ich am Boden zerstört – manche Stücke sind doch unersetzlich.«

Tara senkte den Kopf. Das Bild des unbeugsamen Opfers, das ihre Mutter von ihr zeichnete, hatte etwas Verführerisches. Sie spürte einen leichten Druck an der Nasenwurzel, als ihr Tränen in die Augen stiegen, und sie begann sich als Opfer des Schicksals zu sehen. Als Zufallsbeute.

»Oh, das habe ich fast vergessen«, Taras Mutter wühlte in ihrer Handtasche aus Krokodillederimitat, »diesen Umschlag habe ich in deinem Briefkasten stecken sehen, als ich durch die Eingangshalle ging. Ich dachte, er könnte wichtig sein, deshalb habe ich ihn mit heraufgebracht – er ist offensichtlich nicht mit der Post gekommen.« Sie förderte einen braunen Umschlag zutage, auf dem in blauer Tinte die Nummer von Taras Apartment stand, jedoch kein Name.

Es klapperte, als Tara ihn öffnete. Das Geräusch kam von ihrem Ehering.

Er fiel heraus und kreiselte taumelnd über den Küchentisch. Tara wurde ganz schwindlig, als sie ihm dabei zusah. Sie untersuchte den Umschlag, aber er enthielt keine Erklärung. Das war allerdings auch gar nicht nötig – es war offensichtlich, dass sie das Pech gehabt hatte, von den einzigen Dieben in Dublin ausgeraubt worden zu sein, die ein Gewissen hatten. Wahrscheinlich glaubten sie, der Ring besäße einen sentimentalen Wert für sie.

»Ach, wie wunderbar«, rief ihre Mutter und streckte einen Finger aus, um die Pirouetten des Rings zu stoppen. »Das ist ja wie in *Vom Winde verweht*.«

Tara hob den Blick und sah ihre erfreute Mutter fragend an.

»Der General hat Scarlett und Melanie doch ihre Eheringe zurückgeschickt, weil er der Meinung war, dass kein Gentleman aus dem Süden ein solches Opfer von ihnen verlangen könne. Ein echter Kavalier. Und deine Einbrecher haben das Gleiche getan. Das ist einfach großartig.«

»Großartig«, wiederholte Tara mit tonloser Stimme.

»Ich habe ja schon immer gesagt, dass man an jedem Horizont einen Silberstreifen sehen kann. Oder sogar einen goldenen. Und das ist der Beweis.« Ihre Mutter strahlte, als sie aufstand, um frischen Kaffee zu machen.

Tara betrachtete den Ring, der glitzernd das Licht der Morgensonne einfing. Da war er also wieder und zwinkerte ihr zu.

ANNIE SPARROW

Die Frau, die keiner liebt

ANNIE SPARROW lebt in Dublin.
Ihr erster Roman *Said & Done* erschien 2001.

Millie Jones saß in ihrem Sessel und weinte. Wie ein verlassenes Kind wiegte sie sich laut schluchzend vor und zurück. Ihr ganzer Körper schmerzte vor Einsamkeit, die ihr ständiger Begleiter war. Normalerweise hielt sie sich im Hintergrund, aber manchmal drängte sie sich mit aller Macht vor und quälte sie.

Er liebt dich nicht, Millie Jones. Niemand liebt dich, Millie, sagte sie zu sich selbst. *Du bist ein trauriger, einsamer Mensch, der mit sechsundvierzig Jahren immer noch allein ist. Eines Tages werden sie dich tot in deiner Wohnung finden und auf Staatskosten beerdigen. Unkraut und vertrocknete Disteln werden dein kleines Grab überwuchern. Die Leute werden im Vorbeigehen sagen, »Ist da nicht die Frau begraben, die niemand liebte?«, und Reisegruppen werden es besuchen und zu vollkommen überhöhten Preisen verkümmerte, verdorrte Herzen aus Plastik als Souvenirs kaufen.*

Mit angsterfülltem Blick starrte Millie ins Leere. Wie in Stein gehauen ragte drohend ihre trostlose Zukunft vor ihr auf.

Es gab nichts Liebenswertes an Millie Jones.

Herman Feltz war der Letzte gewesen, der ihr das zu verstehen gegeben hatte. Er war ein fünfzig Jahre alter Deutscher, mit glatt rasiertem Gesicht, kurz geschnittenem braunem Haar, korrektem Anzug und auf Hochglanz polierten Schuhen, der in der Weltgeschichte herumreiste und irgendwelche Sachen verkaufte. Sie hatte nicht genau verstanden, was er eigentlich verkaufte, und er hatte es ihr auch nicht weiter erklärt. Er hatte sie auf einer Lesung im Writers Centre in Dublin angesprochen, und als sie nach dem Austausch einiger Höflichkeiten gestanden hatte, dass sie selbst gelegentlich bescheidene Versuche im Schreiben unternahm, hatte er sie voller Bewunderung angesehen.

Kaum eine Stunde später hatte er sie zu einem Drink in seinem Hotel eingeladen, und nach einem klugen und interessanten Gespräch, währenddessen er ihr zu ihrer Verwunderung aufmerksam zugehört hatte, lud er sie in sein Zimmer ein.

Und sie war mit ihm gegangen.

Sie lag auf dem Bett und sah ihm zu, wie er sie auszog und ihre Kleider über den Fußboden verstreute. Dann zog er sich selbst aus, wobei er seinen Anzug sorgfältig in den Schrank hängte, die Krawatte über einen Bügel legte, sein Hemd in einen Wäschebeutel aus Plastik verstaute und seine Schuhe ordentlich neben die anderen Paare stellte, die bereits fein säuberlich aufgereiht waren. Schließlich betrachtete er sich kurz im Spiegel und dann legte er sich auf sie.

Fünfzehn Minuten lang wurde Millie Jones geliebt. In diesen kurzen Momenten, in denen sie seine nackte Haut an ihrer spürte, war sie nicht mehr allein. Sie sog tief den Duft seines teuren Rasierwassers ein und freute sich, als sie merkte, wie sehr er ihre Anwesenheit genoss. Sie erhaschte einen Blick auf sich in dem Spiegel an der gegenüberliegenden Wand und stellte fest, dass sie jünger aussah, als sie war. Ihr Haar war kurz geschnitten und mittelbraun gefärbt und sie hatte es geschafft, schlank zu bleiben. Aber von nahem sah man, dass die Jahre Spuren in ihrem Gesicht hinterlassen hatten.

Als alles vorbei war, stand Herman Feltz auf, streifte einen Bademantel über und schenkte sich ein Glas Orangensaft aus der Minibar ein. Auf einmal sah er ganz geschäftsmäßig aus, als er sagte: »Ich habe morgen schon früh einen Termin, aber wie wäre es, wenn wir uns am Abend treffen... unser Gespräch über Gedichte fortsetzen.«

Millie Jones strahlte ihn an, schrieb ihre Telefonnummer auf die Rückseite einer Streichholzschachtel, zog sich rasch an und ging.

Wie verabredet wartete sie am nächsten Abend am oberen Ende der Grafton Street. Sie hatte sich in einem Ladeneingang untergestellt, da es in Strömen regnete. Die erste halbe Stunde schaute sie immer wieder auf ihre Uhr, aber schließlich ließ sie es sein und stand einfach nur da, mit hängenden Schultern, den Blick auf den überfluteten Rinnstein gerichtet. Noch vor ein paar Jahren wäre sie zu seinem Hotel gelaufen, es hätte ja sein können, dass sie sich im Treffpunkt geirrt hatte. Heute tat sie so etwas nicht mehr.

An einem kalten, verregneten Montagabend im Februar machte sich Millie auf den drei Kilometer langen Heimweg zu ihrer kleinen Wohnung in Rathmines, in der sie seit siebzehn Jahren lebte.

Zumindest konnten die Passanten in dem Regen ihre Tränen nicht sehen; ihren Stolz hatte sie noch nicht verloren.

Erst Stunden später, als sie wieder in ihrem Sessel saß, hatte sie aufgehört zu weinen. Sie saß zusammengesunken da, reglos und wie betäubt, aber ihr Gesicht war angespannt und zeigte die Verbitterung, die schon tiefe Linien unter ihre Augen gegraben hatte.

Früh am nächsten Morgen betrat Millie das Büro der Stadtverwaltung von Dublin, für die sie seit zwanzig Jahren arbeitete: Kummer hin oder her, die Miete wollte bezahlt sein.

Sie war inzwischen Leiterin der Abteilung für Wohnungswesen, wo Anträge für verschiedene Förderprogramme und Beihilfen bearbeitet wurden. Vier Tage die Woche saßen sie an ihren Schreibtischen vor ihren Computern, gaben Daten ein und beantworteten Telefonanrufe, aber jeden Dienstag kam die Reihe an sie und sie mussten einen Tag lang Dienst am

Schalter machen. Alle hassten den Schalter. Sie nannten ihn Schimpfschalter, weil ohnehin schon aufgebrachte Leute, die wegen der lange Wartezeit noch verärgerter waren, dort oft anfingen zu schimpfen und dem Frust ihres ganzen Lebens Luft machten.

Es war eine undankbare Arbeit, unterbezahlt und nervenaufreibend. Und doch waren die meisten Mitarbeiter schon seit Jahren dabei. In den Kaffeepausen in der Kantine sprach zwar jeder davon, demnächst zu kündigen, aber nur wenige taten es. Die Unzufriedenheit war allen ein treuer Begleiter geworden.

Millie, die heute noch unsicherer als sonst war, ging mit zögerlichem Schritt und einem flauen Gefühl im Magen zum Schalter. Um neun Uhr dreißig wurden die Türen aufgesperrt, und da drängten die Leute auch schon herein und stürzten zu einer der fünf Kabinen.

Es dauerte nicht lange und vor ihr saß ein dunkelhaariger Mann. Meist registrierte sie nur die Haarfarbe. Sie hatte gelernt, dass es den Umgang mit den Leuten erleichterte, wenn man sie als Nummer betrachtete und nicht als Menschen. Anfangs hatte sie sich noch um jeden Einzelnen gesorgt, hatte sich aller Probleme angenommen, sich um jeden Fall selbst gekümmert und von allen Mitarbeitern der Abteilung am meisten Überstunden gemacht. Aber im Laufe der Jahre hatten sie die Probleme und das unglückliche Leben anderer Menschen und ihr eigenes Nicht-Leben ausgelaugt und sie ging auf Abstand und richtete einen Schutzwall um sich auf, der so stark war, dass kein Wutausbruch und keine noch so anrührende Geschichte sie mehr erreichten.

»Hallo«, sagte der Dunkelhaarige freundlich. »Können Sie mir sagen, wie weit Sie mit meinem Antrag für das Genossenschaftsprogramm sind?«

»Wie lautet Ihr Aktenzeichen?«, fragte sie, ohne ernsthaft zu erwarten, dass er es parat hatte. Keiner kam jemals vorbereitet hierher.

»546698.«

Überrascht gab Millie die Zahl in den Computer ein und auf dem Bildschirm erschien die Datei eines gewissen Ronnie Littlebrick. Nachdem sie einige Angaben überprüft hatte, sagte sie: »Wir warten immer noch auf Ihren Einkommensnachweis.«

»Ich habe vor kurzem meine Stelle gewechselt.«

»Dann müssen Sie ein neues Formular ausfüllen. Ihr Arbeitgeber muss Beiblatt eins ausfüllen und das Finanzamt Beiblatt drei.« Sie schob die Blätter unter der Sicherheitsglasscheibe durch.

»Ich bin jetzt selbstständig.«

»Dann brauchen wir ein paar geprüfte Jahresabschlüsse.«

Der Dunkelhaarige schwieg. Millie machte sich auf einen Ausbruch gefasst.

»Die Sache ist die, ich bin mir nicht sicher, ob ich überhaupt noch berechtigt bin. Aber wenn ich Ihnen die näheren Umstände schildere, können Sie mir vielleicht darüber Auskunft geben«, sagte er mit einem Lächeln.

»Füllen Sie einfach die Formulare aus. Ohne vollständige Angaben können wir keine Entscheidung fällen.«

»Mir wäre es lieber, mit einem menschlichen Wesen zu sprechen«, fuhr er fort, ohne ihr Gelegenheit zu geben, ihn zu unterbrechen. »Ich habe kürzlich eine Praxis als spiritueller Lehrer und Hellseher eröffnet.«

Bei diesen Worten hob Millie den Kopf und sah ihn an. Er hatte ein offenes und freundliches Gesicht, das von schulterlangen Haaren umrahmt wurde, dunkle Augenbrauen, große, leuchtend grüne Augen und ein Paar voller Lippen, auf denen ein Lächeln lag. Er war um die Vierzig und sah in dem langen Ledermantel über schwarzen Hosen und einem smaragdgrünen Hemd merkwürdig futuristisch aus.

»Über die Jahre habe ich mir einen festen Kundenstamm aufgebaut, und vor vier Wochen habe ich dann den Sprung ins kalte Wasser gewagt, meine Stelle gekündigt und eine kleine Praxis eröffnet. Hat es überhaupt noch einen Sinn, dass ich den ganzen Haufen Formulare ausfülle?«

»Es ist völlig egal, welchen Beruf Sie haben, aber Sie müssen uns Belege über Ihr derzeitiges Einkommen für die letzten sechs Monate bringen. Ich schlage vor, Sie kommen in fünf Monaten wieder«, sagte sie in bürokratischem, unfreundlichem Ton.

»Na gut, dann danke ich Ihnen erst mal.« Er schien zu zögern, sah zur Tür und dann zurück zu Millie. »Ich hoffe, Sie nehmen mir es nicht übel, wenn ich das sage, aber manchmal nehme ich etwas auf, empfange Botschaften für andere Menschen. Ich glaube, ich habe auch eine für Sie.«

Sie hatte seine Datei im Computer bereits geschlossen und sah ihn nun ihrerseits, mit einem wachsamen, argwöhnischen Blick an.

Er beugte sich vor und senkte seine Stimme zu einem Flüstern. »Jeder Mensch ist wert, geliebt zu werden. Selbst Millie Jones.« Mit diesen Worten erhob er sich würdevoll, schob einen gelben Zettel unter der Glasscheibe durch und ging davon.

Millie erstarrte. Ohne sich zu rühren, saß sie da und sah zu, wie er durch die Tür des Haupteingangs schritt, die Schöße seines Ledermantels im Wind aufflatterten und er schließlich aus ihrem Blickfeld verschwand. Unwillkürlich fasste sie an ihr Revers, aber da war kein Namensschild, es lag in ihrer Schreibtischschublade. Ein beunruhigendes Gefühl stieg in ihr auf. Sie biss sich auf die Lippe und sah hinunter auf das Stück Papier, ein Din-A5-Blatt, auf dem zu lesen war: *Ronnie Littlebrick, Hellseher und spiritueller Lehrer. Sie halten die Liebe in Ihren Händen.*

»Ich möcht wiss'n, warum ihr mir mein Wohngeld nich' mehr zahlt.«

Millie fuhr zusammen und sah auf. Eine Frau mit blondiertem Haar, das am Ansatz schon nachdunkelte, sah sie finster an. Schnell ließ sie den gelben Zettel in ihrer Tasche verschwinden.

»Wissen Sie Ihr Aktenzeichen?«

»Nee, tu ich nich'.«

An diesem Abend saß Millie zu Hause in ihrem Sessel, hörte sich die Sendung Love Zone im Radio an, nippte an ihrem dritten Glas Wein und starrte auf das gelbe Blatt Papier in ihrer Hand.

Sehe ich denn schon so verzweifelt aus, dass sogar Fremde erkennen können, wie sehr ich mich nach Liebe sehne?

Womöglich war er ja schon einmal im Büro gewesen und hatte ihr Namensschildchen gesehen, dachte sie. Er war vielleicht ein Scharlatan, der es auf einsame alte Frauen abgesehen hatte. Sie presste eine Hand gegen ihr Herz. Wie war sie nur zu dieser einsamen alten Frau geworden? Es schien in Ordnung zu sein, eine einsame junge Frau zu sein. Man konnte sich damit trösten, dass sich irgendwann in der Zukunft alles ändern würde. Aber die Zukunft war da und sie war nach wie vor einsam, auf der Suche nach Liebe, nach jemandem, der ihr wenigstens ein bisschen Interesse entgegenbrachte. Sie wusste, dass Sex nicht Liebe bedeutete, aber ein paar Minuten lang erleichterte er ihre unerträgliche Last und sie verspürte ein Gefühl von Zusammengehörigkeit. Dieses wahrscheinlich nur in der Einbildung bestehende wunderbare Gefühl, nicht mehr allein zu sein.

Aus Neugier und auch aus Langeweile heraus beschloss sie, Ronnie Littlebrick anzurufen und einen Termin zu vereinbaren. Aber als sie auf den gelben Zettel blickte, sah sie, dass keine Telefonnummer angegeben war, sondern nur eine Adresse: 17 Millbank Lane, Dublin 6W.

Das war merkwürdig. Wie sollte man denn dann einen Termin vereinbaren? Sie trank den Rest ihres Weins in einem Zug aus und nahm sich vor, morgen in der Arbeit im Computer in seiner Datei nachzusehen, dort müsste die Nummer stehen.

Am nächsten Tag war sie schon früh im Büro, um acht Uhr, und loggte sich in dem Computer ein. Sie konnte sich nicht an sein Aktenzeichen erinnern und veranlasste daher eine Suche nach »Ronnie Littlebrick«, es konnte nur einen geben. Aber seltsamerweise wurde der Name nicht angezeigt.

Sie runzelte die Stirn. Gestern hatte sie die Datei auf dem Bildschirm gesehen, daran erinnerte sie sich ganz genau. Sie stand auf und trat zum Aktenschrank, wo die gesamte Korrespondenz zu den Anträgen aufbewahrt wurde.

Aber auch hier war kein Hinweis auf den Antrag eines Ronnie Littlebrick zu finden.

Verwirrt und gleichzeitig neugierig geworden ging sie zu ihrem Freund Fergus, der im Computerraum arbeitete. Seit vor einem Jahr das neue Computersystem installiert worden war, wurde aus Sicherheitsgründen jede Datei, die ein Mitarbeiter der Abteilung aufgerufen hatte, in einem täglichen Übertragungsbericht aufgelistet, zu dem die Vorgesetzten Zugang hatten. Mit einiger Überredungskunst und dem Versprechen, ihn auf einen Drink einzuladen, konnte sie Fergus dazu bringen, sich mit seinem Passwort einzuloggen. Er gab ihre Benutzernummer ein und erlaubte ihr, sich die Aktenzeichen und Namen der Antragsteller anzusehen, die sie gestern aufgerufen hatte, nur ausdrucken wollte er sie nicht. Es hätte die erste Datei sein müssen, an der sie gearbeitet hatte, aber sie war nicht da. Stattdessen erschien der Name von Jackie Murphy, der blond gefärbten Frau, die als Nächste gekommen war.

»Fergus, ich habe fünf Minuten vor dieser Datei schon eine andere aufgerufen«, sagte sie.

Fergus blickte von seinem Schreibtisch hoch und sah auf den Bildschirm. »Das kann nicht sein, nicht unter deiner Benutzernummer.«

»Doch, ganz bestimmt.«

Er zuckte mit den Achseln. »Aus irgendeinem Grund hat er das nicht registriert.« Jetzt waren Schritte auf der Treppe zu hören und er beendete schnell das Programm. »Die erschießen mich, wenn sie mich dabei erwischen, dass ich dich das sehen lasse.«

Millie nickte, dankte ihm für seine Mühe und wandte sich zum Gehen. Als sie schon an der Tür angelangt war, drehte sie sich noch einmal um. »Ach, was ich beinahe vergessen hätte, wie geht's Penny?«

Sein Blick verdunkelte sich. »Ein bisschen besser«, sagte er mit Hoffnungslosigkeit in der Stimme.

Sie sah ihn mitleidig an. »Eventuell magst du mir beim Mittagessen davon erzählen?«

Fergus nickte und lächelte.

Nachdem Millie das Zimmer verlassen hatte, blieb sie noch eine Weile oben auf der Treppe stehen und starrte ins Leere. Es war wahrscheinlich ein Computerfehler, sagte sie sich. Er stürzte immer wieder ab und machte irgendwelche komischen Sachen und Akten gingen auch dauernd verloren. Den ganzen Tag über ging ihr jedoch der seltsame Ronnie Littlebrick nicht mehr aus dem Kopf.

Nachdem sie zu Abend gegessen und einen Blick in ihren Stadtplan geworfen hatte, zog Millie ihren Mantel und die Stiefel an und trat hinaus auf die Straße. Es war schon dunkel, immerhin war Februar, und es fing an zu nieseln. Sie war sich noch nicht ganz sicher, ob sie wirklich an der Tür klingeln würde, aber sie war entschlossen, nachzusehen, ob es das Haus überhaupt gab.

Fünfundzwanzig Minuten später bog sie zwischen Rathgar und Terenure von der Hauptstraße ab und lief durch drei Wohnstraßen, bis sie den zwischen zwei Häusern liegenden Anfang der schmalen Millbank Lane erreichte. Nervosität stieg in Millie auf, während sie sie entlangging. Heruntergekommene viktorianische Reihenhäuser säumten die Straße auf beiden Seiten und einige der Fenster waren zerbrochen und behelfsmäßig mit Wellblech vernagelt worden.

Es war dunkel und überall lauerten Schatten, daher lief sie in der Mitte der Straße, die teilweise noch mit Kopfsteinpflaster bedeckt war, als wäre sie vom Straßenbauamt vergessen worden. Sie blieb stehen und überlegte, ob sie nicht lieber wieder nach Hause gehen sollte, aber irgendetwas zwang sie, der kleinen Straße weiter zu folgen. Endlich erreichte sie Haus Nummer 17, das ganz am Ende der Straße stand.

Da war es also. Und was nun?

Millie sah sich um. Unheimlich war es hier. Nicht dass sie an Gespenster glaubte, genauso wenig wie an Gott. Früher war das anders gewesen, aber im Lauf der Jahre hatte sich alles, an was sie geglaubt hatte, als falsch erwiesen.

Es war kalt, und Millie fragte sich plötzlich, was um Himmels willen sie hier eigentlich tat. War sie denn verrückt? Sie drehte sich um und machte sich auf den Heimweg.

»Millie Jones.«

Erschrocken fuhr Millie zusammen. Das Herz schlug ihr bis zum Hals. Langsam drehte sie sich um und sah Ronnie Littlebrick, der, nach wie vor in seinem Ledermantel, in der offenen Tür seines Hauses stand und sie mit einem strahlenden und einladenden Lächeln ansah. »Ich freue mich, dass Sie gekommen sind.« Damit verschwand er im Haus und ließ die Tür hinter sich offen.

Millie spähte die verwaiste Straße hinunter und dann wieder auf die offen stehende Tür. Das war verrückt. Geh da nicht rein, sagte sie sich. Wahrscheinlich war er irgendein Wahnsinniger, der sie überfallen wollte. Sie ging drei Schritte weiter und blieb erneut stehen. Sie kniff die Augen zusammen. Geh nach Hause, sagte sie sich wieder. Doch dann wandte sie sich um und strebte langsam und mit vorsichtigen Schritten auf das kleine Haus zu. Mit geballten Fäusten blieb sie einen Moment lang im Türrahmen stehen und lugte in das Haus.

»Kommen Sie herein, Millie«, hörte sie es aus dem vorderen Zimmer rufen.

Sie biss sich auf die Unterlippe und fragte dann spitz: »Was verlangen Sie?«

»Viel weniger, als Sie bislang schon bezahlt haben.«

Sie zog die Augenbrauen zusammen, aber nachdem sie noch einmal hinter sich geblickt hatte, trat sie ein. Die Haustür ließ sie offen.

Ronnie Littlebrick saß in einem blauen Sessel und sah in einen offenen Kamin, in dem ein Feuer brannte, das neben einer kleinen Lampe in der Ecke die einzige Lichtquelle war. Das Zimmer mit seinen gelben Wänden machte jedoch einen angenehmen Eindruck, und überall standen frische Blumen und verströmten einen betörenden Duft.

»Nehmen Sie doch bitte Platz«, sagte er und deutete auf den Sessel gegenüber.

Millie ließ sich auf dem Rand des Sessels nieder, ohne Ronnie Littlebrick auch nur eine Sekunde aus den Augen zu lassen.

Wenn er irgendwelche Anstalten machen sollte, würde sie ihm in die Eier treten und zur Tür rennen.

Er lachte leise. Sie musterte ihn. Er musste Mitte vierzig sein, schätzte sie, aber je nachdem wie das Licht des flackernden Feuers auf ihn fiel, sah er jünger oder älter aus.

»Woher wussten Sie meinen Namen?«, fragte sie ohne Umschweife und schlug die Beine übereinander.

Er schaute wieder ins Feuer und lächelte. Da er nicht antwortete, fragte sie weiter: »Was geht hier eigentlich vor? Meinetwegen können Sie ein Hellseher sein, das ist mir egal. Ich muss jetzt jedenfalls nach Hause, ich habe noch was zu erledigen.«

Er sah zu ihr herüber. »Nein, das haben Sie nicht, Millie

Jones. Sie haben nichts zu tun, als sich selbst zu bemitleiden und Träume zu träumen, die Sie nicht in Ihr Leben treten lassen wollen. Sie lassen nicht zu, dass überhaupt etwas in Ihr Leben tritt. Sie sind glücklich in Ihrem Unglück. Und das wollten Sie von mir hören. Alles andere macht Ihnen Angst.«

Millies Miene verfinsterte sich. »Das ist es, was Sie mir sagen wollen? Was bin ich Ihnen dafür schuldig?«

Ronnie lehnte sich in seinem Sessel zurück und lächelte erneut. »Das geht aufs Haus.«

»Mir ist das alles zu abgehoben. Ich glaube, ich gehe jetzt.«

»Aber Sie haben mir noch gar nicht Ihre Frage gestellt.«

»Ich habe keine Frage.«

Er sah durch sie hindurch. Millie fixierte ihn. Er war groß und schlank und verfügte über eine gewisse männliche Eleganz. Sein Blick war so intensiv, dass sie schließlich die Augen senkte und etwas weniger feindselig hinzufügte: »Sie sagten, jeder sei liebenswert. Auf Ihrem Zettel steht: Sie halten die Liebe in Ihren Händen. Aber … nun ja … Ich spüre nichts von Liebe, ich bin immer noch allein. Andere bekommen Liebe. Warum ich nicht? Ich verstehe das nicht. Wo finde ich sie?«

Er sah sie mindestens eine Minute unverwandt an, ohne etwas zu sagen. Schließlich nickte er. »Manchmal, Millie, suchen und suchen wir und machen dabei unsere Augen nicht auf.«

Sie runzelte die Stirn. »Das soll alles sein?«

»Ich denke, mehr wollen Sie im Moment gar nicht wissen. Kommen Sie wieder, wenn Sie bereit sind, mehr zu hören.«

Millie sprang aus ihrem Sessel auf und schüttelte den Kopf. »Wenn ich mir den Kopf hätte zerbrechen wollen, dann hätte ich auch das Kreuzworträtsel der *Times* lösen können.« Damit marschierte sie hinaus und schlug die Tür hinter sich zu.

Am nächsten Tag im Büro fiel es Millie schwer, sich zu konzentrieren. Sie war erschöpft aufgewacht, nachdem sie die ganze Nacht über von einem seltsamen Traum verfolgt worden war. Darin stand sie an einem Geldautomaten, der an Ronnie Littlebricks kleinem Haus angebracht war. Sie wollte etwas Geld ziehen, aber nachdem sie ihre Karte in den Automaten gesteckt und ihre Geheimnummer eingegeben hatte, spuckte die Maschine statt des Geldes Sand aus. Schnell reichte er ihr bis zu den Knöcheln und verwandelte sich in Treibsand und sie begann darin zu versinken. Hinter ihr stand eine lange Schlange von Leuten, aber statt ihr zu helfen, lachten sie nur.

Sie wachte schweißgebadet und zitternd vor Angst auf. Jedes Mal, wenn sie wieder eingeschlafen war, fing der Traum von neuem an. Schließlich war sie aufgestanden und hatte sich Tee gebrüht.

Während sie dabei war, die Daten eines Antragstellers in den Computer einzugeben, schweiften ihre Gedanken wieder zu Ronnie Littlebrick und dem, was er gesagt hatte. Was für ein seltsamer Mann er doch war. Was für eine seltsame Begegnung.

Wie üblich traf sie sich mit Fergus zum Mittagessen in der Kantine und sie aßen ihre Sandwiches zusammen und erzählten sich den neuesten Klatsch aus dem Büro. Er war ein recht schüchterner und sanftmütiger Mann Ende dreißig mit blond gelocktem Haar und großen, freundlichen braunen Augen. Obwohl er sich in Jeans am wohlsten zu fühlen schien, hatte er sich vor zwei Jahren, als das Management die Angestellten angewiesen hatte, sich formeller zu kleiden, ein paar dunkle Anzüge gekauft. Für Millie sah er darin immer irgendwie deplatziert aus. Im Laufe der letzten vier Jahre waren sie gute Freunde geworden.

Nach dem Mittagessen machten sie einen halbstündigen Spaziergang in Stephens Green, was sie mindestens zwei Mal in der Woche taten, und genossen die frische Luft und die Abwechslung vom grauen Büroalltag.

Sie hatte zwar nicht vorgehabt, ihm von der Begegnung mit Ronnie Littlebrick zu erzählen, ertappte sich dann aber plötzlich dabei, wie sie die ganze Geschichte vor ihm ausbreitete. Es war nicht so, dass sie viele andere Menschen gehabt hätte, denen sie davon erzählen konnte. Über die Jahre hinweg hatte sie den Kontakt zu vielen ihrer alten Freunde verloren. Sie alle hatten irgendwann geheiratet, Kinder bekommen und führten ein ausgefülltes Leben. Während in Millies Leben alles beim Alten geblieben war. Sie hatten sich versprochen, die Verbindung nicht abreißen zu lassen, aber dann hatte sie doch einen nach dem anderen aus den Augen verloren.

Also musste sich Fergus die ganze Geschichte von dem seltsamen Ronnie Littlebrick und Millies Traum in der Nacht anhören.

Fergus war aufgebracht darüber, dass sie in das Haus gegangen war. »Das war dumm und gefährlich«, sagte er. »Wie konntest du das nur tun? Wenn er sich noch mal bei dir meldet, musst du sofort die Polizei informieren.« Dann fügte er etwas ruhiger hinzu: »Ich denke, ich sollte dich die nächsten Tage nach Hause fahren.«

Millie lachte. »Ach, das ist wirklich nicht nötig.«

»Ich bestehe aber darauf, Millie. Zumindest bis zum Ende der Woche.«

Schließlich gab sie nach, wenn auch nur, damit er Ruhe gab. Er machte sich ständig so viel Sorgen.

Sie setzten ihren Spaziergang fort, doch kurz bevor sie das Bürogebäude wieder betraten, blieb Fergus stehen und betrachtete sie. »Das glaubst du also?«, fragte er. »Dass du nicht liebenswert bist?«

Millie schämte sich plötzlich, als ihr klar wurde, was sie ihm erzählt hatte und wie persönlich es gewesen war. »Nein, überhaupt nicht. Das hat er zu mir gesagt.«

»Du weißt, dass Penny und ich uns freuen, wenn du uns sonntags mal begleitest. Komm doch einfach übers Wochenende mit ins Cottage.«

»Mach dir keine Sorgen um mich. Ich bin gern allein.«

Er sah sie an, als wollte er noch etwas sagen, tat es dann aber doch nicht. Sie schenkte ihm ein Lächeln, und sie gingen zurück in ihre Büros.

In der folgenden Nacht kehrte der seltsame Traum wieder. Aber nun erkannte sie einige der Leute, die hinter ihr in der Schlange standen. Einer war John Keogh, mit dem sie mit Anfang zwanzig zwei Jahre zusammen gewesen war. Er hätte sie gerne geheiratet, aber sie hatte gewusst, dass sie mehr wollte. Er war nicht besonders ehrgeizig und zufrieden damit, das Installateurgeschäft seines Vaters zu übernehmen. Später heiratete er dann Rose McIntyre, die mit ihnen auf die Schule gegangen war. Als ihr Vater starb, erbten sie zwei Farmen, vier Häuser und über eine halbe Million in bar. John Keogh war schließlich Millionär geworden. Nicht schlecht für jemanden, der keinen Ehrgeiz hatte! Und hier war sie, über die Maßen ehrgeizig, und hatte in ihrem Leben nichts vorzuweisen außer einer kleinen Wohnung.

Dann hatte sie noch Dave Jennings erkannt. Ihn hätte sie sofort geheiratet. Er war intelligent, sah gut aus, war reich und genoss das Leben in vollen Zügen. Doch nachdem sie zwei Jahre miteinander gegangen waren, brach er ihr das Herz, indem er eines Abends aus heiterem Himmel mit ihr Schluss machte. Er hatte sich in eine andere verliebt. Der Schmerz zerriss sie fast, und es dauerte über zwei Jahre, bis die Wunden wieder geheilt waren. Vor einem Jahr hatte sie zufällig seine Schwester getroffen und erfahren, dass Dave Jennings zum Spieler geworden war, seine Stelle und sein gesamtes Vermögen verloren hatte und in einer heruntergekommenen Absteige wohnte.

Wer konnte voraussagen, was die Zukunft bringen würde?, dachte sie.

In ihrem Traum hatten beide Männer gelacht, als sie im Treibsand versank und um Hilfe rief.

Am nächsten Abend trank sie fast eine ganze Flasche Wein, fest entschlossen, diese Nacht durchzuschlafen. Aber wieder ergriff der Traum Besitz von ihr und sie konnte weitere Gesichter erkennen, zumeist ehemalige Liebhaber und frühere Freunde.

Als sie am Freitagmorgen ins Büro kam, ging sie als Erstes zur Kaffeemaschine.

»Geht es dir gut? Du siehst schrecklich aus.«

Sie wandte sich zu Fergus um.

»Ich habe wieder diesen Traum gehabt. Furchtbar. Ich habe das Gefühl, als würde ich verfolgt. Möglicherweise ist Ronnie Littlebrick ja ein Zauberer, der mich mit irgendeinem Fluch belegt hat.« In ihrem erschöpften Zustand war sie nahe dran, das zu glauben.

Fergus schüttelte den Kopf. »Es gibt keine Zauberer.«

»Ich hab schon überlegt, ob ich noch einmal zu ihm gehen soll. Um ihn zu fragen, was er mit mir angestellt hat.«

»Millie, was ist bloß in dich gefahren? Du darfst nicht mal in seine Nähe kommen. Wahrscheinlich hat er rein zufällig ein paar Dinge gesagt, mit denen er ins Schwarze getroffen hat.«

Sie wusste, was er meinte. »So, du glaubst also auch, dass ich mich verzweifelt nach Liebe sehne. Wirke ich echt derartig?«

»Natürlich nicht. Du machst sogar den gegenteiligen Eindruck. Stark und manchmal unnahbar.«

»Das ist gut. Mir würde es überhaupt nicht behagen, wenn ich so aussähe, als fehlte mir irgendetwas.«

Fergus seufzte. »Jeder will geliebt werden, Millie.«

Sie sah zu Boden, aber gleich darauf zuckte sie mit den Achseln und griff nach ihrem Kaffee.

»Vielleicht hättest du heute zu Hause bleiben und dich krankmelden sollen«, sagte er.

Ein Lächeln huschte über ihr Gesicht. »Gute Idee. Ich sage einfach, dass es mir nicht gut geht. Dann kann ich gleich heute

Vormittag zu ihm gehen. Bei Tag wird es nicht so unheimlich sein.«

Fergus protestierte, aber Millies Entschluss stand fest. Schließlich gab Fergus auf und bot ihr an, sie in der Mittagspause hinzufahren. »Ich lass dich nicht allein dorthin gehen«, sagte er. Dann fügte er hinzu, dass sie etwas Schlaf brauchte und nach Hause gehen sollte, er würde sie dann von ihrer Wohnung abholen.

Millie erklärte sich einverstanden, aber kaum hatte sie das Büro verlassen, schlug sie die Richtung zur Terenure ein.

Eine halbe Stunde später ging sie die Millbank Lane entlang. Es war zwar helllichter Tag, aber mit jedem Schritt war ihr unbehaglicher zu Mute, ihr Herz schlug schneller und ihre Beine fühlten sich ganz schwach an. Was tue ich hier eigentlich?, dachte sie. Sie verzog das Gesicht und schüttelte den Kopf. Was hoffte sie zu erfahren? Es gab nichts, was sie erfahren konnte, sagte sie sich. Das Leben ist nun mal nicht leicht. Einige auserwählte Menschen werden schon glücklich geboren, alle anderen müssen sich mit ihrem traurigen Platz im Leben abfinden. Träume sind nur eine frustrierende seelische Folter. Hoffnung ist nichts als Torheit. Und Leute wie Ronnie Littlebrick machten sich die große Traurigkeit zunutze, die auf den Menschen lastete.

Aus einem plötzlichen Gefühl des Trotzes heraus machte sie auf dem Absatz kehrt und ging in die andere Richtung. Mit Einsamkeit konnte man fertig werden. Die Einsamkeit begleitete sie schon so lange, dass sie zu einem Teil von ihr geworden war. Was würde ihr noch bleiben, wenn man sie ihr nahm? So viele ihrer Freunde waren von der so genannten Liebe gefangen genommen und versklavt worden, hatten sich in den Illusionen eines anderen verloren. Sie nicht! Und so ein Scharlatan wie Ronnie Littlebrick sollte doch anderen das Geld aus der Tasche ziehen.

»Millie. Ich freue mich, dass Sie gekommen sind.«

Sie hielt abrupt inne und drehte sich langsam um, um ein paar Schritte hinter sich Ronnie Littlebrick zu erblicken.

Sie stand da und starrte ihn ungläubig an, nicht wissend, was hier vor sich ging.

»Kommen Sie herein, Millie«, sagte er mit einem breiten, aufrichtigen Lächeln, und ohne nachzudenken folgte sie ihm in sein kleines Haus und nahm in dem Sessel ihm gegenüber Platz, direkt neben dem Kaminfeuer. Ein paar Minuten lang saß sie so da, starrte ins Feuer und keiner von ihnen sprach ein Wort.

Schließlich lehnte sich Millie zurück und sah zu ihm hinüber.

»Wie geht es Ihnen?«, fragte er.

»Ich bin müde. Ich hatte einen seltsamen Traum und konnte nicht schlafen.«

Er lächelte. »Das ist gut. Das ist sehr gut.«

Sie kniff die Augen zusammen.

»Erzählen Sie mir von dem Traum«, sagte er und beugte sich gespannt nach vorn.

Als sie ihren Traum zu Ende erzählt und dabei auch von ihren ehemaligen Liebhabern berichtet hatte, lächelte Ronnie Littlebrick wieder und ließ sich zufrieden in seinen Sessel zurücksinken.

»Es ist alles so offensichtlich«, sagte er.

»Für mich nicht.«

»Man muss kein Genie sein, um es zu verstehen.«

Sie verzog ihr Gesicht. »Ich bin so müde, sagen Sie mir doch bitte einfach, was das alles bedeutet.«

»Manche Leute verfolgen das falsche Ziel, und dann kommen sie in ihrem Leben nicht weiter. Geld um des Geldes willen verschafft keinen Seelenfrieden. So viele Leute leben nicht wirklich.«

»Das hätte ich Ihnen auch so sagen können. Ich weiß, dass ich nicht lebe.«

»Wenn Sie sich ändern, wird sich automatisch auch alles um

Sie herum ändern. Die Sache ist die, Millie, dass Sie wieder lernen müssen, sich für andere zu interessieren. Auf den ersten Blick mag es so aussehen, als wäre es leichter, wenn man sich nicht die anderen kümmert. Zunächst schützt es Sie vielleicht, aber Sie sind dadurch auch gefangen. Nehmen Sie wieder Anteil, Millie. Nehmen Sie wieder Anteil an den Menschen, denen Sie während Ihrer Arbeit begegnen. Nehmen Sie wieder Anteil an sich selbst. Nehmen Sie Anteil am Leben. Wie soll Liebe in Ihr Leben kommen, wenn Sie sich vor ihr verschließen? Sie müssen Ihr Herz öffnen. Die Angst davor, verletzt zu werden, ist kein Grund, sein Herz zu verschließen. Wahre Liebe kann schmerzhaft sein. Viele wenden sich deshalb von ihr ab.«

Millie saß in ihrem Sessel und starrte ins Feuer. Sie merkte, wie ihr die Tränen in die Augen stiegen, aber sie riss sich schnell wieder zusammen. »Ich glaube, ich habe mich anderen gegenüber wirklich verschlossen. Wenn ich also lerne, wieder Anteil an anderen zu nehmen, dann werde ich jemanden finden?«

»Liebe kann viele Formen annehmen.«

»Aber ich will sie in Form eines Menschen, eines Partners, eines Liebhabers, vielleicht sogar eines Ehemanns.«

Ronnie Littlebrick lächelte. »Ich habe den Eindruck, Sie gehören zu den Menschen, die hoffen, dass die Liebe eines Tages einfach an die Tür klopft. Aber selbst wenn sie eines Tages an Ihre Tür klopfen würde, würden Sie sie dann erkennen?«

Sie zuckte mit den Achseln. »Natürlich würde ich das.«

In diesem Moment klopfte es mehrere Male laut an der Haustür. Ronnie Littlebrick sah sie ruhig an, ohne sich zu rühren. Sie blickte misstrauisch zu ihm hinüber.

»Sie müssen jetzt gehen«, sagte er mit einem Lächeln. »Sie müssen sich jetzt dem Leben zuwenden… wenn Sie es wagen.«

»Kommt da Ihr nächster Kunde? Kann ich einen neuen Termin mit Ihnen vereinbaren?«

Er lachte. »Ich merke schon, mit subtilen Hinweisen kommt man bei Ihnen nicht weiter. Der Zauber des Lebens kann zwischen aufdringlichen und grellen Neonzeichen verloren gehen.«

»Ich brauche aber ein Neonzeichen, das mir den richtigen Weg weist.«

Das Klopfen an der Tür wurde lauter, als würde derjenige, der davor stand, allmählich ungeduldig werden.

»Sie müssen jetzt gehen. Sie wissen alles, was Sie wissen müssen. Ich brauche Ihnen nichts mehr zu sagen. Öffnen Sie Ihre Augen und Ihr Herz.«

Millie erhob sich langsam, sie war unzufrieden, aber sie dankte ihm trotzdem, besonders als er jede Bezahlung ablehnte, was noch mehr zu ihrer Verwirrung beitrug. Sie trat in die Diele, das Klopfen war inzwischen noch lauter und beharrlicher geworden. Als sie die Tür öffnete, stand sie zu ihrer Überraschung dem besorgt dreinblickenden Fergus gegenüber.

»Du hast doch gesagt, du würdest nicht allein hergehen«, sagte er vorwurfsvoll. »Ist alles in Ordnung?«

»Ja, mir geht es gut«, sagte sie, trat hinaus und schloss die Tür hinter sich. »Es tut mir Leid, aber ich musste einfach herkommen. Mach dir keine Sorgen, er ist völlig harmlos.«

»Du hättest warten sollen. Ich habe mir nämlich wirklich Sorgen gemacht, stundenlang habe ich versucht, dich zu erreichen. Ich musste so tun, als wäre ich auch krank, damit ich früher gehen konnte.«

Millie lachte. »Na, da werden sie im Büro ja schön darüber tratschen, dass wir beide früher nach Hause sind.«

»Diese Tratscherei ist doch nichts Neues. Das macht schon seit Jahren die Runde, seit wir angefangen haben, zusammen Mittag zu essen.«

»Ach nein! Warum habe ich davon nie etwas erfahren?«

»Weil... weil die Leute nicht immer offen zu dir sind, Millie.«

Sie waren inzwischen am Ende der Millbank Lane angelangt, wo Fergus sein Auto abgestellt hatte. Er hatte einen zehn Jahre alten, klapprigen Volvo, in dem Millie nur äußerst ungern mitfuhr. Es war nicht so, dass er sich kein neues Auto leisten konnte, aber er gab sein Geld lieber für Ferien und Reisen aus und verbrachte fast jedes Wochenende auf dem Land, wo er an dem alten Cottage herumwerkelte, das er sich gekauft hatte.

»Und was hat er nun gesagt?«, fragte Fergus.

Millie überlegte ein paar Sekunden, was sie darauf antworten sollte. »Eigentlich nicht viel. Er fragte mich, ob ich die Liebe erkennen würde, wenn sie an meine Tür klopft.«

»Und? Würdest du?«, hakte er nach und schloss sein Auto auf.

»Natürlich.« Als Millie einstieg, sprang Penny, Fergus' alte Labrador-Hündin, mit wedelndem Schwanz auf sie zu.

»Es scheint ihr besser zu gehen«, sagte Millie und streichelte den Hund kurz. Dann stieg sie ganz ein.

»Sie haben den Tumor entfernt, aber der Krebs kann wiederkommen. Ich habe den freien Nachmittag dazu genutzt, sie abzuholen. Hast du Lust, mit in die Berge zu fahren? Wir könnten uns doch in einem Pub was zum Mittagessen holen?«, sagte er mit einem Lächeln.

Millie starrte aus dem Fenster, während sie darüber nachdachte. »Weißt du, nächste Woche sind die Beurteilungen meiner Leute fällig. Ich sollte vielleicht lieber nach Hause und mich darauf vorbereiten.«

Fergus warf ihr einen rätselhaften Blick zu. Dann sah er wieder auf die Straße, drehte den Zündschlüssel um und fuhr los. Zehn Minuten später parkte er sein Auto vor ihrer Wohnung und stellte den Motor aus. »Komm doch mit, Millie. Es wird bestimmt schön.«

Sie drückte seinen Arm. »Ich bin müde und sollte mich wirklich an diese Beurteilungen machen. Aber danke fürs Herfahren und dafür, dass du mich retten wolltest, auch wenn es gar nicht nötig war«, sagte sie mit einem kleinen Lachen.

Millie stieg aus und Fergus ließ seinen Blick sinken.

»Bis Montag dann«, sagte sie, schlug die Tür zu und winkte, als er davonfuhr.

Als Millie ihre Diele betrat, sah sie, dass der Anrufbeantworter blinkte, und sie drückte den Wiedergabe-Knopf. Eine männliche Stimme mit ausländischem Akzent sagte: »Ich werde Sonntag in Dublin sein und im Westbury absteigen. Ich habe am Nachmittag eine Stunde frei und würde mich freuen, dich zu sehen. Wir könnten uns über Poesie und andere Arten von Kunst unterhalten. Komm um drei… Hier spricht Herman Feltz.«

Freude stieg in Millie auf. Er wollte sie wiedersehen! Sie hörte sich die Nachricht noch zweimal an und dabei lag ein seliges Lächeln auf ihrem Gesicht.

An diesem Abend saß sie in ihrem Sessel, nippte an einem Glas Wein, hörte sich Love Zone an und träumte mit neu erwachter Hoffnung, dass die Liebe sich vielleicht doch noch eingestellt hatte. Vielleicht klopfte sie jetzt endlich an ihre Tür. Was Ronnie Littlebrick da nur gesagt hatte – natürlich würde sie sie erkennen.

COLETTE CADDLE

Ortswechsel

COLETTE CADDLES erster Roman, *Stern über Dublin,* wurde 1999 in Irland mit enormem Erfolg veröffentlicht und belegte vier Wochen lang Platz eins auf der Bestsellerliste. Ihm folgten zwei weitere Bestseller, *Dubliner Freundschaften* und *Shaken & Stirred.*

Colette Caddle lebt mit ihrem Mann und ihrem kleinen Sohn in Dublin.

2. Juli 2001 – Chelsea

Sara saß im Schlafzimmer mitten auf dem Fußboden und mistete den Inhalt einer Schublade aus. Bei solchen Gelegenheiten wünschte sie sich regelmäßig, sie wäre ein ordnungsliebender Mensch und nicht so ein schrecklicher Hamstertyp. Aber das war sie nun mal. Als Folge davon enthielt diese Schublade: ihr Abgangszeugnis – siebzehn Jahre alt. Ihr Diplom des Sekretärinnen-Kurses, den sie an drei Abenden wöchentlich besucht hatte – vor sechzehn Jahren. Ihren ersten Gehaltsstreifen – über die stolze Summe von 65 Pfund. Fotos von ihrem Debütantinnenball… Schmerz lass nach! Wie hatte sie bloß *das* Kleid anziehen können? Und ihr Haar erst!

»Mama, Mama!« Molly zeigte mit ihrer dicken kleinen Hand auf das Foto.

Sara reichte es ihr. »Hier hast du es, Liebling. Hoffentlich endet es mit dir nicht auch mal so.«

Molly strahlte sie an und begann, auf der Ecke des Fotos herumzukauen.

»Wahrscheinlich genau die Behandlung, die es verdient«, meinte ihre Mutter trocken, ehe sie sich wieder an die Arbeit machte. Fast der gesamte Inhalt dieser Schublade gehörte eigentlich in die Mülltonne, aber Sara wusste bereits, dass sie am Ende doch das meiste davon wieder aufbewahren würde. Bei den Fotos von Molly und Gavin, beide vor Gesundheit strotzend, lächelte sie. Die gehörten natürlich in ein Album. Wenn sie erst mal in dem neuen Haus waren, würde sie sich darum kümmern, nahm sie sich vor. Aber da waren noch viel mehr Fotos. Von ihrem einundzwanzigsten Geburtstag, aus diversen Ferien, während der sie von einer Größe 38 zu einer Größe 42 wurde, und natürlich von ihrem Hochzeitstag. Auf einem davon standen sie und Will unter einem Baum draußen vor der Kirche. Er lächelte breit in die Kamera, und sie schaute zur Seite. »Möchte mal wissen, was ich da sehe«, murmelte sie vor sich hin. Will sah glücklich aus und unglaublich jung. Sie sah – na ja, ganz okay aus. Nicht gerade die strahlende Braut, aber doch so einigermaßen glücklich.

Sara seufzte schuldbewusst. Da hatte sie nun zwei wundervolle Kinder, einen liebevollen, gut aussehenden Mann und ein hübsches Haus mit vier Schlafzimmern genau in der richtigen Gegend von Chelsea… Weshalb war sie eigentlich nur »einigermaßen« glücklich? Gerade jetzt müsste sie doch außer sich sein vor Freude, denn in genau drei Tagen zog sie nach Hause, nach Dublin zurück. Aber die Wahrheit war: Sie wusste gar nicht recht, ob sie gern umziehen wollte. Für die Kinder würde es herrlich sein, dort aufzuwachsen, umgeben von ihren Großeltern und dutzendweise Vettern und Kusinen. Aber ob auch *sie* eigentlich von der Idee begeistert war, das wusste sie nicht so recht. Wie würde ihr zu Mute sein, wenn unerwartet ihre Schwiegermutter auf ein Tässchen Kaffee vorbeikam? Wie würde ihr zu Mute sein, wenn ihre eigene Mutter ihr dauernd über die Schulter guckte und alles, was sie tat, kritisierte? Und was war mit Wills Schwestern? Würde man sie vereinnahmen für einen Babysitter-Verein: ›Also, *diesen* Samstag gehen Will und du aus, und nächste Woche kannst du dann unsere Mädchen hüten.‹? Die Aussicht auf derart viel Familie war erdrückend. Und es dämpfte ihr Schuldgefühl auch nicht gerade, dass ihre Mutter eine gewaltige ›Heimkehr-Party‹ plante.

»Ich bin sicher, das wird ein großartiger Abend«, hatte ihr Mann nicht sehr überzeugend beteuert. »Und es ist sehr nett von Grace, dass sie sich so viel Mühe macht.«

»Sie macht das nicht für uns«, hatte Sara mürrisch geantwortet.

»Na, na, Sara, nun fang nicht schon wieder an. Du wirst eben lernen müssen, mit Grace zurechtzukommen. Schließlich wirst du in derselben Stadt leben.«

Dieselbe Stadt. Sara schauderte, während sie die Fotos zu einem unordentlichen Haufen zusammenschob und einen zerknitterten Umschlag aufklaubte. »O mein Gott!«, japste sie, als sie den dünnen Briefbogen herauszog.

»Mama, meins!«, verlangte Molly gebieterisch.

Geistesabwesend schob Sara ihr die Fotos hin und starrte stumm auf den Brief, den sie am Morgen ihrer Hochzeit bekommen hatte. Sie brauchte die Worte gar nicht zu lesen, sie waren ihr ins Hirn eingebrannt:

Liebe Sara,
ich möchte dir nur alles Gute wünschen an deinem
großen Tag. Ich weiß, dass du das Richtige tust,
und dass du sehr glücklich sein wirst.
Behalt mich in guter Erinnerung.
Herzlich –
dein Tim.

Sie presste das Papier an ihr Gesicht und schloss die Augen.

»Mummy! Komm mal her und guck! Mummy!«

Rasch steckte Sara den Brief in den Umschlag zurück und steckte ihn in die Tasche ihrer Jeans. »Komme schon!«, rief sie ihrem dreijährigen Sohn zu, rappelte sich in die Höhe und ging seiner Stimme nach.

»Ich packe auch«, erklärte er stolz.

Sara blieb wie angewurzelt in der Tür zu Mollys Zimmer stehen und überblickte die Verwüstung, die Gavins Vorstellung von »Packen« war. Alle Babysachen lagen ausgekippt auf der Mitte des Fußbodens und der Windeleimer war vollgestopft mit Mollys Rüschenhöschen und Socken. Sara hob ihn auf und schnüffelte hoffnungsvoll, aber wie sie schon gefürchtet hatte, sie hatte gestern Abend vergessen, ihn auszuleeren! Also gut, eine Extraladung für die Waschmaschine… O Gott, es gab so viel zu tun, und Will war dabei ungefähr so hilfreich wie sein Sohn!

»Gavin, pass auf deine Schwester auf, ich bin gleich wieder da.« Sara rannte mit dem Eimer die Treppe hinunter und stopfte die Sachen in die Waschmaschine. Als sie das Waschpulver einfüllte, hörte sie Will in der Diele.

»Hey, ich bin wieder da! Wo seid ihr denn alle?«

»Daddy, Daddy!« Gavin polterte die Treppe herab und warf sich seinem Vater in die Arme.

»Hey, kleiner Mann, wie geht's denn so… Jesus!« Will stürzte die Treppe hinauf, auf deren oberster Stufe seine Tochter bedrohlich hin und her schwankte. »Ist ja gut, Molly, ich hab dich! Sara! Verdammt noch mal, wo bist du?«

Sara hastete in die Diele, gerade als ihr Mann die Treppe herunterkam, auf jedem Arm ein Kind. »Was ist denn?«

»Was hast du dir eigentlich dabei gedacht, die Kinder allein da oben zu lassen? Molly hätte sich das Genick brechen können, wenn ich nicht da gewesen wäre!«

Sara biss sich auf die Lippen und dachte bei sich, wenn Gavin nicht losgerannt wäre, um seinen Daddy zu begrüßen, dann hätten die beiden Kinder da oben vergnügt weitergespielt, bis sie zurück gewesen wäre. »Es war ja nur für einen Moment«, protestierte sie schwach.

»Das reicht schon. Weißt du nicht, dass die meisten Unfälle im Haus passieren? Du könntest wahrhaftig umsichtiger sein.«

»Also, es ist wirklich nicht so einfach, hier allein die ganze Packerei zu bewältigen und gleichzeitig auf die Kinder aufzupassen«, schoss Sara zurück. »Du hast versprochen, schon vor Stunden nach Hause zu kommen.«

Will hob die Schultern. »Die hatten eben 'ne Menge für mich zu tun, da konnte ich nicht einfach abhauen.«

»Aber nein, natürlich nicht«, meinte Sara sarkastisch. »Das wäre ja ungehörig gewesen!«

»Um Gottes willen, Sara, hör auf, die Märtyrerin zu spielen. Die Umzugsleute werden morgen den ganzen Kram erledigen.«

»Die werden sich kaum mit all unserem persönlichen Kram abgeben. Ich möchte auch gar nicht, dass sie das tun.«

Will seufzte genervt. »Dann überlass es einfach mir. Ich hab das in einer Stunde geschafft.«

»Na, großartig!« Sara griff nach ihrer Tasche und den Autoschlüsseln und ging in Richtung Haustür. »Aber bevor du anfängst, mach den Kindern Abendbrot, bade sie und bring sie ins Bett. Oh, und vergiss nicht, ihnen eine Geschichte vorzulesen. Gavin mag *Thomas, die Dampflokomotive* und Molly liebt ihr Buch mit Kinderreimen.«

Panik kroch über Wills Gesicht. »Aber, Sara, warte doch mal.«

Sara lächelte heiter und pustete ihrer Familie ein Küsschen zu. »Gut's Nächtchen!«

14. Februar 1992 – Dublin

»Ich muss dir etwas sagen, Sara.« Tim beugte sich zu ihr.

Sara schluckte, als sie in seine klaren, blauen Augen blickte, so sanft, so ernst. Jetzt kam es!

»Ja?«

Er nahm ihre Hand in seine. »Gott, bist du schön!«

»War es das, was du mir sagen wolltest?«, neckte Sara ihn.

Er blickte nieder und schüttelte den Kopf. »Nein, das ist es nicht. O Sara, es ist so schwer für mich.«

Saras Lächeln erstarb. »Was ist denn, Tim? Erzähl's mir.«

Tim holte tief Luft und blickte ihr geradewegs in die Augen. »Ich bin verheiratet.«

Sara war es, als hätte ihr jemand in den Bauch getreten. »Verheiratet?«

Er nickte. »Es tut mir so Leid, Sara, ich hätte es dir vorher sagen sollen. Aber ich hatte solche Angst, dich zu verlieren.«

»Ihr habt euch aber getrennt?« Sara versuchte verzweifelt, dem, was er gesagt hatte, einen Sinn zu geben.

»Nein.«

»Aber du lebst doch allein.«

Tim blickte betreten drein. »Die Wohnung hier ist nur gemietet, während unser Haus renoviert wird. Carol ist in die Staaten gefahren, um solange bei ihrer Schwester zu bleiben. Sie kommt morgen zurück.«

Sara schloss die Augen. Wogen von Übelkeit drohten sie zu überwältigen. Carol. Irgendwie machte ein Name es noch realer, noch grauenhafter. »Du hast gesagt, du liebst mich«, wisperte sie schwach.

»Das tue ich auch«, protestierte Tim. »O Sara, ich hab so was noch nie getan. Ich bin entsetzt über mich, weil ich Carol untreu gewesen bin. Aber ich hab ja nie damit gerechnet, dass ich *dir* begegnen würde.«

»Hast du Kinder?« Sara war überrascht, wie ruhig sie klang.

Er schüttelte heftig den Kopf. »Nein, keine Kinder.«

»Und bist du… glücklich?« Sie stolperte schier über das Wort.

Tim zuckte die Schultern. »Wir sind ganz okay mit einander.«

»Bloß okay?«, bohrte Sara weiter und verdrängte ihre aufkeimenden Schuldgefühle energisch in den Hinterkopf.

»Vielleicht erwarte ich zu viel«, meinte Tim traurig. »Ich dachte, ich würde immer weiter so närrisch verliebt bleiben wie an dem Tag, als ich geheiratet habe.« Er starrte sie hungrig an. »Aber da kannte ich *dich* eben noch nicht. Oh, Sara, ich liebe dich so sehr.«

Saras Augen füllten sich mit Tränen. »Ich liebe dich auch, Tim!«

»Wenn ich dich doch bloß vor Carol kennen gelernt hätte!«

»Vielleicht ist es noch nicht zu spät«, wagte Sara zu sagen, und ihre Wangen wurden rot. »Schließlich trennen sich Paare doch dauernd. Ich weiß, geschieden könntest du nicht werden, aber das wäre mir egal.«

Er streichelte liebevoll ihre Hand. »Du bist so verständnisvoll, Sara, aber ich könnte Carol nicht sitzen lassen. Sie hat nichts getan, womit sie es verdient hätte, und sie wäre am Boden zerstört.«

Saras Gesicht fiel in sich zusammen. »Na gut, okay. Aber es gibt ja noch andere Wege...«

Tim schüttelte den Kopf. »Ich würde dich nie bitten, meine...«

»Deine Geliebte zu sein? Die *andere* Frau?«

»Nein.« Tim war unerbittlich. »Du verdienst etwas Besseres. Du verdienst einen Mann, der dir alles geben kann. Bedingungslos. Ich kann das nicht.«

»Dann ist es also aus.« Saras Stimme war kaum noch ein Flüstern.

Tim starrte sie unglücklich an, seine Augen hell von Tränen. »Es ist am besten so, Sara. Behalt mich einfach in guter Erinnerung.«

15. Februar 1992 – Dublin

»Er ist verheiratet.« Sara saß auf dem Bett ihrer Freundin und starrte verzweifelt ihr Gesicht im Spiegel an. Sie hatte geglaubt, sie habe in Tim Hutchins die Liebe ihres Lebens gefunden.

»Was? Das soll doch wohl ein Witz sein?«

»Nein.«

»Ich nehme an, er hat dir erklärt, er wird seine Frau verlassen, wenn die Kinder älter sind«, meinte Ali zuversichtlich.

Sara seufzte gequält. »Er hat keine Kinder.«

»Also, wo ist dann das Problem? Führen sie ›getrennte Leben‹?« Alis Stimme troff vor Sarkasmus.

Sie kannte all diese Sätze zur Genüge.

»Ich glaube nicht.«

Ali runzelte die Stirn. »Ich versteh nicht. Und wie erklärt er das?«

»Er sagt, er liebt mich, aber er wird seine Frau nie verlassen.«

»Oh!« Ali blickte verdutzt drein. Das war eine neue Variante. »Aber er will sich weiterhin auch mit dir treffen, richtig?«

Saras Augen wurden nass, und ihre Stimme flatterte. »Nein. Er sagt, ich bin zu schade dazu, einfach nur irgendjemandes Geliebte zu sein, er sagt, dass ich was Besseres verdiene.«

»Natürlich tust du das!«, beteuerte Ali heftig, aber sie stöhnte, als sie die Tränen über Saras Wangen tropfen sah. »Oh, meine Liebe, du bist verrückt nach ihm, stimmt's?«

Sara nickte, unfähig zu sprechen.

Ali setzte sich aufs Bett und schlang einen Arm um sie. »Wenigstens ist er ehrlich mit dir gewesen.«

»Schon, aber es ist so unfair, Ali. Ich weiß, er liebt mich. Warum konnte ich ihn nicht vor Carol kennen lernen?«

Ali hob die Schultern. »Es sollte wohl nicht sein«, meinte sie philosophisch. »Und es bedeutet, dass es einen noch Besseren für dich gibt – irgendwo da draußen.«

»Glaubst du das?« Sara konnte sich nicht vorstellen, dass es auf dem ganzen Planeten noch einen so wundervoller Mann gab wie Tim.

»Ja, natürlich!«

»Weißt du, er hat mich gestern Abend zu diesem fantastischen Essen ins *Four Seasons* eingeladen. Und da hat er's mir dann gesagt.« Sie lachte bitter durch ihre Tränen hindurch. »Ich hatte allen Ernstes gedacht, er will mir einen Heiratsantrag machen!«

»Und erzählt dir stattdessen, dass er schon verheiratet ist. Und das am Valentinstag! Sein Timing ist wirklich beachtenswert! Unglaublich!« Ali wuschelte ihrer Freundin durchs Haar. »Du Arme. Es tut mir so Leid, Sara.«

Sara putzte sich geräuschvoll die Nase. »Na ja – wie gewonnen, so zerronnen.«

Ali hopste in die Höhe und riss die Schranktür auf. »Los, wir ziehen uns todschick an und machen die Stadt unsicher.«

»Und picheln uns tüchtig einen an?«

»Das ist die Grundvoraussetzung«, sagte Ali feierlich.

»Na gut, okay.«

2. Juli 2001 – Chelsea

Sara saß in einer Ecke des schummrig erleuchteten Pubs, nippte an ihrem Lager-Bier und zündete sich eine Zigarette an. Sie wollte Will ja gar nicht mit der ganzen Arbeit sitzen lassen. Sie wollte einfach nur lange genug wegbleiben, um ihn ins Schwitzen zu bringen. Sie zog Tims zerknitterten Brief aus der Jeanstasche und las ihn noch mal. Was um alles in der Welt hatte ihn dazu gebracht, ihr den zu schreiben? Ihr war nicht mal klar gewesen, dass er von ihrer Heirat gewusst hatte. Es war damals über sechs Monate her, seit sie sich getrennt hatten, und auch, wenn sie durch ihre engen Freunde gelegentlich diesen oder jenen Tratsch über ihn erfuhr, so war ihr doch nie in den Sinn gekommen, dass auch er sich über sie auf dem Laufenden halten könnte. Womöglich hatte er sie vermisst? Oder war ihm klar geworden, dass er einen entsetzlichen Fehler gemacht hatte?

Nach der Trennung hatte Ali sie fast allabendlich durch die Kneipen geschleift, hatte ihr eingeredet, dass die Liebe zu einem anderen Mann – genauer gesagt, die Lust auf einen anderen – der Weg sei, über Tim Hutchins hinwegzukommen. Sechs Monate später zahlte sich ihre Zielstrebigkeit aus, als Sara Will Frost kennen lernte. Sie fühlten sich spontan zueinander hingezogen, und innerhalb von Wochen waren sie in einer behaglichen Beziehung gelandet. Sara musste leise lächeln, als sie an Wills Heiratsantrag zurückdachte. Nicht gerade der allerromantischste, das musste man schon sagen:

»Wir kommen doch echt gut miteinander aus, was, Sara?«

»Ja, das tun wir«, hatte Sara genickt.

»Ich habe noch nie mit einem Mädchen so reden können, wie mit dir«, gestand er. »Ich glaube, wir könnten wirklich einen Erfolg daraus machen.«

»Ach ja?«

»Ja. Lass uns heiraten, Sara.«

»Wie bitte?«, hatte sie in ihr Glas Cidre gestottert.

»Ja, doch, warum nicht?«, haspelte er weiter, und auf seiner Stirn erschienen Schweißtropfen. »Ich weiß, ich werde nie wieder so was Großartiges finden wie dich.«

»Meinst du nicht, wir übereilen die Sache ein bisschen?«, gab Sara zu bedenken.

Aber Will schüttelte den Kopf. »Wozu warten? Ich weiß, was ich will. Und wie ist es mit dir? Kannst du dir vorstellen, den Rest deines Lebens mit mir zu verbringen?«

»Ich… ich weiß nicht recht«, stammelte Sara.

»Sieh mal, Sara, mir ist da dieser fantastische Job in London angeboten worden. Komm mit mir. Heirate mich.«

Sara hatte sich geweigert, ihm noch am selben Abend zu antworten, aber ein paar Tage später sagte sie Ja.

»Bist du verrückt?«, kreischte Ali. »Ich hab dir gesagt, du sollst dir einen neuen Mann suchen. Ich hab nicht gesagt, dass du ihn heiraten sollst!«

»Aber ich will es. Er ist nett.«

Ali hatte die Nase kraus gezogen. »*Nett?*«

»Ja, nett«, beharrte Sara trotzig. Möglich, dass das für Ali nicht gut genug war, für Sara aber war es genau richtig. Sie wollte nicht wieder verletzt werden, und sie wusste, dass Will immer für sie sorgen und sie immer beschützen würde. Damit hatte sie ein sehr unglückliches Kapitel ihres Lebens abgeschlossen und sich vorwärts bewegt. Sie würde nie mehr an Tim denken! Und das hatte sie auch nicht getan. Na ja, gelegentlich schon.

Sara trank ihr Glas aus und überlegte, wie Tim – mittlerweile zweiundvierzig – jetzt wohl aussah. Ob er nach wie vor so umwerfend war, auf diese dunkle, elektrisierende Art? Ob er noch mit seiner Frau zusammen war? Und ob er wohl noch an sie dachte, so wie sie an ihn dachte? Manchmal blitzte sein Bild in ihrem Kopf auf, während Will sie liebte. Das erfüllte Sara zwar mit Schuldgefühlen, aber Tim hatte nun mal in ihr Gefühle ausgelöst, wie noch kein Mann zuvor. Es war nicht einfach, das zu vergessen.

»Kann ich Ihnen noch etwas bringen?« Die Kellnerin blickte fragend auf Saras leeres Glas.

Erschrocken blickte Sara auf. »Nein, danke.« Sie verstaute Tims Brief sorgfältig im Innenfach ihrer Handtasche und stand auf. Es war Zeit, wieder in die Wirklichkeit zurückzukehren, Zeit, jenes andere Leben zu vergessen und sich auf das zu konzentrieren, das sie sich mit Will und den Kindern geschaffen hatte. Es war ein gutes Leben und – jedenfalls meistens – auch ein glückliches. Sie konnte ihre momentane Frustration nur auf den Umzug schieben. Wenn sie sich erst mal wieder in Dublin eingenistet hatte, dann würde es ihr gut gehen. Klar würde es das.

»Ich wollte wirklich, du kämst zu der Party her, Ali«, stöhnte Sara. »Ohne dich wird das eine Tortur.«

Ali lächelte und klemmte sich den Hörer unters Kinn. »Tut mir Leid, Kleines, aber Jack fährt mit mir übers Wochenende in den King's Club. Und das kann ich mir doch nicht entgehen lassen, oder?«

»Ich wollte, wir würden mit euch fahren«, sagte Sara sehnsüchtig. Warum konnte Will nicht auch so spontan sein wie Alis Mann? »Es ist Jahre her, seit Will und ich gemeinsam weg gewesen sind.«

»Da solltest du was tun«, erklärte Ali ihr. »Es wird Zeit, dass ihr beiden mal neue Flitterwochen verbringt.«

»Hach, dass ich nicht lache! Wenn ich den irgendwo hinschleppen würde wie in den King's Club, da würde er nur die ganze Zeit Golf spielen wollen. Und mich dann dabei im Schlepptau – das wäre ihm mehr als lästig.«

»Na, jetzt bemitleiden wir uns aber, was?«

Sara blätterte gedankenlos durch die Rechnungen auf dem Tisch in der Diele. »Tut mir Leid. Ich bin einfach fix und fertig nach dem Umzug, und der Gedanke an diese Party…«

»Oh, Mensch, ich hab ja ganz vergessen, dir was zu erzählen!«, fiel ihr Ali aufgeregt ins Wort. »Du ahnst ja nicht, wen ich diese Woche getroffen habe!«

»Wen?« Der Vorgeschmack auf ein bisschen Tratsch ließ Sara aufleben.

»Tim Hutchins.«

»Du machst Witze!«

»Mach ich nicht.«

»Hast du mit ihm geredet? Hat er nach mir gefragt?« Sara sah sich im Dielenspiegel an und fuhr sich befangen übers Haar. »Wie sah er aus?«

»Ja, ja und okay, wenn du es genau wissen willst.« Ali lachte.

»Wo hast du ihn getroffen? War er allein?«

»Es war auf einem Empfang in der National Art Gallery, und nein, dass du's nur weißt, er war mit seiner neuen Frau da.«

Sara sackte auf die unterste Treppenstufe. »Seiner neuen Frau?«

»Ja, Abigail, umwerfend, und höchstens fünfundzwanzig.«

»Das Miststück«, sagte Sara automatisch. »Ich kann's nicht fassen. Mir hat er erzählt, er würde Carol niemals verlassen.«

»Man sagt, sie hätte ihn verlassen.«

Sara schloss die Augen. »Das ist unglaublich«, stieß sie hervor. »Weißt du, wann?«

Ali seufzte über das Elend in Saras Stimme. »O Sara, du trauerst dem Kerl doch wohl nicht mehr nach, oder? Hätte ich das geahnt, ich hätte dir nie…«

»Aber nein, natürlich nicht!« Sara zwang sich, zu lachen. »Ich bin einfach bloß neugierig, das ist alles.«

»Na schön, aber die blutrünstigen Einzelheiten weiß ich leider auch nicht.«

Sara unterdrückte einen Seufzer der Frustration. »Ist schon gut, ich verzeihe dir. Hör mal, ich muss mich jetzt wohl oder übel an die Vorbereitungen fürs Abendessen begeben. Dir wünsch ich ein tolles Wochenende!«

»Danke, Kleines. Ich ruf dich an, wenn ich zurück bin. Und genieß die Party!«

»Aber ja doch!« Sara legte den Hörer auf. »Er ist neu verheiratet. Das hättest *du* sein können, wenn du auf ihn gewartet hättest. Wenn du ihm ein wenig Zeit gelassen hättest…«

Das Telefon schrillte erneut, und sie packte es erschreckt. »Ja?«

»Hallo, Liebes. Ich versuch schon die ganze Zeit, durchzukommen.«

»Ich habe mit Ali geredet«, erklärte Sara ihrem Mann entschuldigend.

»Oh, wie geht es ihr? Kommt sie zur Party?«

»Nein, sie fährt übers Wochenende weg.«

»Schade. Hör mal, ich bin so gegen sieben zu Hause. Wie wär's, wenn ich von unterwegs ein paar Fertig-Snacks mitbringe, und du hast mal Urlaub vom Küchendienst?«

»Ach, das wäre nett«, sagte Sara schuldbewusst. »Aber vergiss nicht, für Gavin muss es Hähnchen sein.« Will lachte. »Als ob ich das vergessen könnte! Bei dem Kind werden eines Tages noch Federn sprießen. Also, bis später!«

»Bis später.« Sara legte auf und schaute nach den Kindern. Molly lag zusammengerollt wie ein kleiner Hund in der Sofaecke, tief schlafend, den Daumen im Mund. Gavin trapste im Zimmer umher, knurrte mit gefletschten Zähnen und spielte Dinosaurier.

Sie betrachtete die beiden mit Tränen in den Augen und fragte sich wieder einmal, weshalb sie eigentlich nur »einigermaßen« glücklich war.

7. Juli 2001 – Dublin

»Großartig, dass du wieder da bist!« Gery Nolan hob seine Bierflasche und zwinkerte ihr wohlmeinend zu.

»Danke«, erwiderte sie und hatte das Gefühl, ihr würde bald der Kiefer brechen, wenn sie noch viel länger lächeln müsste.

»Na, amüsierst du dich, mein Liebling?« Ihr Vater drückte ihr ein neues Glas mit lauwarmem Weißwein in die Hand.

»Großartig, Dad, aber ich wollte, Mum hätte sich nicht all die Mühe gemacht.«

Joe Kavanagh blickte sich in dem überfüllten Zimmer um.

»Ach, du kennst doch deine Mutter. Sie liebt es, Partys zu

veranstalten. Stöhnt zwar wie verrückt darüber, aber trotzdem liebt sie es.«

Sara betrachtete ihre Mutter, wie sie da in der Mitte des Zimmers stand und mit einem Nachbarn plauderte. Grace Kavanagh sah zwar aus, als sei sie völlig ins Gespräch vertieft, aber Sara wusste sehr wohl, ihr entging nichts von dem, was um sie herum passierte. Wer redete mit wem? Hatte die Cateringfirma bei den Vol-au-vents geknausert? Und: Spielte jeder aus der Familie seine Rolle? Joe fing den mahnenden Blick seiner Frau auf und seufzte. »Ich geh jetzt wohl besser und unterhalte mich mit Nigel, sonst krieg ich Schwierigkeiten mit deiner Mutter. Also, bis später, Liebling.«

Sara sah ihren Vater auf den kontaktscheuen Investment-Analysten zusteuern, der das größte Haus in der Straße bewohnte. Ihre Mutter bemühte sich immer wieder um ihn, und obgleich er oft an ihren »Festivitäten« teilnahm, hatte er noch nie eine Einladung erwidert. »Dämlicher alter Knacker.«

»Wer ist das?«, fragte Kath und nahm einen Schluck aus Saras Weinglas.

Sara nahm ihrer kleinen Schwester das Glas weg. »Nigel.«

Kath verdrehte die Augen. »Ach, *der*!«

»Meinst du, dass der schwul ist?«, überlegte Sara.

Kath grinste. »*Wenn* er das ist, dann ist Mum am Boden zerstört. Sie ist total hingerissen von ihm.«

Sara schnaubte. »Hingerissen von seinem großen Haus und seinem Bankkonto, meinst du.«

»Na, na, das ist aber nicht die feine Art für eine verlorene Tochter, so von ihrer Mutter zu reden!«

»Himmel, mir kommt es vor, als sei ich nie weg gewesen«, meinte Sara gerührt. »Hier verändert sich eigentlich so gut wie nichts, oder?«

»Du brauchst ja wenigstens nicht hier zu leben«, stöhnte Kath.

»Na, du doch auch nicht. Du bist doch bloß zu träge, verdammt noch mal, um auszuziehen. Also, ich weiß nicht – neunundzwanzig, und immer noch zu Hause!«

»Na ja, das Essen ist gut und der Wäschedienst sogar noch besser.«

»Du bist ein Schmarotzer.«

»Mum braucht doch jemanden zum Bemuttern«, protestierte Kath. »Ich tue ihr einen Gefallen.«

»Du bist die Güte in Person.«

»Wo ist Will?«

»Ach, irgendwo«, meinte Sara leichthin.

»Ist alles in Ordnung mit euch beiden?«

»Ja, sicher, warum denn nicht?«

»Keine Ahnung«, sagte Kath unschuldig. »Ich dachte bloß, es wär bei dir vielleicht das verflixte siebte Jahr.«

»Wir sind schon acht Jahre verheiratet«, erwiderte Sara trocken. »Und nur Männer kriegen das ›verflixte Siebte…‹«

»Mensch, bist du altmodisch! Hast wohl noch nichts von Gleichberechtigung gehört? Und überhaupt, für Will würde es sowieso nie ein ›verflixtes siebtes Jahr‹ geben.«

»Wie meinst du das?«

Kath zuckte verlegen die Schultern. »Na ja, der ist doch viel zu…«

»Langweilig?«

Kath blitzte sie an. »Ich wollte sagen: zu gesetzt.«

»Ist doch dasselbe«, knurrte Sara mürrisch.

»Sara?« Kath war beunruhigt.

»Ach, nimm das nicht ernst. Ich zerfließ bloß gerade vor Selbstmitleid. Bin einfach total kaputt nach dem Umzug und das Letzte, was ich brauchen kann, ist dies hier!« Sie deutete auf das Zimmer voller Leute, die sie kaum kannte.

»Ist doch bloß ein Abend, Schwesterherz, und es macht Mum glücklich.«

»Ja, ich weiß«, meinte Sara schuldbewusst. »Ich bin 'ne undankbare Kuh.«

»Du bist bloß zu nüchtern«, erkannte Kath vergnügt. »Los, legen wir uns 'nen kleinen Schwips zu!«

Sara blickte angewidert auf ihren Wein. »Mit diesem Zeug?«

»O Gott, nein! Komm mit. Ich weiß, wo der Gin versteckt ist.«

Sara kicherte. »Also los!«

»Sara? Sara, wach auf!«

Sie stöhnte, als Will das Licht anmachte. Der Gin war ein schmerzhafter Fehler gewesen. »Weshalb tust du das? Wie spät ist es?«

»Gegen fünf. Hör zu, ich möchte, dass du dir mal Molly ansiehst. Die kommt mir ein bisschen heiß vor.«

Sara schoss in ihrem Bett in die Höhe. »Weint sie?«

Will eilte voraus ins Kinderzimmer. »Es ist mehr so ein Wimmern. Ich bin mir nicht sicher, ob sie eigentlich wach ist oder nicht.«

Sara knipste das Nachtlicht an und beugte sich über die Kleine. Winzige Strähnen dunklen Haars klebten an Mollys Stirn und sie warf sich ruhelos umher. Rasch legte ihr Sara eine Hand auf den Kopf, dann auf den Bauch. »Du hast Recht, sie hat Temperatur.«

»Sollen wir sie aufwecken und ihr etwas geben?« Will überließ es üblicherweise Sara, die Entscheidungen zu treffen, wenn es um die Kinder ging.

»Ich weiß nicht recht. So schlimm scheint es nicht zu sein. Eventuell erst mal nass abreiben, das Fenster öffnen, und dann sehen, ob es hilft.«

Will stürzte davon, um ein Tuch zu holen, während Sara behutsam Mollys Strampelanzug öffnete. »O Gott – Will!«

Will kam angerannt, als Sara das volle Licht einschaltete. »Was?! Was ist los?«

»Sie hat überall Ausschlag. Wir müssen mit ihr ins Krankenhaus.«

Will beugte sich hinunter und inspizierte seine kleine Tochter. »So schlimm scheint mir das nicht zu sein. Vielleicht sollten wir einen Arzt rufen.«

»Wir haben aber keinen Arzt, verdammt noch mal!«, fauchte Sara unglücklich. »Ich hab noch keine Zeit gehabt, mich bei einem anzumelden.«

»Das macht doch nichts. Wir sind jetzt wieder in Dublin. Da kommt bei einem Notfall jeder Arzt. Lass mich mal das Telefonbuch holen.«

»Aber Will…«

»Bleib du bei ihr, reib sie nass ab und überlass das mir«, sagte Will bestimmt.

Sara nickte und kehrte gehorsam zu ihrer Tochter zurück. Während sie den winzigen Körper abwusch, musste sie unwillkürlich an Mollys Geburt denken. Sehr lebhaft erinnerte sie sich daran, wie sie sie zum ersten Mal im Arm gehalten hatte. Und an die Mischung aus ungläubigem Staunen und Zärtlichkeit auf Wills Gesicht, als er seine Tochter sah. Und an Gavins eher gemischte Gefühle, jetzt eine Schwester zu haben…

»Alles wird wieder gut, mein Liebling«, flüsterte sie jetzt. »Mummy ist ja hier. Alles wird wieder gut.« Molly rührte sich, und ihre Augenlider flatterten, aber sie wachte nicht auf. O Gott, womöglich war sie im Koma! »Bitte, lieber Gott, lass sie wieder gesund werden. Ich will auch alles, alles tun! Ich will mich nie wieder beklagen, dass mich alles anödet. Ich will mich nie wieder über mein Leben beklagen. Aber mach mein Baby wieder gesund!«

Will kam zurück und legte seinen Arm um sie. »Er ist in ungefähr zwanzig Minuten hier. Mach dir keine Sorgen, Liebes, ich bin sicher, es geht ihr dann gleich besser.«

»Wie können wir denn wissen, ob dieser Arzt gut ist? Wenn ich mir vorstelle, dass du einfach einen Namen aus dem Telefonbuch rausgepickt hast…«

»Hab ich ja nicht«, erwiderte Will ruhig. »Ich habe Mike Collins angerufen, einen Kollegen aus dem Büro. Hatte ganz vergessen, dass er auch in Sutton wohnt. Und der hat seinen eigenen Hausarzt für mich angerufen.«

»O Will, das ist gut. Ich glaube auch, es ist nichts weiter, aber mir ist doch wohler, wenn ein Arzt sie sich anschaut. Meinst du, wir sollen mal den Glastest machen?«, fügte sie nervös hinzu.

»Warum nicht?« Will ging ein Wasserglas aus dem Badezimmer holen. Es war nicht das erste Mal, dass er und Sara ein Glas gegen Gavins oder Mollys Haut pressten, als Test auf Meningitis. Und jedes Mal, wenn sie es taten, hielten sie beide die Luft an. Sara hielt das unruhige Kind fest, während er das Glas gegen das mollige Ärmchen drückte.

»Oh, Gott sei Dank.« Sara atmete auf, als der Ausschlag verschwand.

Will lächelte. »Die wird wieder! Ist wahrscheinlich bloß irgendein Bazillus, den sie sich eingefangen hat. Ich geh mal eben und schau nach Gavin.«

Sara blickte erschrocken drein. »Oh! Du glaubst doch nicht...«

»Ich bin sicher, der hat nichts, Sara. Ich will nur mal nachsehen.«

Molly rührte sich und begann zu greinen.

»Warum singst du ihr nicht was vor«, meinte er liebevoll. »Das beruhigt sie doch immer so gut.«

Sara nickte und hob ihre Tochter aus dem Kinderbettchen. Sie wanderte im Zimmer auf und ab und summte zärtlich, den Mund am Kopf der Kleinen: »Glitzer, glitzer, kleiner Stern...«

Leise verließ Will das Zimmer, um nach seinem Sohn zu sehen. Gavin schlief friedlich, einen Arm quer übers Bett gestreckt, den anderen fest um seinen Spielzeug-Lastwagen geschlungen. Nachdem er sich überzeugt hatte, dass Gavins Temperatur normal war, strich Will seinem Sohn übers Haar und ging ins Babyzimmer zurück. »Schläft wie ein satter Säugling«, berichtete er als Antwort auf Saras besorgten Blick. Er blieb stehen und sah zu, wie Sara die Kleine wiegte, bis er das Knirschen von Rädern draußen auf dem Kies hörte. »Das wird der Arzt sein«, sagte er überflüssigerweise und rannte die Treppe hinunter, um die Tür aufzuschließen. »Sehr herzlichen Dank, dass Sie kommen, Herr Doktor!«

»Kein Problem.« Der Arzt sah aus, als sei er gerade aus dem Bett gefallen. Was vermutlich auch zutraf. »Greg Berry«, stellte er sich vor.

»Will Frost.« Will schüttelte ihm die Hand und ging voran nach oben.

»Erzählen Sie mir von Ihrer Tochter.«

»Ihr Name ist Molly. Ist vor drei Wochen ein Jahr alt geworden.«

»Normalerweise bei guter Gesundheit?«

»Absolut.«

»Isst sie gut?«

Will schmunzelte. »Alles, was wir ihr vorsetzen.«

»Gut. Und hat sie all ihre Schutzimpfungen gehabt?«

»Ja. Auch die neue gegen Meningitis. Oh, und wir sind übrigens gerade erst von London wieder hierher gezogen.« Will stieß die Kinderzimmertür auf und trat zur Seite.

»Also dann.« Greg trat vor ihm ein. »Hallo.« Er lächelte Sara an. »Hallo, Molly.«

»Sie ist sehr heiß«, erklärte Sara, viel zu aufgeregt, um auch nur ein »Hallo« zu schaffen. »Und der Ausschlag ist überall, auf ihrem Rücken, den Armen und dem Bauch.«

»Sehen wir sie uns mal an. Hat sie die ganze Zeit geschlafen?«

Sara nickte. »Ja. Glauben Sie, sie ist im Koma?«

Greg nahm Molly in die Arme und begann sie zu untersuchen. »Nein, ich würde eher sagen, die möchte einfach weiterschlafen, Mrs. Frost.«

»Bitte nur Sara. Molly hat all ihre Impfungen bekommen…«

»Ja, das hat mir Ihr Mann schon berichtet.«

Sara blickte ihren Mann überrascht an. Sie hätte nie gedacht, dass Will das überhaupt wusste, denn um die routinemäßige Gesundheitsvorsorge der Kinder hatte doch sie sich stets gekümmert.

Greg beendete seine Untersuchung und gab ihr Molly zurück. »Ich gebe ihr jetzt eine Spritze und dann schreibe ich Ihnen ein Rezept aus. Ich bin sicher, morgen ist sie wieder ganz in Ordnung. Aber kommen Sie doch am Montag zu mir, wenn Sie immer noch besorgt sind. Und jetzt, meine ich, wecken wir diese kleine Person mal auf. Das macht wohl am besten die Mama. Sonst kriegt sie noch einen Mordsschreck, wenn sie die Augen aufmacht und *mich* sieht!« Er fuhr sich mit der Hand durch seinen ungekämmten, dicken, störrischen Haarwust.

Sara lächelte schwach. »Molly? Molly? Wach auf.«

»Soll ich mal die Spieldose anstellen?«, schlug Will vor.

»O ja, gute Idee«, sagte Sara dankbar.

Als das Geklingel der zarten Musik das Zimmer erfüllte, kitzelte Sara behutsam Mollys Bauch und hielt sie dann aufrecht. »Komm schon, Molly, Zeit zum Aufwachen.«

Mollys Augen flatterten, dann gähnte sie, und nach einem einzigen Blick auf den Arzt warf sie den Kopf zurück und brüllte los.

»Glaubst du wirklich, sie ist in Ordnung?«, fragte Sara Will noch einmal.

»Natürlich ist sie das! Sieh sie dir doch an!«

Sie blickte auf ihre Tochter hinab, die auf dem Fußboden saß, umgeben von Gavins Spielzeugeisenbahn, und begeistert in die Hände klatschte, wenn die Pfeife schrillte. Gavin krabbelte eifrig um sie herum. Jetzt, nachdem er ganz und gar wach war, genoss er das ungewohnte Abenteuer.

»Diese Injektion hat es anscheinend geschafft.« Will beugte sich hinunter und befühlte die Wange seiner Tochter.

»Ich könnte schwören, ihre Temperatur ist schon gesunken.«

»Und Schmerzen scheint sie auch nicht zu haben«, räumte Sara ein. »Aber ich hasse es nun mal, wenn sie einem sagen: ›Ach, das ist wahrscheinlich bloß ein Virus.‹ Bloß! Ich war zu Tode erschrocken.«

Will umarmte sie. »Ich auch. O Gott, was würden wir machen ohne die beiden? Was würde ich machen ohne dich?«

Sara lächelte scheu. »Du warst großartig heute Nacht.«

»Alles, was ich getan habe, war, den Arzt zu rufen.«

»Nein, du bist ruhig geblieben. Ich nicht.«

»Du bist eben die Mutter, Sara. Und du bist eine großartige Mutter. Natürlich warst du aufgeregt. Sei nicht so streng mit dir. Ich liebe dich.«

»Ich dich auch«, murmelte Sara an seiner Brust, erstickt von Schuldgefühlen, wenn sie daran dachte, was sie in letzter Zeit für ihn empfunden hatte. Wenn er das wüsste!

»Es tut mir Leid wegen der letzten zwei Monate«, sagte er plötzlich, als hätte er ihre Gedanken gelesen.

»Was meinst du damit?«

Will zuckte die Achseln. »Hast nicht viel Gutes an mir gehabt, seit man mir diesen neuen Job angeboten hat.«

»Du hast halt sehr unter Druck gestanden«, erwiderte Sara.

»Ja, das habe ich. Aber du doch auch. Du hast unseren ganzen Umzug organisiert. Hast alles zusammengepackt und auch noch so ziemlich eigenständig das Haus verkauft. Und jetzt hast du dieses Haus hier schon wieder zu einem richtigen Zuhause gemacht.« Er blickte auf all die vertrauten Comicfiguren ringsum, die Sara gleich am Abend nach dem Umzug gewissenhaft an den Wänden des Kinderzimmers angebracht hatte. Molly hatte die Nacht seelenruhig durchgeschlafen und war beim Aufwachen entzückt gewesen, ihre Lieblingsfiguren um sich zu sehen. »Tut mir Leid, dass ich dir so viel überlassen habe, womit du fertig werden musstest.«

»Ist schon okay«, sagte Sara und fühlte sich jetzt wirklich schuldig. Würde er so liebevoll zu ihr sein, wenn er wüsste, dass sie von anderen Männern träumte – na ja, eigentlich von *einem* Mann? Aber das war ja fast noch schlimmer.

»Bist du glücklich, wieder hier zu sein?«, fragte Will.

Sara blickte auf ihre Kinder hinunter, die die dunklen Köpfchen zusammensteckten, und das Herz wurde ihr warm.

»Ja, natürlich bin ich das.«

Er küsste sie zart auf die Lippen. »Gut. Denn, weißt du, falls du morgen zurückwolltest… Ich würde es mitmachen.«

Sara hob eine Augenbraue. »Und auf dein sechsstelliges Gehalt pfeifen?«, neckte sie ihn.

»Gleich *morgen*«, erwiderte er todernst, »wenn es dich glücklich machen würde.«

Sara blickte ihm in die Augen und lächelte. »Es würde mich glücklich machen, wenn wir die beiden hier zum Schlafen kriegten und auch selbst wieder ins Bett gingen.«

Wills Augen blitzten. »In zehn Minuten sind die weggepackt und schlafen fest. Überlass das mir!«

23. Juli 2001 – Dublin

Sara küsste ihre Mutter zum Abschied. »Danke für das Mittagessen, Mum.«

»Ist doch gern geschehen, meine Liebe. Und jetzt vergiss nicht: Samstag um acht zum Abendessen. Oh, und hab ich's schon gesagt? Nigel kommt auch.«

»Du hast es schon erwähnt«, lächelte Sara. *Mindestens fünf Mal.* »Wir werden kommen.«

»Und vergiss nicht, den Kindern zu sagen, dass wir nächste Woche einen Ausflug machen«, setzte ihre Mutter ihre

Wiederholungen fort. »Ich glaube, ich gehe mit ihnen in den Zoo.«

Sara strahlte sie an. »Da werden sie begeistert sein.«

Grace Kavanagh nickte. »Gut, also dann machen wir das. Auf Wiedersehen, Liebling. Viele Grüße an Will.«

Während Sara die Grafton Street hinunterschlenderte, dachte sie bei sich, wie gut es doch war, wieder zu Hause zu sein, und wie erstaunt sie war, *dass* es gut war, wieder zu Hause zu sein. Sie kam mit ihrer Mutter besser zurecht als jemals in der Vergangenheit.

»Du bist eben älter geworden und außerdem selber eine Mutter«, hatte Will gemeint, als sie ihm von dieser neuen Entwicklung erzählte. »Du hast jetzt mehr Selbstbewusstsein. Grace schüchtert dich nicht mehr ein.«

»Glaubst du, sie hat mich früher eingeschüchtert?«, fragte Sara verblüfft.

Will hatte gelacht. »*Die* Frau schüchtert doch jeden ein! Sogar Gavin isst sein Grünzeug, wenn sie da ist.«

Sara lächelte, als sie an diese Unterhaltung zurückdachte. Es stimmte schon, Grace war ein Machtfaktor, mit dem man rechnen musste, aber sie brachte Sara nicht mehr so in Rage, wie sie es früher getan hatte.

»Sara? Sara Kavanagh?«

Sie wandte sich zurück, um zu sehen, wer ihren Namen gerufen hatte, und das Lächeln gefror ihr auf dem Gesicht.

»Tim!«

Tim nahm ihre Hände und lächelte auf sie herab. »O Sara, es ist so wundervoll, dich wiederzusehen. Du hast dich kein bisschen verändert!«

Sara blickte auf seinen Leinenanzug und seine farbenfrohe Seidenkrawatte. »Du auch nicht.« Sie mochte kaum ihren Augen trauen. Nach all den Jahren stand Tim Hutchins vor ihr!

»Es muss doch mindestens sechs Jahre her sein.«

»Neun«, korrigierte sie ihn mit zittrigem Lächeln. »Ich glaube, du hast Ali neulich getroffen.«

»Ja, ist das nicht unglaublich? Nach all den Jahren stoße ich rein zufällig innerhalb einer Woche auf euch alle beide! Sie hat mir erzählt, dass du Kinder hast.«

»Ja, zwei. Gavin ist drei, und Molly ist ein Jahr alt.«

»Sind sie genauso schön wie ihre Mutter?«, fragte er mit jenem wundervollen Lächeln, bei dem sich ihr immer die Zehen verkrampft hatten.

»Genau genommen sind sie das Abbild ihres Vaters«, räumte Sara ein. »Aber ja, sie sind schön.«

Tim blickte sie gedankenvoll an. »Du siehst wundervoll aus – einfach strahlend schön!«

»Und wie steht's bei dir so?«, fragte sie und bemühte sich, ihre Stimme ruhiger zu halten als ihre Hände.

»Gut. Alles in Ordnung.«

»Ali hat mir deine Neuigkeit erzählt. Herzlichen Glückwunsch.«

Tim hatte so viel Anstand, betreten dreinzublicken. »Ach ja, richtig. Danke. Dir muss das wohl komisch vorgekommen sein, aber weißt du…«

»Tim! Ich hab mich schon gewundert, wo du abgeblieben bist!« Die zierliche Blonde, die eben aus einem Schuhgeschäft in der Nähe getreten war, schob eine besitzergreifende Hand durch Tims Armbeuge und warf Sara einen herausfordernden Blick zu.

»Sie hatten meine Größe nicht.«

Sara atmete tief ein und streckte die Hand aus. »Hi. Sie müssen Abigail sein.«

Das Mädchen kicherte. »Äh, ehrlich gesagt… Rachel.«

»Rachel ist eine Kollegin«, beeilte sich Tim zu sagen.

Rachel leckte sich über die Lippen und lächelte aufwärts gewandt in seine Augen. »Ach ja, richtig. Ich bin eine Kollegin.«

Saras Blick glitt von ihrem triumphierenden Lächeln zu seinem belämmerten Grinsen. »Klar, ich verstehe.« Und zum ersten Mal sah sie Tim als den, der er wirklich war: nicht ihr ergebener Liebhaber, einzig darauf bedacht, richtig zu handeln. Nein, einfach nur einer von all den Kerlen, die lediglich darauf aus waren, sich zu nehmen, was sie kriegen konnten!

»Also… War nett, dich zu sehen. Wie ich schon sagte, Tim, du hast dich kein bisschen verändert.«

Tim berührte ihren Arm, als sie sich zum Gehen wandte. »Es war nicht so, wie du denkst, Sara…«

»Spielt wirklich keine Rolle mehr, Tim«, erklärte Sara ihm und stellte fest, dass sie es auch so meinte. »Behalt mich einfach in guter Erinnerung.« Sie zwinkerte ihm zu und schlenderte weiter, die Grafton Street hinunter, den Kopf hoch erhoben. *Wieso bin ich eigentlich nicht in Tränen aufgelöst?*, dachte sie. *Müsste ich nicht verzweifelt sein zu entdecken, dass ich nur eine von vielen war?* Aber sie spürte – nichts. Sie hatte Tim gesagt, es spiele keine Rolle mehr, und das war die Wahrheit, stellte sie fest. Es spielte *wirklich* keine Rolle mehr. Tim Hutchins war Geschichte. Sie war in einen Mythos verliebt gewesen.

»Na, was hast du heute gemacht?«, fragte Will, als sie an jenem Abend in ihrem nahe gelegenen chinesischen Restaurant saßen.

Sara nahm einen Schluck Wein. »Ich habe ein Vermögen für dieses Kleid hier ausgegeben. Und ich habe mit Mum Mittag gegessen.«

Will betrachtete anerkennend ihren gewagten Ausschnitt. »Ist jeden Pfennig wert«, murmelte er.

»Oh, und dann hab ich meinen Ex getroffen.«

»Wer ist das denn?« Will kräuselte die Nase. Er erinnerte sich – kurz bevor sie sich kennen lernten, hatte Sara sich von jemandem getrennt, aber auf den Namen des Mannes konnte er sich nicht besinnen.

»Tim. Tim Hutchins«, erklärte Sara ihm.

»Oh, jetzt fällt's mir ein. Dieser verheiratete Kerl.« Missbilligend schnalzte er mit der Zunge. »Und? Was hatte er Gutes über sich zu vermelden?«

»Also, ich gratulierte ihm gerade zu seiner neuen Frau, da tauchte plötzlich sein kleines Extra-Liebchen neben ihm auf.«

»Du machst Witze! Mein Gott, da bist du knapp dran vorbeigeschrammt! Bist du jetzt nicht froh, dass du *mich* geheiratet hast?«

»Das bin ich«, erwiderte Sara sehr viel leidenschaftlicher, als es die flapsige Frage erfordert hätte.

»Darf ich Ihnen noch ein Dessert bringen?« Der Kellner stand neben ihr, Block und Stift gezückt.

Sara konsultierte die Speisekarte. »Ich denke, ich nehme von dem wundervollen Schokoladeneis.«

Will nickte begeistert. »O ja, das nehme ich auch. Und zwei Irish-Coffees, bitte. So, und jetzt verrate mir mehr über diesen Boyfriend«, neckte er sie, als der Kellner gegangen war.

Aber Sara schüttelte den Kopf und lächelte. »Nein, der ist nicht wichtig. Erzähl du mir von deinem Tag.«

CATHERINE DUNNE

Spielchen spielen

CATHERINE DUNNE ist Autorin dreier erfolgreicher Romane: *In the Beginning, A Name for Himself* und *The Walled Garden*.

Sie lebt mit ihrem Mann und ihrem Sohn im Norden Dublins.

Nicht zum ersten Mal fragte ich mich, wie lange ich das noch durchhalten konnte. In welcher Stimmung Delia heute Abend wohl war?

Ich umkreiste den Block zwei Mal und hatte im letzten Moment Glück. Ein sehr junger Mann mit Sonnenbrille und herablassender Miene manövrierte seinen silbernen Lexus aus der engen Parklücke heraus. Er zog eine mächtige Show ab mit seiner Servolenkung, tätschelte lässig mit nur einer Hand sein Lenkrad. In meine Richtung blickte er kaum, aber mir war klar, dass er sich seines Publikums sehr wohl bewusst war. Na los, nun mach schon, dachte ich genervt. Es ist nicht hell genug für eine Sonnenbrille, und ich bin viel zu alt, um von dir beeindruckt zu sein!

Langsam, vorsichtig parkte ich rückwärts ein. Das Hinterrad meines uralten Mitsubishi Colt schleifte leicht am Bordstein entlang. Ich rückte den Wagen gerade, löste meinen Sicherheitsgurt, schaltete die Scheinwerfer aus. Ich sah noch mal in meiner Handtasche nach, ob ich meine Lesebrille dabeihatte. Es konnte schließlich leicht wieder einer von Delias enzyklopädischen Abenden werden. Als ich die Alarmanlage einschaltete, stellte ich mit Befriedigung fest, dass ich direkt unter einer Straßenlaterne parkte. Ein doppeltes Hemmnis für jeden potenziellen Autodieb.

Das viktorianische Haus in Ranelagh, in dem Delia wohnte, hatte sich über die Jahre jeglicher Konzession an die Moderne verweigert. Bei mehr als einer Gelegenheit hatte sie sich standhaft geweigert, ihre Einfahrt zu öffnen, um eine Parkgelegenheit zu schaffen. Schon vor Jahren hatte sich ihr direkter Nachbar, Mr. Doyle, nervös an mich gewandt und angeboten, die Umwandlung des völlig verwilderten Gartens meiner Tante in Parkplätze für seine drei erwachsenen Kinder zu finanzieren. Delia war außer sich gewesen. Warum sollte sie für die Bequemlichkeit anderer etwas aufgeben, das ihr gehörte? Theoretisch konnte ich gegen diese Ansicht nichts einwenden, aber ich wies doch nachdrücklich darauf hin, dass Mr. Doyle bereit sei zu zahlen: nicht nur für die Bauarbeiten, sondern auch eine jährliche Miete für die Erleichterung, den zunehmend überlasteten Schnellstraßen der City zu entkommen. Insgeheim, als ihre einzige lebende Verwandte, dachte ich außerdem daran, dass es den Wert des Hauses beträchtlich steigerte, wenn die Zeit einmal käme… Aber Delia blieb eisern. Wer sie kennt wie ich, dem entging nicht das Aufblitzen heimlicher Freude darüber, dass sie die Gelegenheit hatte, etwas zu verweigern. Hinter ihrer Empörung nämlich verbarg sich die Befriedigung, dass sie Mr. Doyle gehörig in die Schranken gewiesen hatte: der einzig angemessene Platz für einen Nachbarn.

Ich drückte auf die Türklingel, wandte unser vertrautes Signal an und wartete. Dann erst steckte ich den Schlüssel ins Schloss. An manchen Abenden schaffte sie es, den Flur entlangzuschlurfen, und dann war sie beleidigt, wenn ich auf eigene Faust hereinkam, ehe sie die Chance hatte, bis an die Haustür zu kommen. Heute Abend aber nicht. Kein Lebenszeichen von ihr, kein Schlurfen ihrer Pantoffeln auf dem gewienerten Linoleum. Ich blickte auf meine Uhr. Sechs Minuten nach acht.

»Du kommst spät, Norah«, sagte sie, als ich die Wohnzimmertür öffnete. Ich seufzte. Eine Woge aus Gasgeruch und staubiger Hitze schlug mir ins Gesicht und ließ meine Augen tränen.

»Hallo, Tante Delia«, sagte ich munter. Später konnte ich

die »Tante« weglassen, wenn wir erst wieder auf besänftigtem, vertrautem Territorium waren. Zunächst aber galt es, das Ritual, die zeremonielle Enthauptung durchzustehen.

»Acht Uhr ist acht Uhr, weißt du. Nicht fünf Minuten nach oder fünf Minuten vor. Deine Mutter war genauso.«

Sie redete ihre Füße an, während sie sprach, die Hände um die knochigen Rundungen ihrer Kniescheiben gewölbt.

Ich schwieg. Ohnehin würde keine Entschuldigung das Geringste bewirken, schon gar nicht eine über den Mangel an Parkplätzen. Und was Mutter betraf, so hatte ich schon längst die Hoffnung aufgegeben, von Delia irgendetwas Positives über diese so schwer zu definierende Gestalt in meinem Leben zu hören.

»Gut siehst du aus«, sagte ich. Offensichtlich war Joy vom unteren Ende der Straße da gewesen. Delias dünnes graues Haar war zu so strammen Locken gedreht, dass man die zarte rosa Kopfhaut zwischen den Bahnen hindurchschimmern sah, dort, wo die Lockenwickler gesessen hatten. Sie tat mir plötzlich Leid: Diese babyrosa Stellen ließen sie so verletzlich erscheinen, wo sie sonst nur alt wirkte.

Ich wühlte in meiner Handtasche. Normalerweise war ich ein ordentlicher Mensch, aber ich konnte auch sehr unentschlossen sein. Bei einer kleinen Handtasche befürchtete ich immer, ich ließ zu viele Eventualitäten außer Betracht, beraubte mich etlicher Wahlmöglichkeiten. Deshalb benutzte ich eine große Tasche und schleppte alles mit mir herum, was ich möglicherweise in Notfällen brauchen könnte. Nun zog ich eine Flasche *Jameson* heraus, noch im Karton verpackt.

»Hier, ein Geschenk für dich. Ich habe letzte Woche gemerkt, dass du ein bisschen knapp damit bist.«

»Ach, dank dir, meine Liebe«, sagte sie und klang echt überrascht. Dabei brachte ich ihr alle zwei Wochen eine neue Flasche mit, und das schon seit mehr als fünfzehn Jahren, seit ich angefangen hatte, sie zu besuchen. Damals, als ich erfuhr, dass ein Schlaganfall sie fast umgebracht hätte, begann ich, mich um sie zu kümmern. So oder so – schließlich war sie Familie. Jetzt lächelte sie mich an, und ich hörte förmlich das Eis schmelzen.

Delia rutschte ein wenig in ihrem Sessel herum und brachte die alten Sprungfedern zum Quietschen. Sie räusperte sich – ein Geräusch, als ob der Scharfrichter sein Schwert in die Scheide zurücksteckte. Eine Gnadenfrist.

»Du leistest mir wohl Gesellschaft bei einem *Jemmie*«, verkündete sie.

Ihre Bestimmtheit nahm ich hin. Die war zu erwarten.

»Danke, Tantchen. Soll ich das Wasser holen?«

Ich hatte über die Jahre gelernt, niemals »Nein« zu sagen, oder: »Schön, aber nur den einen, schließlich muss ich noch fahren.« Der leiseste Anflug eines moralischen Vorwurfs, und schon saß sie auf dem hohen Ross. Ganze Abende hatte ich in ihrer Gesellschaft verbracht, an denen sie sich störrisch weigerte, ihren Drink auch nur anzurühren. Und es wäre sinnlos gewesen, ihr zu erklären, dass *sie* später schließlich nichts Gefährlicheres zu steuern hätte als ihren Gehstock.

Ich goss also einen Kräftigen für sie ein, und einen stärker Verdünnten für mich, beide aufgefüllt mit viel Eis. Ich sah, wie sie den Pegel der beiden Drinks verglich, wie sie kritisch durch die Gläser hindurchblickte mit ihren blassblauen Augen, denen nichts entgeht.

»Na, fleißig bei der Arbeit?«, fragte sie. Ein für ihre Verhältnisse ungeheuer liebenswürdiger Eröffnungszug.

»Sehr fleißig. Jetzt fangen ja bald die Auktionen an. Tut gut, hier mal auszuspannen.«

Und ich lächelte sie voller Wärme an, gab ihr zu verstehen, dass die Freitagabende hier die einzigen Belohnungen sind, nach denen ich lechzte am Ende der allwöchentlichen Plackerei in der Hypothekenabteilung der EBS. Nicht gerade ein toller Job, aber er sicherte mein Auskommen. Meine gesamte

Kindheit war – demonstriert an negativen Beispielen – eine immerwährende Lektion über die Wichtigkeit finanzieller Sicherheit. Und weiteren Ehrgeiz, als die zu erreichen, hatte ich nie.

Delia langte nach ihren Zigaretten. Die Geste war wohl erwogen, geradezu demonstrativ, aber ich wusste nicht recht, was sie mir damit sagen wollte. Heute Abend lag das Päckchen *Sweet Afton* deutlich an prominenter Stelle, sozusagen in Bühnenmitte auf einem kleinen chinesischen Lacktisch. Er war eins der vielen Souvenirs von den Reisen meines Großvaters, und so lange ich denken konnte, war das Tischchen immer versteckt unter Bergen von Bibliotheksbüchern, Kreuzworträtseln, Sonntagsbeilagen und dem stets präsenten Satz Spielkarten. Momentan kam es mir fast fremd vor in seiner Nacktheit. Es war, als ob ich es nie zuvor gesehen hätte, nie seine Bedeutung als Requisit begriffen hätte. Und ich musste zugeben, ich war neugierig, wegen der *Sweet Afton*, und das schon seit Wochen. Ich hatte nicht mal gewusst, dass es diese Marke immer noch gab. Natürlich war mir die gelb und weiße Verpackung schon seit meiner Kindheit vertraut. Beide, Kenneth und Mutter, waren unverbesserliche Raucher.

Delia beugte sich vor und entzündete einen Fidibus an der fast weißen Flamme des Gasfeuers. Seit kurzem brachte sie es auf zehn Stück jeden Freitagabend, sodass meine Kleider nach einem Gemisch aus luftloser Gasheizung und scharfem Tabak stanken. Ihre mildere Sorte, vom Arzt verordnet, war nirgends mehr zu sehen. Vielleicht hatte sie beschlossen, es wäre an der Zeit, mit dem Tod Würfel zu spielen. Es kam mir vor, als ob sie sich die Zigarette heute Abend mit ungewöhnlichem Behagen anzündete.

»Möchtest du, dass ich dir ein paar von denen für nächste Woche besorge?«, fragte ich, und deutete mit dem Kopf auf das offene Päckchen.

Ich erwartete gar nicht, dass sie mir antwortete, aber sie und

ich, wir wussten beide, dass meine Frage eigentlich darauf ab-
zielte, ihr eine Information zu entlocken, die sie – vorerst
jedenfalls – nicht bereit war zu geben. Immerhin würde es sie
befriedigen, wenn ich dadurch endlich, nach drei Wochen, erkennen ließe, dass sie meine Neugier erregt hatte. Ich hatte die
richtige Karte gespielt: Plötzlich leuchteten die wässerigen
Augen auf.

»Kommt gar nicht in Frage, meine Liebe«, sagte sie. »Du
tust schon mehr als genug für mich.«

Die Antwort gefiel mir nicht. Dankbarkeit gehörte nicht zu
Tante Delias Tugenden. Hier steckte mehr dahinter, irgendeine
Strategie, die ich nicht ganz durchschaute. Es entstand eine
Pause, und alles was ich hörte, war das Sauggeräusch, das Zi-
scheln ihrer Zigarette und das stetige Summen der Heizung.
Endlich tappte sie voller Ungeduld auf die Lehne ihres Sessels.

»Wollen wir ein Spielchen spielen?«, fragte sie schelmisch.

Ich nickte, als wäre ich von selbst nie auf die Idee gekommen.

»Ja, warum nicht.«

Ich stand auf und ging hinüber zu dem Bord unter dem
Fernseher, in dem all ihre Brettspiele und Tausend-Teile-
Puzzles verstaut waren.

»*Scrabble*?«, fragte ich. »*Ludo*? Oder *Schlangen und Leitern*?«

Die Brettspiele meiner Tante datierten bestenfalls aus den
Fünfzigerjahren. Einmal hatte ich zu Weihnachten ein Vermögen für sie ausgegeben, als *Trivial Pursuit* so groß in Mode
kam. Wir haben es kein einziges Mal gespielt. Es ist glattweg
verschwunden. Aber bei Tante Delia fragte man nicht nach.

»*Scrabble*«, sagte sie nach einigem Überlegen.

Ich klappte das Brett auf und sie fing an.

»Doppelter Wortwert!«, sagte sie triumphierend. »Das
macht sechzehn Punkte.«

Ich setzte meine Lesebrille auf.

Sie hatte das Wort »Haus« über den mit einem Stern versehenen Mittelpunkt des Spielbrettes gelegt. Sie war jetzt guter Stimmung. Sie genoss es immer, wenn sie als Erste dran war. Ich fing an, mich zu entspannen. Der Abend verlief so, wie es ihr gefiel. Ich hielt mich daran, armselige Drei-Buchstaben-Wörter zu legen, ließ mir gelegentliche doppelte oder dreifache Wortwerte entgehen, die ich leicht hätte haben können, um sie bei Laune zu halten, bis es Zeit war zum Abendessen. Aber ich ließ mir auch nicht *jeden* Vorteil entgehen – dafür ist sie zu schlau. Sie gewinnt zwar, aber doch nur mit einem Vorsprung von sechs Punkten. Das gefällt ihr. Wäre er größer, dann würde sie mich beschimpfen, ich gäbe mir keine Mühe. Wäre er geringer, dann würde sie sich aufregen und sich beklagen, wie nahe sie dran war, zu verlieren.

»Tee?«, fragte ich und blickte verstohlen auf die Uhr.

Da wurde sie plötzlich förmlich.

»Danke, nein. Ich schlafe in letzter Zeit nicht besonders gut. Dr. Collins sagt, Tee hält einen unnötig wach.«

Das tut Whisky ja auch, dachte ich. Aber ich schwieg.

»Dann vielleicht Milch?«

Da schüttelte sie so abrupt und abweisend den Kopf, als wolle sie mir bedeuten: Geh jetzt weg, der Abend ist zu Ende! Ich war verdutzt. Dies war neu: Eine Rolle, die ich sie noch nie habe spielen sehen. Denn es war ja nicht so, dass sie was anderes zu tun hätte oder woanders hingehen müsste. Zudem hatte sie doch eben das Spiel gewonnen... Da hatte ich nun die Mühe auf mich genommen, quer durch die Stadt zu fahren, ihr Whisky und selbst gebackene Apfeltorte mitzubringen und es auch noch so eingerichtet, beim *Scrabble* zu verlieren... Aber es hatte gar keinen Sinn, Tante Delia etwas übel zu nehmen. Im Übelnehmen übertraf sie jeden, jederzeit.

Ich zauderte. Sollte ich nicht lieber bleiben, bis sie sicher im Bett war?

Als ob sie meine Gedanken gelesen hätte – auch so eine ihrer unheimlichen, untrüglichen Fähigkeiten – antwortete sie auf meine unausgesprochene Frage:

»Du gehst jetzt nach Hause, meine Liebe. Ich bleib noch ein bisschen hier sitzen. Mir ist noch nicht nach Zubettgehen.«

Ich stand auf. Etwas anderes zu tun, wäre wohl sinnlos.

»Gut, wenn du meinst«, sagte ich, griff nach meiner Handtasche und haderte einen Moment mit mir selbst, ob ich die Apfeltorte dalassen oder wieder mitnehmen sollte. Ich ließ sie da. Und sofort bereute ich es.

Sie schlurfte mit mir zur Tür. Dabei versank ihr Stock geräuschlos in den Schichten grün gesprenkelten Linoleums auf dem Fußboden des Flurs. Sie schmiss niemals etwas weg. Folglich diente das alte Linoleum als dämpfende Unterlage für das neue. Gemeinsam ignorierten wir die verräterischen Risse, die sich hier und da auftaten wie kleine Gletscherspalten, taten so, als sähen wir die schief angepassten Türschwellen nicht. Sie hatte es auf die sparsame, billige Tour verlegen lassen. Ich beugte mich zu ihr und küsste ihre trockene, runzlige Wange. Sie roch entfernt nach Johnson's Babypuder. Und genau zu dem Zeitpunkt spielte sie ihre Trumpfkarte aus – besser: ließ sie ausspielen.

Das Telefon klingelte. Das Geräusch war so ungewöhnlich in diesem Haus, dass das plötzliche Schrillen mich echt schockierte. Nicht die gewohnten schnurrenden Töne, das hier war noch das alte schwarze Bakelitmodell, das einem in die Ohren schrillte. Sie rührte sich nicht. Hatte sie es nicht gehört?

»Das Telefon, Delia. Soll ich für dich rangehen?«

»Nein, danke, meine Liebe«, sagte sie brüsk und schubste mich fast hinaus auf die Eingangsstufen. »Der wird schon warten, bis ich abnehme.«

Die Tür schloss sich. Ich konnte mich nicht rühren. Das Licht im Eingang und das im Flur erloschen gleichzeitig. Ich stand auf den Schachbrettfliesen und versuchte mit der Tatsache fertig zu werden, dass ich soeben rausgeschmissen worden war. Aber was blieb mir übrig? Ich setzte mich in Bewegung, ging auf meinen Wagen zu, aber meine Beine schienen plötzlich taub geworden zu sein. Das einzige bisschen Gehässigkeit, das ich aus den Tiefen meines Schocks mobilisieren konnte, bestand darin, die Gartentür weit offen zu lassen. Ich wusste, wie sehr sie das hasste.

Es wollte mir das ganze Wochenende über nicht aus dem Kopf: Wer war »er«? Fünfzehn Jahre lang hatte ich ihr zugehört, wie sie mir erzählte, dass ich ja die Einzige sei, die sie noch hätte, in Tonlagen, die von Selbstmitleid bis zu unverhohlener Bitterkeit oder gar kaum verborgenem Misstrauen variierten, je nachdem, in welcher Stimmung sie gerade war. All ihre Bekannten waren, so schien es, Frauen, abgesehen von Mr. Doyle im Haus nebenan. Seit den Unannehmlichkeiten wegen der Parkplätze ging Delia ihnen geflissentlich aus dem Weg, um nicht mit ihnen reden zu müssen, weder mit Mr. Doyle noch mit seiner Frau. Die junge Joy, die ihr das Haar frisierte, war auch unbestreitbar weiblich. Margaret, Delias langjährige Hauspflegerin, war eine füllige Frau, jenseits des mittleren Alters, die kein Geheimnis daraus machte, dass sie mich nicht mochte. Ständig lag sie Delia in den Ohren, ich solle sie gefälligst zu mir nehmen in mein kleines Haus in Marino. Und das entzückte Delia offensichtlich. Margarets Empörung setzte mich in ein schlechtes Licht und verschaffte meiner Tante zahlreiche Gelegenheiten, mir meine Unzulänglichkeiten vorzuwerfen. Gleichzeitig bereitete es ihr eine noch größere Genugtuung, weiterhin ganz auf sich gestellt zu leben und an einem Besitz zu kleben, der mehr als eine halbe Million wert war. Genau deshalb beunruhigte mich der Telefonanruf vom Freitagabend. »Er« – das war irgendein mysteriöser Mitspieler, und es gab nichts, was Delia mehr genoss.

Vor Jahren, als ich anfing, sie zu besuchen, erzählte sie mir immer und immer wieder, wie wohlhabend sie war, wie effizient sie für ihr Alter vorgesorgt hätte und welches Glück ich hätte, ihre einzige Erbin zu sein. Deine Mutter, sagte sie zu mir, war eine sehr törichte Frau. (Aber sie war auch Delias einzige Schwester. Weshalb lud sie *mir* die ganzen Vorwürfe auf?) Eine Verschwenderin war sie, eine überdrehte Klatschbase, ein Glamourflittchen, eine – wie es neulich in so einer grässlichen amerikanischen Komödie hieß, die sie sich angesehen hatte–, eine, die nichts als Fürze unterm Pony hatte! Sie spuckte mir die Worte förmlich entgegen, nickte triumphierend mit dem Kopf in meine Richtung. Ich hätte beinahe laut losgelacht: Dieser Ausdruck aus dem Wortschatz der modernen Jugend, der amerikanischen *Friends*-Generation, wirkte so bizarr fehl am Platze, hier unter der hohen Zimmerdecke ihres bemüht eleganten Wohnzimmers!

Aber ich antwortete nicht. Insgeheim gab ich ihr sogar ein wenig Recht. Mutters Heirat als Neunzehnjährige mit dem umwerfend gut aussehenden Kenneth, zehn Jahre älter als sie, war nicht auf Dauer angelegt. Schönheit, Romantik und Aufregung, Reisen und Exzess, das alles hatten sie in Hülle und Fülle – solange es dauerte. In Gedanken ist er für mich immer Kenneth gewesen, nicht so sehr mein Vater. Väter blieben nach meiner Vorstellung in greifbarer Nähe, um ihre Kinder aufwachsen zu sehen. Er aber war schon auf und davon, als ich fünf war. Zu behaupten, Mutter sei in greifbarer Nähe geblieben, das wäre übertrieben. Während der nächsten zehn Jahre tat sie alles, sich aus meinem Leben auszublenden – und aus ihrem eigenen auch. Ich habe eher Eindrücke als Erinnerungen an ihre vage Zuneigung zu mir. Ich glaube nicht, dass sie eine lieblose Frau war, aber ich habe die meiste Zeit meines Lebens damit zugebracht, unter der Schmach zu leiden, nicht nur ein Einzelkind zu sein, sondern auch noch ein verlassenes.

Wenn sie besonders garstig war, dann liebte es Delia, mir zu erklären, dass ich keinem meiner beiden Eltern ähnlich sehe.

Margaret rief mich früh morgens am Dienstag der folgenden Woche an.

»Ihre Tante«, sagte sie, »hat eine sehr schlechte Nacht gehabt. Ich habe Dr. Collins gerufen. Er möchte mit Ihnen sprechen.«

Damit legte sie auf. Ich habe in meinem Leben vielleicht vier Gespräche mit Margaret geführt, allesamt ähnlich wie dieses. Ich rief also Dr. Collins an. Meine Tante sei höchst beunruhigt, sagte er. Akuter Fall von Darmreizung seiner Meinung nach, aber der Besuch bei einem Spezialisten sei doch anzuraten, für alle Fälle. Ein gereizter Darm? Warum so spezifisch, was die Lokalisierung betraf?

Ich verließ also zeitig das Büro, fuhr durch den brodelnden Abendverkehr, um sie zu besuchen. Sie saß wie üblich neben der Gasheizung. Das Zimmer war stickig.

Ich tat mein Bestes, mitleidig zu klingen.

»Tante Delia – es tut mir ja so Leid, dass du dich nicht wohl fühlst.«

Da wendete sie sich um und blickte mich an, und ich erschrak vor ihrer Erscheinung, obwohl sich an der Oberfläche eigentlich nichts geändert hatte, wenigstens nicht zum Schlechteren. Aber in ihren Augen war so ein seltsames Leuchten, etwas Aufgewühltes. Und Zeige- und Mittelfinger ihrer rechten Hand waren stärker denn je von Nikotin verfärbt. Mir fiel auf, dass der hässliche Schatten jetzt gelblich über die Fingernägel kroch. Ich fragte mich, warum sie so nervös war.

»Wir haben einen Termin beim Spezialisten für Freitag – als *dringender* Fall.«

War das der Grund, weshalb sie so aufgekratzt war? War sie womöglich ein Mensch vom Planeten *Münchhausen*, einer von denen, die medizinische Probleme vortäuschten, um Zuwendung zu bekommen? Sie sah eigentlich ganz gesund aus – derselbe zähe alte Vogel wie immer. Delia, die Unzerstörbare.

»Ich bringe dich natürlich hin«, sagte ich. Und sofort hätte ich mir auf die Zunge beißen wollen. Der Blick, den sie mir zuwarf, war voller Hass. Und wie in blauer Leuchtschrift konnte ich förmlich auf ihrer Stirn lesen: »Das ist ja wohl das Mindeste, was du tun kannst!« Da hatte ich mir was eingebrockt! Und unbedacht machte ich es noch schlimmer.

»Um wie viel Uhr müssen wir dort sein?«

Wir verabredeten, dass ich sie um drei abholte. Der Termin war in Beaumont, genau am anderen Ende von Dublin, was bedeutete, dass ich zweimal quer durch die Stadt musste. Einen kurzen Moment überfiel mich leise Panik. Ich verpasste dadurch zwei Monatsstatus-Besprechungen, und obendrein musste ich den ganzen Nachmittag, und den Abend in Delias Gesellschaft zubringen.

Nicht zum ersten Mal verfluchte ich meine Eltern, jeden von ihnen: Kenneth für seine Charakterschwäche, beide für ihre hemmungslose Verschwendung und dafür, dass sie einfach nie da waren, und Mutter für ihren frühen Tod. *Mir* hatten sie es überlassen, all diesen – diesen Mist zu erledigen, das einzige legitime Erbe, das die beiden mir hinterlassen hatten.

Doktor – nein, *Mister* Murrough McCarthy war ein geschniegelter kleiner Mann in schimmerndem, elegantem dunklen Anzug, weißem Designerhemd und Fliege. Ich wollte mich diskret zurückziehen bevor Delias Konsultation begann, aber sie überraschte mich damit, dass sie verlangte, ich solle bleiben. Sah ich da Angst aufblitzen hinter ihren dicken Brillengläsern oder war es das Flackern einer anderen Emotion, einer, die ich nicht entschlüsseln konnte?

Ihre medizinische Vorgeschichte war ziemlich ereignislos, genauso belanglos, wie ich sie in Erinnerung hatte. Ich hasste Krankenhäuser. Sie machten mir bewusst, dass mein fünftes Lebensjahrzehnt sich dem Ende zuneigte, und ich hatte noch nicht mal begonnen, all die Dinge zu tun, die ich eigentlich gern getan hätte, wäre mein Leben anders verlaufen. Ich ließ meinen Blick über all die gerahmten Nachweise beruflichen Erfolges an der Wand des Ordinationszimmers gleiten: *Fellow of the Royal College of Surgeons*, Diplome aus London und Toronto, Urkunden von überallher... Da schreckte ich plötzlich hoch, wurde unsanft zurückkatapultiert in die akute Wahrnehmung meiner Tante, meiner selbst, meiner Umgebung.

»Ja, ich habe zwei chirurgische Eingriffe gehabt«, sagte sie gerade, und ihre Stimme war fest. »Die Mandeln wurden mir rausgenommen, als ich fünfundzwanzig war. Und ich hatte einen Kaiserschnitt, als ich achtundzwanzig war.«

Ich konnte mich nicht rühren. Ihre Seelenruhe war verblüffend. War ihr klar, was sie da eben gesagt hatte? Gab es *eine* Frau auf der Welt, die einen Kaiserschnitt mit irgendeinem anderen medizinischen Begriff verwechseln konnte? Einschnitt? Probeschnitt? Operation? Komplikation?

Mr. McCarthy nickte nur und schrieb weiter mit seinem eleganten, marineblauen Mount-Blanc-Füllfederhalter. Das war alles, auf das ich mich konzentrieren konnte: seine haarige Hand, die methodisch quer und abwärts über die Seite fuhr. Sie muss total verwirrt sein. Meine Tante, die alte Jungfer? Ja, bestimmt, sie war verwirrt.

Schweigend fuhren wir nach Ranelagh zurück.

Kaum war die Haustür hinter uns zu, fiel ich erneut in meine Rolle *Heitere Nichte*.

»Du musst doch hungrig sein«, sagte ich. »Also, du stellst jetzt den Kamin an, und ich mache uns was zu essen.«

Ausnahmsweise tat sie, was ich ihr vorschlug. Ich flüchtete mich in die winzige Küche, setzte den Kessel auf und nahm Brot aus dem Gefrierfach. Margaret hatte eingekauft, es war wenigstens etwas da, um Sandwiches zu machen. Ich konnte es nicht vermeiden, mein Herz fing jedes Mal an zu rasen, wenn ich an Delias...ja was eigentlich? – dachte. Eingeständnis, Beichte, Irrtum? Wenn es wahr war, wo war dann das Baby geblieben? Ich konnte die möglichen Konsequenzen einfach nicht fassen.

Ich würde gerne behaupten, meine erste Sorge, mein erstes Mitgefühl hätte meiner Tante gegolten für alles, was sie erlitten haben muss – wenn es denn wahr wäre. Aber ich war halt ein grundehrlicher Mensch. Deshalb muss ich gestehen, meine erste Reaktion war Furcht. Ich hatte nun mal die greifbare Vision einer prächtigen, viktorianischen Doppelhaushälfte mit vier Schlafzimmern und Erkerfenstern in bevorzugter Lage vor Augen, die jetzt langsam in sich zusammenfiel, zusammenschrumpfte wie ein welker Luftballon nach einer Party. Und wahr oder nicht – schließlich konnte ich die Möglichkeit, dass Tante Delia hier Märchen erzählte, nicht ausschließen – wie konnte ich dieses Thema jemals wieder anschneiden? War es eine ungeheuerliche Lüge im Angesicht ihrer eigenen Sterblichkeit gewesen? Oder eine Wahrheit, die sie über fünfzig Jahre lang geheim gehalten hatte?

Irgendetwas begann an mir zu nagen, während ich die Sandwiches auf einen Teller stapelte. Es war wie das leise Kratzen, das ich vor einer bösen Erkältung hinten in meiner Kehle verspürte. Da rief sie nach mir. Ich ignorierte das Gefühl, was immer es bedeutete, goss hastig kochendes Wasser auf die Teeblätter.

»Ich komme schon!«, schrie ich.

»So«, sagte ich, sobald die Tee-Zeremonie vorüber war und Delia aufgehört hatte, über die exorbitanten fünf Pfund zu grollen, die *Mister* McCarthy ihr *für noch nicht mal zwanzig Minuten* abgeknöpft hatte. »Was jetzt? *Scrabble?*«

Ich mochte dieses Wortspiel heute Abend überhaupt nicht spielen. Umsichtig zu verlieren, war eine zu große Anstrengung. Mir wären die Unwägbarkeiten von *Schlangen und Leitern* oder von *Ludo* lieber, oder sogar die totale Konzentration auf Tausend-Teile-Puzzles von Galeonen auf dem Meer oder Hundewelpen im Korb oder sonst was. Ich hoffte also, wenn ich *Scrabble* als Erstes vorschlug, würde sie sich prompt auf etwas anderes verlegen. Das hatte bisher noch immer funktioniert.

Zum zweiten Mal an diesem Tag überraschte sie mich, indem sie *Scrabble* wählte.

Dieses Mal bin ich als Erste dran. Und ich bin entschlossen, nicht wieder ihr zuliebe zu mogeln. Der heutige Tag hatte mich rücksichtslos gemacht. Wir spielten jetzt um höhere Einsätze als gewöhnlich.

Sie starrte lange auf ihre Buchstabenplättchen.

»Deine Mutter«, sagte sie plötzlich, »hat *immer* gekriegt, was sie wollte.«

Ich schreckte zusammen. Denn Delia erwähnte sie in letzter Zeit eigentlich immer nur, um mir die Zwillings-Übel vorzuhalten, die ich anscheinend beide von meiner Mutter geerbt hatte: hoffnungslose Zeitverschwendung und totale Unfähigkeit, das eigene Leben zu organisieren.

»Total verzogen«, fuhr sie fort und schüttelte den Kopf, ohne die Augen von dem kleinen Holzständer zu heben, gegen den ihre Buchstaben lehnten. »Musste alles haben, was ihr gerade gefiel – egal, ob es jemand anderem gehörte.«

Ich hielt die Luft an. So nahe und persönlich war ich noch nie an Delia herangekommen. Das ganze Zimmer schien still zu werden, selbst das Gasfeuer zischte leiser als sonst.

»Buckel«, sagte sie plötzlich.

»Bitte?«

»Schlag mal nach«, verlangte sie gereizt.

Es dauerte eine Sekunde, ehe mir klar wurde, dass wir nicht mehr von Mutter redeten. Ich griff nach dem Lexikon und hoffte insgeheim, dass das Wort nicht drinstand. Ich wollte, dass sie zurückkehrte zu dem Thema von eben, zurück in das Land meiner Mutter, weit weg von allen Wortspielen.

»Buckel«, las ich laut und enttäuscht. »Höcker, bucklig, Buckelrind, Buckelwal.«

»Das reicht«, sagte sie. »Damit hab ich, was ich will. Du solltest mehr Kreuzworträtsel lösen.«

Keine Rückkehr also zu dem einzigen Thema, das mich jetzt interessierte. Ich war wütend, fühlte mich betrogen, als ob Delia soeben ein Versprechen gemacht hätte und sich nun weigerte, es einzuhalten. Ich wurde das Gefühl nicht los, dass alles, der heutige Tag inbegriffen, irgendwie mit Mutter zusammenhing.

Ich war wütend genug, sie zu schlagen. Ich gewann mit vierundzwanzig Punkten. Ihr Mund war zusammengekräuselt und sah aus wie ein Sternchen. War mir egal. Ich hatte es endlich satt – nach zu vielen Jahren: rund um den Block zu kreisen, den Scharfrichter zu besänftigen, Wortspiele zu spielen! Ich wollte nach Hause. Also wischte ich die Buchstabenplättchen in einen Plastikbeutel, klappte das Spielbrett zusammen und stand auf.

»Er gehörte mir, weißt du«, sagte sie da leise. Ihr Gesicht runzelte sich, so wie immer, wenn sie beim *Scrabble* verloren hatte, nur noch viel stärker.

»Wer?«

Mein Ton war scharf, aber ich konnte wirklich und wahrhaftig nicht länger nach ihrer Pfeife tanzen. Ich hatte nun gefährlich nahe am Wasser gebaut. Wenn sie verbittert und verquer sein wollte, wenn sie *mir* anlasten wollte, wie ihr Leben verlaufen war, und zugleich Gott spielen wollte mit dem, was von meinem noch übrig war, dann konnte sie hier alleine sitzen bleiben, bis ans Ende ihrer Tage, soweit es mich betraf…

»Kenneth. Dein Vater. Er gehörte mir. Wir wollten heiraten – bis er Polly sah.«

Polly. Mutters Kosename. Mädchenhafter, hübscher als Pauline. Ich hatte eine verschwimmende Vision von ihr, von dem einzigen Foto her, das vor Jahren so geheimnisvoll aus der

Schublade in meiner Küche verschwunden war. Von irgendeinem Dinnerdance in Sutton vor mehr als einem halben Jahrhundert, und Kenneth steht neben ihr. Sie blickt über ihre Schulter gewandt in die Kamera, das Kinn auf die gefalteten Finger gestützt. Sie trägt eine Blume hinter dem Ohr, ihr langes Haar ist wellig und schimmernd, die Augen riesig und verhangen. Ihre Lippen erinnerte ich als blasses Pink. Ich glaube, das Foto ist nachträglich koloriert worden. Und plötzlich vermisste ich meine Mutter mit einem Hunger, den nur Delia stillen kann. Außerdem hatte sie Recht – ich sehe keinem auf dem Foto ähnlich.

»Erzähl mir.«

Ausnahmsweise spürte ich, dass ich die Oberhand hatte. Mit Delia war ein Wandel geschehen. Ich glaube, sie wusste, dass sie es mit mir zu weit getrieben hatte, dass sie sich jetzt anständig verhalten musste. Witterte ich da wirklich Angst in ihr? Dass ich womöglich, wenn sie mir jetzt nicht die Wahrheit sagte – worüber auch immer –, ein für alle Mal verschwinden könnte? Trotz meiner Wut spürte ich einen Anflug von Mitgefühl für sie, ein zögerndes Quäntchen guten Willens.

»Wir waren gleichaltrig, Kenneth und ich. Wir haben uns im Beruf kennen gelernt. Alle Mädchen wollten ihn, aber er hat *mich* ausgewählt.«

Sie zündete sich eine neue *Sweet Afton* an, und diesmal pustete sie den Rauch weg von meinem Gesicht.

»*Mich* hat er ausgewählt. Und deine Mutter –«, hier stach sie die Zigarette in meine Richtung, »die konnte es nicht ertragen, dass ich etwas, dass ich jemanden hatte, den sie nicht hatte.«

Ich blieb stumm. Alles, was Delia eröffnete, passte irgendwie zu dem Wissen, das ich an der Rückwand meines Schädels weggesperrt hatte. Ich habe immer gewusst, dass es dort war, aber es war mir nie wichtig, es hervorzukramen und zu betrachten. Meine spärlichen Erinnerungen sind die an eine Mutter, die sich mehr um sich selbst als um mich kümmerte. Ich weiß noch, ich machte mich jeden Tag ganz allein für die Schule fertig, und wenn ich zurückkam, dann fand ich sie meistens noch im Bett vor, in Magazinen herumblätternd, umgeben von überquellenden Aschenbechern. Bis sie dann plötzlich die Magazine von sich schleuderte, als ob irgendetwas, was sie darin gesehen hatte, sie wütend machte.

»Sie hat ihn mir gestohlen. So einfach ist das. Sie *musste* ihn haben. Dabei habe ich ihr nie etwas weggenommen, niemals. Ich habe ihr nie verziehen.«

Dieses Letzte stimmte. Es war heute Abend nicht das erste Mal, dass ich durch den tiefen, großen See von Bitternis trieb, der meine Tante von all meinen Erinnerungen an Mutter trennte.

Der flüchtige, schon halb vergessene Gedanke, der mich in der Küche beunruhigt hatte, fiel mir wieder ein, rumorte lauter diesmal.

»Bist du deshalb weggegangen?«, fragte ich sie liebevoll, und eins der letzten Bilder, das ich von meiner Mutter hatte, erstand vor meinem inneren Auge. Wir sitzen irgendwo in einem kleinen Garten, ich lese ein Buch, sie raucht. Ich nehme endlich all meinen Mut zusammen und frage sie, warum wir eigentlich nie Tante Delia besuchen. Wie gewöhnlich leide ich darunter, keine Familie zu haben. Nichts stempelte einen in jenen Tagen bei den anderen Zwölf- oder Dreizehnjährigen so sehr zum Außenseiter, wie das Fehlen einer Familie. Fast wurde es so beurteilt, als sei man selbst schuld daran: Keiner liebt dich genug, um mit dir zusammen leben zu wollen! Ich sehe noch Mutters Gesicht vor mir, wie sie tief an ihrer Zigarette zieht. Ich weiß, dass das Glas Orangensaft neben ihr noch mehr enthält als Vitamin C – ihre Augen werden schon wieder so verhangen und bekommen den träumenden, verschleierten Blick, den ich allmählich so gut kenne. Sie erzählt

mir traurig, dass Tante Delia sich geweigert habe, ihre Braut-
jungfer zu sein, und wie sie dann abgehauen sei, noch vor der
Hochzeit, damals vor all den Jahren. Und das einzig und allein
aus Eifersucht, aus Neid. Und dass sie immer noch eifersüchtig wäre.

»Ist das der Grund, Delia?«, fragte ich noch einmal. »Du
konntest es nicht ertragen, sie heiraten zu sehen?«

Sie blickte mich an, beinahe überrascht.

»Ja«, sagte sie und nickte, wie um sich selbst zu überzeu-
gen. Und dann: »Ja, deshalb bin ich weggegangen.«

Und das ist das Ende. Ich spürte es so deutlich, als hätte sie
einen Vorhang zwischen uns fallen lassen. Sie sah plötzlich
müde aus, und ich hatte echtes Mitleid mit ihr, Mitleid ohne
Zorn – genau wie vorige Woche, als ich zwischen ihren
stramm gedrehten Locken plötzlich ihre nackte Verletzlichkeit
sah. Aber ich hatte auch ein seltsames Gefühl von Unvoll-
ständigkeit – als ob mir irgendetwas entgangen ist, irgendein
sorgfältig versteckter Fingerzeig, dem nachzugehen ich ver-
säumt hatte. Der Moment dazu – was immer es sein mag – war
jetzt verpasst. Delia gähnte entschieden.

»Möchtest du ins Bett gehen?«

Sie schüttelte den Kopf.

»Nein, ich bleib noch ein Weilchen sitzen. Und du gehst
jetzt nach Hause. Du bist lange genug hier gewesen.«

Ich war mir nicht klar, ob das bedeutete, lange genug für
mich – oder lange genug für sie. Ich stand also auf, wiederum
ungehalten über sie und über mich.

»Na gut. Ich rufe am Montag das Krankenhaus an wegen
der Termine für deine Untersuchungen, und dann sag ich dir
Bescheid, wann wir wieder hin müssen.«

Sie nickte. Ich küsste ihre Wange.

»Dank dir, meine Liebe«, murmelte sie.

Ausnahmsweise dachte ich, sie könnte es ehrlich meinen.

Ich ging allein hinaus, und gerade als ich die Haustür hinter mir schließen wollte, glaubte ich ihre Stimme zu hören, die mich zurückrief. Ich wartete einen Moment auf der Eingangstreppe, für alle Fälle. Aber es herrschte nur Stille. Ich musste mich geirrt haben.

Um drei Uhr am nächsten Morgen, da wusste ich es plötzlich beinahe. Ich hatte von ihr und Mutter, von beiden zusammen geträumt, eine von diesen verrückten, durcheinander gemischten Geschichten, die für jeden Psychiater ein gefundenes Fressen wären. Plötzlich wachte ich auf und *wusste*, dass da in dem Traum etwas gewesen war, das ich festhalten wollte, eine Erklärung, die alles – das Leben, die Liebe, die Bedeutung des Universums – absolut klar werden ließ… Aber natürlich zerrann es fast im Nu, und ich lag da, wach und mit pochendem Herzen.

Ich schleppte mich in die Küche hinunter, um mir ein Glas Wasser zu holen, stand am Fenster und trank es. Die ersten schwachen Streifen der Morgenröte tauchten bereits im Osten auf. Ich war froh, dass Samstag war – der ungewohnte Luxus eines Vormittags ganz für mich allein. Während ich dastand und noch einmal an den Traum zurückdachte und an Mutters verschwundenes Foto, da zeichnete sich plötzlich der Schlüssel jenes Rätsels, der mir entglitten war, scharf gestochen gegen den heller werdenden Himmel ab. Es war tatsächlich, als ob eine Glühbirne über meinem Kopf aufflammte, genau wie die, die man in Karikaturen sieht, oder wie eine dieser Sprechblasen mit »*D i e Idee!*« in der Mitte

Wie besessen kramte ich in der Schublade nach Stift und Papier. Ich konnte mich nicht mal hinsetzen, so aufgeregt war ich. Fieberhaft schrieb ich alles nieder: Daten, Erinnerungen, Andeutungen und so weiter. Ich war überzeugt, dass ich Recht hatte. Alles, was jetzt noch fehlte, war, Delia damit zu konfrontieren.

Ohne vorher anzurufen fuhr ich zu ihr. Es ist kurz nach zehn Uhr. Ich wusste, sie war schon auf. Ich klingelte wie gewöhnlich, aber diesmal gab ich ihr keine Gelegenheit, den Flur entlangzuschlurfen. Ich steckte meinen Schlüssel ins Schloss und drückte gegen die Tür. Ich drückte noch einmal. Der Sicherungsbolzen war vorgeschoben. Wir hatten vereinbart, dass sie diese Türsicherung nur benutzt, wenn sie für längere Zeit aus dem Hause geht – zum Beispiel ins Kino oder zum Tee mit Margaret –, aber niemals, wenn sie allein drinnen ist. Mrs. Doyle fuhr ungerührt fort, ihre Hecke zu schneiden.

»Oh, Sie haben Sie gerade eben verpasst«, sagte sie mitleidig. »Das Taxi ist gerade weg – vor etwa zehn Minuten.«

Taxi?

Ich gab mir Mühe, gelassen zu reagieren.

»Oh, ich habe bloß gestern Abend vergessen, ihr etwas zu geben. Hat sie zufällig erwähnt, um welche Zeit sie wieder zurück ist?«

Da tauchte etwas im Gesichtsausdruck dieser Frau auf, das ich nicht deuten konnte.

»Wollen Sie nicht reinkommen – auf 'ne Tasse Tee?«, fragte sie.

Und so erfuhr ich, dass meine Tante Delia fort ist – ein für alle Mal. Mrs. Doyle war peinlich berührt. Ich empfand in dem Augenblick absolut nichts.

»Es war alles vollkommen fair, vollkommen legal«, erklärte sie nervös und zupfte an den Perlen um ihren Hals. »Ihre Tante hat drei Wertgutachten für das Haus eingeholt, und unser Sohn und seine Frau haben sich bereit erklärt, die höchste geschätzte Summe zu zahlen. Sie hat wirklich einen guten Preis gekriegt.«

Das Letzte sagte sie wie zur Verteidigung. Ich hob die Hand, um die Flut der Worte zurückzuhalten, die ich förmlich hinter den blassrot gefärbten Lippen aufgestaut sah.

»Daran zweifle ich keinen Moment, Mrs. Doyle. Es ist nur... Na ja, Sie verstehen wohl, dass es für mich so etwas wie ein Schock ist. Ich bin gestern den ganzen Tag mit ihr zusammen gewesen, und sie hat nichts gesagt.«

Selbst in meinem benommenen Zustand wurde mir klar, wie wahr und dennoch absolut unwahr diese letzte Behauptung war. Denn genau betrachtet hatte Delia gestern mehr gesagt als in den vorangegangenen fünfzehn Jahren.

Die Frau nickte voller Mitgefühl mit dem gefärbten Kopf, eifrig darauf bedacht, nett zu sein, nachdem sie die Last etwaiger Schuldgefühle mir gegenüber los war.

»Sie war ja immer ein bisschen... exzentrisch.«

Ich lächelte.

»Ja, das war sie.«

Schon jetzt sprach ich von ihr in der Vergangenheitsform. Meine Zukunft hing vor mir, ausgeleiert wie eine von Delias alten Strickjacken. Noch ein letzter Wurf mit dem Würfel:

»Hat sie zufällig eine künftige Adresse hinterlassen?«

Mrs. Doyle schüttelte heftig den Kopf.

»Nein. Da war sie völlig unerbittlich. Sagte, jetzt käme ein neues Leben für sie, und alle alten Verbindungen hier seien beendet.«

Aus irgendeinem Grunde... Es schmerzte!

»Der gesamte Inhalt soll verkauft werden, zu Gunsten der Wohlfahrt. Der Taxator ist gestern Nachmittag da gewesen. Ich hab ihn selbst reingelassen...«

Ihre Stimme verlor sich. Ich fragte mich plötzlich, als was mich Mrs. Doyle wohl betrachtete, wie ich dasaß in ihrer Küche an einem gewöhnlichen Samstagmorgen, und die Tassen mit Tee zwischen uns wurden kalt. Eine pflichttreue, schockierte fünfzigjährige Frau, übertölpelt und verlassen? Eine, über die sie mitleidig mit der Zunge schnalzen kann, wenn ihr Mann vom Golfspielen heimkommt? Oder eine geldgierige Verwandte, eine, die immer nur aus verbissenem Pflichtgefühl zu Besuch gekommen ist, eine, die soeben ihre wohlverdiente Strafe bekommen hat?

Das musste ich Delia lassen: Der Krankenhausbesuch war ein Meisterstreich! Sie wusste, ich war ein Einfaltspinsel, sie wusste, es würde mich Zeit kosten, zwei und zwei zusammenzurechnen und tatsächlich auf vier zu kommen, ohne dass sie sich mehr in die Karten blicken lassen musste, als ihr lieb war.

»Hat sie gesagt – zu wem sie zieht?«

Aber ich wusste die Antwort sowieso schon. Mrs. Doyle ist wenig gesprächig.

»Zu ihrem Sohn?«

Irgendwie wusste ich auf einmal, dass Delias Baby keine Tochter ist.

Jetzt blickte die Frau verblüfft drein.

»Ja! Dann wussten Sie also von dem jungen Kenneth?«

Ich nickte.

»Ich wusste es. Aber erzählt hat sie es mir nie. Er ist der, der ihr immer die *Sweet Afton* geschickt hat.«

Jetzt schaute sie verständnislos, und ich erklärte es auch nicht. Mein Leben fühlte sich auf einmal sehr leer an. Ich fing sogar an, meinen Mangel an Ehrgeiz in der Bank zu bereuen. Aber die ganze Sache hatte doch eine gewisse unerbittliche Logik, es war das ökonomische Wegschneiden loser Enden: Mutter nimmt Delia Kenneth weg. Delia nimmt mir Kenneth weg. Ein Bruder, Halbbruder – was bedeuteten schon Bruchstriche? Wenigstens hatte ich tatsächlich eine Familie, da draußen, irgendwo. Und darin lag doch immerhin ein bisschen Trost. Nicht dass er es je wissen wird.

»Oh – sie hat ein Paket für Sie dagelassen.«

Ich nahm es und ging. Ich machte mir nicht mal die Mühe, ihr die Hand zu schütteln.

Im Wagen wickelte ich das Paket aus dem braunen Papier. *Scrabble, Ludo, Schlangen und Leitern*, Spielkarten, vier scheußliche Puzzles, bestimmt alle mit fehlenden Teilchen. Ein Miniatur-Schachspiel, das ich vorher noch nie gesehen hatte.

Schachmatt, Delia!

MARISA MACKLE

*Ein Wochenende
unter Freundinnen*

Marisa Mackle, im nordirischen Armagh geboren, lebt in Dublin und Marbella. Ihr erster Roman *Mr Right for the Night* erschien im Mai 2002. Sie widmet diese Erzählung ihrer besten Freundin Roxanne Parker, mit der sie viele Wochenenden verbracht hat.

Viele Männer fuhren ohne ihre Freundinnen weg. Oder ihre Ehefrauen. Das war durchaus üblich. Ja, das war durchaus üblich. Und nur weil man alleine wegfuhr, bedeutete das doch nicht gleich, dass man untreu war, oder? Selbst wenn übermäßig viel Alkohol im Spiel war. Und Frauen. Die nur wenig anhatten. Weil es so heiß war.

Es war doch ganz normal, wenn man zur Abwechslung mal mit seinen Kumpels wegfahren wollte, oder nicht? Das war einfach so unter Männern. Hatte was mit Golfspielen zu tun und so. Und Kontakten. Ja, Kontakte waren heutzutage eine ganz wichtige Sache, oder nicht? Dagegen hatte Emma nichts einzuwenden. Keineswegs. Wie käme sie denn dazu? Sie hätte genau das Gleiche mit den Mädels getan, sagte sie sich, als sie auf dem Sofa im Wohnzimmer saß. Allein. Die Mädels. Hm. Wann war sie mit ihnen schon mal weggefahren?

Nicht sehr oft.

Äußerst selten.

Eigentlich noch nie.

Wenn man's genau nahm.

Denn die Mädels sahen keinen Sinn darin, ohne die Jungs wegzufahren.

Komisch, oder?

Wenn man bedachte, dass die Jungs ganz selbstverständlich ohne die Mädels wegfahren.

Wie dem auch sei, warum sollte sie jetzt viele Gedanken daran verschwenden? Martin würde in fünf Tagen, sechzehn Stunden und fünfundvierzig Minuten wieder zurück sein, wenn der Flug keine Verspätung hatte. Und dann wäre alles vorbei.

Die Ferien.

Er hatte angerufen, natürlich. So wie er es versprochen hatte. Was wirklich toll war. Ein anderer Mann hätte es möglicherweise vergessen.

Nur hatte er von einer Kneipe aus angerufen. Was nicht ganz so toll war. Weil sie ihn nicht richtig verstanden hatte. Und einer der Jungs hatte sich den Hörer geschnappt und reingerülpst. Was ziemlich widerlich war.

Im Hintergrund hatte sie Frauenstimmen gehört. Was sie eigentlich nicht so sehr überraschen sollte. Schließlich würden sie ja kaum in eine reine Männer-Kneipe gehen. Vielleicht hätten die Frauen nur nicht so nah am Telefon sein müssen. So nah, dass Emma ihren harten skandinavischen Akzent raushören konnte.

Sie waren wahrscheinlich richtig braun gebrannt. Und blond. Von der Sorte, die am Strand ihre Oberteile runterreißt. Mist.

Das Telefon klingelte.

Lieber Gott, lass es ihn sein.

Vielleicht wollte er sich wegen gestern Abend entschuldigen.

»Emma?«

Ach je. Es war Annette. Ihre beste Freundin. Die einzige ihrer Freundinnen, die Männer für reine Zeitverschwendung hielt. Emmas Laune sank rapide. Sie war einfach nicht in der Stimmung, sich eine Lektion nach dem Motto »Du musst dein eigenes Leben leben« anzuhören.

»Was machst du?«, fragte Annette.

»Nichts Besonderes.«

»Lass mich raten. Du siehst fern.«

»Na und wenn schon? Es ist schließlich Montag.«

»Stimmt, aber das hast du auch schon gestern und am Samstag und am Freitag gemacht. Du lieber Himmel, wenn

Martin dich fragt, was du die ganze Woche über getrieben hast, muss er dich für eine langweilige alte Tante halten.«

»Das lass mal meine Sorge sein«, murmelte Emma.

»Du trinkst doch nicht etwa, Em, oder?« Annettes Frage hatte einen scharfen Unterton.

»Nur ein Glas Rotwein.«

»Ich trau dir nicht, wenn du trinkst, Em«, sagte Annette mit Argwohn in der Stimme. »Mach bloß keine Dummheiten.«

»Was denn zum Beispiel?«

»Na, zum Beispiel… Martin anrufen.«

»Ich wüsste zu gerne, wie er mit den anderen auskommt.«

Oder ob die anderen mit ihm auskommen, dachte Annette ärgerlich. Sie würde nie verstehen, was Emma an diesem Idioten fand. Es war schrecklich, wie er ihre vergnügte Freundin in eine unsichere Neurotikerin verwandelt hatte.

»Hör zu«, sagte sie ganz sachlich, »du musst Martin den Eindruck vermitteln, dass du auch ohne ihn deinen Spaß haben kannst, o.k.?«

»Du hast Recht«, sagte Emma und zögerte kurz. »Aber… äh… wie soll ich das anstellen?«

»Na ja, es wird nicht ganz leicht sein, das muss ich zugeben«, sagte Annette, »du musst mal raus aus deinem trauten Heim, mal übers Wochenende wegfahren.«

Emma überlegte. Übers Wochenende wegfahren. Liebe Güte, das hatte sie schon seit Jahren nicht mehr getan. Vielleicht war das gar keine so schlechte Idee.

»Und wohin sollen wir fahren?«

»Keine Ahnung«, sagte Annette. »Galway ist immer einen Ausflug wert, aber ich bin offen für alles.«

»Galway… hm… Aber vorher muss ich Martin noch anrufen.«

»Warum?« Annette spürte, wie Ärger in ihr hochstieg.

»Na ja, also, damit er weiß, wo ich bin, nur für den Fall, dass er anruft. Er könnte sich sonst fragen, wo ich stecke.«

»Das wär doch nicht schlecht, Emma.«

»Meinst du?«

»Lass ihn schmoren. Ich weiß, das ist schwer, aber es wird sich zu guter Letzt auszahlen. Er wird total verrückt nach dir sein, wenn du zurückkommst.«

»Oh«, Emma musste fast lächeln. »Meinst du wirklich?« Es war so lange her, dass Martin verrückt nach ihr gewesen war, dass sie fast vergessen hatte, wie sich das anfühlte.

»Bestimmt«, sagte Annette, die keineswegs davon überzeugt war. So wie sie Martin kannte, war das Einzige, wonach er verrückt war, er selbst.

»Na dann«, sagte Emma. »Ich überlass es dir, irgendwas zu buchen. Stell dir nur mal vor! Das ist vielleicht das letzte Mal, dass wir Mädels zusammen wegfahren.«

»Wie meinst du das?« Annette klang misstrauisch.

»Na ja, also…«, stotterte Emma.

»Also was?« *Gab es da vielleicht irgendein Geheimnis, das Emma vor ihr verbarg?* »Sag bloß nicht, dass du und Martin überlegt, ob ihr… na, du weißt schon.«

»Also wenn ich dir jetzt was erzähle, versprichst du mir, dass du es niemandem weitersagst?«

»Versprochen.« *Mein Gott, was kam jetzt wohl?*

»Kurz bevor er weggefahren ist, hat Martin gesagt, dass er etwas Zeit braucht, um über ein paar Dinge nachzudenken.«

»Wirklich?« *Martin konnte denken? Wer hätte das geglaubt!*

»Ja«, antwortete Emma. »Und ich schätze mal, wenn er sich alles gründlich überlegt, wird er, na ja, einen Schritt weitergehen wollen.«

»Möchtest du mit Martin tatsächlich den Rest deines Lebens verbringen?« Annette war skeptisch. »Ich meine, woher weißt du denn, dass er der Mann fürs Leben ist? Bist du dir sicher, dass dich nicht einfach nur Torschlusspanik überfallen hat?«

»Martin ist der Richtige für mich.« Emma klang verletzt. *Warum glaubt mir das eigentlich niemand?*

»Okay.« Annette beschloss, das Thema fallen zu lassen. »Dann werde ich also für uns ein Zimmer in Galway buchen.«

»Ja, mach das.«

»Und du wirst es dir nicht anders überlegen und in letzter Minute absagen?«

»Nein«, versprach Emma.

Annette buchte ein Zimmer mit Frühstück in einer Pension nahe dem Zentrum von Galway. Sie freute sich darauf, aus Dublin herauszukommen. In der Stadt war es an den Sommerwochenenden heiß und schwül, und sie fühlte sich dann immer wie eingesperrt.

Annette konnte nicht verstehen, was Emma an Martin anzog. Überhaupt nicht.

Andererseits warf man ihr oft genug vor, ziemlich unromantisch zu sein.

Ihr letzter Freund, Anthony, hätte alles getan, damit sie ihn heiratete. Aber irgendetwas hatte einfach nicht gestimmt. Es war ihr nicht genug gewesen, »irgendwie verliebt« zu sein. Sie musste verrückt sein vor Liebe. Sonst war es nichts.

»Ich würde für dich sorgen«, hatte Anthony oben auf dem Eiffelturm zu ihr gesagt, als sie ein verlängertes Wochenende in Paris verbrachten.

Annette war es schwindlig geworden.

Aber nicht vor Verlangen…

Sie hatte Höhenangst.

»Aha«, hatte Annette gesagt.

»Du müsstest nicht mehr arbeiten.«

»Verstehe.«

»Ich würde mich um alles kümmern.«

»Wie bitte?«

»Du müsstest für den Rest deines Lebens keinen Finger mehr krumm machen.«

»Aber Anthony, ich will arbeiten. Ich arbeite gern. Und das weißt du auch. Ich sag das nicht nur so.«

Auf einmal wurde er ganz ernst.

»Aber Annette«, sagte er, »mir wäre es lieber, wenn du nicht arbeiten würdest.«

Wofür hielt er sie eigentlich, eine Invalide?

Damals hatte sie beschlossen, dass sie niemals versorgt, unterstützt oder sonst was in der Art werden wollte. Sie war durchaus im Stande, für sich selbst zu sorgen. Alles, was sie wollte, war ein bisschen Vergnügen und Spaß haben. Und was immer Emma auch mit Martin zu teilen glaubte, besonders viel Spaß schien es nicht zu machen.

Es war fast elf Uhr, als Emma feststellte, dass sie seit dem Aufwachen kein einziges Mal an Martin gedacht hatte. Ob das wohl etwas zu bedeuten hatte, fragte sie sich.

»Emma? He, wach auf! Kommst du mit auf einen Kaffee?«, fragte Lorna, die andere Sachbearbeiterin im Büro.

»Entschuldigung, Lorna.« Emma lächelte. »Ich war gerade in Gedanken.«

»Na, an wen du da wohl gedacht hast…«, sagte Lorna.

»Er kommt am Samstag zurück.«

»Und du wirst am Flughafen stehen und das Flugzeug reinwinken, wie ich dich kenne.« Lorna grinste.

»Nein«, sagte Emma abwehrend und stand von ihrem Computer auf. »Ich werde nicht da sein.«

»Ach?«

»Ja, ich werde mit einer Freundin einen Wochenendausflug machen.«

»Mit einer Freundin? Ist alles in Ordnung mit dir, Emma? Du bist doch nicht krank oder so?«

»Wie kommst du denn da drauf?«

»Na ja, du hast die letzten Monate damit verbracht, Trübsal zu blasen, weil Martin ohne dich in Ferien fahren wollte.«

»Mag sein, aber jetzt habe ich meine Meinung halt geändert.«

Sie wollte Lorna nicht zu viel erzählen. Sie war die größte Plaudertasche, die Emma kannte, und stand mit so gut wie jedem in Dublin auf du und du. Lorna betrachtete das geradezu als ihre Pflicht. Wenn man etwas geheim halten wollte, war man besser beraten, es in der Kantine ans schwarze Brett zu schlagen, als es ihr zu erzählen. Das war das Problem mit Dublin, dachte Emma, als sie ihrer Kollegin in die Kantine folgte. Es war zu klein. Dublin war ein Dorf, was Klatsch anging. Ein Dorf.

»Da ist ja Suzie. Sie scheint also nicht mehr krank zu sein«, murmelte Lorna und gab einen Löffel Zucker in ihren Tee.

»Ach«, sagte Emma ohne großes Interesse. »Was hatte sie denn?«

»Was hatte sie *nicht*, wenn du weißt, was ich meine«, gab Lorna in verschwörerischem Ton zurück. »Krank, dass ich nicht lache!«

»Ich habe keine Ahnung, wovon du redest«, sagte Emma.

Das stimmte. Sie hatte tatsächlich keine Ahnung. Sie bekam von dem Klatsch im Büro rein gar nichts mit. Wie konnte es Spaß machen, sich über Kollegen das Maul zu zerreißen? Das war der Grund, warum sie irgendwann nicht mehr mit den Mädels ausgegangen war. Nach Büroschluss wurden in der Kneipe die Messer gewetzt und kein Kollege kam ungeschoren davon.

Zumindest keiner, der nicht mit in der Kneipe war.

Offenbar.

»Anscheinend war Suzie auf einer sechswöchigen Sauftour.«

»Was? Willst du damit sagen, dass Suzie… dass Suzie ein Alkoholpro-«

»Mein Gott, Emma, auf welchem Stern lebst du eigentlich? Die ist doch vollkommen durchgedreht, als der Typ mit dieser Frau durchgebrannt ist.«

»Welcher Frau?«

»Na, der Frau vom Fernsehen.«

»Fernsehen?«

»Niemand Berühmtes oder so.« Lorna machte eine wegwerfende Handbewegung. »Die eine, die das Strickprogramm macht, du weißt schon, das niemand anguckt.«

»Ach ja.«

»Trotzdem.«

»Trotzdem, ja.«

»Ich möchte nicht in ihrer Haut stecken... wo sich doch alle das Maul zerreißen... und so.«

Nicht alle zerreißen sich das Maul, dachte Emma. *Nur du.*

»Und sonst? Irgendwelche Neuigkeiten?«

»Äh, nein«, murmelte Emma und sah auf ihre Uhr. »O je, schon wieder so spät!«

Lieber Gott, lass es bald Freitag werden!

»Oh, ich hasse Enfield«, rief Annette, nachdem sie schon eine halbe Stunde im Freitagabend-Stau festsaßen. »Das ist doch absurd. Was denken die sich eigentlich, können die nicht endlich mal eine zweite Spur auf der Straße von Dublin nach Galway bauen?«

»Wenn wir Enfield erst mal hinter uns haben, wird die Straße breiter und dann müssten wir eigentlich freie Fahrt haben«, erklärte Emma. Sie freute sich rauszukommen. Raus aus Dublin. Raus aus dem Büro und weg von Lorna, der Bürospionin. »Annette, ich hab dir noch gar nicht gesagt, wie dankbar ich dir für deinen Vorschlag bin. Ich war wirklich dabei zu verblöden, weil ich ständig nur an Martin gedacht habe – als würde ihn das schneller zurückbringen.«

»Freut mich, dass du das sagst«, meinte Annette. »Schau mal da drüben, ein Pferd«, fügte sie hinzu, nur für den Fall, dass Emma weiter über Martin reden wollte. Gespräche über Martin neigten dazu, kein Ende zu finden. Und es war nicht einmal so, dass er ein besonders interessanter Typ war.

»Ich finde, der Westen von Irland hat was. Martin würde es hier bestimmt gefallen.«

»Klar, er war ja auch vor nicht allzu langer Zeit hier«, schnappte Annette zurück. »Erinnerst du dich nicht an Paddy Naughtons Junggesellenparty?«

»Ach ja…«, sagte Emma leise. »Das hatte ich ganz vergessen.«

»Das ist doch eine nette kleine Pension.« Annette ließ sich auf eines der beiden riesigen Betten fallen. »Erinnert mich an eine Ferienreise aus meiner Kindheit. Wir haben damals in genau so einer Pension übernachtet.«

Um Emmas Lippen spielte ein verträumtes Lächeln. »Mich erinnert sie an ein Wochenende, das ich mal mit…«

»Ist es dir recht, wenn ich als Erste unter die Dusche gehe?« Annette sprang auf. »Ich bin ein bisschen verschwitzt nach der langen Fahrt.«

Emma hatte verstanden. *Ich muss aufhören, dauernd an Martin zu denken*, sagte sie sich, als sie mit geschlossenen Augen auf dem Bett lag und sich vorstellte, wie er sich braun gebrannt in einem Liegestuhl räkelte.

Wie er exotische Cocktails trank.

Unter Palmen.

Ohne sie.

»Kein schlechter Laden hier.« Annette kam mit zwei Gläsern Bier zurück und stellte sie auf den Tisch. »Du glaubst es nicht, wie viele Typen versucht haben, mich an der Bar anzubaggern.«

»Na, wie viele waren's denn?«

»Also… genau genommen nur einer.« Annette lachte. »Aber die anderen sahen alle so aus, als hätten sie es getan, wenn ich ihnen Gelegenheit dazu gegeben hätte.«

»Aber du bist nicht wirklich drauf aus, einen abzuschleppen, oder?«, fragte Emma. »Wir sind doch nur hier, um uns zu amüsieren, oder?«, fügte sie ein wenig beunruhigt hinzu.

»Ich erinnere mich.« Annette beugte sich zu ihrer Freundin rüber und flüsterte: »Ich erinnere mich noch an die Zeit, als für dich sich amüsieren und einen Typen abschleppen das Gleiche war.«

»Ich fass es nicht, da sind ja gleich zwei davon«, rief einer der Typen laut, als sie in den ersten Pub kam.

»Ich vermute, das soll ein Kompliment sein«, lachte Annette, als sie mit Emma im Schlepptau an ihm vorbeimarschierte.

Sie schnappten sich zwei Stühle.

Es dauerte nicht lange und sie hatten Gesellschaft.

Von einem einsamen Mann.

Einem betrunkenen einsamen Mann.

Mit roten Haaren.

Er kam aus Nordirland.

»Wie nennt man ein Mädchen, das man nett findet?«, fragte er, als Annette ihm schließlich ihren Namen verriet, und konnte sich vor Lachen fast nicht halten.

»Wissen Sie eigentlich, dass Sie der Erste sind, der mich das fragt?« Annette schnitt eine Grimasse. Sie musterte die Leute, die sich an der Bar drängten. Ein paar der Jungs waren gar nicht übel. Nur schade, dass sie sich alle auf der anderen Seite des Raums zu befinden schienen.

»Jetzt hab dich doch nicht so. Wo bleibt dein Sinn für Humor?«

»O Mist, den muss ich im Hotel vergessen haben, genauso wie meine Toleranz gegenüber Leuten wie dir.«

»Ich hab's doch nicht böse gemeint.« Das Lächeln verschwand vom Gesicht des Mannes.

»Das wissen wir«, mischte sich Emma begütigend ein. Sie hatte keine Lust, in einen Streit zu geraten, noch bevor der

Abend richtig begonnen hatte. Annette war so leicht zu reizen, wenn sie ein paar Drinks intus hatte. »Wie wär's, wenn wir es mit der Bar nebenan probieren?«, schlug sie Annette vor. »Sah auch ganz nett aus.«

Annette zuckte mit den Achseln. »Ein Pub ist so gut wie der andere«, stimmte sie zu. »Okay.«

Und dort lernten sie Dave kennen. Im anderen Pub.

Er hatte dunkle Haare und riesige dunkle Augen, die hinter schwarz gefassten Brillengläsern verborgen waren. Emma fand, dass er das schönste Gesicht besaß, das sie je gesehen hatte. Er drehte sich mit dem Rücken zur Bar, und über die vielen verschwommenen Gesichter in dem dicht besetzten verrauchten Raum hinweg trafen sich ihre Blicke.

Sie wusste nicht, wie das eigentlich passiert war. Emma zog sonst nie den Blick eines Mannes auf sich. Das tat sie einfach nicht. Daher beschloss sie rasch, dass sie jetzt auch nicht damit anfangen würde. Sie drehte ihm den Rücken zu, um nicht in Versuchung zu geraten, ihm noch einmal in die Augen zu schauen. Und sie dachte daran, wie sehr sie Martin liebte. Martin. Ihre große Liebe, dachte sie etwas verzagt.

Nachdenklich starrte sie ihr zweites (oder war es ihr drittes?) Bier an. Sie wollte nicht hochsehen. Weil das nur bestätigen würde, dass ihr der dunkelhaarige Typ gefiel. Was er ja nicht tat. Keineswegs. Nein, nein. Er war nur irgendein Typ. Könnte sonst wer sein. Und sie war in festen Händen. *Sehr festen.* Hörte sich das nun gut an oder schlecht?

»Wo kommt ihr beiden denn her?« O mein Gott, er stand neben ihnen. Er hatte sie angequatscht. Die Brille hatte er abgenommen. Wie süß. Das hatte er wohl gemacht, weil er sich damit befangen fühlte. Er meinte wohl, er sähe ohne sie besser aus.

Aber er sah Annette an. Was natürlich… na ja… was natürlich gut war, weil Annette, also, weil Annette keinen

Freund hatte… und sie selbst… na ja, also sie selbst war ja vergeben.

»Wir sind aus Dublin«, antwortete Annette und schenkte ihm ein strahlendes Lächeln. Was ihr gar nicht ähnlich sah. Die muss ja scharf sein, dachte Emma. Ungeheuer scharf. »Und wo kommst du her?«

»Ursprünglich aus Cork, aber die letzten fünf Jahre habe ich in London gelebt.«

»Ach nein. In London… Ich finde London toll. Ganz toll. Ich fahr da dauernd hin. Verrückte Stadt.«

Emma konnte sich ein Grinsen kaum verkneifen. Soweit sie wusste, war Annette nur ein einziges Mal in London gewesen. Als Kind. Um sich den Tower anzusehen und Madame Tussaud's.

Mit ihrer Mama.

»Seid ihr beiden hier in Ferien?«

»Nur übers Wochenende, leider.« Annette spielte an ihrem Glas herum. »Ein Wochenende unter Freundinnen.«

»Eure Männer habt ihr also zu Hause gelassen.«

»Also, ich habe keinen Freund«, sagte Annette ohne Umschweife. »Aber Emma hat einen.«

»Und den hast du zu Hause gelassen?« Er blickte Emma in die Augen. »Richtig emanzipiert.«

Emma lächelte schüchtern. Er war wirklich nicht übel.

»O nein«, mischte sich Annette ein. »Emmas Freund ist zum Golfen weggefahren. Sonst wären wir nicht hier, stimmt doch, Em?«

Emma merkte, dass ihr die Röte ins Gesicht stieg. Annette ließ sie ganz schön blöd dastehen. Machte sie etwa immer diesen Eindruck auf andere Leute? O Gott! Dachten die Leute wirklich, dass sie ein so trauriges Dasein führte?

Vielleicht taten sie das. Natürlich würde niemand etwas zu ihr sagen. Selbstverständlich nicht. Zumindest würde es ihr niemand ins Gesicht sagen. Aber was war mit Leuten wie

Lorna? Wie redete Lorna über sie in der Kantine, wenn sie nicht dabei war? Emma erschauerte. Es war das Beste, sich gar nicht erst vorzustellen, was die Leute so über sie redeten.

»Ich heiße übrigens Dave.«

»Und ich heiße Annette und das hier ist meine beste Freundin Emma.«

»Mein Freund steht da drüben an der Bar. Stört es euch, wenn ich ihn herhole?«

»Nein, überhaupt nicht«, erwiderte Annette wie aus der Pistole geschossen. »Wir rücken einfach ein bisschen zusammen.«

»Rutsch ein Stück, der Freund kann neben dir sitzen…«, sagte sie, als Dave weg war, und schubste Emma an. »Glaubst du, ich hab Chancen bei ihm?«

»Sicher.« Emma versuchte fröhlicher zu klingen, als ihr zu Mute war. Was war nur mit ihr los? Sie sollte sich für Annette freuen. Und sich nicht aufführen wie eine eifersüchtige Megäre, weil jemand ihre Freundin angemacht hatte. Das war doch lächerlich. »Ich glaube, er mag dich«, log sie. »Du solltest dich ranhalten.«

»Vielleicht gefällt dir ja sein Freund.«

»Ich bin schon vergeben, hast du das vergessen?« Emma lächelte gezwungen.

Bislang hatte Emma das immer gerne gesagt. »*Ich bin schon vergeben*«, klang irgendwie gut. Oder »*Ich habe eine feste Beziehung*«, »*Ich hab schon einen Freund*«, »*Mein Partner und ich…*« oder einfach nur »*Wir*«.

Jetzt hörte es sich abweisend an und nicht sehr nach Spaß.

Plötzlich hatte sie Lust, etwas völlig Verrücktes zu rufen wie »Ich bin frei!«, »Ich bin noch zu haben!« oder »Könnten alle allein stehenden Männer in diesem Pub bitte kurz die Hand heben?«

Hör auf damit, ermahnte sie sich. Sofort. In deinem Innersten weißt du, wie glücklich du dich schätzen kannst, Martin zu haben.

So glücklich.

Oder vielleicht auch nicht.

Denn wenn sie glücklich wäre, würde sie sich auch so fühlen, wenn sie mit Martin zusammen war – oder nicht? Und sicher. Und geborgen.

Und so fühlte sie sich eigentlich nie.

Mit Martin.

»Was wollt ihr trinken?«

Dave war zurück. Mit Freund. Der ziemlich betrunken aussah. Allerdings sahen viele Leute in der Kneipe so aus. Emma versuchte sich zu erinnern, wann sie das letzte Mal vollkommen betrunken gewesen war. Es fiel ihr nicht ein.

Wäre es nicht großartig, mal wieder so richtig betrunken zu sein?

Martin mochte es nicht, wenn sie trank.

Nein.

Er wollte lieber, dass sie fuhr.

»Ich nehme eine Bacardi-Cola«, sagte Emma. *Was soll's.*

»Für mich das Gleiche«, schloss sich Annette an.

»Für mich Jack Daniels. Nicht so viel Eis«, sagte der Freund. Er stellte sich als Ben vor.

Emma streckte ihm ihre Hand entgegen. Er beugte sich vor, um sie zu küssen. Und kippte um.

Annette kreischte vor Lachen. »Ach, ist das komisch.«

Emma wusste nicht, ob sie ihr zustimmen sollte.

Dave kam zurück. Er setzte sich neben Annette. *Na und?*

Emma nippte an ihrer Bacardi-Cola. Sie war stark. Gut.

Manchmal konnte man nicht sagen, ob sie überhaupt Bacardi reingetan hatten. Der Geschmack von Bacardi erinnerte sie an Spanien.

Sie fragte sich, ob Martin in Spanien Bacardi trank.

Ben sagte: »Was machen zwei so tolle Mädels wie ihr hier?«

»Das Gleiche wie ihr beiden tollen Jungs«, gab Emma zurück.

»Galway is 'ne klasse Stadt, oder? Schon mal hier gewesen?«

»Oft«, sagte Emma und stellte fest, dass Bens Augen blutrot unterlaufen waren. Dem würde morgen der Schädel ganz schön brummen.

Die beiden Frauen endeten in einem überfüllten Nachtclub, in dem jeder Gast entweder Student oder Tourist zu sein schien. Alles um sie herum schien zu schwanken. Der Drink war Emma direkt in den Kopf gestiegen. Sie konnte es kaum erwarten, auf die Tanzfläche zu kommen.

»Lass uns noch was trinken«, sagte Annette.

Emma widersprach nicht.

Schließlich musste sie am nächsten Tag ja nicht früh aufstehen.

»Wo sind die Jungs hin?«

»Sie kommen nach«, erklärte Annette. »Sie wollten im Pub erst noch was trinken.«

»Und? Glaubst du, mit Dave läuft was?« Emma versuchte möglichst teilnahmslos zu klingen.

»Du erinnerst dich an seinen Namen?« Annette tat überrascht. »Mensch, Em, du machst ja eine erstaunliche Wandlung durch.«

Emma schnitt eine Grimasse, während sie versuchte, den Barkeeper auf sich aufmerksam zu machen.

»Er steht auf dich.«

»Wer? Der Barkeeper?« Emma sah verwirrt drein.

»Nein… Dave.«

Emma erblasste. Sie musste sich verhört haben. Sie konnte unmöglich richtig gehört haben. Hatte Dave nicht die letzte halbe Stunde intensiv auf Annette eingeredet, während sie sich bemüht hatte, Bens unsinnigem Gestammel zu folgen?

»Ich sag's dir, er steht auf dich.«

»Und was ist mit dir?«

»Kein Grund, herablassend zu werden«, sagte Annette.

»Tut mir Leid… ich wollte nicht… ich meine…«

»Komm schon, denk dir nichts.« Annette begann zu lachen. »Ich hab dich doch nur aufgezogen. Abgesehen davon habe ich gerade mein nächstes Opfer entdeckt.«

»Was?«

»Aber ja, siehst du da drüben den Typ mit den blonden Haaren? Der gehört mir.«

Und damit war sie weg.

Emma sah verwundert hinter ihrer Freundin her. Wäre es nicht großartig, so zu sein wie sie? Einfach einer Laune zu folgen, ohne groß zu überlegen.

»Hallo.«

Sie wirbelte herum. Und stand Dave gegenüber. Mann. So viel dazu, vom Blitz getroffen zu sein. Sie versuchte, ihren Blick von ihm zu lösen. Ging nicht. Sie konnte nicht aufhören, ihn anzusehen. Das war lächerlich. Sie war doch kein Teenager mehr.

»Was willst du trinken?«

»Äh…« Emma zögerte. Sollte sie noch eine Cola mit Bacardi trinken? Oder doch lieber nur Cola?

Ohne was drin.

Vielleicht.

»Bacardi-Cola«, sagte sie.

Sie beobachtete ihn, wie er geduldig an der Bar stand, um seine Bestellung loszuwerden. Er hatte zarte Haut, stellte sie fest, und seine Augen waren faszinierend. Sie schienen in ihrer Seele lesen zu können.

Das war ausgesprochen beunruhigend.

Als er von der Bar wegtrat, stieß er mit einem schmusenden Paar zusammen. Sie hörte, wie er sich entschuldigte.

»Wie konnte das denn passieren?«, kicherte sie, als er ihr das Glas reichte.

»Ich hab sie einfach nicht gesehen«, gestand Dave.

»Du bist blind wie ein Maulwurf, oder?«

»Stimmt, ich bin ziemlich kurzsichtig.«

»Na, dann behalt doch deine Brille auf.«

»Meinst du?«

»Na klar. Ich finde, die Brille steht dir.«

»Trägt dein Freund auch eine?«

»Nein.«

Und wenn?, dachte sie. Was wäre, wenn sie einen anderen Mann küssen würde? Einen anderen als Martin? Wer würde jemals etwas davon erfahren.

Niemand.

Wahrscheinlich.

Schon der Gedanke machte sie nervös. Was, wenn sie es einfach darauf ankommen ließ?

»Auf dein Wohl.« Dave lächelte sie an.

Sie lächelte zurück.

Was wäre, wenn?

»Hej, das ist mein absoluter Lieblingssong.« Emma ließ sich in Daves Arme sinken. Ungefähr sieben Bacardi-Cola später.

Alles drehte sich um sie.

Oder vielleicht drehte sie sich?

Schwer zu sagen.

Annette kam zurück.

Mit Declan.

Mittlerweile kannte sie den Namen des Blondschopfs.

Auf Annettes Gesicht lag ein trunkener, fragender Ausdruck.

Emma gab vor, ihn nicht zu bemerken.

»Willst du tanzen?«, brüllte Declan Annette ins Ohr.

Sie verschwanden.

Wieder.

Dave nahm Emmas Hand. Die Berührung jagte ihr Schauer über den Rücken.

Und das war nur seine Hand.

O Gott!

Sie schlängelten sich durch die tanzende Menge.

Wie in einem Traum.

Sie hoffte, er würde nie aufhören.

Sie fühlte sich trunken.

Daves Arme legten sich um ihre Taille.

Er hatte starke Arme.

Sie versuchte, ganz entspannt zu sein.

Aber es gelang ihr nicht.

War so aufgedreht wie ein Jojo.

Sie liebte diesen Song.

Sie bewegte ihren Kopf auf den seinen zu. Sie konnte seinen Atem auf ihren Lippen spüren. Sie presste sich gegen ihn.

Wenn sie ihn losließ, würde sie wahrscheinlich umfallen.

»Warum küsst du mich nicht?«, sprach der Bacardi aus ihr.

»Weil du einen Freund hast«, sagte Dave.

»Aber es würde doch niemand mitbekommen.«

»Wir schon.« Er küsste sie auf die Stirn. »Wir würden es mitbekommen.«

»Hier wohnst du?«

»Ja, ich glaub schon.« Emma war sich nicht ganz sicher. Es war dunkel. Sie war betrunken. Sie kramte in ihrer Tasche nach dem Schlüssel für die Eingangstür.

»Hier, ich hab auch einen Schlüssel.« Dave lachte.

»Woher hast du den denn?«

»Ich hab deinen geklaut.«

»Wirklich?«

»Nein, natürlich nicht.« Dave tat so, als wäre er schockiert. »Ich hab auch ein Zimmer hier. Kaum zu glauben. Da wohn ich doch glatt in derselben Pension.«

»Oh… na jedenfalls nich' in meinem Zimmer. Hihi. Sischer nisch…«

»He, wofür hältst du mich? Ich hab dich nicht mal geküsst, falls du das vergessen hast.«

»Hmhm.«

Er schloss die Eingangstür auf und brachte sie zu ihrem Zimmer.

Er hatte seine Brille wieder abgenommen. Er würde sie bestimmt küssen wollen.

Sie hielt an der Tür inne und lehnte sich gegen den Türrahmen.

»Also.« Sie blinzelte. Sie konnte kaum noch geradeaus schauen.

»Also, gute Nacht dann«, sagte er.

Weg war er.

Einfach so.

Der hatte vielleicht Nerven!

Emma konnte es nicht fassen.

Was dachte er eigentlich, wer er war? Es nicht einmal zu versuchen! Natürlich hätte sie nicht zugelassen, dass etwas passierte. Aber darum ging es nicht. Es ging darum, dass… dass… O Himmel… worum ging es eigentlich?

»Nein, ich bin tot.« Emma ließ ein zweites Aspirin in das Glas Wasser fallen.

Sie hatte das Gefühl, als würde ihr jemand mit einem Hammer auf den Klopf schlagen.

»Du willst ganz sicher nicht mit zum Frühstück runter?«

Emma schüttelte den Kopf.

»Keine leckeren Rühreier?«

»O Gott, ist mir schlecht. Bitte red nicht von Eiern. Ich werde nie wieder was trinken. Ganz sicher nicht. Das ist es einfach nicht wert.«

Einige Stunden später…

»Also, du willst eine Diätcola mit Bacardi, oder?« Annette drehte sich zur Bar.

»Nur die Cola.«

»Sicher?«

»Ja.«

»Ach komm schon, nur einen.«

»Na gut, wenn du meinst.«

»Noch einen Bacardi?«

»Klar. O Gott, ich glaub's nicht, ich bin schon wieder dicht.«

»Ist das deins?«

»Was?«

»Dein Handy. Es klingelt.«

»Hallo?… Martin. Du bist zurück! Äh… willkommen daheim… Liiiiebling. Nein, natürlich bin ich nicht betrunken… hihi.«

»Sag ihm, du rufst ihn morgen an«, flüsterte Annette.

»Ich ruf dich morgen an, ja?… Ja? Liebst du mich? Ja, du. Ja?… Ich kann dich nicht verstehen… die Verbindung ist… ach, Mist.«

»O Mann, Martin schien ziemlich sauer zu sein, dass ich nicht zu Hause bin.«

»Na und? Du tust ja nichts Verbotenes. Ach, da fällt mir ein, Declan sagte, dass er uns später treffen will«, erklärte Annette.

»Hat er dich angerufen?«

»Ja, er hat gerade angerufen, als du auf dem Klo warst. Du hast doch nichts dagegen, oder?«

»Nein, glaub nicht«, sagte Emma. *Sollte das nicht ein Wochenende unter Freundinnen sein? Hatten sich da zufällig gerade die Regeln im Sinne Annettes geändert?*

»Ich glaube, er ist wirklich nett«, schwärmte Annette. »Wo wir gerade davon sprechen, dein Typ, Dave, hat eine Nachricht an der Rezeption hinterlassen, dass er dich um neun Uhr auf deinem Zimmer anruft. Stell dir das mal vor! Als ob wir nichts Besseres zu tun haben, als rumzusitzen und auf seinen Anruf zu warten.«

»Woher weißt du das?«

»Die Frau an der Rezeption hat es mir gesagt.«

»Und warum hast du es mir nicht gesagt?«

»Ich… ähm, ich hab's vergessen… tut mir Leid.«

»Aber es ist schon Viertel nach neun!« Emma geriet in Panik. »Vielleicht sollten wir zurück.«

»Was? Sei nicht albern, Emma. Martin ist wieder da. Du wirst ihn morgen Abend sehen.«

»Ja, wahrscheinlich hast du Recht«, sagte Emma unsicher. Martin schien sich nicht allzu sehr gefreut zu haben, ihre Stimme zu hören. Im Grunde genommen war das sogar noch eine Untertreibung – Martin hatte sich reichlich sauer angehört. Als ob er es nicht fassen konnte, dass sie wirklich etwas ohne ihn unternahm. Sie war sicher, dass Dave sich ganz anders verhalten würde… wenn er eine Freundin hätte.

Declan tauchte auf. In Begleitung eines Freundes, der für Emma bestimmt war. Deshalb hatte Annette die Nachricht also nicht weitergegeben. Jetzt wurde ihr einiges klar. Es dauerte nicht lang und Annette und Declan knutschten herum.

»Welche Art Musik magst du?«, fragte der Freund Emma.

»Ach, dies und das«, wich Emma aus und wünschte sich auf einmal, dass sie irgendwo anders wäre. Sie war noch viel zu verkatert, um sich richtig betrinken zu können. Sie hatte das Gefühl, dass sie nur trank, um einen noch schlimmeren Kater zu bekommen. Und wozu sollte das gut sein?

Ihr reichte es. Sie wollte zurück in die Pension.

»Du machst wohl Witze.« Annette war sichtlich verärgert.

»Tut mir Leid, Annette. Mir geht's einfach nicht besonders.«

»Na gut, wenn du meinst.«

Emma fuhr im Taxi zurück.

Weit und breit nichts von Dave zu sehen.

Na ja, er war wohl kaum nach Galway gekommen, um in einer Pension herumzusitzen. Oder?

Auf ihrer Türschwelle lag ein Zettel.

Hab bis halb zehn gewartet. Vielleicht hast du mich ja nicht sehen wollen. Wenn wir zusammen wären, würde ich dich nicht eine Sekunde aus den Augen lassen. Alles Gute, Dave.

Emma las den Zettel mindestens zwanzig Mal.

Wie süß er doch war.

Und wie schade, dass sie nicht schon früher zurückgekommen war. Aber, was dachte sie sich eigentlich dabei? Morgen Abend würde sie wieder in Martins Armen liegen. Warum freute sie sich eigentlich nicht darauf? Sie war bestimmt einfach nur müde. Und durcheinander. Sie würde morgen darüber nachdenken.

Am Morgen war Dave weg.

»Was?« Emma konnte es nicht glauben.

»Es tut mir Leid, aber sie sind schon ganz früh abgereist«, sagte die Frau an der Rezeption.

»Verstehe.«

»Wenn er dir bestimmt ist, wirst du ihn wiedersehen«, sagte Annette auf dem Weg nach Hause, um sie aufzumuntern.

»Ach nein, ich werde ihn bestimmt nie wieder sehen.«

»Und was ist mit Martin?«

Emma seufzte. »Was soll mit ihm sein?«

»Ich weiß, ich höre mich wie ein brutales Schwein an, aber ich bin nur so brutal, um es dir leichter zu machen.« Martin zündete sich eine Zigarette an und nahm einen tiefen Zug.

Emma starrte ihn an, sie war wie vor den Kopf geschlagen.

Es würde eine Weile dauern, bis sie das alles auf der richtigen Reihe hatte. Sie sah, dass sich die Haut auf seiner Nase schälte. Er sollte ein bisschen After-Sun-Lotion drauftun. Er sollte... mein Gott, was hatte er da eben gesagt?

»Also, wenn ich dich recht verstanden habe«, setzte sie an. Sie kam sich vor wie in einem Film. Das alles erschien ihr so unwirklich. »Du hast am Strand ein Mädchen kennen gelernt. Sie zieht hier ein und du möchtest, dass ich ausziehe.«

»So kann man's sagen, ja.«

»Aber... aber...«

»Mach es mir bitte nicht noch schwerer, als es sowieso schon ist... bitte, Emma.«

»Schwerer? Für dich?« Emma sah ihn verblüfft an. *Schwerer für Martin?* War er schon immer so selbstsüchtig gewesen? Hatte sie das wirklich nie bemerkt? War sie so dumm? Sie musterte ihn sehr lange. Es war ihr noch nie aufgefallen, dass er dicker als die meisten Männer war. Er hatte einen Bierbauch. Und seine Augen waren zu klein. Er hatte eine langweilige Haarfarbe. Und er hatte eine unangenehm nölende Stimme.

»Ich habe beschlossen, dir eine Woche Zeit zu lassen, um alles unter den Hut zu kriegen«, sagte Martin. »Ich will fair sein.«

»Oh, vielen Dank.« Emma sprach wie ein Roboter. »Aber ich brauche nur vierundzwanzig Stunden.«

»Gut, wenn du meinst, dass du das hinkriegst. Und, Emma, ich weiß, das klingt vielleicht blöd, aber ich hoffe, dass wir Freunde bleiben. Wir waren schließlich fast drei Jahre zusammen.«

»Aber natürlich«, sagte sie.

Nur über meine Leiche, dachte sie. *Mieses Schwein. Und im Übrigen waren es beschissene viereinhalb Jahre.*

»Ich bin mir sicher, dass du bald jemanden kennen lernst.«

»Bestimmt.« Sie hielt inne. »Ehrlich gesagt, Martin... ich habe schon jemanden kennen gelernt.«

»Wie bitte?«

»Ja, in Galway.«

»Hast du .. hast du .. ich meine –«

»Ja, hab ich.«

»Du hast …?«

»Ja. Da hab ich gemerkt, was mir die ganzen Jahre über gefehlt hat.«

»Was bist du doch für eine Schlampe.«

»Manchmal muss man einfach grausam sein, um es jemandem leichter zu machen, wenn du weißt, was ich meine. Wenn du mich jetzt bitte entschuldigen würdest? Ich muss packen.«

»Gut gemacht«, sagte Annette. »Das hast du wirklich gut gemacht. Hätte ich dir gar nicht zugetraut.«

»Ich kann's immer noch nicht fassen, dass das passiert ist. Was soll ich denn jetzt den anderen im Büro sagen?«

»Wenn du das mit Martin hinbekommen hast, wirst du auch mit den Mädels in der Arbeit fertig. Ich bin stolz auf dich, Em. Aber eins musst du noch machen.«

»Was?«

»Dave finden.«

»Hi.« Emma versuchte, munter zu klingen. »Ich… äh… wir, äh, haben letztes Wochenende in Ihrer Pension ein Zimmer gehabt und wir … äh … also, wir haben da diese beiden …«

»Oh, spricht dort vielleicht Emma?«

»Ja. Ja, hier ist Emma. Mann, Sie haben vielleicht ein gutes Gedächtnis.«

»Na ja, ehrlich gesagt, habe ich gar kein so gutes Gedächtnis – es ist nur so, ob Sie's glauben oder nicht, dass dieser junge Mann, Dave heißt er, vorhin angerufen hat und wissen wollte, ob ich ihren Nachnamen kenne. Aber Ihr Zimmer war unter dem Namen Annette Krane gebucht. Ich hab ihm leider nicht weiterhelfen können.«

Mein Gott!! »Hat er eine Telefonnummer oder eine Adresse hinterlassen?«

»Tut mir Leid, nein, und die beiden haben bar bezahlt, das heißt, ich habe auch keine Angaben von der Kreditkarte oder so. Aber wenn Sie Ihre Telefonnummer hinterlassen wollen? Für den Fall, dass er noch mal anruft.«

»Ja, das ist nett von Ihnen«, sagte Emma. *Aber Hand aufs Herz – glaubte sie ernsthaft, dass er noch mal anrief?*

Der Montag kam.

Der Himmel war grau und trostlos.

Noch viel mehr der Gedanke, ins Büro zu gehen.

Emma stand an der Bushaltestelle und bemühte sich, nicht loszuheulen.

Kaum war sie im Büro angekommen, stürzte sich auch schon Lorna auf sie.

»EMMMMAAAA!!! Du musst mir alles erzählen. Was hat er dir mitgebracht? Hat er dich vermisst? Komm, wir gehen runter in die Kantine und ich hol uns zwei Kaffee.«

»Mir ist schlecht«, sagte Emma. »Sei mir nicht böse, aber ich komme lieber nicht mit.«

»Unsinn«, sagte Lorna bestimmt. »Du wirst mitkommen, und wenn ich dich an den Haaren hinter mir herschleifen muss. Abgesehen davon«, sie lächelte Emma maliziös an, »ich habe ein paar Fotos dabei, die ich dir unbedingt zeigen muss.«

»Was für Fotos denn?« Lorna musste immerzu diese blöden Fotos von ihren Freunden und Verwandten herumzeigen. *Als ob sich irgendjemand dafür interessieren würde!*

»Wir haben uns getrennt«, erklärte Emma.

»Das glaub ich nicht, das glaub ich einfach nicht! Wer hat sich von wem getrennt?« Lorna starrte sie an. Mann, so etwas Aufregendes hatte sie schon seit Jahren nicht mehr gehört. Und da sage noch einer, Montage seien langweilig!

»Er.« Sie konnte genauso gut die Wahrheit sagen.

»Und? Macht's dir was aus?«

»Eigentlich nicht«, sagte Emma, wohl wissend, dass Lorna lieber etwas anderes gehört hätte.

»Na ja, andere Mütter haben auch hübsche Söhne… Wart erst mal, bis ich dir die Fotos von meinem Schatz gezeigt habe. Er heißt Adam. Hier, schau!«

Mechanisch griff Emma nach den Fotos, die Lorna ihr hinhielt.

»Na, wie findest du ihn?«, zwitscherte Lorna.

Emma betrachtete das erste Foto. Ihr Herz sank bis auf den Kantinenboden. O nein. Nein, das durfte nicht wahr sein. Das ertrug sie nicht. Der Typ auf dem Foto war… *O Gott, warum war das Leben nur so grausam?*… Es war Dave.

»Er ist… er ist wirklich… äh…« Emma hatte das Gefühl, als würde sie jede Sekunde in Ohnmacht fallen.

»Was?«

»Er ist toll«, flüsterte Emma, während ihr schwarz vor Augen wurde.

Lorna beugte sich zu ihr herüber. »Der doch nicht«, kreischte sie auf. »Um Himmels willen, nicht der Typ mit der Brille. Ha ha. Komm, gib mir die Fotos. Der da, der ist es.«

»Ach so.« Emma keuchte vor Erleichterung. »Und wer… wer ist der andere?«

»Ach, das ist Dave, die beiden wohnen zusammen. Ist so ein Stiller. Nicht mein Typ. Ziemlich verschlossen.«

»Das heißt, er hat keine Freundin…«

»Nein. Warum? Gefällt er dir? Ich werd ihm sagen, dass er dir gefällt, ha ha… jetzt, wo du wieder zu haben bist, ha ha.«

Emma sah Lorna an. Sie lächelte nicht. »Wirst du ihm das wirklich erzählen? Versprichst du mir das?«

»Wenn du willst.« Lorna warf ihr einen verdatterten Blick zu.

Aber das war Emma egal. Wie gut, dass sie mit jemandem zusammenarbeitete, der jeden kannte.

Wie gut, dass Dublin ein Dorf war.

MARTINA MURPHY

Der Mann von der Gewerkschaft

MARTINA MURPHY ist die Autorin von *Fast Car, Dirt Tracks*, *Livewire* und *Free Fall*. Sie lebt in der Grafschaft Kildare.

Jetzt kommt's gleich, dachte ich und bemühte mich redlich, Interesse zu heucheln.

»Ist mein Junge nicht wunderbar?«, schwärmte Mrs. Long wie aufs Stichwort und blickte stolz auf ihren einzigen Sprössling. »Du kannst dich wirklich glücklich schätzen, Laura.«

Ihr Sprössling, der zufällig auch mein Ehemann war, lächelte bescheiden.

Wir drei, ich, Peter (der wunderbare Junge) und seine Mutter hatten es uns in Mrs. Longs guter Stube bequem gemacht. Ein dunkles, mit Möbeln voll gestopftes Zimmer, in dem der einzige erlaubte Geruch der von Möbelpolitur zu sein schien.

Peter hatte mir zum Valentinstag einen kümmerlichen Strauß Rosen gekauft und nun erwartete man offenbar von mir, dass ich darüber in Entzückensschreie ausbrechen würde. Ich verzog meinen Mund zu einem Lächeln, goss einen Schluck Tee hinterher und vermied es ansonsten, die Bewunderung, die sich Peter und seine Mutter gegenseitig spendeten, zur Kenntnis zu nehmen.

»Er ist immer so aufmerksam«, fuhr seine Mutter fort, wobei ihr Ton mit jeder Nanosekunde süßer wurde. »Ich erinnere mich noch, als er seinen ersten Lohn bekam, zog er los und kaufte mir das allermodernste…«, sie hielt inne, holte tief Luft und sagte mit Ehrfurcht in der Stimme, »Bügeleisen.«

»Ach nein.« Es war nicht das erste Mal, dass ich diese Geschichte hörte. Ich hörte sie jedes Mal, wenn Peter mir ein Geschenk machte.

Peter neben mir schwoll sichtlich der Kamm.

»Aber ja«, sagte Mrs. Long und nickte eifrig. »Es glitt federleicht über die Wäsche.« Sie ließ ihre Hand durch die Luft schweben und dann seufzte sie. »Ja, aber damals hatte ich auch noch viel zu bügeln.« Ein trauriger Blick, der tapfer durch ein weiteres Lächeln in Peters Richtung verdrängt wurde. »Ach, ich vermisse ihn. Aber er muss jetzt natürlich sein eigenes Leben führen. Er ist ein toller Kerl, mein Junge.«

Peter tätschelte ihre Hand. Und warf mir einen triumphierenden Blick zu. Siehst du, sagte dieser Blick, da ist eine, die weiß, was sie an mir hat.

Ich wusste, dass von mir keine Antwort erwartet wurde. Alles, was ich tun musste, war lächeln und nicken. Ich hatte in den letzten vier Jahren eine Menge gelernt. Meine Gedanken wanderten zurück zu dem Tag, als ich mir das erste Mal Mrs. Longs Lobgesang auf ihren Sohn anhören musste.

Ich war zwanzig, frisch vom College, begierig, einen Job zu finden und ein paar Pfund zu verdienen und landete in einer großen Anwaltskanzlei, wo ich Briefe tippte und Akten sortierte. Das Betriebsklima war toll, die Bezahlung dagegen nicht und daher beschloss irgendeines schönen Tages irgendjemand, dass wir streiken sollten.

Peter war unser Gewerkschaftsvertreter. Seinetwegen gingen die meisten von uns zu den Betriebsversammlungen und seinetwegen stimmten wir für den Streik. Mit seinen leidenschaftlichen Ansprachen, seinen strahlenden Augen und seinem sagenhaften Grinsen machte Peter alle schwach. Hier war ein Mann, der etwas zu Wege bringen würde. Selbst wenn er letztlich nichts zu Ende brachte, hätte er sich doch beinahe ein Bein ausgerissen bei dem Versuch, etwas zu Wege zu bringen. Er vermittelte uns allen das Gefühl, wichtig zu sein, wenn er mit uns sprach und uns erklärte, dass es unter unserer Würde wäre, uns für einen Hungerlohn zu verkaufen.

»Es ist doch so«, sagte er und schlug uns mit seinen blitzenden Augen in Bann, »ihr braucht mehr! Ihr verdient mehr! Und ich verschaff euch mehr!«

Er reckte seine Faust in die Luft und wir jubelten.

Schon allein sein Gang. Die Hände halb in den Taschen seiner Jeans, halb draußen, stolzierte er lässig und nonchalant umher und blickte dabei mit gesenktem Kopf unter dichten, schwarzen Wimpern auf die Welt.

Der geballte Eros.

Trotz Peters Reden und unserer Entschlossenheit – die vor allem von seiner Anziehungskraft herrührte, das muss ich zugeben – verloren wir den Streik. Peter hatte uns versprochen, dass wir mehr bekommen würden, aber wir bekamen nicht mehr. Er sagte, das spiele keine Rolle. Er habe nicht verloren, erklärte er. Er werde einfach einen anderen Weg finden, der uns zum Sieg führte.

Mir war das vollkommen egal. Ich war jung und verknallt und nachdem ich unzählige Male mit hohen Stöckelschuhen, engen Oberteilen und kurzen Röcken im Regen marschiert war, bemerkte mich Peter endlich. Das war im Grunde auch kaum zu vermeiden. Stets, wenn er in Hörweite kam, rief ich: »Was wollen wir?!« Und alle riefen im Chor: »'ne Nummer mit Peter!«

Peter grinste, warf mir einen Kuss zu und an unserem letzten Streiktag fragte er mich schließlich, ob ich mit ihm ausgehen wollte.

Unser erstes Treffen verbrachte er damit, über die Gewerkschaft zu sprechen, darüber, dass er ihr Zugpferd an der Basis sei, über all die tollen Sachen, die er vollbringen würde.

Ein paar Tage darauf nahm er mich mit zu sich nach Hause und stellte mich seiner Mutter vor.

Sie verbrachte den Abend damit, über Peters Gewerkschaft zu sprechen und über all die tollen Sachen, die Peter vollbracht hatte, gerade vollbrachte und noch vollbringen würde.

So gingen die nächsten Monate dahin. Nicht lange, und ich erzählte jedem von Peters Gewerkschaft, davon, dass er das Zugpferd an der Basis sei, und von den tollen Sachen, die Peter vollbracht hatte, gerade vollbrachte und zu vollbringen bereit war.

»Klasse«, sagte Marcella, meine Mitbewohnerin, »und ist er auch gut im Bett?«

»Hmhm«, antwortete ich. »Ist er. Er schnarcht nicht und zieht mir nicht die Bettdecke weg.«

Marcella nickte und runzelte die Augenbrauen. «Erzähl das bloß nicht weiter, Süße.«

Ich hatte keine Ahnung, was sie meinte.

Lange Rede, kurzer Sinn, ich war in meinem gehirngewaschenen Zustand überzeugt, dass ich im Begriff stand, den lieben Gott zu ehelichen. Nur dass der niemals so gut aussehen konnte. Oder so lustig sein. Oder das Zugpferd der Gewerkschaft an der Basis.

Und so kam unser großer Tag.

Peter versprach mir, dass ich in einer Limousine zur Kirche fahren würde. Er hatte einen Kumpel, der kannte den Onkel von einem, der einen kannte, der eine Limousine hatte. Nur dass derjenige, der die Limousine hatte, offensichtlich doch keine hatte, denn um zwei Uhr, als ich schon auf dem Weg in die Kirche sein sollte, saß ich zu Hause und kämpfte mit den Tränen, während mein Vater in der Gegend herumtelefonierte, um ein Taxi zu finden.

Er wählte sich die Finger wund, da Irland an diesem Tag sein großes Spiel hatte und die Straßen wie leer gefegt waren.

Um Viertel vor drei, als ich schon verheiratet sein sollte, kletterte ich in ein mitgenommen aussehendes Taxi, während mein Vater sich abmühte, eine rote Schleife an die Antenne zu binden.

»Ach nee«, protestierte der Taxifahrer, »die Schleife da

bringt mir den ganzen Empfang durcheinander. Und heute ist doch das Spiel, das ich mir im Radio anhören will. Die müssen Sie schon wieder runternehmen.«

Mein Vater versuchte es mit einem verbrüdernden Lächeln. »Schauen Sie, heute heiratet meine Tochter und –«

»Und ich hab 'ne Wette bei dem Spiel laufen. Nehmen Sie die verdammte Schleife runter.« Der Fahrer wuchtete seine 120 Kilo aus dem Auto. »Und zwar sofort«, fügte er drohend hinzu.

So holperten und schlingerten wir in einem Taxi ohne Schleife Richtung Kirche.

Zwanzig Minuten später wurden Peter und ich von einem mürrisch dreinblickenden Priester, der uns eine Predigt darüber hielt, welche Bedeutung Zuverlässigkeit für eine Beziehung und alle anderen Bereiche unseres Lebens hat, im Schnellverfahren getraut. Die Hymnen mussten ausgespart bleiben, da um vier Uhr die nächste Hochzeit anstand. Die Fürbitten entfielen ebenfalls, was dazu führte, dass Peters Patentochter zu heulen anfing, weil sie seit Monaten dafür geübt hatte. Zur Krönung des Ganzen warf mir Mrs. Long einen Blick zu, der sogar die Wüste Gobi tiefgefroren hätte. »Du kannst von Glück reden, dass Peter nicht einfach gegangen ist«, grummelte sie während des Abendessens. »Also wirklich, mein armer Junge ganz allein da vorn am Altar. Noch nie hat mir jemand so Leid getan. Er muss gedacht haben, dass du nicht mehr kommst.«

Zu dieser Zeit befand ich mich noch immer in jenem Zustand, den man Blind-vor-Liebe nennt. »Aber natürlich wäre ich gekommen«, rief ich aus. »Ich liebe ihn doch.«

»Genau das habe ich ihm auch gesagt«, sagte Mrs. Long. »Ich sagte zu ihm, sie weiß, was sie verlieren würde.«

Und ich antwortete: »Ja, das weiß ich. Ganz sicher.«

Wir kauften ein Haus. Eine Doppelhaushälfte in einem Vorort. Eine Doppelhaushälfte mit einem verwahrlosten Garten. »Dahin kommt ein kleiner Teich«, entschied Peter an dem Tag, als wir einzogen. »Und dort drüben baue ich eine Garage hin.«

Toll, dachte ich. *Du baust eine Garage.* Ich konnte es kaum erwarten zu sehen, wie er mit seinem wunderbaren, schweißglänzenden Körper Ziegel herumschleppte und sie aufeinander setzte. Und all die anderen Dinge tat, die große starke Männer tun.

Um ihm Gerechtigkeit widerfahren zu lassen – er trabte tatsächlich los und kaufte eine schöne glänzende Schaufel. Nur leider, leider war der Boden in unserem Garten furchtbar hart. Gott, er habe sein ganzes Leben noch nicht in so harter Erde gegraben, sagte er. Und sein Rücken… Jessas, davon wollte er erst gar nicht reden! Nachdem er also einen Tag lang gegraben hatte, was zu einem großen Loch und schlimmen Rückenschmerzen führte, nahm er seine glänzende Schaufel und verstaute sie sorgsam unter der Treppe.

Ach, mir wurden Erweiterungen, Dachausbauten, Mauerdurchbrüche, neue Böden, neue Farben, neue Tapeten, neue Lacke und neue Polituren versprochen. Was immer du willst, versprach er mir mit ernster Miene, einem sexy Grinsen und einem Zwinkern, das mir nach wie vor ein Kribbeln im Bauch verursachte. Es gab nichts, was er mir nicht versprach – unser Haus hätte das Weiße Haus ausgestochen, wenn er es wahrgemacht hätte. Alles wurde mir versprochen, immer mit dem M-Wort davor.

Morgen.

Nur war morgen leider, wie ich feststellen musste, niemals heute.

Die schäbigen Rosen zum Valentinstag brachten das Fass zum Überlaufen. In meiner Unschuld – oder war es Dummheit –

hatte ich mich sogar gefreut, als Peter meine Einladung zum Abendessen am Valentinstag ausschlug.

»Nein«, sagte er und tat ganz geheimnisvoll, »wir, na, wir gehen woandershin.«

»Wirklich?«

Peter nickte nur und rieb sich die Nase.

»Ach komm schon, sag's mir«, bettelte ich.

Er schüttelte den Kopf. »Nein. Und frag nicht weiter – Neugier steht einer Frau nicht.« Er kniff mich in die Nase, gab mir einen Kuss auf die Wange und dann zog er die Brauen zusammen. »Jessas, die Tapete hier drin ist vielleicht schäbig. Da muss ich bald was tun. Vielleicht morgen.«

Normalerweise wäre mir darauf der passende Kommentar eingefallen, aber ich freute mich zu sehr, um mich zu ärgern.

Ich erzählte all meinen Kolleginnen in der Arbeit davon und bat sie, zu versuchen herauszufinden, was Peter vorhatte. Ich kaufte mir ein paar neue Sachen zum Anziehen. Ging zum Friseur. Leistete mir sogar einen Lippenstift. Als schließlich der Valentinstag anbrach, war ich ganz aufgeregt vor Vorfreude. An diesem Sonntagmorgen trat Peter neben mich ans Bett. Er hatte nichts als seine Boxershorts an und sah einfach zum Anbeißen aus. In der Hand hielt er einen kleinen weißen Umschlag.

»Kleine Päckchen haben oft den schönsten Inhalt«, sagte ich mit einem Kichern.

»Danke«, grummelte er in beleidigtem Ton und blickte an sich herunter.

»Aber nein, doch nicht du. Der Umschlag.« Ich musste lachen.

»Ach so, ja, richtig.« Er ließ den Umschlag aufs Bett fallen und ich schnappte ihn mir.

Ich strich darüber und versuchte zu erraten, was darin steckte. Ein Gutschein? Flugtickets? Oder eine Buchungsbestätigung für ein Ferienhotel?

Es war eine Karte. *Für meine Frau zum Valentinstag*. Mit einem Blumenbild. In der Karte war zu lesen: *Alles Gute zum Valentinstag*. Unterschrieben mit *In Liebe Peter*.

»Danke.« Ich lächelte, immer noch voller Hoffnung. Dann zog ich unter der Matratze eine riesige Karte hervor und reichte sie ihm. Er öffnete sie und lachte, als er das Gedicht las, das ich speziell für ihn gereimt hatte.

Violett sind die Vergenien
Blau sind die Veilchen
Warum heute schon erledigen
was noch warten kann ein Weilchen?

»Das ist nicht böse gemeint, das Gedicht«, erklärte ich hastig, für den Fall, dass er sich angegriffen fühlte.

Peter lächelte gutmütig. »Es ist gut«, sagte er. »Ein bisschen merkwürdig vielleicht.«

Ein bisschen wahr vielleicht eher, wollte ich schon sagen. Aber ich ließ es natürlich bleiben. Schließlich war er in unser beider Augen ein Held.

»Ich hab noch ein paar Blumen für dich«, sagte er dann. Er nahm mich an der Hand und zog mich aus dem Bett. »Sie sind in der Küche.«

Ausgehen und Blumen? Peter übertraf sich selbst. In mir stieg das Bild eines bis unter die Decke mit Blumen gefüllten Zimmers auf. Ich Dummkopf.

Auf dem Schrank standen in einer Milchflasche vier welke Rosen, die mit einer Schleife zusammengebunden waren.

»Hab sie gestern Abend einem Typen in der Kneipe abgekauft.« Peter schien sehr zufrieden mit sich.

»Da, riech mal.« Er hielt mir die Rosen unter die Nase. Das Einzige, was ich riechen konnte, war Zigarettenrauch.

»Wie schön«, brachte ich mühsam hervor.

»Stück nur fünfzig Pence, Sonderangebot.«

Ich lächelte ihn an. So dumm war ich nicht, dass ich darauf hereinfiel. Es würde noch etwas Schönes kommen, und er wollte mich nur aufziehen.

Wir frühstückten.

Wir aßen zu Mittag.

Peter musste kurz weg, jemanden treffen.

Ich nickte. Okay. Eine innere Stimme – die Stimme, die ständig alles leugnete – sagte mir, dass er nicht wirklich mit jemandem verabredet war, sondern irgendwo anders hinging, um die Überraschung für mich vorzubereiten.

Ich zog mich um und schminkte mich, damit ich bereit war.

Zwei Stunden später kam er zurück. »Fertig?«, fragte er mich. »Hast du deinen Mantel?«

Ich versuchte möglichst überrascht auszusehen. »Moment, ich hol ihn schnell.«

Ich zog meinen neuen Mantel an und bürstete mir noch einmal durchs Haar. Als ich zum Auto kam, musterte mich Peter bewundernd von Kopf bis Fuß. »Hast du was mit dir gemacht? Du siehst so hübsch aus.«

»Danke.«

»Ich kann's kaum erwarten, meiner Mutter zu zeigen, was ich für 'ne tolle Frau hab.«

In diesem Moment fühlte ich mich wie ein Flugzeug, das ohne ausgefahrenes Fahrwerk auf einer Landebahn auftrifft. »Deiner Mutter?«, sagte ich langsam. »Wir besuchen am Valentinstag deine Mutter?«

»Ach, hab ich dir das nicht erzählt?« Er tat so, als wäre er erstaunt.

Das erste Mal, seit ich ihn kannte, war ich wütend auf ihn. Und das nicht nur, weil wir zu seiner Mutter fuhren. Da ging es um viel mehr. Dass unser Haus noch immer eine bessere Scheune war, dass es in unserem Garten wie im zerbombten Beirut aussah, dass ich so eine dumme Gans war.

Gerade wollte ich etwas sagen, als mir ein Gedanke kam.

Natürlich würden wir nicht zu seiner Mutter fahren. Das würde er doch nie tun! Das gehörte alles zu der Überraschung dazu.

Ich schenkte ihm ein wissendes Lächeln und sah aus dem Autofenster.

»Ich wollte es dir ja sagen«, bekannte er unschuldig. »Sie ist furchtbar einsam und am Valentinstag steigen alle Erinnerungen an Papa wieder hoch.«

»Ja, klar«, sagte ich und verdrehte meine Augen. Für wie blöd hielt er mich eigentlich?

Noch als wir in die Einfahrt zum Haus seiner Mutter einbogen, wollte ich nicht glauben, dass ich den letzten Monat damit verbracht hatte, mich auf diesen Moment vorzubereiten. Es wurde natürlich immer schwieriger, der Wahrheit nicht ins Gesicht zu blicken, als seine Mutter ihn umarmte und an sich drückte, ihm vorwarf, dass er abgenommen hatte, und sich mit einem höflichen Nicken in meine Richtung bei ihm einhakte und plaudernd und lachend mit ihm zum Haus ging.

Während des ganzen Essens riss ich mich zusammen, das, rein zufällig, aus seinen Leibspeisen bestand. Shepherd's Pie und Eis.

Wen kümmerte es schon, dass ich Vegetarierin war und weder Shepherd's Pie aß noch Eis?

Nun, auf dem Heimweg sprach ich jedenfalls kein Wort mit ihm. Das hatte allerdings ungefähr die gleiche Wirkung wie der Versuch, einen Fisch zu ertränken. Peter ergriff die Gelegenheit und fing an, von sich selbst zu reden und davon, wie toll er doch war. Wie üblich war er nach dem Besuch bei seiner Mutter noch schlimmer. Sie erfüllte ihn regelmäßig mit einem unerschütterlichen Selbstbewusstsein.

In diesem Moment wurde mir klar, dass ich von ihm und seinen leeren Versprechungen genug hatte. Ich hatte genug davon, in dem schäbigsten Haus in der ganzen Straße zu wohnen.

Das Morgen nahte und ich war bereit.

Morgen stellte sich für mich ein paar Wochen später ein. Peter musste für vier Tage auf eine Konferenz.

»Um ein paar mehr Versprechungen zu machen, die du nicht hältst«, sagte ich trocken. Unsere Beziehung sah inzwischen so aus, dass er sprach, ich sarkastisch war und er das nicht bemerkte.

»Ich mache keine Versprechungen«, sagte er, während er sein Hemd zuknöpfte. »Ich spreche nur darüber, was wir zu erreichen hoffen.« Mit belehrendem Ton in der Stimme fügte er hinzu: »Das ist ein großer Unterschied.«

»Find ich nicht«, murmelte ich. »Auf jeden Fall erreichst du mit deinen Versprechungen nichts und deine Gewerkschaft auch nicht.«

Peter schüttelte den Kopf. »Du kriegst wohl deine Tage?«, sagte er, bemüht mitleidig. »Ich finde ja, man sollte sie besser ›die zwei Wochen davor‹ nennen.« Mit dieser für ihn ganz und gar typischen Bemerkung ging er (und hatte zuvor noch den Nerv, mich zu küssen).

Kaum war er draußen, zog ich mich rasch an und räumte auf (soweit das möglich war). Dann wartete ich auf den Innenausstatter.

Ich hatte den Innenausstatter am Tag nach dem Valentinstag engagiert. Er hatte hin und her überlegt, ob er so kurzfristig überhaupt einen Auftrag übernehmen konnte. Aber nachdem ich ihm eine Summe geboten hatte, von der die Dritte Welt einen ganzen Monat hätte leben können, sagte er schließlich zu.

Die Kosten waren mir egal. Ich hatte mir geschworen, wenn Peter nichts auf die Reihe brachte, dann würde ich das eben tun. Es war die Geburt eines neuen Ichs. Des Ichs, das nicht ewig darauf wartete, dass ein gewisser Herr seine Hausaufgaben machte. Wenn er es nicht tat, dann eben ein anderer.

Clinton Blake, der Innenausstatter, war ein unauffälliger kleiner Mann in den Fünfzigern mit beginnender Glatze.

Als er mit seinen Leitern und seinem Tapeziertisch unseren Trümmerhaufen von Diele betrat, war seine erste Frage: »Wie sind Sie eigentlich auf mich gekommen? Bin ich Ihnen empfohlen worden? Oder haben Sie mich aus den Gelben Seiten?«

Tatsächlich war es sein Name gewesen, weswegen ich ihn ausgesucht hatte. Ich hatte mir Clinton Blake als einen Hünen vorgestellt und nicht jenen zwergenhaften Mann erwartet, der in diesem Moment vor mir stand. »Gelbe Seiten«, murmelte ich und errötete leicht.

»Gut.« Clinton nickte, offensichtlich zufrieden mit meiner Antwort. »Dann werde ich meinen Eintrag nächstes Jahr erneuern.«

Er blickte sich in der Diele um. »Eijeijei«, grummelte er. »Da wartet ja einiges auf mich.«

Nachdem er drei Tassen Tee getrunken hatte, machte er sich mit Verve an die Arbeit. Er kleisterte und schnitt und tapezierte und malte. Ich riss die alten Fetzen runter (von den Wänden natürlich) und schmirgelte und polierte.

An dem Tag, an dem Peter zurückkommen sollte, waren die Diele und die Küche fertig. Ich erklärte Clinton, dass ich ihn anrufen würde, um die anderen Zimmer des Hauses richten zu lassen, sobald ich in der Lotterie gewonnen hätte. Es war als Witz gemeint, aber Clinton schien bei der Verteilung des Ironie-Gens gefehlt zu haben.

»Die Wahrscheinlichkeit, in der Lotterie zu gewinnen, liegt bei…«, er verzog sein sowieso schon etwas schiefes Gesicht noch mehr und warf irgendeine Zahl in den Raum. »Sie sollten lieber sparen und jede Woche ein paar Pfund zurücklegen«, riet er mir.

»Danke für den Tipp«, murmelte ich.

Abgang Clinton und Auftritt Peter ein paar Stunden später.

Ich muss gestehen, dass mir ein bisschen flau in der Magengegend wurde, als ich auf Peter wartete. Alle möglichen Zweifel beschlichen mich. Vielleicht war es ja nicht richtig gewesen, das alles hinter seinem Rücken machen zu lassen. Vielleicht hatte er sich ja einer Gehirnwäsche unterzogen. Aber dann erinnerte ich mich an die vier verwelkten Rosen und den Ausflug zu seiner Mutter und all die Versprechen, die er mir gegeben und nie eingelöst hatte.

Ich konnte es kaum erwarten, den Ausdruck auf seinem Gesicht zu sehen.

Der Hundling.

Um zehn traf er ein. Ich hörte, wie er das Auto parkte, und öffnete die Haustür. Da kam er auch schon mit seiner schicken Reisetasche. Er betrat die Diele und erstarrte. Seine Augen wanderten von den Wänden zu mir und wieder zu den Wänden. Mit einem verwirrten Ausdruck auf dem Gesicht trat er nach draußen, musterte den verwahrlosten Garten und vergewisserte sich, dass er beim richtigen Haus war. Er kam wieder rein.

Ich hätte mich über seine Verwirrung amüsiert, wenn mein Herz nicht wie wild zu klopfen angefangen hätte.

»Was ist denn hier passiert?«, fragte er.

»Ach, das hab ich gemacht, während du weg warst«, sagte ich, als wäre das die normalste Sache der Welt. »Gefällt es dir?«

»Es ist rosa.«

»Nein, wirklich?«

»Hast du das etwa selbst so hingekriegt?« Hörte ich da eine gewisse widerstrebende Bewunderung heraus?

»Nein.« Ich verschränkte die Arme vor der Brust. »Ich hab mir einen Mann angeheuert. Er hat gesagt, er kommt am Dienstag, und ob du es glaubst oder nicht, er kam am Dienstag.«

»Einen Mann?« Peter stieg das Blut ins Gesicht. »Was für einen Mann?«

»Einen Innenausstatter. Clinton Blake.« Ich verlieh meiner

Stimme bei der Nennung des Namens ein gewisses erregtes Tremolo. Dann fügte ich hinzu: »Er hat einen Tag gebraucht.«

»Clinton?« Peter lachte auf. »Mein Gott, bei dem Namen ist es ja kein Wunder, dass die Diele rosa ist.«

»Und dann lass ich ihn auch noch den Rest des Hauses renovieren«, gab ich zurück. »Auf ihn kann ich mich wenigstens verlassen.«

Er zuckte zusammen, bevor er mich mit seiner schönsten Gewerkschafterstimme fragte: »Und was hat Clinton dafür verlangt?«

Ich nannte ihm eine geschönte Zahl.

»So viel?« Peter starrte mich ungläubig an. Dann fing er an, sämtliche Papierbahnen zu zählen und rechnete aus, was er pro Bahn verlangt hatte. Dann wies er mich auf ein paar nichtexistente Blasen hin. »Der hat dich übers Ohr gehauen«, verkündete er abschließend.

»Nein, Peter«, sagte ich und meine Stimme überschlug sich vor Ärger, »die Diele ist fertig. Die Küche ist fertig. Das einzige Mal, dass ich übers Ohr gehauen wurde, war, als ich mich von dir habe breitschlagen lassen.« Mit diesem glänzenden, schlagfertigen Kommentar stürmte ich die Treppe hinauf.

Später gesellte er sich zu mir und fragte schroff, warum ich zu einem Innenausstatter gegangen war. Warum ich nicht hatte warten können, bis er dazu Zeit gehabt hätte.

»Genau deswegen, Peter«, höhnte ich. »Wenn einem der eine Weg verschlossen ist, muss man eben den anderen nehmen.«

Er musste lachen. »Die echte Frau eines Gewerkschafters«, sagte er und knabberte an meinem Ohr.

Darauf hatte ich nun gar keine Lust. Ich stieß ihn weg und zischte: »Leider.«

Sein Blick wurde traurig. »Ich hätte es schon gemacht«, sagte er leise.

»Ach ja? Und wann?«

»Du weißt doch, als Mann an der Basis habe ich furchtbar viel zu tun.«

»Klar. Versprechungen machen, die du nicht halten kannst.« Ich zog mir die Bettdecke über den Kopf. »Lass mich in Ruh, ich möchte schlafen.«

Den nächsten Morgen rief Peter zu meiner Überraschung in der Firma an und erklärte, dass er ein paar Tage freinehmen würde. Dann rief er auch bei mir im Büro an und sagte, dass ich ein paar Tage freinehmen würde.

»Entschuldige mal.« Ich starrte ihn an.

»Ja genau, entschuldige mal«, schnappte er. »Einen Typ namens Clinton zu holen, der unser Haus rosa tapeziert. Rosa!« Er lachte höhnisch und erklärte dann bestimmt: »Wir gehen jetzt los und suchen für die übrigen Zimmer Tapeten aus. Ich werde dir beweisen, dass Peter Jones tut, was er sagt.« Mit der Entschlossenheit, mit der er normalerweise zum Scheitern verurteilte Streiks organisierte, verließ Peter mit großen Schritten das Haus und überließ es mir, ihm hinterherzueilen.

Wir besuchten jedes Tapeten-, Farben- und Fliesengeschäft in Dublin. Peter sah sich Musterkataloge an und diskutierte Farbtöne und Materialien mit mir. Ich fühlte mich wie ein Zombie, der Angst hatte, aufzuwachen und festzustellen, dass das alles doch nur ein wunderbarer Traum war.

Das Auto war schon bis unters Dach voll gepackt, als wir schließlich noch die letzten zwölf Tapetenrollen für das Esszimmer kauften. Peter nahm die Rollen und trug sie unterm Arm zum Auto. »Ich wette, dein Rosarote-Dielen-Tapezierer konnte keine zwölf Tapetenrollen unter einem Arm tragen, oder?«

Ich bezweifelte, dass Clinton das jemals versucht hatte, so übermütig schien er mir nicht zu sein. Aber Peter hatte diesen herzerweichenden, ängstlichen Ausdruck eines kleinen Jungen auf seinem Gesicht, dem ich einfach nicht widerstehen konnte. Ich schüttelte den Kopf. »Niemals.« Dann fügte ich noch hinzu, wohl wissend, dass ihn das bei Laune halten würde: »Du bist so stark, Peter.«

Wenn er die Sonne gewesen wäre, hätte er die gesamte Menschheit mit dem Lächeln, das er mir zuwarf, erblinden lassen. »Ich wette, Clinton ist ein richtiges Arschloch.«

Ich zuckte mit den Achseln. »Jedenfalls war er im Stande, die ganze Diele an einem Tag zu tapezieren.«

Peters Lächeln verschwand. Er warf die Tapeten in den Kofferraum und stieg ein. »Da hast du mich noch nicht gesehen, wenn ich erst mal loslege«, murmelte er.

Über diesen Punkt zumindest waren wir uns einig.

Er arbeitete wie ein Besessener. Er hatte zwar keine Ahnung, was er tat, aber das hatte ihn noch nie gestört. Überall warf die Tapete Blasen und die Kammer war kreuz und quer mit der Hasentapete bepflastert, die wir ausgesucht hatten (für den Fall, dass aus unserer Verbindung ein unglückseliges Kind hervorgehen sollte).

»Die Hasen sehen alle so aus, als wären sie gerade beim Rammeln«, antwortete ich auf seine Frage, ob es mir gefalle.

»Genau das machen Hasen ja auch«, antwortete er mürrisch.

Nun, da hatte er wohl Recht.

Im Laufe der Tage wurde er immer schneller. Er holte eine Stoppuhr hervor und stoppte die Zeit, wie schnell er Maß nehmen, schneiden, kleistern und kleben konnte.

»Fünf Minuten«, verkündete er. »Wetten, dass Pink-Clinton länger brauchte?«

»Stimmt, dafür hat er die Tapete aber auch nicht verkehrt herum angeklebt.«

Solche Nebensächlichkeiten zählten offenbar nicht.

Es war am dritten Tag dieser hektischen Aktivitäten, als mir dämmerte, warum er sich so in die Arbeit stürzte. Er war eifersüchtig. Richtig eifersüchtig. Irgendein Kerl namens Clinton war in sein Territorium eingedrungen und hatte Eindruck bei seiner Frau gemacht. Bis dahin war Peter der einzige Mann gewesen, den es in meinem Leben gab, und ich hatte ihn für wunderbar gehalten. Es hatte nie eine Konkurrenz für ihn gegeben, was mich betraf. Es hatte in seinem ganzen Leben überhaupt noch keine Konkurrenz gegeben. Alle Frauen waren hingerissen von ihm und seine Mutter vergötterte ihn.

Mit Schrecken stellte ich fest, dass meine Beziehung zu Peter sehr viel Ähnlichkeit mit der zwischen ihm und seiner Mutter hatte.

Bei dem Gedanken lief es mir kalt den Rücken runter.

Im Leben dieses Mannes musste sich einiges ändern.

Ich gab ihm Zuckerbrot und Peitsche. Ich warf ihm in unseren Gesprächen ein paar Brotkrumen Lob und Bewunderung zu, wenn er es am wenigsten erwartete. Hungrig nach ein wenig Heldenverehrung, verschlang er sie und wurde wieder fett und selbstgefällig. Dann setzte ich ihn wieder eine Weile auf Diät, bevor es erneut Seelenfutter gab.

Das geschah üblicherweise, wenn er sich ganz besonders anstrengte, mich zu beeindrucken.

Ich weiß nicht, was er dabei empfand, ich habe ihn nicht gefragt. Einmal sagte er, er könne mein Spötteln nicht mehr ertragen.

Also spöttelte ich noch ein wenig mehr.

Es war wunderbar zuzusehen, wie er sich abmühte, um ein wenig Bestätigung zu erhalten.

Mein Leben war wunderbar.

Es war wunderbar bis zu dem Tag, als ich ihn dabei überraschte, wie er im Garten herumbuddelte. Er hatte seine glänzende Schaufel wieder unter der Treppe hervorgeholt und schaufelte in einem Affenzahn an einem Loch. Zuerst war ich begeistert. Peter hatte zwar fleißig am Haus gearbeitet, aber den Garten hatte er links liegen gelassen. Er mähte höchstens mal den Rasen. Einen Rasen, der im Wesentlichen aus Unkraut und Löwenzahn bestand. Und natürlich dem riesigen Loch für die Garage, die nie gebaut worden war.

Am Abend zuvor hatte ich beiläufig erwähnt, dass ich vielleicht einen Mann engagieren würde, der den Garten in Ordnung brachte. »Es gibt da einen«, sagte ich, »der wirklich toll sein muss. Monica ist ganz wild nach ihm.«

»Was?«, sagte Peter verdrießlich. »Ich wusste gar nicht, dass Monica mit Gärtnern ins Bett geht.«

»Wie bitte?«

»Du hast gesagt, sie ist ganz wild nach ihm. Was sagt sie denn zu ihm? ›O ja, pflanz deinen Stängel ein‹ oder was?«

»Sehr lustig.« (Es war einer der Tage, an denen ich nicht nett zu ihm war und dazu gehörte auch, dass ich nicht über seine Witze lachte.) »Nein, ernsthaft, ich überlege, ob ich jemanden kommen lasse, der den Garten in Ordnung bringt.«

Er sah plötzlich ganz ängstlich und verletzt aus und ich hätte ihn am liebsten in die Arme genommen, aber das wäre ein Fehler gewesen. Dann würde wieder nichts geschehen.

Daher ließ ich's bleiben.

Offenbar hatte es funktioniert, sonst würde er nicht mit seiner glänzenden Schaufel im Garten herumbuddeln. Und zwar so, als hinge sein Leben davon ab.

»Hej, du machst dich ja über den Garten her!«, sagte ich und hörte mich dabei sehr beeindruckt an. Und dann, für den Fall, dass das zu freundlich war, fügte ich sarkastisch hinzu: »Du wirst doch nicht etwa den Teich anlegen, von dem du vor sechs Jahren gesprochen hast?«

»Das vielleicht auch.« Peter zuckte mit den Achseln. »Aber jetzt mach ich erst mal einen Anbau.«

In seinen Augenbrauen glitzerte der Schweiß und eine leichte Erregung ergriff Besitz von mir.

»Einen Anbau?«, fragte ich, nun echt beeindruckt. »Aber warum denn?«

»Nur wegen dir.« Peter ließ die Schaufel sinken und kam zu mir her. Er roch nach Erde. Seine Lippen strichen zärtlich über meinen Mund und mein Herz begann zu rasen. Was wollte ich mehr als einen schwitzenden Mann?

»Ohne dich hätte ich wahrscheinlich nie das Haus renoviert. Mir hat es nicht gepasst, dass du diesen Clinton zum Tapezieren geholt hast. Das hat mich richtig wütend gemacht, ich wollte nicht, dass du ihn besser fandest als mich.«

»Ach Peter.« Ich zog sein Gesicht wieder zu mir her, um ihn noch einmal zu küssen. »Keiner ist besser als du.«

Ich spürte buchstäblich, wie seine Brust vor Stolz schwoll. Oder schwoll da was anderes?

»Keiner«, flüsterte ich.

Er befreite sich aus meinen Armen und zuckte die Achseln. »Ich weiß nicht, ob ich das glauben soll«, sagte er mit düsterer Stimme. Dann sagte er noch, während er schon wieder anfing zu graben: »Aber egal, ich habe das Haus fertig bekommen und damit werde ich auch noch fertig.«

»Du schaffst es bestimmt«, sagte ich und malte mir schon aus, wie der Anbau aussehen würde.

»Und Mutter wird es sehr gefallen.«

»Da bin ich mir sicher«, sagte ich trocken. »Ihr gefällt alles, was du machst.«

»Sie ist so einsam, ganz allein in ihrem Haus. Sie wird überglücklich sein, zu uns zu ziehen.«

Jedes erregende, zärtliche Gefühl war plötzlich wie weggewischt. »Was?« Die Welt verlor allen Glanz. «Was!?"

«Na ja, ich will einen Anbau für sie bauen."

»Aber… aber… du kannst doch gar nicht bauen.« Meine Stimme nahm wieder den spöttelnden Ton an, den, bei dem er normalerweise wie ein kleines Hündchen mit dem Schwanz wedelte. »Mach dich doch nicht lächerlich.«

»Wart's nur ab, bis er steht«, erwiderte er. »Und meine Mutter hält es für eine tolle Idee.« Einen Moment lang sah er wehmütig aus. »Sie unterstützt mich stetes in allem.«

Das war ein Trick. Er hatte mich ausgetrickst!

Im Laufe des letzten Jahres hatte ich mich von einem dummen, bewundernden Eheweib in eine schlaue, mit allen Wassern gewaschene Frau verwandelt, und das ertrug er nicht. Er brauchte seine dumme, bewundernde Mutter mehr denn je. Er brauchte sie, damit sie ihm versicherte, wie toll er war.

Ich war in meine eigene Falle getappt.

»Du kannst doch gar nicht bauen«, stotterte ich noch einmal.

»Dank deiner Hilfe traue ich mir aber zu, es zu versuchen«, gab er mit erschreckender Logik zurück.

Der Schuss war nach hinten losgegangen.

So ist Peter.

Nie verliert er, er sucht sich einfach einen anderen Weg, der ihn zum Sieg führt.

Ein Gewerkschafter eben.

MORAG PRUNTY

Eine unabhängige Frau

MORAG PRUNTY stammt von irischen Eltern ab, ist in London aufgewachsen und hat dort verschiedene Zeitschriften für junge Frauen herausgegeben, darunter *More!* und *Just Seventeen*, ehe sie 1990 nach Irland zog, um dem *Irish Tatler* neue Impulse zu geben. Jetzt arbeitet sie ausschließlich als Schriftstellerin und lebt mit ihrem Mann in Dublin. Ihr erster Roman, *Brautschau*, erschien 2001.

Bridie tat einen Klacks der braunen Schmiere auf den angefeuchteten Schwamm, genauso, wie es in dem Magazin vorgeschrieben wurde, und begann sie über ihre dünne weiße Haut zu verteilen, mit »sanften abwärts gerichteten Streichbewegungen«.

Himmlisch, dachte sie, ein so viel gleichmäßigerer Teint! Warum hab ich bloß nicht selbst daran gedacht, den Schwamm anzufeuchten? Das muss ich gleich Sharon erzählen, wenn sie das nächste Mal vorbeikommt. Sharon war Bridies Tochter. Die Wahrheit war – sie kam in letzter Zeit zunehmend seltener vorbei. Sie hatte zwar in der kleinen Doppelhaushälfte ihrer Mutter in Kingsbury noch ihr Zimmer, aber sie zog es vor, ihre Zeit in der Wohnung ihres Freundes in West Hampstead zu verbringen.

»Kingsbury ist doch so'n ödes Nest, Mum«, hatte sie bei einem ihrer seltenen Besuche zu Hause gesagt. »Du solltest verkaufen und dir eine Studiowohnung in West Hampstead nehmen. Ich bin sicher, die könntest du dir leisten, wenn du eine kleine Hypothek aufnimmst. Hier treibt sich bestimmt kein reicher Mann rum, den du kennen lernen kannst.«

Das stimmte allerdings, dachte Bridie. Allein lebende reiche Männer waren dünn gesät in Kingsbury – obwohl es ein paar sehr schöne Häuser gab in Mill Hill und Hendon. Aber dort wohnten wohl meist Familien, nahm sie an. Nein, Sharon hatte schon Recht. Trotzdem, sie scheute davor zurück, all ihre Besitztümer durcheinander zu wirbeln, die sie über die Jahre erworben hatte. Die Sammlung von Porzellantieren etwa, die sie nach und nach auf Flughäfen zusammengekauft hatte bei ihren Reisen nach Amerika, wenn sie ihren Bruder besuchte. Oder das *Denby*-Essgeschirr, für das sie zwanzig Jahre gebraucht hatte, es zu komplettieren. Ihre Hartnäckigkeit, mit der sie sich ein gepflegtes, und, wie sie fand, geschmackvolles Heim geschaffen hatte, war für Bridie vor allem deshalb ein Grund, stolz zu sein, weil sie nie verheiratet gewesen war. Ihre Brüder und Schwägerinnen in Irland und Amerika hatten schließlich alle einen kompletten Haushalt geschenkt bekommen, als sie heirateten. Aber die Leute dachten doch nicht daran, Haushaltsgegenstände für eine ledige Mutter zu kaufen. Ich habe das alles ganz allein geschafft, dachte sie. Ich bin eine unabhängige Frau. Eine Londoner Frau. Wie man sie in den Illustrierten sieht: eine Frau, die ihr Leben meistert.

Ihr Bruder Jack, der in Amerika Priester war, hatte 1964 das Haus eigens für sie gekauft, als Sharon geboren wurde.

»In London wirst du dich wohler fühlen«, hatte er gemeint. »Dort gibt es jede Menge lediger Mütter, freie Liebe und all so etwas.« Natürlich hatte er versucht, sie zur Adoption zu überreden. Sie hatte tatsächlich darüber nachgedacht. Hätte Bridie gewusst, dass sie dreißig Jahre später immer noch ledig sein würde – womöglich hätte sie Sharon dann weggegeben. Aber das bewegte sie jetzt nicht. »Vorwärts schauen«, das ist mein Motto, mobilisierte sie sich.

Jack hatte all die Jahre über regelmäßig Schecks nach London geschickt, und so hatte Bridie niemals unbedingt arbeiten müssen. Sie hatten genug, um zurechtzukommen. Aber als Sharon dann Geld aufbringen musste für ihren Schönheits-Therapie-Kurs, da hatte Bridie sich einen Job in einer Apotheke gesucht, die auch Kosmetika verkaufte. Zuerst hatte ihr die Arbeit Spaß gemacht. Sie hatte alle neuen Produkte nacheinander ausprobiert – einen Tag Lancôme, am nächsten dann Max Factor –, denn sie fand es wichtig, potenziellen Kundinnen die verschiedenen Marken zu demonstrieren. Nach ein paar Monaten jedoch war sie es leid geworden, trübseligen alten Rentnerinnen Hühneraugenpflaster zu verkaufen und Teenagern nachzujagen, die hereinkamen, um preisreduzierte Lippenstifte und Haarbänder aus den Körben zu stibitzen, die auf den Kosmetiktresen standen. »Es kommen viel zu viel schwarze Frauen rein«, hatte sie eines Abends zu Sharon gesagt, als sie gemeinsam ein Weightwatchers-Hähnchencurry verspeisten. »Bei denen weiß ich nie, welche Farben ich ihnen verkaufen soll«, begründete sie spöttelnd ihre Klage. Sharon fand das überhaupt nicht komisch.

Sharons derzeitiger Freund war nämlich schwarz. Na ja, so in etwa schwarz, erklärte Bridie Jack während eines seiner regelmäßigen Telefonanrufe aus Boston. »Nicht total schwarz, weißt du – es ist mehr so ein Hellbraun. Ich glaube, seine Mutter ist Spanierin«, sagte sie wie zur Entschuldigung. »Wir müssen tolerant sein gegenüber Menschen *aller* Rassen, Bridie«, hatte Jack geantwortet. Sie hatte nicht so recht begriffen, wie er das meinte, aber Jack war ja schon immer ein bisschen merkwürdig gewesen.

»Ja, wahrscheinlich«, räumte sie ein und erzählte ihm weiter von dem neuen Leben, das Sharon jetzt in dem todschicken West Hampstead führte. Ihr Freund fuhr einen hellroten Wagen, einen von diesen Sportflitzern. Und Sharon sagte, es sei auch nicht eigentlich eine Wohnung, die er da hätte, es sei was viel Besseres, nämlich ein »Penthouse-Apartment«. Sharon hatte noch nicht so richtig die Chance gehabt, sich dort einzunisten, berichtete Bridie, aber ein paar von ihren Sachen hätte sie schon dort.

»In welchem Beruf arbeitet er denn?«, wollte Jack wissen.

»Sharon sagt, er ist ein ›selbstständiger Geschäftsmann‹.«

Drogenhändler, dachte Jack.

»Na schön. Sag ihr, sie soll vorsichtig sein und nicht zu weit von zu Hause wegziehen.«

»Sharon findet, ich sollte dieses Haus verkaufen und in eine kleinere Wohnung dort umziehen. Das ist eine viel hübschere Gegend.«

Jack schwieg.

»Na ja«, meinte Bridie, »sehr *teuer* ist es dort wohl schon.« Sie hatte gehofft, Jack würde jetzt einen seiner hilfreichen Vorschläge machen, aber er blieb stumm. Bridie bemühte sich, ihrer Stimme keinen bitteren Tonfall zu verleihen, aber das Gespräch endete frostig. Jack sagte nur noch, er werde ihr wie gewöhnlich auch dieses Jahr die Flugtickets für Amerika schicken. Und Bridie murmelte einen beiläufigen Dank. Ehrlich gesagt, sie hatte diese alljährlichen Besuchsreisen zu ihren Verwandten in Boston bis obenhin satt! Sie wusste, dass ihre Brüder sie töricht fanden. Und deren Frauen waren alle trübsinnig und gewöhnlich. Kein bisschen Glamour oder Spritzigkeit, allesamt! Es drehte sich alles um ihre Kinder, an ihrer eigenen äußeren Erscheinung hatten sie nicht das geringste Interesse.

»Nimm zum Beispiel mal Kevins Frau Sue«, hatte sie sich nach ihrer letzten Reise gegenüber Sharon mokiert, »ich meine, die ist doch nun Rechtsanwältin – verdient einen Haufen Geld. Aber ihre Kostüme! Alle grau und langweilig. Ich hab ihr geraten, sie solle sich mal eine Dauerwelle machen lassen. ›Bring doch mal Schwung in diese Strippen, Sue!‹ hab ich wörtlich zu ihr gesagt.«

Aber sie merkte schon, Sharon hörte gar nicht zu. Sie hörte ihrer Mutter mittlerweile immer weniger zu. Bridie vermisste sie.

Bridie wählte eine geblümte Bluse aus und beschloss, ihr Jaeger-Kostüm anzuziehen. Das stammte aus der Second-Hand-Boutique in Hendon Central. All die reichen jüdischen Damen versetzten ihre Klamotten dort. Als sie älter wurde, hatte Bridie beschlossen, sie müsse jetzt dezentere, gut geschnittene Sachen tragen. Sie hatte viel Zeit ihres Lebens in Nord-London damit zugebracht, die Märkte von Wembley und Burnt

Oak nach billigen Sachen zu durchkämmen, die umgefärbt oder umgeändert werden konnten zu »etwas Besonderem«. Aber die Märkte hatten sich geändert, und die knallbunten Saris und die fadenscheinigen importierten Kleider waren nicht nach Bridies Geschmack. Sogar die Obst- und Gemüsestände hatten sich geändert. Zarte Kräuter häuften sich neben Kohlrüben und Mohrrüben. Riesige grüne Bananen, gigantische rosa Brocken, die aussahen wie Kartoffeln, die aber gar keine Kartoffeln waren ...

»Nun sieh dir bloß diese dicken großen braunen Gemüselappen an ... Die sehen absolut unappetitlich aus«, hatte sie eines Tages zu Sharon gesagt, als sie sich während ihres Einkaufsbummels am Samstag durch die Menge drängten.

Kaum waren sie zu Hause, hatte Sharon sie angefahren:

»Du bist eine Rassistin!«

Bridie war gekränkt. »Bin ich nicht«, sagte sie. »Ich will nichts weiter als einen anständigen Kohlkopf und wissen, was ich da kaufe und wie ich ihn zubereite, so wie früher.«

Es war erst sechs Uhr, Bridie hatte noch eine Stunde Zeit. Sie würde sich ein Mini-Taxi nehmen, beschloss sie, sich mal was leisten. Außerdem waren die billigen beigefarbenen Sandalen, die sie trug, eigentlich unbequem hochhackig, aber es waren die Einzigen, die zu ihrem Kostüm passten.

Sie ging nach unten und goss sich einen Sherry ein. Warum nicht die Nerven ein bisschen stärken vor dem großen Ereignis, fand sie. Die Anzeige lag auf dem Couchtisch aus Rauchglas, und sie las sie noch einmal. Um vielleicht noch mehr Anhaltspunkte zu entdecken.

»Arzt, Anfang Fünfzig, sucht charmante Dame für ernst gemeinte Beziehung. Alter unerheblich. N.R.; S.f.H.; I.A..«

Es war ihre Freundin Sheila gewesen, die ihr geraten hatte, doch mal die Zeitungen durchzusehen. Sheila wohnte in einem ansehnlichen Mietshaus um die Ecke. Sie war mit Bridie zur

Schule gegangen, und sie waren sich erst kürzlich wieder begegnet, als Sheila nach ihrer Scheidung hier in die Gegend gezogen war. Sheila war Lehrerin, und ihre Kinder waren erwachsen. Unentwegt setzte sie Bridie zu, sie solle sich doch einen Job suchen, und seit kurzem fühlte sich Bridie richtig genervt durch ihre Hartnäckigkeit. Vor ein paar Wochen, als Bridie sich beklagte, dass es wegen all der vielen Ausländer gar keine guten Geschäfte mehr gäbe in der Gegend, da hatte Sheila plötzlich aufs Geratewohl gesagt: »Du solltest noch mal aufs College gehen, Bridie. Du hast zu viel Zeit für dich selbst.«

Bridie hatte das Gefühl, das war ein gezielter Seitenhieb. Sheila war ja bloß neidisch, weil sie arbeiten musste und nicht so gut versorgt war wie ihre Freundin.

Immerhin hatte Sheila sie auf die Idee mit den Anzeigen gebracht.

»Wenn es dir ernst ist damit, jemanden zu finden, Bridie, dann solltest du mal einen Blick in die *Hendon Times* werfen«, hatte sie angeregt, »da gibt es jede Menge kleiner Anzeigen, jede Woche.«

»Das könnte ich nie!«, behauptete Bridie, aber der Gedanke hatte sich in ihrem Kopf bereits festgesetzt.

Bridie war verwirrt gewesen durch all die Großbuchstaben am Ende der Anzeige. Sie dachte, die bezeichneten vielleicht die Qualifikationen des Arztes, deshalb war sie um einer Erklärung willen damit zu Sheila gegangen.

»N.R.; S.f.H.; I.A.? Nichtraucher. Sinn für Humor. I.A? Keine Ahnung, was das heißt. ›Isst auswärts‹ vielleicht?«

Gut, dachte Bridie. Auswärts essen, das mag ich. Sie hatte mal einen Kurs mitgemacht für Sprachtechnik und Umgangsformen, als sie jünger war. Auswärts essen – da war sie gut! Sie wusste, welche Bestecke man nehmen musste.

Sie hatte ein Foto von sich eingesandt, dazu einen kurzen Brief, in dem sie ihr Alter als fünf Jahre jünger angab – vorsichtshalber. Sie hatte eigentlich keine Antwort erwartet, und als der Telefonanruf kam, verschlug es ihr schier die Sprache. Immerhin hatte sie es fertig gebracht, ein paar sachdienliche Fragen zu stellen. Zum Beispiel, wo er denn praktiziere? Sie wusste, das war ein ärztlicher Fachausdruck. Und sie erfuhr, in welcher Straße in Hendon er wohnte. Auf ihrem Weg zur Second-Hand-Boutique ging sie diese Straße entlang. Nicht gerade Villen, aber hübsche große Häuser – besser als das, in dem sie wohnte. Die Vorstellung, dass er womöglich aus dem Fenster guckte und sie zufällig sah, verschaffte ihr ein prickelndes Gefühl: eine geheimnisvolle Dame, die er noch kennen lernen sollte! Sie malte sich aus, er habe sie bereits im Vorübergehen bewundert, hätte leise Erregung verspürt angesichts ihres schwingenden Weightwatchers-Hinterns, der von einem schicken roten Rock umhüllt war.

Sie hatten verabredet, sich um sieben im *Orange Tree* in West Hendon zu treffen. Ein Doktor! Man stelle sich vor! Ein Date mit einem Doktor... Sie hatte versucht, Sharon anzurufen, um es ihr zu erzählen, aber das Mobiltelefon ihres Freundes war abgeschaltet. »Leider hat der Teilnehmer, den Sie anrufen, sein Gerät abgeschaltet. Bitte versuchen Sie es später noch einmal.« Es war nun schon etliche Wochen her, seit sie zuletzt miteinander gesprochen hatten. Bridie war ein bisschen gekränkt. Es wird ihr Leid tun, dass ihr das hier entgangen ist, dachte sie. Aber vielleicht mache ich mir auch gar nicht mehr die Mühe, es ihr überhaupt zu erzählen, überlegte sie dann bitter.

Genau drei Minuten nach sieben schritt Bridie durch den Haupteingang des *Orange Tree*. Sie war schon früher einmal hier gewesen, zu einem Frühtrunk am Sonntagmorgen, als ihre Brüder zu einem Urlaub herübergekommen waren. Sie mochte ihre Brüder nicht sonderlich. Jack war ja sehr brauchbar, aber immer so kritisch und ewig kontrollierend. Die anderen waren derb und ignorant, fand sie, unordentlich und reichlich harmlos, und bei all ihrem Geld und ihrer Ausbildung hatten sie sehr schlechte Umgangsformen. Ihr missfiel das laute, dröhnende Gelächter über Witze, die sie nicht verstand. Und sie hatten immer noch diesen gewöhnlichen Mayo-Akzent, beschwerte sie sich eines Tages bei Sheila. »Ich hätte doch gedacht, dass man ihnen an der Universität wenigstens beigebracht hätte, anständig zu sprechen.«

»Ich finde Akzente ganz hübsch«, meinte Sheila. »Ich hab meinen ja auch noch.«

»O nein«, beteuerte Bridie, »du hast deinen fast vollständig verloren. Du hast eine wundervoll kultivierte Stimme.«

Sheila blickte ein bisschen befremdet drein. Aber Bridie merkte es nicht.

Er hatte ihr gesagt, er werde einen hell getönten Anzug tragen und eine Ausgabe des *Telegraph* bei sich haben. O ja, dachte Bridie, der *Telegraph*! Der ist wirklich ein Doktor. »Hell getönter Anzug«, wie das schon klang! Das gefiel ihr. Ganz klar, das war ein Mann mit Stil und Geschmack. Sie bemühte sich, gelassen zu bleiben, als sie hineinging, sich nicht zu sehr aufzuregen. Versuchte, Zukunftsvisionen zu verbannen, etwa, wie sie in seine Praxis rauschte und zwei Einkaufstaschen von Harrods schwenkte, oder wie sie in einem Nobelrestaurant saß und Horsd'oeuvres bestellte, oder wie sie ihre Porzellanfigürchen auf seinem Kaminsims arrangierte. Kleinkram, der sie an ihr vergangenes Leben erinnerte. An den dumpfen Aufprall der Einsamkeit, wenn sie sich bei jedem Erwachen einem neuen öden Tag in Kingsbury ausgesetzt sah. An die hohle Furcht, einsam, alt und reizlos zu werden.

Er hatte gefragt, was sie anhaben würde, und sie hatte gesagt: »Ein Jaeger-Kostüm, beigefarben.« Ganz gut, den Namen »Jaeger« fallen zu lassen, ihn wissen zu lassen, was für eine Sorte Frau sie war. Kleider sagten ja so viel aus über einen Menschen, dachte sie.

»Das klingt hübsch, Bridie.«

Höflich, wohlerzogen, nichts Fieses oder Anzügliches in seinem Ton. Ihren Namen hatte er benutzt. Das war ein gutes Zeichen.

Sie hatte ihn nach seinem Namen gefragt.

»Pat«, hatte er geantwortet. Vorläufig keine Nachnamen. Das war weniger förmlich, freundschaftlich – obwohl er eigentlich nicht irisch geklungen hatte. Es war eher ein betont korrektes Englisch gewesen.

Bridie blickte sich um. Die Bar war fast leer. Früher Mittwochabend, da war nicht viel los. Aber sie war nett und auch eher dezent, nicht wie diese lärmenden Pubs in Cricklewood und Kilburn, in denen sie so manches ihrer frühen Jahre in London zugebracht hatte. Viel Holz gab es und alte Gerätschaften und künstliche Orangenbäume in großen Holzkübeln zu beiden Seiten des Bartresens. Sehr elegant, fand Bridie. Zwei junge Frauen saßen an der Bar und sonst noch ein paar Pärchen im Raum verteilt. In einer Ecke saß eine Gruppe junger Männer in Anzügen – besprachen Geschäftliches, vermutete sie – und neben ihnen in der Nische las ein kleiner indischer Mann die Zeitung. Ungewöhnlich, ein Inder in einer Bar, dachte sie. Na ja, die waren ja heutzutage überall.

Bridie beschloss, am Bartresen zu warten und sich einen trockenen Weißwein zu bestellen. Sie würde die erste Runde heute Abend selbst bezahlen. Um zu zeigen, dass sie eine unabhängige Frau war, nicht einfach so ein junges Püppchen, das auf sein Geld aus war. Um ihm gleich den richtigen Eindruck zu vermitteln.

Es war fünf Minuten nach. Er kam zu spät. Bridie bezahlte ihren Wein und nippte befangen daran. Sie überprüfte ihre Fingernägel. Rosa Perlschimmer, zurückhaltend und feminin – nichts Knalliges heute Abend. Sie schaute sich besorgt um. Sechs Minuten nach. Möglich, dass er gar nicht auftauchte… So eine Kränkung! Nein, er hatte sehr verlässlich geklungen.

Vielleicht war sie im falschen Pub? Vielleicht gab es in der Nähe noch irgendeine Orangenhain-Kneipe, die sie nicht kannte. Hatte sie den Namen womöglich falsch verstanden? *Orange Grave? Orange Cave?* London war so groß, und es gab so viele Kneipen mit denselben Namen! Sie wollte, sie hätte sich zur Ablenkung eins ihrer Kreuzworträtselhefte mitgebracht. Vielleicht war die ganze Angelegenheit ein großer Irrtum. Vielleicht machte sie sich hier bloß zum Narren…

»Verzeihen Sie…«

Sie drehte sich um, und der kleine Inder, den sie schon vorhin gesehen hatte, stand hinter ihr. Wie sie da auf dem Barhocker saß, reichte er ihr kaum bis an die Schulter.

»Ich warte auf jemanden«, fauchte sie. Das ging doch wirklich zu weit. Unverschämtheit! Wo blieb denn Pat? Weshalb kam er zu spät? Dieser kleine Inder dachte anscheinend, sie wollte abgeschleppt werden. Sie kriegte allmählich Angst.

»Sind Sie Bridie?«

Der kannte ihren Namen! Was ging hier eigentlich vor? Sie hatte von solchen Sachen in der Zeitung gelesen. Dieser indische Mann musste ihr gefolgt sein. Ein Frauenjäger! Ein Perverser! Vielleicht arbeitete er auf einem der Märkte und hatte gehört, wie Sharon sie beim Namen nannte. Das war ja entsetzlich! Und was würde Pat denken, wenn er kam? Würde er gar denken, sie kenne den? Das wäre kein guter Anfang. Sie musste ihn schleunigst loswerden, aber sie konnte keinen Muskel rühren. Sie starrte ihn nur verständnislos an.

»Ich bin Pat«, sagte er.

Bridie musterte ihn von oben bis unten. Beigefarbene Leinenmischung, hell getönt, eine Ausgabe des *Telegraph*, die er ihr jetzt entgegenhielt.

Er lächelte. Ihre Mascarawimpern schlugen aufeinander, als sie ihn jetzt verlegen anblinzelte.

»Sehen Sie, der *Telegraph*. Tut mir so Leid, dass ich Sie verpasst habe, als Sie hereinkamen, ich war so vertieft in meine

Zeitung. Das war höchst ungehörig von mir. Aber wollen Sie nicht mitkommen und sich setzen? Ich sehe, Sie haben sich schon einen Drink bestellt.«

Wie in Trance rutschte Bridie von ihrem Barhocker herunter. Dies war ja wohl das Letzte! Sekundenlang war sie zu schockiert, es zu begreifen, und erst, als sie saßen, bekam sie sich wieder in den Griff. Dies war einfach lächerlich. Sie würde ihr Glas austrinken und dann verschwinden.

»Wirklich eine nette Bar. Sind Sie hier früher schon gewesen?«

»Nein.« Bridie wurde allmählich wütend auf sich selbst. Sie plapperte hier herum, als ob das alles normal wäre!

»Es gibt hier auch gutes Essen. Ich komme während der Woche öfter mal mittags her zu einem Roastbeef.«

Roastbeef? Wohl eher Curry. Bridie fing innerlich an zu kochen.

»Meine Praxis ist hier gleich um die Ecke. Wohnen Sie auch in der Nähe? Kingsbury, glaube ich, schrieben Sie in Ihrem Brief?«

»Sie haben nicht gesagt, dass Sie Inder sind«, platzte Bridie heraus und errötete dann. Sie war wütend auf sich selbst, dass sie überhaupt etwas gesagt hatte. Sie sollte lieber einfach den Mund halten und so schnell wie möglich verschwinden.

»Oh. Stimmt, das bin ich wirklich.«

»Sie sagten, Sie wären Arzt.«

»Ich bin Arzt.«

»Ja, aber Sie sind Inder. Sie haben nicht gesagt, dass Sie Inder sind.«

»Ist das wichtig?«

Seine Augen fixierten die ihren, warteten gelassen auf Antwort. Womöglich wird er wütend, dachte Bridie, und wer weiß, was dann noch passieren kann?

»Nein. Aber, na ja, es ist einfach nicht das, was ich erwartet habe. Das ist alles.«

Er sah ein bisschen enttäuscht aus.

»Pat. Das ist doch ein irischer Name.«

»Es ist die Abkürzung von Patel. Ich habe am Trinity studiert und meine Freunde haben ihn zum Spaß so verkürzt. Sie haben gedacht, ich sei Ire?«

»Na ja, nein. Na ja, doch, vielleicht hab ich das.«

Pat prustete erheitert los. Bridie fand, er sah ziemlich dämlich aus. Wie ein kleiner brauner Junge. Ein kichernder kleiner Schnösel.

»Oh, schon gut, tut mir Leid. Aber das ist wirklich sehr komisch.«

»Wieso, ich weiß nicht, was daran so komisch ist. Sie haben gesagt, Sie wären Arzt und Ihr Name sei Pat. Was hätte ich denn denken sollen?«

Bridie war überzeugt, die Leute glotzten schon zu ihnen herüber. Er machte sich über sie lustig. Das passte ihr nicht. *Der* – und sich über *sie* lustig machen! Unverschämtheit!

Pat riss sich zusammen.

»Ich habe in der Anzeige doch erwähnt, dass ich i.A. bin. Indischer Abstammung.«

»Ich dachte, das hieße was anderes.«

»Was dachten Sie denn, was es hieße?«

Bridie wollte es ihm nicht sagen. Dann würde er sie wohl noch zum Essen ausführen wollen.

»Ach nichts. Ich wusste es nicht. Ich wusste einfach nicht, dass Sie Inder sind. Ich dachte, Sie wären Arzt.«

»Aber das bin ich doch auch. Arzt und Inder. Beides zugleich.«

Das ist nicht fair, dachte Bridie. Sie schäumte innerlich über so viel Ungerechtigkeit.

»Ich hab gedacht, es heißt: Isst auswärts.«

Wieder prustete Pat los.

»O ja, ich esse wirklich gern auswärts. Ich bin doch geradezu ein Genie: Ich bin Arzt *und* noch dazu Inder *und* ich esse

376

obendrein auswärts – alles gleichzeitig!«, sagte er mit breitem Lächeln. »Ich glaube, die jungen Leute heutzutage nennen sowas ›Multitalent‹.« Seine Schultern zuckten unter einem neuerlichen kleinen Lachanfall.

»Na ja«, meinte Bridie, reckte sich und tat ihr Bestes, hochnäsig und überlegen auszusehen, »mit *einem* hatten Sie wenigstens Recht.«

»Mit was?«

»Sie haben Sinn für Humor.«

Pat erstickte beinahe vor Lachen. Jetzt war Bridie ganz sicher, dass die Leute herschauten. Nach ein paar Minuten, die ihr wie eine Ewigkeit vorkamen, beruhigte er sich wieder.

»Bridie, sind Sie hungrig? Gleich hier um die Ecke ist ein sehr nettes italienisches Restaurant.«

Bridie wollte nichts als raus aus dieser Kneipe! Ein Restaurant, das bedeutete, wenn auch sonst nichts weiter, wenigstens einen ruhigen Tisch, wo niemand sie sehen konnte. Außerdem, ein bisschen Appetit hatte sie schon, und es war lange her, seit sie in einem anständigen Restaurant gegessen hatte. Und schließlich, ein Essen bedeutete ja weiter nichts, und wenigstens waren sie nicht in Kingsbury, wo die Nachbarn sie sehen konnten.

Bridie hatte vorübergehend vergessen, dass sie keinen ihrer Nachbarn mehr kannte. Sie waren alle Inder.

Das Restaurant war eine Enttäuschung. Klein und widerlich grell beleuchtet. Längst nicht so piekfein, wie Bridie es eben noch erhofft hatte. Pat bestellte keine Vorspeise und Bridie machte es deswegen genauso. Auf diese Weise kriegte sie nicht mal Gelegenheit, ihr Geschick mit den Bestecken zu demonstrieren. Auf dem Weg in das Lokal hatte es angefangen zu regnen und Pat spannte seinen Regenschirm auf. Bridie sah sich in dem Dilemma, entweder ihre frisch föhngetrocknete Frisur nass werden zu lassen, sodass die schlechte Dauerwelle sichtbar wurde, die sie damit so mühselig vertuscht hatte, oder aber in eine, wie sie es betrachtete, zu nahe Tuchfühlung zu dem kleinen indischen Mann zu geraten. Sie hatte Angst, er könnte nach Curry riechen. Am Ende gab sie seinen Protesten nach und ging mit gebeugtem Kopf und eingeknickten Knien, um sein Defizit an Größe auszugleichen. Sie war überrascht, als sie entdeckte, dass er nach einer ordentlichen Portion *Chanel Pour Homme* duftete. Bridie kannte es noch aus ihren Tagen in der Apotheke. Es war ihre Lieblingsmarke. »Mit Chanel liegen Sie nie verkehrt, Madam. Es ist zwar teuer, aber schließlich lässt man sich einen Hauch von Exklusivität ja auch was kosten.«

Sie verkauften sehr wenig davon. Die meisten Leute bevorzugten heutzutage diese aufdringlichen Deodorants in Plastikbehältern. Kein Stil. Genau wie die miesen Duftwässerchen, die ihre Brüder benutzten, wenn sie sich denn überhaupt mal um ihre Hygiene kümmerten.

»Aber ich betrachte mich selbst überhaupt nicht mehr als Inder.«

Bridie genoss ihr Essen. Spaghetti Bolognese. Die bereitete sie sich selbst manchmal zu Hause zu, aber dann schummelte sie und nahm Fertigsaucen. Wozu auch die Mühe, wenn man allein ist. Aber diese hier war echt selbst gemacht. Sehr gut!

»Zur Schule gegangen bin ich zuerst hier und dann in Dublin. Meine Eltern schickten mich ins Internat, als ich elf war – und dann entschied ich mich für Trinity. Ich mochte Irland sehr, aber in London fühlte ich mich mehr zu Hause, also bin ich zurückgekommen.«

»Sie haben übrigens auch überhaupt keinen indischen Akzent.«

»Und Sie haben keinen irischen.«

»Danke.«

Was soll's, dachte Bridie, ich kann ebenso gut drauflos schwätzen, als gar nichts sagen. Immerhin ist es eine freie

Mahlzeit. War wohl schäbig, so was zu denken, aber Bridie fühlte sich nun mal schäbig. Sie war dazu gebracht worden, sich schäbig zu fühlen – und betrogen. Wahrscheinlich war es nicht eigentlich die Schuld dieses Mannes – obwohl er ja ihr Bild gesehen hatte und es hätte wissen können. Sie war einfach enttäuscht, irritiert. Aber inzwischen war ihr das eigentlich egal. Ganz gewiss war sie nicht darauf aus, Eindruck auf ihn zu machen! Und aus all diesen Gründen, quasi sich selbst zum Trotz, begann Bridie, sich zu entspannen. Sie hatte es nicht mehr so eilig, wegzukommen. Sie wollte erst noch Pudding und einen von diesen neumodischen Cappuccino-Kaffees. Sharon hatte zu Hause eine Maschine, um so was zu machen, aber Bridie wusste damit nicht umzugehen.

»Oh, ich finde manchmal, es ist eigentlich eine Schande, seinen Akzent abzulegen«, sagte er. Er hatte dunkelbraune Augen und sehr lange Wimpern. Wie Omar Sharif.

»Ich nicht!«, gab Bridie schnippisch zurück.

»Warum nicht?«

Warum stellte er ihr eigentlich all diese Fragen?

»Weil ich finde, ein Akzent ist gewöhnlich. Englisch sollte nun mal mit korrektem englischem Akzent gesprochen werden.«

Bridie war mit ihrem Teller Spaghetti fertig und wischte sich die Mundwinkel mit einer Serviette. Papier, bemerkte sie geringschätzig.

»Ich nehme an, da haben Sie Recht. Als ich in der Schule anfing, konnte kein Mensch mich verstehen. Aber in Irland machte es nicht so viel aus, dort am Trinity. Die Menschen in Dublin sind sehr tolerant gegenüber Fremden.«

»Das kommt daher, weil dort so gut wie keine leben.«

»Wahrscheinlich.«

Bridie wurde unwillkürlich rot, als sie merkte, was sie da eben gesagt hatte, und bemühte sich, nett zu sein.

»Wann haben Sie denn Ihren Akzent verloren? Ich meine, wie? War es schwer?«

»Ach«, sagte Patel und sah ein bisschen belämmert aus. »Ich weiß nicht recht, ob ich Ihnen das erzählen soll. Es könnte Sie abstoßen.«

Das brachte Bridie nun beinahe zu einem eigenen Lachkoller. Mich abstoßen! Als ob er mich zunächst erst mal anziehen könnte!

»Na schön, wenn Sie es mir nicht erzählen wollen...«

»Nein, schon gut, ich erzähl es ja. Also, nachdem ich ein paar Jahre in London gearbeitet hatte, beschloss ich, dass dies der Ort wäre, wo ich den Rest meines Lebens verbringen möchte.«

Umso schlimmer, dachte Bridie.

»Ich liebe die Kultur hier, wissen Sie. Sie passt zu mir. Ich habe hier gelebt, seit ich ein Kind war, und alles Indische an mir, das war fast ganz verschwunden. Viele meiner Altersgenossen sind nach Indien zurückgegangen und mehr und mehr wieder mit ihrem Erbe, ihrer eigenen Geschichte in Verbindung gekommen. Und ich? Nun, ich habe mich entschlossen zu bleiben – meine persönliche kleine Rebellion, wenn Sie so wollen.«

Ja, ja, ja, dachte Bridie. Nun mach schon weiter. Ich kann auf deine Lebensgeschichte verzichten.

»Und deshalb... Es ist mir fast zu peinlich, es zu sagen. O mein Gott, das ist ganz schön schwer.«

»Wie ich schon sagte, Sie *müssen* es mir ja nicht erzählen.«

»Nein, es ist wichtig. Also gut, raus damit: Ich habe Unterricht in Sprachtechnik genommen.«

Bridie lächelte. Nicht das verbissene, gewichtige Lächeln, das sie gewöhnlich für Fotos und für Verkäufer bereithielt, nein, ein echtes Lächeln.

»Ach, wirklich?«

»Ich hab Ihnen ja gesagt, es wäre peinlich.«

»Wo? Wohin sind Sie gegangen?«

«Oh, zu einer Frau namens Clarissa Partridge...«

»Hampstead Bibliothek: Sprachtechnik und Umgangsformen...«

»Ja… Wieso wissen Sie..?«

»Ich bin dort auch gewesen. Neunzehnhundertsiebenund-
siebzig.«

»Ich neunzehnhundertfünfundsiebzig. Wir haben einander
um zwei Jahre verpasst…«

»War sie nicht *großartig*?«

Danach kannte Bridie sich selbst nicht mehr. Sie redeten und
lachten, sie unterhielten sich einfach über alles und nichts.
Zum Beispiel, wie man ein Mitglied der königlichen Familie
anredet. Oder das Problem der Sitzordnung bei Dinnerpar-
tys… Keiner von ihnen hatte je eine veranstaltet. Darüber lachten sie gemeinsam. Über all die kleinen Dinge im Leben, die so
wichtig waren. Bridie war sehr angetan, als sie entdeckte, wie
vollkommen Pat mit ihr übereinstimmte in Bezug auf Männer,
die Autotüren aufhielten, die den Damen den Stuhl zurückzo-
gen, damit sie sich setzen konnten. Es überraschte Bridie, dass
sie viele politische Ansichten teilten. Pat war ein hart gesotte-
ner Konservativer und fand, dass die Einwanderungsgesetze in
England viel zu milde wären. »Schließlich ist das hier England.
Warum sollten sich fremde Kulturen auf unseren traditionellen
Straßenmärkten breit machen? Und in unseren Geschäften?«
Sonntägliches Einkaufen, so fanden sie beide, war voll und
ganz die Schuld der Pakistani. Pat erklärte Bridie, dass er –
auch bei allergrößter Bemühung der Fantasie – *kein* Pakistani
sei. Dass nämlich die Inder und die Pakistani einander hassten.
Das hatte etwas mit Land zu tun. So ganz kapierte sie es nicht,
aber trotzdem, es war sehr interessant. Er fragte sie nach der
politischen Situation in Nordirland, und Bridie war erstaunt,
wie viel sie noch aus der Schule wusste. Sie konnte sich nicht
erinnern, wann sie das letzte Mal so viel geredet, so ein inte-
ressantes, lebendiges Gespräch geführt hatte. Sie kam sich dadurch richtig wie eine Intellektuelle vor. Beide fanden sie, es sei
wichtig, das Land zu respektieren, in dem man lebte. Bridie er-

zählte ihm, dass sie in ihrer ersten Zeit in London immer nur in irische Kneipen und Clubs gegangen sei. »Aber die sind alle so derb. All das Saufen und Singen und keinerlei Wertschätzung für die feineren Dinge des Lebens.«

Sie zöge die Gesellschaft von englischen Menschen vor, sagte sie. Und Pat stimmte ihr zu.

Sie redeten sogar über Kleidung. Über die Wichtigkeit, gepflegt auszusehen, und wie schwierig es war, Schuhe von guter Qualität zu einem vernünftigen Preis zu bekommen. Bridie fühlte sich so gelöst, dass sie schließlich so weit ging, schüchtern zu beichten, wo sie ihr Kostüm gekauft hatte.

»Ich kenne die Besitzerin gut – Mrs. Cohen«, sagte Pat, und dann flüsterte er verschwörerisch: »Die Wahrheit ist, ich liege ihr dauernd in den Ohren, doch auch eins für Männer zu eröffnen.« Er fragte, ob er mal den Stoff anfühlen dürfe, und Bridie sagte, ja, bitte. Seine Hand blieb nicht unangemessen lange auf ihrem Arm liegen – und trotzdem verspürte Bridie ein winziges Schaudern. Seine Hand war nicht richtig schwarz, stellte sie fest. Mehr so ein Hellbraun. Es konnte fast eine tiefe Sonnenbräune sein. Seine Nägel waren sauber und leicht glänzend poliert. Das gefiel ihr.

Pat erzählte ihr von seiner arrangierten Ehe mit einem jungen indischen Mädchen, die sich zehn Jahre und drei Kinder später aufgelöst hatte, sehr zum Entsetzen seiner Familie. Es habe ihn finanziell total ruiniert, sagte er, obwohl, wie er ihr hastig versicherte, er jetzt wieder auf die Beine gekommen sei. Er hörte einfühlsam zu, als Bridie ihm dann von Sharon erzählte und von ihrem neuen Freund. Die Kinder wachsen eben alle heran und lassen einen allein, fanden sie beide. Man war einsam, aber das war der Lauf der Welt. Pat bestärkte sie, dass sie recht daran täte, in Kingsbury zu bleiben. Er selbst hatte einmal in Hampstead gewohnt und erzählte ihr: »Es ist längst nicht alles das, als was es aufgemotzt wird.«

»Das ist ein irischer Ausdruck!«, meinte Bridie.

»Oh!«, erwiderte er neckisch, »Clarissa wäre damit gar nicht einverstanden.« Da lachten sie beide herzhaft.

Sie blieben, bis das Restaurant schloss. Der Besitzer kannte Pat und kam höflich an, um die Rechnung zu bringen. »Tut mir Leid, Doktor«, entschuldigte er sich und Bridie überlief ein prickelndes Gefühl, als Pat ihm lässig eine American-Express-Karte gab. Sie hatte mehr als eine halbe Flasche Wein getrunken und fühlte sich ein bisschen beschwipst. Als sie hinausgingen, erzählte Pat Bridie von einem Textilgroßhandel, wo man Designerkleidung günstig bekommen konnte.

»Die schneiden die Etiketten raus«, erklärte er, »aber es ist exakt dasselbe Zeug, das man auch in der Bond Street kriegt. Ich kenne den Besitzer. Er ist ein Patient von mir.«

Bridie war zutiefst beeindruckt, und er schlug vor, sie am kommenden Samstagnachmittag abzuholen. Sein Auto war im Moment in der Reparatur, das war auch der Grund, weshalb er sich heute Abend mit ihr in der Nähe seiner Wohnung verabredet hatte. Darüber hatte sich Bridie schon gewundert.

»Was für einen Wagen haben Sie?« Eine ziemlich unverschämte Frage, aber Pat schien es nicht zu stören.

»Einen BMW«, sagte er, »deutsches Fabrikat.«

Bridie prägte es sich ein. Sie würde Sharon fragen, ob das was Gutes war. Sharon wusste mehr über Autos als sie.

Pat begleitete sie zur Minitaxizentrale. Es regnete immer noch, aber diesmal hielt sie den Schirm.

»Weil ich größer bin«, erklärte sie. »Wegen meiner schönen langen Beine.« Und sie lachten wieder beide.

»Es war ein echtes Vergnügen, Sie kennen zu lernen, Bridie«, sagte Pat, als er sich vorbeugte und ihr die Tür des Taxis öffnete.

»Sie sind wirklich eine sehr lustige, charmante Lady.«

Bridie wurde rot. »Bis zum Samstag dann.«

Als der Chauffeur losfuhr, sagte sie zu ihm: »Sein Name ist Pat, wissen Sie, aber er ist kein Ire.« Und sie lächelte begeistert über ihren eigenen Witz.